国家社科基金项目"贾平凹及其作品研究"

结项成果

瞭望与凝视
——贾平凹小说创作研究

赵录旺　李清霞　著

陕西师范大学出版总社　西安

图书代号　WX24N0846

图书在版编目（CIP）数据

瞭望与凝视：贾平凹小说创作研究／赵录旺，李清霞著.—西安：陕西师范大学出版总社有限公司，2024.8
ISBN 978-7-5695-4270-7

Ⅰ.①瞭… Ⅱ.①赵…②李… Ⅲ.①贾平凹—小说研究 Ⅳ.①I207.42

中国国家版本馆 CIP 数据核字（2024）第 026693 号

瞭望与凝视——贾平凹小说创作研究
LIAOWANG YU NINGSHI——JIA PINGWA XIAOSHUO CHUANGZUO YANJIU

赵录旺　李清霞　著

责任编辑	王文翠
责任校对	刘　畅
封面设计	李　琳
出版发行	陕西师范大学出版总社
	（西安市长安南路 199 号　邮编 710062）
网　　址	http://www.snupg.com
印　　刷	西安市建明工贸有限责任公司
开　　本	720 mm×1020 mm　1/16
印　　张	21
字　　数	267 千
版　　次	2024 年 8 月第 1 版
印　　次	2024 年 8 月第 1 次印刷
书　　号	ISBN 978-7-5695-4270-7
定　　价	88.00 元

读者购书、书店添货或发现印刷装订问题，请与本公司营销部联系、调换。
电话：(029)85307864　85303635　传真：(029)85303879

序　言

十年磨一剑，贾平凹研究的专著终于要出版了。2020年底，国家社科基金项目"贾平凹及其作品研究"在系统提交，标志着我和赵录旺的研究告一段落。我们提交了四十七万字的研究报告，上卷作家论由我执笔，下卷贾平凹长篇小说创作论由赵录旺执笔，上下卷合为一体，是对贾平凹及其创作的完整的文化审美观照；分开则是两部结构完整的研究专著，上卷是评传，下卷是长篇小说创作论。

项目结项后，我和录旺专程去拜访了贾平凹先生，就研究过程中的困惑和疑难与其交流，具体内容在录旺的散文，即本书的后记《走进先生的书房》及附录对话录中有记录和体现。之后的几年，我们根据结项专家的评审意见，不断修订完善，力求全面精准地对作家和文本进行解读和阐释。两年后，西北政法大学国家社科基金项目配套经费划拨到项目组，我们多方联系，最后确定在陕西师范大学出版总社出版。陕西师范大学是我们的母校，是我们学术生涯和文学评论的起点，是梦想起航的地方，把学术成果交给母校出版社，是我们的情结和情怀，给母校的这份答卷是我们的心血，是阶段性成果，希望不负母校培育之恩。录旺本科、硕士和博士研究生都是在师大读的，他是文艺学博士；我本科、硕士在师大，我是文艺学硕士。我们都对理论研究和哲学、美学研究情有独钟。我硕士论文研究尼采美学，录旺博士论文研究海德格尔美学，这些学术训练给我们的中国现当代文学研究奠定了坚实的理论基础，也是贾平凹研究的重要理论基础。

贾平凹是中国最勤奋的作家，有文坛劳模之称，迄今为止，已发表和出版一千多万字的作品，涉及小说、散文、诗歌、故事、绘画、书法、收藏等文学艺术领域。项目结项后，贾平凹又创作出版了长篇小说《秦岭记》和《河山传》，还有两部创作完成未出版的长篇。研究贾平凹，是很多人望而却步的宏大工程，要对贾平凹及其作品进行全面研究和解读，需要阅读大量的文本，其中包括贾平凹的各类作品以及研究贾平凹的专著、论文等。2015年项目立项后，我和项目组成员开始按计划开展研究工作；2019年夏，我病情加重，出现腹水等问题，研究和写作被迫中断。我想找人共同撰稿，要求撰稿人通读贾平凹的作品，研究者都被吓退了。单是《废都》的研究文字就有百万之多，加上贾平凹原作，阅读量当以数千万计。研究方案和创作体例是早已确定的，我想到认真严谨的录旺，他欣然应允，答应撰写报告的下卷贾平凹长篇小说创作论，对贾平凹已经出版发行的长篇小说进行综合研究。贾平凹的中短篇小说、散文、诗歌、文论、书画、收藏等由我在作家论中撰写。为保证内容的完整性，我仅对长篇小说创作进行整体观照，与其他门类的写作相互照应；录旺则进行系统研究和阐释。出版时，考虑到上下卷相对独立，且字数太多，我们决定两卷分开出版，即我的作家论以《贾平凹评传》为题出版；录旺的创作论以《瞭望与凝视——贾平凹小说创作研究》为题出版，确保项目研究完整性的同时，方便研究者和读者阅读。录旺的海德格尔美学研究从哲学命题"为什么存在者在而无反倒不存在"切入，通过对这一原初性问题的探讨，他发现海德格尔以现象学的解构与建构共在的姿态对当下技术化世界的历史命运进行阐释，对现代社会无思的存在之遗忘的本质进行了深刻分析。录旺认为"原初性之思的本质是海德格尔的存在论,这一存在论形成了他的独特的解构与建构共在的道路"。海德格尔美学是"一种启思性的美学",它是以解构与建构共在的、互训互释的否证式思维为特征,以迂回曲折的漫游式的、喻象式的自由阐释为方式,以面向形而上的存在之源始性召唤为意向的、具有超越性的审美思想。在研读贾平凹小说的过程中,录旺发现贾平凹的创作和美学追求与海德格尔的美学思想具有高度的契合性,贾平凹的创作是在历史与现实之间的镜像书写,这种镜像化的书写既是作家向世界的瞭望与凝视,也是在镜像化的瞭望和对视中被世界凝视,因而文学的镜像书写就意味着作家面对世界的互相瞭望和凝视,是向外看世界和向内看自我的倾听、对话与交流的精神过程,是一种彼此启发和交往的生成性的意义场域。录旺将贾平凹研究提升到了哲学层面,贾平凹的创作无论是在历史中瞭望和凝视现实,还是在现实中瞭望和凝视历史,这种彼此的凝视的聚焦点都是人,是人与其生存的世界家园和精神家园。这也是录旺研究的特点和创新点。《瞭望与凝视——贾平凹小说创作研究》,以作家主体性与作品思想文化内涵、艺术个性、语言风格及文体学特征等为依据,对贾平凹小说创作进行系统梳理与评价。录旺用马克思主义的唯物史观及巴赫金、海德格尔等的现代西方文艺理论,结合中国的古典诗学,对贾平凹的系列长篇小说进行文本分析和比较研究,探寻其小说创作的内在规律与美学价值。导论部分对镜像理论及贾平凹的镜像化书写进行概述,认为其镜像化书写是作家与世界的双向瞭望与凝视。第一章概述贾平凹的小说创作历程,认为其小说创作在现代化视野下继承并开拓了现实主义创作道路。第二章论述贾平凹商州系列小说营造"商州世界"这一诗意栖居地的努力与意义。第三章客观描摹作者离乡后沉沦在欲望泥淖中痛苦挣扎的荒唐与无助,对其笔下不同身份的城市寄居者的现实生存状态及其精神困惑与痛苦寄予了深切的人道关怀,表现出作者作为精神"护林人"的悲悯情怀和强烈的社会责任感。第四章对贾平凹返乡式书写的系列作品，诸如《土门》《高老庄》《怀念狼》《秦腔》《古炉》《带灯》《极花》《老生》《山本》等，从历史与现实的双重维度分析，瞭望和凝视正在远去的故乡世界的面影。第五章对《带灯》《极花》《高兴》等作品进行深度解析，认为这几部现实题材的作品都是对《秦腔》的一种注脚，作者试图寻找《秦腔》"废乡"问题的解决方案，为人类寻找救赎之路。

  该著倾注了录旺的心血和激情，他的文字情绪饱满且富有哲思，他总能捕捉到小说中最让人心动的细节，诸如分析《秦腔》时，他与清风街的灵魂们产生了深度共鸣，写下一首小诗以表达自己与土地和农人的精神纽带与情感纠结，他写道："有泥土的地方就有灵魂/有灵魂的地方石头也能生根发芽/参天的大树长出了鸟儿飞翔的窝/窝下是那遥远而切近的故乡/一辈辈的男人蹲在门前的碌碡上/端着女人做的面条 辣子够汪汤够宽/在秦腔的吼声里热烈地吸溜/刚烈和忠勇在忘我的战鼓里厮杀……"他的评论有温度、接地气、有高度，总能敏锐地把握作者创作的精神脉络和作品的深度模式。《高兴》中有两位独特的女性——孟夷纯和杏胡，录旺注意到她们身上都具有锁骨菩萨的佛性，杏胡以挠痒痒的方式温暖、慰藉着那些勤劳、饥渴而疲惫的男人。他善于发现作品中的美，从不对人物和作者进行主观的道德审判和批评，他的评论为研究贾平凹及其作品提供了更广阔的理论视野和学术向度。他的研究具有"理性的激情"，既有理性的思辨，又有感性的阐释。该著是贾平凹研究的重要成果，适合高校学生、文学爱好者和普通读者阅读。

李清霞
2024 年 5 月 16 日

目 录

导 论 历史与现实之间的文学书写者 …………………… 001

第一章 贾平凹的写作之路 …………………………………… 031
    第一节 贾平凹小说叙事的基本道路 ……………………… 035
    第二节 贾平凹小说作品的基本分类 ……………………… 041
    第三节 双重书写与现代化视野 …………………………… 056

第二章 家乡：诗意的栖居之地 …………………………… 071
    第一节 空灵秀美的山水世界 ……………………………… 074
    第二节 质朴浪漫的民风民俗 ……………………………… 078
    第三节 真纯俊美的心灵世界 ……………………………… 083
    结 语 诗意的栖居 ……………………………………… 088

第三章 离乡：沉沦在世的荒唐 …………………………… 093
    第一节 僻巷陋室的寄居者 ………………………………… 097

第二节　欲望纷纭的沉沦之地 …………………… 105
　　第三节　爱欲迷途中挣扎的荒唐 …………………… 118
　　第四节　无家可归的歧路彷徨 …………………… 128

第四章　返乡：离去的瞭望与凝视 …………………… 135
　　第一节　零散化的故乡 …………………… 139
　　第二节　吾心何处安？ …………………… 182

第五章　《秦腔》的一种注脚
　　　　　——《带灯》《极花》《高兴》的书写 …………………… 245
　　第一节　《带灯》——现实沉沦中的诗意向往 …………………… 247
　　第二节　《极花》——妈妈，你在哪里？ …………………… 266
　　第三节　《高兴》——城市漂泊者的家园情结 …………………… 276

余　论 …………………… 285

参考文献 …………………… 292

附　录　我想以我的方式写透百年中国
　　　　　——贾平凹访谈录 …………………… 299

走进先生的书房（代后记） …………………… 322

导 论　历史与现实之间的文学书写者

贾平凹是一位自由自觉的文学书写者，他的书写历史跨过了中国改革开放的四十年，映照了中国社会这一伟大变革中丰富的精神文化状态，产生了广泛的影响。尽管他的作品关注现实，关注改革，但他的写作题材又不拘泥于现实，而是将对现实的思考自然延伸到历史的根源之处，从而在历史文化深处思考人性、人情和其中内蕴的文化脉络，在对社会发展的价值逻辑的触摸中展开关于现实问题的更本源的追问，因而他是一位在历史与现实之间的文学书写者。他的书写既具有现实性关怀，又有历史性追问，并在历史与现实的对话与思考中体现出一种形而上的精神关怀和意义追问，由此形成了具有多重审美意蕴的宏阔的文学艺术世界。

一、 镜像性叙事与自我心相的外化

文学来源于生活又高于生活，这一关于文学的本质论述既阐明了文学和现实的密切关系，又说明了文学和现实的区别与差异。文学作为对生活的反映，其价值恰在于它和生活的这种差异化的同一，在这种差异化的同一中体现了作者对生活意义的理解、体验、追问和思考。从某种意义上说，作者就是生活，因为作者就在生活之中，他不可能脱离生活而存在，生活建构了作者基本的生存空间和意义世界；生活就是作者，因为作家是在生活中领悟自我，从而建立自己和世界独特的交往关系和意义关系，并通过独特的艺术形象和艺术话语传达生活的本质和种种镜像。这种人与生活的物我交融状态应该是人基本的生存状态，在这物我交融的此在状态中，世界既敞开为作家内心的生活镜像，又是作为书写者的作家心相的外化。作家与生活在区别中同一，又在同一中显现为一种差异，这样文本叙事就具有了一种意义的张力。可以说，文学的书写在镜像与心相的相互生发中建构了一个当下化的富有意义张力的交流与对话的精神场域，贾平凹的文学世界就是这样一个充满意义张力的精神对话的场域。这种意义张力，在贾平凹书写的文学世界里既是关于生活的镜像性叙事，又是作者自我心相的一种外化。

（一）镜像性叙事

镜像是结构主义心理学家拉康提出的一个十分重要的概念，这一概念深刻地描述了人的意识世界和现实世界同构性的意义关系。具体而言，人关于自我、世界等的观念和意识都是在和现实世界打交道的过程中建构起来的镜像，在现实世界中生存的个体是以生活中经历的种种意象为镜子来领会世界和建构自我的意义世界的，这些生活中的镜像具有现实的建构性、意义的象征性和思想的隐喻性等特点。

所谓建构性，是指人在现实生存中总是面对生活的种种生动的形象和意象来领会和建立自己的价值意识和意义信念，从而以生活为镜在不断自我领会中建构了自我的现实世界和精神世界。因而，自我的世界就是一种镜像化的建构过程；而作为现实生活对个体世界的建构又必然是一种文化化的行为，因为现实生活本身就是通过种种具有文化意味的形象和意象等在不知不觉中改变和塑造着个体的精神世界。所谓象征性，是指生活中的镜像作为意象总是以鲜活的形象传达着深刻的人生逻辑、行为规范和价值诉求，并以形象化的直观方式对个体甚至群体发出意义召唤并昭示一个人应有的精神归宿。所谓隐喻性，是指镜像在形象化的表层叙事中隐含着深层的思想训诫和潜在的多重解读性，具有可深度解读的精神意蕴和意义空间。镜像的形象性、象征性和隐喻性等意味着社会对个体自我的镜像化建构是一种潜在的和隐含的言说，而这种镜像化的社会建构正是文化传承与创新的基本形式。

镜像理论指出了在现实生活中，文化价值、生存伦理以及生命与生活的意义等人文精神常常不是通过理性教化的方式塑造个体的世界观、价值观、意义诉求、人格意识以及生命的归依等精神世界；而是通过现实生活中活生生的形象展开启发和启示，以隐喻的方式有意无意地影响着个体的生活态度、价值信念、行为逻辑以及生命体验等精神生命，现实社会正是在以系列化的鲜活形象为基础的镜像化的建构中形成人和世界复杂的意义网络和精神上的依赖关系。

这一理论包含这样几个方面：第一，社会生活是人生存的基本环境，人总是在和生活持续不断的打交道中展开自己生命的存在样态，因而社会生活成为在世生存中人与人、人与社会等彼此凝视的基本意义场域。第二，社会文化的传播和个体的塑造是通过种种形象传播的，而形象充满了隐喻性、象征性的丰富意义，是一种有意无意的言说，体现了一种深刻的集体无意识。第三，生活就像一面镜子，个体是通过这面镜子中充满隐喻与象征的丰富形象来看待世界并领会自我形象，因而个体看到的世界都是一种带有自我色彩的镜像世界。第四，镜像说明了人对世界的认知是一种既同一又有差异的认知：从同一而言，个体作为世界镜像中的一部分，镶嵌在镜像的意义关系之中，不可能脱离这个世界而存在；就差异性而言，个体作为能思考的独立存在者，又具有认知、反思和批判的能力，能够在现实世界中做出个性化的独立反应。同一的差异性和差异的同一性的认知状态和生存状态说明了人与世界关系的复杂性，人既是传统文化的传承者和践行者，又是现实生活中社会文化变异的创造者和重构者，在因时而化的观照、领悟和实践中，不断推动着社会文化的提升与进步，因而社会镜像又总是生动地处于意义的历史性生成和变化之中。

镜像理论给我们描述的人与社会的意义关系是十分深刻而富有启发意义的，并给我们研究文学作品提供了一种重要的方法和思路，开启了文学研究的多条路径和多种视角，让我们可以更为全面地认识作家的文学创作，并开拓出更富有意义的阐释语境和对话空间。而且，这一理论还可以帮助我们更好地理解在作家被接受过程中形成的种种充满差异的镜像，理解作家创作具有的重要社会效应及其文化创造意义。不管是否定性的还是肯定性的，关于作家的种种镜像从某种意义上也成为世界镜像中的一部分，在不同读者个体的观照中被领悟、理解和评判，这也正是文学写作之社会文化意义的重要体现。

因此，从镜像理论来看，文学世界就是以生活为基础建构的意象化的流动镜像，它不仅仅是现实世界的客观反映，而且更重要的是通过丰富的意象化镜像传达了人们现实生存中深蕴的文化意义，充满了关于人生、人性、人情以及人命运等隐喻性言说，因而文学作为现实生活的镜像书写，总是以区别于真实生活的象征性意象世界表现人们更为深层的精神世界。也即是说，文学的镜像不是关于现实生活的被动反映，而是人在生活中体验、认知、思考和实践而形成的基本意象，是人与其生活的世界在相互凝视中思想和精神的生成和升华，是人与生活相互建构中形成的关于现实生存的精神性世界。同时镜像意象的象征性和隐喻性的言说特征也决定了其意义传达的模糊性、含混性和多解性，这使得文本意象在历时性的对话与阐释中具有了意义的流动性特征，并在其传播和接受的历史中不断创造和传达新的文化信息和生命意义。因此，文化性、形象性、隐喻性、象征性和流动性等共同建构和生成了文学文本超越性的意象世界。这一文本化的意象世界就成为文学接受、阐释和交流的基本意义场域并开启了文本阐释的基本向度和基本方法。

贾平凹的小说写作历史就是这样一种面对历史现实世界不断建构和生成的镜像化书写，因而对其小说文本的阐释应不仅仅是关于实际生活的解读，而应以其文本世界的意义场域为基础，阐释其文本形象和意象丰富的隐喻意义和象征意义，从而在人的现实生存和精神向往的多重意义勾连中深入解读其作品传达的文化意义、哲理意义和美学意义。概言之，贾平凹小说的镜像书写在其表层的故事叙述中象征性地隐喻了丰富的意义，形成其文本独特的深层叙事逻辑，在表层叙事故事和深层叙事逻辑的互相奠基中建构了文本独特的意义场域，为读者的阅读、对话和阐释提供了多重理解的向度和阐释的可能性，体现出宽阔的心灵深度和思想广度，在艺术化的书写中开辟了面向历史与现实的多向度的启思性的美学之路。

当然，贾平凹的这一镜像性的文学书写，不仅仅是源于对外在世界的认知和体悟，也是作家个体内在心相的对象化表达，即源于作家主体独特的内在精神世界，是作家长期积淀的独特的思想和情感外化的产品。因而文本书写的镜像世界又是根源于作家内在心性之真切体认的心相，是具有鲜活生动的作家个体生命色彩的意象世界。

（二）自我心相的外化

常言道，相由心生。所谓心相，简言之即心中所生之相，也是眼中所见之世界图景。其中"相"这一字在中国古代佛学、哲学、美学和文学理论中运用广泛，且具有丰富深刻的含义，主要指心灵在自觉与不自觉的观照中所形成的关于世界的基本意象，带有作者独特的意义体验、价值认知和生命意识的浸润，所谓"看山则情满于山，观海则意溢于海"。世界的显现不过是观看者心神的外化而已，因而体现出个体精神的独特意趣和情怀。所谓真相不过是一种心相而已！所以，要表现世界的本相，重要的还是明了自我的心相。生动的世界正是作者缘境而生的心相的外化，因此，唐代画家张璪指出艺术创造的基础是"外师造化，中开心源"。

以造化为师，缘境而生，可洞察大自然万千气象之奥秘；内开心源，则可在万千气象中营构出气韵生动的人生境界和艺术境界。如果说师造化是物我相待的镜像，即作家"入乎其里"，感发志意，在物我相生发的过程中达到心灵体验和物我融合的独特境界，那么开心源则是物我交融的心相，是一种"出乎其外"的心灵超越和精神性的源始性观照。只有在心源敞开中生动流动的自我生命和自然之至道才可能在诗与思中展开，世界才会充满独特的意义色彩，如此则万物皆著我之色彩，在审美观照中臻达神与物游、物我两忘的神妙境界。从诗学的角度而言，中国古代艺术家所追求的物我交融的审美境界，就是艺术家心相的外化，是诗人主体展现的形而上之思的超越性精神的意象化表达。

因此，艺术创造中自我心相的外化体现出了艺术活动自身十分鲜明的个性特征和超越性的精神向往，从而形成了艺术作品蕴藉丰厚的审美意义。

艺术作品中的世界是具有作家独特的个体化特征的圆照之象，表现了作者对世界独特的体验和发明。所谓圆照，是指超越了理性偏见、社会俗见以及各色定见的具有存在意义的源初性的关于世界自身的生动意象。因而，这种具有个体性特征的圆照之象，也就浸润了艺术家个体心灵化的独特体验，是艺术家在生活之中又超越生活的对于生存、生命和世界之本源意义的倾听和追问。在这种个体化的对于世界的体验中，自然也显现出作家的审美判断和审美想象，从而形成了作品丰富的美学意向和哲学关怀。由此，奠定了艺术活动中作家和作品超越性的精神意向和面向无限的形而上之思，形成了作品蕴藉深厚的艺术境界、审美意义、哲性旨趣和世界性关怀。

刘勰在《文心雕龙·神思》篇中描写作家的创作活动时云："然后使玄解之宰，寻声律而定墨；独照之匠，窥意象而运斤"。这里所谓的"玄解之宰"，就是能够洞察天地万物之玄机大道的心灵；所谓"独照之匠"，指的也是能够以独特的方式对世界有独到的洞察的心灵。刘勰在这里强调了写作中心灵应具有的鲜活的生机、独特的洞察力和超越性的思致等审美品质，强调了写作所应具有的追求形而上的无限境界的哲学品质，这正是作家自我心相的外化，是人的超越性本质的体现。"外师造化，中开心源"的思想和刘勰的这一思想正是一脉相承，体现出艺术活动的一种本质性特点。有了这种富有思想的生动鲜活的心灵之相，"定墨""运斤"的艺术创作才会声律谐谐、意象丰满，造就文采斐然的艺术个性。

贾平凹的创作道路，既是面对生活的镜像化书写，当然也是作家自我心相的外化。他的作品世界，在对现实故事的叙事中深刻地表达了他对世界的独特理解和体认，他的书写历程浸润了鲜活的生命体验和生动的生命意识，他在对世界的镜像化书写的同时以超越性的精神和悲悯的情怀回望和关怀世道人心，在世界、生存、生活的历史与现实的价值追问中赋予世界以独特的意义，所以这种自我心相的外化使其作为艺术审美的创造者本质上也是一位价值的追问者和意义的赋予者，从而使其作品在现实叙事中蕴含了一种更深层次的意义空间，形成文本独特的意义张力，使基于文本的接受、解读、对话和精神交融具有了更为丰富的可能性。从这一角度来看，贾平凹的作品作为独特的镜像叙事，获得了一种更深刻的阐释空间。

（三）镜像与心相之区别的同一

作家的创作既是关于世界的镜像化书写，又是作家主体心相的对象化表达，镜像与心相艺术地统一于作品的创作中，从文本本体论意义来讲，二者展现为区别的同一。镜像和心相作为区别的同一，从不同角度和不同层面描述了作家文学书写的基本特点。

从镜像的角度看，文学书写作为社会生活的虚拟性表达，其文学意象反映了生活的某种本质性特点，通过自身的隐喻性和象征性表达作家对于生活的本质意义的领悟和理解，在文学叙事中具有深刻的现实关怀和审美洞察。换言之，作者作为在社会生活中领悟其现实性生存的主体，在关于生活的镜像性叙事中，自然通过来自生活的丰富意象和形象，传达出一个时代人们普遍性的价值观念、心理状态、情感样态、行为方式和人生命运等，因而在其镜像叙事中体现出现实性的价值逻辑和历史传承性的文化诉求，深蕴了民族的集体无意识。所以，镜像叙事敞开了人的生存所具有的社会性、文化性等，以审美的方式展开了关于现实生活的深度言说和历史洞察，是作家"入乎其里"的生活感知和现实体认。

从心相的角度而言，作家作为独立的主体，如前所述，在其镜像化的叙事中，必然浸润了独特的生命意识、情感体验和意义追问，在叙事意象中带有自我的色彩，无论是象征性的言说还是隐喻性的表达。当然作家有了自己的思想和认知，在"出乎其外"的独立观照中展现出个体性、反思性和批判性的精神，体现出富有生命的个体在现实生存中的超越性精神和对生命自由本质的张扬，因而在自我心相的外化中获得了一种形而上的眼光。所谓"究天人之际"，即在无限的意义之境中表现出对生存和生命的悲悯和深爱，从而使文本的镜像叙事获得一种超越现实的观照眼光，并在关于现实世界的艺术言说中实现一种新的意义赋予。因此，镜像叙事获得了一种超越性的形而上的意义语境，作家主体的叙事具有了独特的个体性、敏锐的反思性、深刻的批判性等思想特点，并以情感性的审美实现创造性的意义赋予，体现出作家主体作为思想者的心胸和视野。

尽管关于生活的镜像叙事和作家主体心相的外化可以从两个意义层面

去理解，并体现出不同的思想视角和审美意向，彼此具有区别的差异性，但二者在其具体性中又是意义相勾连的不可分离的同一本体，因而又具有同一性。一方面，叙事的镜像是作家主体的心相，是作家独特思想和审美判断的结果，浸润了作家的生命意识和超越性的情怀，作家的心相为文本的镜像叙事奠定了更为广阔的形而上的关于世界的意义空间；另一方面，作家主体的心相亦是叙事中的镜像，文本镜像是作家心相的具体化，是作家心相的承载者和传达者。镜像作为审美意象，为作家的思想表达和意义赋予奠定了基础，其象征性和隐喻性的丰厚内涵正是作家主体心相外化的一种言说方式。

总之，镜像和心相彼此奠基，在同一中相区别，在区别中相同一。这种存在的差异性和同一性使文学文本具有了本体论的意义，并形成了文本叙事一种内在的意义张力，在文学叙事中建构了作家、读者和世界对话与交流的独特意义场域，使文本叙事真正具有了准本体性的审美特质。

文学是一种叙事，镜像性叙述和作家心相的外化在区别的同一性中展开的意义张力，也使得文学文本在叙事过程中形成一种表层叙事与深层叙事相互奠基、彼此生发的双重文本结构。所谓表层结构，一般指的是文本叙事中对于基本事件的故事化叙述，是按照时间关系和空间关系线性展开的因果性的情节化过程，体现出生活真实和艺术真实的统一，这是文学叙事的意义基础；所谓深层结构，一般指的是在表层叙事下文本深蕴的哲理、事理逻辑，是通过生活真实和艺术真实相统一的表层叙事传达的故事背后更深刻的事理逻辑和情感逻辑，揭示故事所蕴含的象征意义和隐喻意义，传达人在现实生存中思想行为深处的价值逻辑和文化逻辑，乃至生命深处的某种形而上的宗教情怀。从某种意义上而言，表层结构体现的是镜像叙事中文本意象的现实层面，是虚拟的生活故事；而深层叙事则是文本意象的隐喻义和象征义等超越性的精神文化层面，是关于人的心灵世界的深层叙事。如前所述，在文本叙事中表层结构和深层结构彼此奠基、相互映照，形成意义相互勾连、相互生发的艺术本体，建构了富于审美张力的文本世界。

简而言之，就贾平凹的小说叙事而言，他的故事叙述的逻辑常常具有双重特征，表现为作为思想者的叙述策略和民间性的叙述策略之间相区别的同一，从而形成其文本叙事的双重结构，即作为民间性叙事构成了表层故事，而作为思想者的叙事构成深层叙事，二者在意义的互释互生中形成基于文本的对话与思想的意义场域。在这种双重叙事结构中，作品以多元化的叙述角度展开多重视角下的世界图景，在动荡自由的散点透视中表现多重意义向度，形成了富有张力的悖论性的文本意义结构，揭示了不同人物丰富的生存样态和精神状态。因此，贾平凹的小说叙事在读者接受中是困难而富有争议的，然而唯如此，才使其写作具有了冲撞心灵的力量。这种悖论性的富有张力的双重结构叙事艺术，为我们解读贾平凹作品的思想性、艺术性以及众多人物的性格和命运奠定了重要的文本语境和文化语境，后文我们会以此为基础多角度多层面地阐释其文学叙事的意义和价值，并探究其文学写作所创造的独特的艺术境界。

总之，在物我同化中，在对世界的凝视和打量中，世界的镜像和自我的心相才相互生发，在文本叙事中形成了富有意义的至美世界。作家的故事叙述追求的就是这一至美的世界，在这一叙述中作家作为生活的书写者，既是生活的体验者，又是生活的思想者，更是生活的审美者；他不仅书写生活，反映生活的本真，而且以浸润生命之气的笔墨赋予生活与世界独特的意义。

这一镜像化叙事，为我们理解和阐释贾平凹的创作提供了丰富的视角和多样化的方法论，为认识贾平凹创作的现实意义、文化意义、审美意义以及文学价值等奠定了重要的理论视角和方法论基础。

二、历史与现实之间的书写

贾平凹的镜像叙事不仅书写当下发生的故事，而且深入历史维度叙述在历史变迁中发生的故事，以丰富的自然物象、社会事象和人生世相等来表现人的生存境遇及其精神和心灵状态。他以人为聚焦点，在历史与现实之间思考和表现生命的尊严和人生存的价值，具有广阔的人文关怀和深刻的悲悯之心。

因此，贾平凹的镜像化书写既包蕴了丰富的现实内容，也表现了丰富的历史内容，是在历时性与共时性之间进行的一种审美创造和艺术表达。

（一）书写的现实向度

贾平凹是一个具有强烈的现实关怀的作家。作为一个出身乡土的作家，他继承了陕西作家群关注社会、关注民生疾苦并为社会的改革与进步而呐喊的精神，其作品能积极书写现实人生和时代的精神状貌，从多角度展现中国社会改革与进步中的精神变迁过程，形成了其文学书写中丰富深刻的现实向度。

贾平凹的早期作品如《鸡窝洼人家》《浮躁》等，反映了20世纪80年代农村改革开放时期的社会状貌，书写了获得新生的乡村大地人心思变的精神状态，描写了改革开放大潮中处于保守与开放的矛盾中的人的内心世界，揭示了社会改革中面临的种种问题。《废都》描写了改革开放进入深化阶段在各种观念冲击下中国知识分子的众生相，并以此为视点，在城市背景下描写了不同身份、不同阶层的人们精神世界的状貌和思想观念发生的深刻裂变，具有针砭现实的反思性和批判性，是90年代一部具有深刻的讽喻性的现实主义作品。

《土门》《高老庄》《秦腔》等作品，则是作者在城市化和商业化的社会转型的大背景下，描写乡村社会发生的深刻变化，表现乡村社会为了自我生存的努力以及面对人走巷空的悲情意识。《带灯》则是对乡村治理中的社会难题和官民关系的深入表现，从社会伦理的角度表现中国社会走向现代化的不易。《怀念狼》书写的是现代化进程中人和自然的矛盾。《高兴》《极花》则是书写了城市化进程中寄居城市的乡村民众的生活状况，以及他们和农村社会纠缠难分的关联，提出了关于广大农村社会和农村民众在城市化、市场化过程中生存的艰难和命运的不定性，提出了一个具有时代性的严肃问题。

《白夜》则可以看作城市与乡村的一场精神对话，表现出了传统知识分子在现实社会无路可走的彷徨，也写出了农村青年在现实社会寻找自身地位的一种迷茫。该作品可被视为《废都》的姊妹篇，它从女知识分子的角度探讨了传统知识分子的精神末路和乡村愿景的迷失。

在这一系列关于现实生活故事的书写中，贾平凹不仅写出了一种生活的真实图景，而且揭示了真实生活中的人性状态、道德状态以及文化心理，由小及大，从中可以洞察中国社会改革与发展过程中的社会文化变迁以及时代精神的种种状貌。他的系列作品，意蕴丰厚，形成了一幅宏阔的多层次的富有人性的历史文化图景。

总之，贾平凹的书写紧跟时代脚步，时刻关注时代变迁中普通民众的生存状态和命运遭际，从个体生存现实、群体生存现实等层面展现了家园世界丰富的现实镜像，形成了其作品书写过程中深刻丰富的历史现实向度，达到了生活的真实和艺术的真实的统一。在某种意义上，其作品的现实书写自然形成了一种当代社会发展的历史景观。贾平凹的现实书写也创造了书写的历史,凸显了其文学书写重要的现实价值和历史价值。

(二) 书写的历史向度

任何现实都是发生的历史,任何现实都是历史的现实。当作家在书写现实生活时,其必然在现实镜像中瞭望到凝重的历史文化。个体的精神世界和每一种社会现象都不是凭空产生的,必然有其历史的根源,即社会文化对个体有意无意的影响和构型。因此,一个作家不仅在现实的书写中会触及历史文化问题,而且会自觉地回到历史中,通过历史镜像的书写来思考历史与现实之中共在的文化问题。贾平凹的小说书写就是这样。作为一个现实生活的书写者,他的精神视野和文学眼光决定了他同样从现实出发瞭望历史,探索和思考中国民众生存的社会环境、文化环境和精神历程,从而对中国传统文化和中国人的生活世界进行更具根源性的思考和表现,形成了其文学镜像书写的重要的历史向度,并在历史的言说中给当代人以重要的启思。

从历史向度而言,贾平凹的代表作品主要有《古炉》《老生》《山本》等。这三部作品以农村为主要写作场景,探讨在历史大动荡中普通人的生存命运和善恶人性,揭示了中国传统文化的某种无奈与无力,展现出古老中国在现代化历程中的某种悲剧性状态,体现出作者对中国历史和文化的一种反思性和批判性态度。在文本历史性氛围的营造中,作者通过一系列人物形象的塑造,通过对群体性行为、个体性命运和乡村世界的种种生活场景的展示,写出了文化坚守的崇高与伟大以及现实抉择的艰难与无奈,写出了生命的悲凉感和生存的悲剧性,浸润了作者鲜活的生命意识和深刻的人道关怀。这样的作品可以激发读者情感的共鸣和心灵的认同性体验,因而独具现实性的思想升华和灵魂净化的审美意义。

从艺术而言,这三部作品的艺术表现手法更为动荡自由、丰富多彩,通过历史情景的营造表现了一种超越性的思想和形而上的情怀，其审美心胸更为宽阔，审美视野更为宏大，表现的历史时空和现实时空更为厚重，蕴含的文化视野也更为深刻，从而以丰富的历史镜像建构了具有隐喻性、象征性和多义性的文本世界；在写作中追求现实主义、现代主义和后现代主义审美精神的融合，从而使文本具有更丰厚的精神意蕴和更广大的解读空间，值得认真阅读和思考。

总之，贾平凹小说的历史书写与其现实书写相呼应，在审美艺术的创造中形成一种丰厚的历史维度，表现出作者的历史意识和历史眼光，体现了其审美精神的超越性追求。在他丰富的文本世界中，现实维度的叙事和历史维度的叙事共同形成了贾平凹小说丰富的意象世界和广阔的精神世界，开拓了在现实维度与历史维度之间展开思想对话的多种可能性。

（三）书写的之间性

一切现实都有历史的回声，一切历史都是当下人的历史。当作者书写现实的变迁时，其中回应的必然是历史的回声，历史文化的传统成为作者现实书写的潜在语境；当作者书写历史过往发生的事件时，其书写的旨归自然也是对现实问题的呼应，回答的是当代人的精神关怀，因而现实是历史书写的基本语境。在文学书写中历史与现实的呼应和回应作为一种之间性在文本语境中当下化。

所谓当下化，就是在书写过程中让历史与现实在文本的意义世界相勾连，形成彼此奠基的富有张力的文本语境和意义空间，构建文本接受与对话的基本意义场域，从而实现文本审美意义创造和传达的重要目的。这种之间性的当下化在文本叙事中体现出文学话语历时性意义和共时性意义的统一。

文学叙事作为一种话语方式，是一种历时性的言说，即文本语言在时间的延续中不断让意义发生,从而在文本对话中实现文本意义的传达与交流,体现了语言表述的组合律;同时,这种历时性又是以共时性为基础的,没有共时性意义的基础,历时性的意义是不可能存在的,这体现了语言表达的聚合律。任何话语都是组合意义和聚合意义的统一,缺少了一方,语言的话语功能和对话行为就难以实现。因此,巴赫金认为文学文本是一种超越了静态的抽象语言和个人化言说的超语言文本,即文本语言不仅仅是静态的固有意义和个人经验的表达,更是社会现实性和历史文化性相统一的具有创造性话语意蕴的艺术符号。

因此,作为艺术符号的文本叙事,在其现实性上就是一种历时性和共时性相统一的当下化的对话过程。从宏观层面而言,历时性和共时性相统一的话语意义,奠基于语言发生的现实语境和历史语境之中,没有现实和历史的语境,语言的能指和所指就没有了语义基础。作家作为叙事者自然是以生活的历史性和现实性世界奠定其意义发生的语境,由此作家的叙事才有了理解和交流的前提和基础。就微观意义而言,文本的叙述和接受者的阅读也是一种基于文本语境的历时性和共时性相统一的对话过程。在对话中,文学话语发生的历史语境和现实语境为文本的解读、阐释和理解提供了基本的文化意义基础,使文本阅读作为当下化的思想过程和审美过程而成为生动的精神交流过程。这种当下化的文本对话,融合了历史文化与现实生存、文化传统与个人际遇等丰富的内容,使文本话语作为艺术符号承载了深厚的思想内容和人文精神。因此,无论从宏观层面而言,还是从微观层面而言,文学叙事都是历史维度的内容与现实维度的内容在意义的当下化中的对话,是文本话语的共时性与历时性相统一的历史与现实的之间状态。这一之间性以历史维度和现实维度为基础,又超越了历史和现实维度,以文本意义世界为凝聚点,展开了文学叙事特有的诗性与思性对话的更为开放的精神空间，这就是著名文学理论家巴赫金所谓的艺术作品是一种超语言学的艺术文本。

在这一之间性的精神空间中，历史成为当下化的现实，而当下化的现实从某种意义上既是历史的发生又书写着新的历史；但质而言之，在这种之间性的镜像叙事中，文本叙述的焦点依然是鲜活的人，是关于人的本质意义、人性状态和生存命运等的观照与思考。文学作为一种当下化的艺术作品，在其文本现实性的叙事中体现为镜像与心相之间、现实与历史之间、生活与艺术之间以及个体与文化之间等多重意义世界的对话与超越的精神空间，在历史维度与现实维度的双重语境中，敞开了关于人的价值、人的生存意义以及人性的关怀为主要审美意向的超越精神，体现出文学书写的批判精神和人文情怀，从而奠定了文学书写应有的思想高度、美学境界和文化价值。

因而，作为独立的艺术文本，文学叙事的之间性奠基于历史与现实而又超越历史与现实，当下化为独立的自足的意义世界。这一之间性叙事说明文学不仅是认识世界的途径，是关于现实世界的摹写，而且是具有独立的意义空间的象征性意象世界，是生活的镜像与作家的心相融合的具有超越性意义的艺术世界；这一之间性的镜像叙事提供了人们对话的基本语境，是作者和读者展开对话的基本意义场域，为人们的思考和交流提供了基本的前提和基础。这一意义场域敞开了文本的象征世界、想象世界与现实世界等不同层面的内容，在虚拟性的意义空间中传达深切的精神召唤，作者的叙事也以超越性、反思性与批判性的精神追求和思想关怀达到更高的形而上的意义境界。作为交流的场域，文学不是作家的独白，而是多方参与的有共同前提的精神交流和对话的过程，人们在交往共在中实现了关于人之意义的理解和尊重等价值共识，继而实现了关于人之生存的基本价值和意义的升华，即体现了中国儒家所谓的"兴、观、群、怨"的文学功能。

文学叙事的之间性作为对话，更是一个审美的过程。这一对话发生的场域不只是思想和认识的理性活动，更是基于丰富的审美意象的情感体验过程，是在浸润着作家生命意识的艺术世界里的独特心灵经验，是关于世界本源的形而上的瞭望和凝视，因而更是具有个性特征的积极的审美活动。这种基于文本世界的审美活动，在审美化的精神反思、生命体认、心灵交流和人格升华中，既是一次向世界深渊的瞭望和凝视，也是世界向我们心灵的一次瞭望和凝视。在这一基于文本的瞭望和凝视中，历时性的言说在共时性中回荡，而共时性的言说也在历时性中沉潜，物我在对话中彼此映照，形成生动的精神交流与对话。因而文本作为对话媒介和意义生成的场域，就具有了丰富的意义生成性和无限的可阐释性。

总之，无论是作家的镜像书写还是读者关于书写的审美阐释，都应是基于文本艺术的自由思考和心灵对话。在文本营构的意象世界和意义场域中，作者的呼唤和读者的回应在历时性与共时性共在的之间性意义世界里会敞开更丰富的意义世界。所以，读者和阐释者应学会参与作品中发生的瞭望和凝视，并在瞭望和凝视中去倾听心灵中最本源的声音。

贾平凹的小说叙事就是在历史与现实之间的一种书写，他的书写以现实为基础，既源于生活又不同于生活，是他独特的生活体验和生命感悟的艺术结晶。这种历史与现实之间的思考、体验、追问和表达所建构的当下化的文本世界，在书写与阅读中敞开为一种时间意义上的之间性。我们应该学会在其文学叙事之间性的意义世界里去瞭望、凝视和倾听。

《极花》写的是当代现实生活中的一起妇女拐卖事件，但作者不仅仅是站在法律和道德层面进行谴责和批判，而是通过这一现实生活的书写揭示了中国传统乡村社会的历史命运问题。在走向现代化的今天，传统乡村社会的边缘化使其面临种种生存和发展的难题，传统的道德文化世界和城市化过程中新的时代精神相冲突，造就了一群"罪恶的善良人"。作者通过对传统乡村社会人们生存和发展的精神困境的描写，试图深入思考乡村社会群体的前途与命运问题，思考他们的权利和尊严问题。作品在叙事中通过传统文化与现实社会之间的精神对话，给我们敞开了不同文化背景中善与恶的悖论状态，揭示了历史变迁中的人性困境和社会悲剧。作者以现实主义的书写，从社会文化发展的历史必然和现实状态揭示了走在历史发展的十字路口上的中国社会存在的普遍性问题，因而具有深刻的思想高度和重要的文化意义。

与《极花》不同的是，《山本》叙述了中国历史上一段悲壮的民族革命史，描写了在社会动荡的乱世不同人物的命运。作者在叙事中，不是以宏大的历史视野展开叙述的，而是以小说家的立场，从小人物的生存和命运出发，反映一个时代不同人物的性格特点、精神状貌和命运遭际，写出了在暴力横行的生死存亡之际，人们生存的苦难和人性的挣扎。在表层的历史叙述中，作者以民间化的叙事策略，消解了宏大历史叙事的神圣感，以传奇化的方式和亦庄亦谐的戏谑笔调讲述各色人物的故事，以丰富的语象、意象和离奇故事，揭示战争年代的冷酷环境和麻木的人性；而在作品的深层叙事中，作者则充满了对人性的敬意，在血与火的残忍和生死边缘挣扎的悲凉中，歌唱善良，歌唱生命的庄严和人性深处的大德厚爱，使得作品体现出一种发自内心的对人的关爱之情和悲悯情怀。由此，文本表层叙事的传奇化、戏谑性和深层叙事的神圣化、悲悯性等不同格调形成一种意义张力，从而在一种反讽性的情感体验中启发人们去思考。文本的这种意义张力使文本的书写超越了特定的历史时期，而以丰富的生存镜像隐喻性和象征性地书写了个体与民族的历史悲剧和命运悲剧，从多方展开发问与思考。文本世界作为一种似问与似答的意义场域，在对活生生的生命样态的触摸中，成为历史与现实、人性与社会性等对话的基础，并在历史视野中引发了关于民族的历史、文化和命运等诸方面的现实性思考和深度体认，在历史与现实之间探讨民族革命中一些更为根源性的问题。

无论是截取现实生活一个断面的《极花》，还是截取历史生活一个断面的《山本》，作者其实都是象征性地写出了处于十字路口的中国社会的真实状态，写出了中国民间社会和中国普通民众的社会心理和文化心理，揭示了在现实生存困境中的人性挣扎以及善恶两难。他作品中的人物大都经历着残破的人生，而这残破的人生何以圆满?!作品中洋溢着一种大爱，而这孱弱的引导灵魂的大爱将起于何处归于何处?!在近百年来的中国社会的民族变革中，我们似乎一直处于社会文化变革的未完成状态，而在历史大潮中生息的个体生命，其人格命运似乎也和时代一样处于未完成状态。由此而言，贾平凹小说文本的镜像叙事，就更具有了丰富的象征性和隐喻性意义，从而使其文本的历史文化价值更为厚重，其文学叙事的历史意义、现实意义和文化意义则更为重大。

但更因如此，贾平凹的这两部作品却颇有争议。因为无论就历史还是就现实而言，其作品的镜像世界都直触人的灵魂、直触人的良心，写出了现实生存中人之精神困境和人性苦难。这种困境和苦难，有时真实得不忍直视，也难以直视。他关于善与恶、正义与非正义的拷问也许过于尖锐和严苛，因而在不同的接受者那里激起的是不同层面的精神对话和价值回应，包括同情性理解和批判性理解，但这恰恰是其文学叙事价值之所在。

纵观贾平凹的写作，他以现实为关注点，以人为凝聚点，在历史与现实之间瞭望和凝视。其作品中生活的镜像和精神的心相相生发，在历时性和共时性的当下化叙述中形成了他文学叙事的独特世界。他以文学之眼看世界、思世界，在历史与现实的艰难中对众生充满了爱与悲悯的情怀，在社会变革与动荡的大潮中对弱者寄予无限同情。从某种意义上，他是一位思想者、孤独者、博爱者与悲悯者，当然也是一位尖锐的批判者和深刻的自省者。他以浸润着自己生命意识的文学形式，忠实于自己的内在良知和生活体认，以司马迁为榜样，究天人之际，中外兼容，形成了自己文学书写应有的高度。

总而言之，一方面，一切现实的发生都是历史的，在历史文化视野中观照和理解现实，则作家的审美心胸别具境界，文学文本的审美意义也会更为丰富深邃；另一方面，一切历史都是现实的，在文本叙事的具体化情境中，历史的叙述必然体现出作家现实性的思想关怀和审美意趣。因此，作家作为自觉的文学书写者，其审美精神总是穿梭于现实与历史之间，是在现实与历史的当下化中的对话与思考，因而作家的文本叙事也就具有了现实生存的历时性和历史文化的共时性彼此奠基、相互共在的意义特征。一个真正的作家的书写其实正是在历史与现实之间进行的书写，并由此拓展其文本叙事的诗性意义空间，而贾平凹的小说正是在历史镜像与现实镜像彼此奠基中的之间性书写。

（四）书写的艺术性

如前所述，贾平凹在历史与现实之间展开的镜像性叙事，时间跨度长，内容深刻而丰富。其文学世界既有真诚的现实关怀，又有深邃的历史追问，蕴含着深刻的文化底蕴和深厚的思想精神，展现了不同情景中丰富的人性状态和生存命运，具有丰富的审美蕴藉和审美风格。可以说，贾平凹的系列文学作品，既是作家艺术人格的映照，又有作家独特的艺术创造，因而体现出丰富的艺术特质。正是作家多样化的艺术性书写，才使其每一部作品风格独具，艺术表现力杰出。如果贾平凹没有开放的心态、深厚的学养、融合众美的学习精神和不断追求艺术新境界的自觉意识，就不会有其深刻独到的叙事艺术。因此，他的文学书写的艺术性特质是其文学创作价值的重要体现，是他的美学思想和艺术追求的具体化。研究其书写的艺术性，才能真正理解贾平凹书写的文学世界的丰富意义。

第一，贾平凹的创作跨过了中国改革开放以来文学思想最为活跃的时期，受到了中外丰富的艺术思潮和文学思想的影响。作为陕西作家群的中坚人物，他的创作既继承和发展了陕西作家群的现实主义写作传统，又贯穿了新时期中国文学创作的整个历史，学习和吸收了不同时期的创作方法，走出了以现实主义创作为主体，融合现代主义和后现代主义等多种创作方法的创作道路，形成了鲜明的叙事风格和多样的文学世界。

第二，受多种创作方法的影响，贾平凹作品的文本建构方式丰富多彩，既有现实主义的多线叙事方式，以心理主义为核心的现代主义叙事方式，也有后现代主义的碎片化的写作方式。由此可以看出，其文本结构具有多样性和开放性，以及一种复调性的意义张力。

第三，作家的文本叙事具有双重叙述的特点。表层的故事叙事和深层的意义叙事形成一种彼此奠基、互相映照、互相生成的富有意义张力的文本世界，使得作品具有象征性和隐喻性等表现特征，体现出作家深厚的叙事能力和叙事技巧。

第四，在艺术技巧表现方面，由于作家善于学习、融合，能够推陈出新，其写作既有现实主义的典型化、细节化的刻画，现代主义的心理分析和情景的渲染，也有后现代主义的夸张、变形、戏仿等碎片化的写法。这种多样的写作方法，使其文本叙事绚烂多姿，表现力丰富。

第五，在写作方法交相为用的创造性写作实践中，其文学的审美形态丰富多彩。有追求理想的崇高性的，如《浮躁》；有人生追求的悲剧性的，如《废都》；有抒写小人物的喜剧性的，如《高兴》；还有抒写卑微人生的审丑性的，如《高老庄》；更多的是多种审美形态杂糅，形成诸如崇高、丑、喜剧、悲剧乃至以荒诞性、重口味为特征的后现代审美特质等相互映照的，如《老生》等。由此，其作品如琳琅满目的艺术宝库，既激荡人性，也常常引来争议。

第六，贾平凹作品的语言本色又诗意，既有方言特征、口语特征，还有文人特征，但在具体的叙述话语中却又展现为性情化的诗意性语言。

总之，贾平凹在创作过程中不断创新，融合各种新的艺术方法和技巧，发展、丰富、提升自己的艺术水平。他孜孜不倦的艺术追求精神和多样化的艺术风格使其创作活动总是展现出新的活力，具有长久的生命力。因此，认真研究和思考其书写艺术，是理解其文学书写意义和价值的重要途径之一。

三、贾平凹文学叙事的美学意向

文本书写就是镜像和心相共在互生的当下化敞开，既是主观的又是客观的，既是丰富的物象、事象等意象之世界，又是心灵化、性情化和事理化相交织的精神之世界，因而又是主客难分、物我交融的具有超越性的形而上的意义世界。这一当下化的文学世界在历史与现实之间展开叙事，以广阔的维度书写人的生存状态和人性境界，形成了富有启思性的多维度的审美意向。纵观贾平凹小说书写的镜像世界，从审美意义而言，至少表现出以下几方面的基本意向。

第一，作为一位现实主义的书写者，贾平凹的作品植根于现实生活，以文学反映生活的某种真实状态，表现了时代精神的某种本质。他的创作与时代的变革步伐相同步，作品题材总是来源于鲜活的生活，反映不同时期重大的时代问题,保持了陕西作家群具有的鲜明的现实主义的底色。因此,作为现实生活的真诚关怀者,面向现实生活,面向社会人生,表现时代精神,成为其文学叙事的基本美学意向之一。

第二,贾平凹在历史与现实之间关于生活的书写,以人为聚焦点,一方面对不同生存境遇下的人的精神世界和人生命运进行探讨,写出了不同环境下的人的精神气质、生命意识和价值追求,描画了一系列丰富的人物形象;另一方面,作者在作品中浸润着自己的生活体验和生命意识,表现出在人生的不同阶段和不同环境中自我关于生命意义、生存价值以及命运的终极性思考,从而使得作品故事超越故事本身,而具有了更为普遍的关于人的生存意义的本源性思考。他的文学写作,其思情与诗情既能"入乎其里",以真实的生活和真切的生命体验为底色,具有深沉的现实情怀;又能"出乎其外",表现出审美思想和情感的超越与升华,体现出深刻的生命关怀,赋予生命以深邃的意义和无限的遐思。在这种"出"与"入"的生命体验与精神升华中,作者为我们建构了一个宏大、丰富且深刻的生活世界和人性世界,拓展了一个富有诗情与思情的对话场域。总之,他的文学叙事体现出文学作为人学的本质,表现出作为生活和生命意义的体验者、思考者和表达者的超迈胸怀。因此聚焦于人,思考和表现人的意义和价值成为其文学审美活动的重要思想底蕴和基本情感境界,当然也显现为其文学叙事的基本美学意向之一。

第三,贾平凹的历史性书写,展现了在中国现代化的历史进程中中国传统文化的存在状态、现实价值及其历史困境。作为出身乡村社会的作家,他对传统乡村社会的精神文化从小耳濡目染,对中国传统社会的民风民俗及其所承载的情感表达和思想精神有着切身的体会,对生活在传统文化世界中的人们的内心世界和价值追求有着深刻的理解。因此,他对故乡的观察、追忆和书写，深刻地映照出了中国传统文化的精神。他关于故乡的镜像化书写，充满了关于故乡的文化风物、生活风俗、历史遗存和各色人物等丰富的意象，写出了在现代化进程中生活在传统文化世界里的男女的迷茫和痛苦。他关于故乡的书写，是一次离乡与返乡的精神穿梭。在这一离乡与还乡的精神穿梭中，他笔下的故乡已不仅仅是地理上的故乡和曾经生活的故乡，而是具有了象征意义和隐喻意义的中国传统文化的故乡、中国人的精神故乡，是中国百姓安身立命的精神家园。作者就是书写这一丰富的故乡意象的历史文化的寻根者。他以神圣庄严的情感写出了历史变革时期家乡的人的精神挣扎和人性困境，写出了因年轻人出走而后继无人的家族家园的零散化，揭示了生活在儒、释、道等传统文化世界里的人们在现代化面前的坚守、彷徨与迷离。总之，作为书写故乡的文化寻根者，贾平凹对中国传统文化的深刻思考和生动表现贯穿于对故乡事的镜像书写中，因而对传统文化的内在精神和现实意义的思考与表现也是其文学叙事的基本美学意向之一。

第四，书写故乡、书写传统文化当然离不开对现代化历史进程的思考和表现，写出传统文化中的现代人和现代文化中的传统人，正是贾平凹的小说为我们展现的中国社会的一种历史性的真实。贾平凹作为现代知识分子，既有对传统文化的痴迷、热爱和同情，又有新时代的知识分子的现代意识。作家以现代化的新思想对小农经济时代的传统文化理性地保持着一种反思、批判和悲悯的态度，以改革的精神呼唤着社会文化的更新和变革，并试图在新的时代为自己热爱的家乡的这群人寻找未来和出路，寻找他们在现代化历程中的人生坐标。但是，他在写作中是矛盾的、反讽的甚至戏谑的思考者和追问者，他在现代化的世界无法让他们立足，无法找到他们安身立命之所。因此，在面对故乡的精神寻根的同时，他根本上又是现代化思想的实践者。他的文学书写以现代化的宏观视野，在现代化的历史文化语境中不断重述故乡和故乡人的故事，让故乡伴随着现代化的中国而成长，伴随着国家的变革而变革，因而他的书写既继承了五四以来中国现代文学的大传统，又继承了陕西作家群书写历史的小传统，在现代化的历史使命赋予的时代精神中书写故乡世界的精神裂变和人性状态；同时他以开放的精神积极吸收现代艺术理念和艺术表现手法，以反思精神、批判精神和艺术创造精神超越自己的故乡书写而象征性地隐喻传统的中国社会在现代化历程中的某种历史命运之必然。因此，其文学叙述中坚守的现代思想、现代理念、现代艺术等内涵共同构成了其文学叙事的重要美学意向之一。

第五，贾平凹能够积极吸收中外艺术思想和艺术经验，兼容并蓄，创造性地融合和运用，开拓了丰富的艺术境界。如前所述，他的文学书写能够把经典的现实主义叙事、现代主义流行化叙事和后现代主义的先锋叙事等创作理念和创作手法融合在自己的创作实践中，形成了多样化的审美风格和艺术样态，增加了艺术解读和接受的困难性；他在小说写作中体现出的开阔自由的文本叙事能力和创造性的艺术实践精神，使不同的作品在叙述中总是展现出不同的艺术技巧和多元化的叙述方法，体现出其对于中外书画等艺术形式跨门类的借鉴和融合，极具自由的创造精神。在作品叙事中，在传统文化语境和现代文化语境彼此奠基的意义张力中，作者把乡土世界、现代化世界和处于现代与传统之间的生存者的精神面貌和人生命运十分丰富地展现出来，使文学作品成为多元对话的基础，从而大大拓展了作品的美学意蕴，提高了作品的艺术魅力。可以说，在文本叙事中，作者是一位美学境界的创造者和艺术境界的追求者。从这一层面而言，作者文学叙述中展开的自由的美学创造以及艺术追求也成为其文学叙事的重要美学意向之一。

第六，贾平凹的文学叙事从话语方式而言，体现出民间叙事和文人叙事的统一，二者互为表里，交相为用，形成了其故事叙述独特的语言风格。贾平凹的小说写作，从某种程度上坚持了中国传统小说的市井性和民间性的叙述特点，具有本色化的特点和风格，其中土语、口语、俗语甚至恶言粗词都聚焦笔下，一副市井小儿状，刻画的人物通俗形象而又常显亲切生动。这种写法，既使他的作品具有地域性和民间性的风格，带有媚俗化的大众文化的特点；但另一方面而言，他的这种话语风格又具有了文人化的特点，表现出中国传统文人面对真实生活中的人事物象所采取的赏玩之态、逍遥之情，因而渗透了某种玩世不恭的文人格调。但总体来看，这种民间性、市井性以及大众化和玩世不恭的文人化，从起源意义上而言又是小说的本质特征的体现，是贾平凹对中国传统说书艺术和话本小说的有意继承和创新，因而成为其小说叙事语言某种极具张力性的美学特色。进而言之，这种杂糅古今、多格调的戏谑化的颇具意义张力的把玩鉴赏，也就带有了现代主义和后现代主义的叙事风格和美学追求，所以其文学文本的语言方式也就具有了几分现代性的艺术特征。因此，从语言审美而言，其民间性、市井化和文人化的独特语言格调也形成其小说叙事的重要审美意向之一。

总之，贾平凹终其一生的文学追求，为我们创作了一个意蕴丰富的艺术世界。这一艺术世界通过文本符号多向度的意义勾连和彼此奠基，创造了更为丰富而广泛的多向度的叙述语境和对话场域，以历史性和共时性共在的之间性叙事，在当下化的文本语境和社会文化语境中展现了广阔的文化镜像和现实镜像建构的意义世界，由此创造了文本巨大的文化效应和艺术效应。从以上提出的文本叙事的多重美学意向出发，多角度多层面地解读文学文本这种之间性的镜像叙事所隐喻的现实意义、历史意义、文化意义和象征意义，不仅具有重要的方法论意义和阐释学价值，而且在基于文本的心灵对话和精神升华中具有重要的启思性意义。

四、文学书写的瞭望与凝视

贾平凹在历史与现实之间的镜像书写，既是对现实生活的反映，又是作家自我心相的外化；既是对生活的一种本质性的认知，又是对生活的一种意义的赋予。可以说，文学的镜像世界是历史事件与现实生活、文化精神和当下生存，以及作家的理性认知和心灵化的生命顿悟等相互映照、彼此生成的意义关联域，其中浸润了作家的生命意识和诗情思情，形成了具有多重审美意向的文本意义世界。

这种镜像化的书写既是作家向世界的瞭望与凝视，也是在镜像化的瞭望和对视中被世界凝视。因而文学的镜像书写意味着作家面对世界的互相瞭望和凝视，是向外看世界与向内看自我的倾听、对话及交流的精神过程，是一种彼此启发和交往的生成性的意义场域。无论是在历史中瞭望和凝视现实，还是在现实中瞭望和凝视历史，这种彼此的凝视的聚焦点都是人，是人与其生存的世界家园和精神家园。人之生存的家园，如海德格尔所言，乃是"天、地、神、人"之间的镜像游戏。[①] 所谓游戏，指这种向世界的瞭望和凝视是克服一切偏见、俗见、定见和习见等的自由观照。如前所述，这种镜像乃是关于人与世界之意义关系的圆照之象，具有精神的向往与审美的超越。

基于历史与现实之镜像世界，作家的思想和心灵会超越有限的时空，这种超越使文学的间性叙事获得了一种无限的眼光，从而以更大的意义之

[①] 参见赵录旺：《在解构与建构之途——海德格尔美学的源初性之思》，博士学位论文，陕西师范大学，2009年。

域领悟世界并审视自我，在终极意义上思考人性的处境和灵魂的归宿。

因此，真正的文学书写是一种在遥远的瞭望中的凝视，而这种凝视总是令人恐慌的，尤其当面对无限之深渊的时候。从某种意义上而言，贾平凹的文学书写就是带领我们面向深渊而展开的一场深情凝视。①

作为思想者、审美者和艺术作品的创造者，贾平凹的小说在现实与历史故事的书写中总是以超越性的精神和心灵，在形而上的无限意义之中观照历史与现实中的人生世相。他的文学叙事中总是存在着第三双眼睛，面向历史与现实，瞭望和凝视世界，倾听心灵永恒的声音，以小我和大我对话、以有限的生命和无限之永恒对话，这使他的文学叙事总能超越现实和历史的时空局限，以独立的思想在当下语境中关注人性的困境并追问生命的永恒意义。其文学作品如《秦腔》《老生》《极花》《山本》等就是关于气象万千的人性世界的叙事。

总而言之，贾平凹的文学书写体现出较高的思想境界、卓越的审美能力和深沉的文化意识。他洞察人性之幽微，在多重意向的审美活动中奠定了其文本镜像基于历史现实的隐喻义、象征义，并以文本表层叙事和深层叙事的逻辑悖论和意义张力，蕴含了丰厚的社会内容、鲜活的历史图景和多样的人生世态。

从贾平凹的文本世界出发，在心灵的倾听、对话、瞭望与凝视中，解读和阐释其镜像叙事中的丰富意象，探究和发现其意象世界深刻的现实意义、历史意义、象征意义、隐喻意义以及由此形成的审美价值和艺术价值，从而揭示作为思想者、审美者和艺术作品创造者的贾平凹的精神追求、文化追求和艺术追求，具有独特而重要的文学意义。

---

① 参见赵录旺：《在解构与建构之途——海德格尔美学的源初性之思》，博士学位论文，陕西师范大学，2009年。

第一章 贾平凹的写作之路

客观地讲，贾平凹是中国当代文坛创作持续时间最为长久、创作力最为旺盛、创作成绩最为显著且创作的影响力最为深远的作家之一。作为陕西作家群的中坚人物，他的写作和中国改革开放的现代化历程一起成长，其丰富的作品是对中国改革开放伟大历史实践的一种重要的精神回应，构成了对这一段中国社会文化深刻而伟大的历史变革的史诗性书写。作为书写者，他既热烈地关注生活和人民，书写普通百姓的人生故事，又以自我放逐的精神自觉疏离他热爱的家乡，以敏锐的思想和独特的审美精神书写这个民族发展历史中内在的生存逻辑和文化逻辑，展现我们这个民族深厚的精神底蕴和丰富的心灵状态。

作为文学精神的追求者，贾平凹是一位热烈的书写者。他对这个时代、这个时代的人民，特别是对自己熟悉的家乡人民充满了热烈真诚的关心和挚爱。他不仅关心现实生活中不同个体的生存命运，更关心群体的命运乃至于整个国家和民族的命运。他在时代变化中感同身受的人生阅历、生存体验和生命领悟，成为他史诗性书写的现实主义底色。同时，作为独立的文学精神的追求者，他又是一位超越现实的疏离的书写者。他丰富的笔触深入现实维度和历史维度，对时代变迁中普通民众的生存苦难和人性悲剧等进行了深入冷峻的反思和批判，以一种零度介入的陌生化态度对这场变革中的人性状态和文化根源展开深入思考，以一种文化寻根和精神还原的姿态书写民族的精神史，并表现出一种悲天悯人的情怀。这种自我疏离的零度化书写使他的史诗性叙述具有了更普遍的文化品格和更厚重的人性深度。

热烈的体认和疏离的反观形成的悖论性的双重书写态度,体现了贾平凹写作中的双重身份意识,即作为具有深刻的乡土情结的农家子弟的身份和作为具有文化批判意识的知识分子的身份。这种双重身份所形成的差异化的审美视角使作家在镜像化叙事中表现出一种深刻而厚重的思想情感张力,使其文学文本既体现出对乡村文化深刻的同情与理解,又体现出在历史大潮下的一种嘲讽式的思考和批判,从而形成文本叙事的反讽性意义结构。这种反讽性的意义结构,是从传统的乡村中国走向城市化的现代中国的过程中产生的独特的人性张力、文化张力和历史张力的叙述语境的具体表现。这一城乡之间、传统与现代之间的精神张力成为其文学书写的基本社会文化语境,奠定了其文本在历史与现实之间展开一种多向度精神对话的思想追求和审美境界,形成了其小说独具个性的艺术风格。研究贾平凹创作的艺术价值特别是小说书写的艺术价值,首先应该对作为小说书写者的贾平凹的创作状貌、艺术特质及其创作历程进行一次宏观的瞭望。以此为开端,我们才能发现贾平凹小说书写的重要艺术价值、历史价值和美学意义。

第一节

贾平凹小说叙事的基本道路

　　文学作为社会生活的一面镜子，绝不是对社会生活的简单映照，而是如巴尔扎克所说，要能够写出"时代的五脏六腑里"的人物的心路历程和独特命运。这就要求作者既能"入乎其里"，又要"出乎其外"，也就是既要有丰富深刻的社会生活的积累，又要有超越现实生活的思考和批判精神。贾平凹的写作正是体现出了作家这种能入能出的重要品质：一方面，作为时代发展中的一分子，他和同时代的人民一起感受着这个时代的种种变化，经历了这种变化带来的喜悦、痛苦，这为他的写作奠定了重要的现实基础；另一方面，作为作家、知识分子，他又能站在人类文明和历史文化发展的高度对这一社会变革中的人生众相和人的精神状态进行冷峻的思考和批判性的拷问。

　　应该说，贾平凹的创作是跟随着改革开放的脚步而一路走来的。他的创作反映了中国改革开放的社会现实状貌，书写了不同时期形形色色的众生相；他能够捕捉不同时期中国社会的时代精神，表达不同时期人们的精神忧患和社会关怀；他的写作能不断吸收新的艺术思想、艺术方法和美学趣味，在创造性的融合中进行艺术性的表达。他的写作具有鲜明的个性，其作品的叙事史和时代一样不断行进在路上，体现出鲜活的现实性、时代性和艺术性。

历史地看，作为一位从乡村走出来的作家，贾平凹的作品也是从乡土文学的写作开始的。他的早期作品，以反映现实的经典现实主义为基本创作方法，主要包括《满月儿》《腊月·正月》《小月前本》《天狗》《鸡窝洼人家》《商州初录》《商州》《浮躁》等。这些作品以描写家乡的风土人情和改革变化为主基调，具有浓厚的商洛文化的地域性特征，当然也写出了时代的变化对家乡生活的冲击和影响，改革开放之初人们观念的改变和命运的变化，切中时代精神，产生了广泛的影响力。

《浮躁》之后，面对中国社会开始的现代化之路，作者自觉地转变写作思路，以现代化的视野超越传统的现实主义写法，从乡村书写开始转向城市书写，开始了自己的离乡之旅，从创作思想到艺术追求都出现了极大的变化。

五四以来，中国乡土文学书写的一个基本意向就是寻根意识，20世纪80年代的寻根文学也是以乡土书写为主。贾平凹的写作也是如此，他的乡土写作带有中国知识分子五四以来最基本的寻根意识。如果说贾平凹早期的乡土文学所表现出的寻根意识带着对传统乡村文化的美好想象，那么到了城市书写时期他的作品开始有了更深刻的文化反思意味，其寻根意识则从田园牧歌式的歌颂转向了对传统文化下人性的现实状态的真实描写。这一时期的代表作是长篇小说《废都》和《白夜》，这两部作品以当代城市知识分子为写作对象，勾连起了在现代化的历史进程中城市各色人等的生活和命运，写出了一群无家可归的城市人的心灵现实和灵魂的孤独。《废都》中游魂一般出没的男性知识分子庄之蝶，是一位在人伦溃败和人性沦落中孤独跋涉的无行文人；《白夜》中的女性知识分子虞白，清高自赏、清雅脱俗，具有传统知识分子的高洁精神和独立人格，但在世俗世界里却是一个找不到归宿的落魄女子。作者通过帮闲文人庄之蝶和清洁自守的高雅文人虞白等两种知识分子的生活状态，映照出了现代化进程中传统的家庭伦理、两性关系、社会道德逐渐被解构的命运，写出了不同社会地位、不同社会角色精神世界的痛苦变化，提出了现代化历程中人们不得不面对的从社会身份到价值观重构的严峻现实。这两部作品的名字"废都"和"白夜"从字面意义而言，就很有隐喻意味，即传统精神的废弃和灵魂向黑夜的沉沦。中国传统文化浓郁的城市社会其实和古老的乡村社会一样，在现代化、城市化的发展过程中依然存在着精神裂变、心灵失落和道德失范等严峻的问题。城市和乡村，在文化根源上本质是一致的，面对新的现实当然都同样一方面继续积淀和演绎着传统文化的根本精神，另一方面又不得不面临种种精神困境和艰难选择。传统和现代之间的精神张力让生活在城市和乡村的人们往往无所适从，内心常常焦虑、茫然而彷徨。

在城市化扩张过程中，中国社会的现代化迈开了更大的步伐，城市的问题和乡村的问题纠缠在一起，城市的问题也是乡村的问题。作为一个作家，回到乡村的文化世界也许更能理解城市化中的精神问题。于是贾平凹以更大的文化视野，以现代化为基本的精神底蕴，从城市看乡村，从乡村看城市，虚实结合，以至于从乡村这一隅之地剖析中国社会和传统文化展现的更为真实的现实图景。他的写作以更高的思想和眼界艺术地表现传统中国和现代中国碰撞交融带来的人生存的精神困境和悲剧，从而超越了题材，超越了地域性，也超越了自我和传统，以更为深刻的精神体认和艺术方式，从对个体命运的书写走向对群体命运的书写，进而走向对民族、国家的命运以至更为深邃的人性状态的思考，形成了更为开阔的书写境界，体现出在现代化的历史进程中一种自觉的文化寻根意识和反思现代化的意识。这是一个更为深刻的返乡的过程，是从表层的日常人伦生存向更为本源化的历史文化世界的返乡，是从现实日常生活的悲剧性向人的精神世界的悲壮性的瞭望，也是从形而下的现实关切向形而上的关于灵魂归宿问题的悲悯的返乡，体现出作者强烈的现代意识、人文关怀和超越的形而上的精神视野。

从贾平凹的作品来看，我认为这一走向更为成熟的返乡式书写的标志应该是《土门》。这部作品以处于城市边缘地带的城中村为写作对象，叙述了在城市化的过程中一个古老村落从抵制、挣扎到消失的过程，写出了以成义为代表的村民们和城市化进程进行苦苦斗争的努力。作品尽管写得离奇而荒诞，但是却以象征性的手法隐喻了这场变革的不可阻挡以及传统文化世界难以维系的悲哀。尽管村民们做出了种种的努力，建造了一个理想的宗法社会的伦理秩序和信仰体系，但依靠具有草莽之气的家族式英雄，显然难以应对中国社会的现代化进程。在这部作品中，作者的写作有了一次重要的转向，他又以乡村世界的视角面对现代化这一历史过程，从中洞察中国传统文化面临的时代困境以及自我超越的可能性，思考在现代化的历程中具有浓厚传统文化意识的普罗大众的精神世界，表现处于传统与现代、乡村与城市的夹缝中的普通人的心灵困境和人性状态，展现了这一巨大的社会历史变革所带来的文化阵痛和生存悲剧，而这种社会文化的悲剧性阵痛从某种意义而言正是当代中国一种重要的社会文化症候。

从文化意义上而言，中国的城市和乡村一样，都是在传统文化的基础上探索现代化的道路，因而在走向现代化的过程中面临的是共同的精神困惑和文化问题。因此，贾平凹的后期写作似乎写的是故乡一隅，但实际上关怀的却是我们的民族和国家，是这场现代化历程中更大的文化问题和人的问题。这一写作转向在其后期写作中又在两个向度上展开，即现实的向度和历史的向度。

从现实向度而言，贾平凹的作品主要有《土门》《高老庄》《怀念狼》

《秦腔》《带灯》《极花》等；从历史向度而言，其代表作主要是《古炉》《老生》《山本》等。前一类作品以现实的乡村社会的人事为基本内容展开，表现现代农村社会不同个体、不同群体的生活环境和精神状态，揭示在日常生活状态和日常道德层面下他们的精神个性和人性状态，进而展现在传统文化的熏染中成长的他们的人性裂变。作者对他们的叙事既是同情的也是批判的，既是热爱的也是绝望的。他们如何走出传统封闭的乡村世界，如何适应和走向开放的外部世界，如何在现代化的大潮中找到自己的身份和位置，是十分令人忧虑的问题！失去传统文化庇护的这一代人是没人欣赏的孤独英雄，是找不到安身立命的位置的破落的流浪者，故乡似乎已不再是心中的故乡，城市似乎也不是心中的归宿，作者其实在作品中提出了一系列严峻的问题。

在书写现实的同时，作者的笔触伸向了历史，在历史的脉络中进一步思考中国社会发生的这场深刻的现代化变革之路。《古炉》这部作品以一个小小山村的命运为切入点，揭示了在时代大潮的冲击下群体性的盲目和无奈，社会革命背后个体心灵的矛盾纠结，以及利益冲突中人性的善恶，让我们看到传统文化在新的革命浪潮冲击下的无力，并进一步对人的生存意义和价值进行了深刻的富有哲理性的表达。《老生》和《山本》堪称姊妹篇，二者的写作题材都是围绕以乡村为中心的革命历史，以宏阔的文学视野写出了革命中不同人物的故事和命运，试图还原那一段峥嵘岁月的历史真实，在历史的真实中触摸中国文化和中国社会在变革中的某种本质性的东西。如果说在现实性的书写中，作者注目于个体心灵世界，以个体命运的书写映照我们民族的精神状态并思考我们面临的时代性的问题；那么其在历史性的书写中则注目于群体性的文化世界，在群体性的行为中展现个体的行为和心灵状态，从而在历史大潮和时代风云中以一个村子或一个群体的命运去思考我们民族的历史命运。

无论是现实性的书写还是历史性的叙述，作者所构筑的文学世界都以丰富的人物形象和深刻的人性刻画，揭示了传统文化深厚的中国和走向现代化的中国这两种各有其价值诉求和意义坚守的文化融合之冲突的必然性和现实性，这种冲突性的革新与融合对我们的民族精神和个体命运造成的影响是极其深远而巨大的。这场社会的变革既是我们民族一场崇高化的神圣历程，也意味着个体心灵裂变的悲剧性的命运。从这一意义而言，贾平凹的作品正是以丰富的意象性镜像书写中华民族这一悲壮的社会革命中丰富的精神图景，从而以象征性和隐喻性的言说对我们这个民族这一重要的历史进程展开思考。

总体来看，贾平凹的创作道路是一个不断丰富和深化的创造性过程。他通过对历史上产生过重大影响的事件的书写，试图给近百年来中国社会的变革与发展描画出一段精神历史，用文学的虚构性叙述叙说一种历史的真实，以文学的眼光理解我们民族这一段波澜壮阔的悲壮历史，因而他的写作追求有着史诗性的视野和深度。

第二节

贾平凹小说作品的基本分类

从贾平凹小说书写的基本道路可以看出，他的作品在各个时期有不同的特点，但又都一脉相续地不断走向思想和艺术的成熟。为了进一步认识和阐发其思想艺术发生发展的过程，揭示其创作的深厚内蕴和艺术品格，这里首先对其作品进行简单分类。

如前所述，根据贾平凹各个时期作品的题材、主题和艺术特点的不同，可以把他的作品分为三个阶段四种类型：以《浮躁》（1986年）为代表的早期作品为第一阶段；以《废都》（1993年）和《白夜》（1995年）等作品为代表的第二阶段；以《土门》（1996年）为转折的后期写作为第三阶段，这一时期因书写的内容不同，又分为两类。

一、以《浮躁》（1986年）为代表的早期作品

贾平凹的早期写作，体现出他旺盛的创作力。作者带着对故乡的热情，描写故乡的山川风物和人情故事。其作品体现出这样几个特点。

第一，作品对故乡的地域风情进行了细腻丰富的书写，具有鲜明的陕南地域文化特征。如商州系列，就是对故乡商州的山水人情的诗意抒写。作者描写故乡钟灵毓秀的山川、河流，故乡种种历史遗存和普通人的故事与传说，把故乡一隅之地写得溢光流彩，丰富多情。故乡山水和风土人情

作为其作品书写的背景，成为作品的主要审美内容。在《浮躁》这部早期代表作里，空山回响，州河浩荡，山川自然的氤氲之气和人的朴拙灵秀之情浑然天成，形成了作品独特的审美境界。

第二，作品在叙写人物故事和山川风物中，体现出对中国古典小说的自觉学习，流露出传统笔记小说的志人志怪之趣。在早期小说写作中，他的作品具有志怪小说的特点，即他讲述的故事和人物形象经常是社会生活中的边缘人，带有一定的传奇色彩，具有独特的性格、怪异的行为和离奇的命运，和主流社会总是有几分差异和距离，从而形成一种雅俗共赏的独特的意义张力，耐人寻味。如《商州》中的城市人刘成、戏剧演员珍子和拾粪人秃子等三个身份差异很大，但又同是草根人物之间的恋爱关系，作者写他们的思想、情感和行为都既在意料之外，又在情理之中。他们的情感关系和命运安排曲折动荡，颇具传奇色彩。珍子冲破一切阻力追求爱情的牺牲精神、刘成在逃亡中为珍子默默奉献的刻骨铭心之情以及秃子不计荣辱不计得失为爱情全身心的奉献精神，作品笔下的一片痴情在不同人物的身上、在生活的艰辛和苦难中美丽绽放。《鸡窝洼人家》的换妻故事，同样有几分传奇，几分喜剧，也有几分悲剧和崇高。《浮躁》中金狗和小水的爱情命运同样曲折，既有现实性，又有几分传奇感。总之，他早期的小说以现实生活为基础，在记人叙事中总带有草根世界那不大不小的曲折性和传奇性，从而曲尽人情世故。这一特点奠定了他小说书写的市井化特征，体现出小说书写自身的本源性特质。

第三，在故事的讲述中，作者更体现出一种现代价值观念，细腻地描写了传统社会中可能在发生的浪漫的爱情故事，表现爱的主题。作为一位受过现代教育的作家，贾平凹在书写家乡的故事中，面对古老封闭的乡村世界，总是带有一种面向现代社会追求进步的文化观念。他不仅用心写出故乡山川河流等自然景观之美和故乡淳朴厚道的风俗之美，而且自觉地刻画出人物崇高的精神追求，表现出追求自我价值、爱情至上的唯美主义价值观，体现出热爱家乡、建设家乡、渴望现代文明的崇高情怀，具有植根于现实生活的时代精神。其早期作品《满月儿》《腊月·正月》《小月前本》《天狗》《鸡窝洼人家》《商州初录》《商州》《浮躁》等作品，在书写家园世界的风土人情和传奇故事中，在传统社会的背景中都渗透了自由开放的个性精神和爱情至上的主题，以新的眼光赋予商州民风民俗一种新的精神气质，一种开放的面向世界、面向未来的历史担当意识。

第四，尽管早期作品表现出具有地域风情的传统色彩和写人记事的笔记小说的特点，但在对封闭纯朴的家乡的书写中，作者笔下的故乡山水和日常人情却充满了诗意化的"性情之响"。在小说背景的铺陈中，作者总是喜欢写土得掉渣的乡下人、行舟人以及偏远的山民等无名人物的行为、习俗、情调和言语，使作品在主要人物的刻画中平添了一股山野之气，增强了作品叙写生活时空的厚重感、日常感和历史文化韵味的当下感，奠定了贾平凹此后小说书写中雅俗共在、天人交通的审美基调。这种雅中见俗、俗中有雅的叙事方式，让我们自然联想起了雨果人物创作中提倡的美丑对照原则，这一对照原则形成的精神张力使文本具有很强的叙事力度，丰富了阅读体验，创造了很好的艺术效果。贾平凹这一早期体现出美丑对照的文学书写个性，应该说为其后期文学叙事中自觉的审丑意识奠定了重要的开端。在作者早期作品丰富而热烈的现实主义叙事中，年轻的作者试图以传奇之笔和对普通人的精神刻画，写出商州这个地方的山水文化所养育的具有独特精神气质的性格。这种长期而热烈的对故乡人物普遍的性格特点的探求、塑造与表现，可以和英国作家哈代对故乡人物普遍的性格特点的书写相比肩，从而使自己以现实主义为底色的文学写作达到了难得的高度和深度。

无论是山大林密、野兽出没的商州山水，还是淳朴浑厚、具有山野之气的草根民众，作者都能写出他们和天地相通的自然本性中的"性情之响"，并在现实的生活境遇中把这种商州山水和商州人的"性情之响"写得荡气回肠，充满诗意。这种性灵之美正是贾平凹关于故乡的隐喻性镜像，自然也是他充满自由性情的心灵的圆照之象。因此，作者早期关于故乡的文学书写，无论是故乡的山水风光还是民风民情，不仅是他对生活的体认与观照，而且已然渗透了他温润的生命气息，充满了他发自内心的对故乡热烈的钟爱之情，因而是充满多重意蕴的镜像化书写。

第五，贾平凹早期作品在对故乡山水、风俗人情和生活故事等的书写中鲜明地体现出现实主义精神，奠定了其文学书写的最重要的底色。这种现实主义精神，既是社会主义文学发展的重要基础，也是陕西作家群文学写作的活的灵魂。

贾平凹的早期书写，完全继承了现实主义创作方法，主要表现在这样几点：首先，坚持典型化和个性化相统一的现实主义创作原则。如前所述，他在作品中描写了家乡典型的自然环境和社会环境，写出了这一地方独特的自然风光和社会习俗，刻画了众多典型环境中富有个性特征的人物形象。如《天狗》这部小说，作者在独特的社会环境和生存环境中描写天狗、师傅和师娘之间特殊的感情关系，在人物的情感冲突中刻画人物形象，篇幅短小但却曲折生动，既写出了人物各自的个性特点，如师傅的用心、师娘的痛苦以及作为徒弟天狗情感的矛盾，又在个性冲突中写出了几个人物身上共有的善良、忠诚以及富有责任感的担当精神，可以说对人物的心理发展过程的描写真实细腻，对人物性格的把握也十分到位。其次，表现时代精神。他的作品展现了中国社会开始涌动的社会改革的大潮对乡村社会产生的冲击，以及传统封闭的乡村社会面对新的时代潮流发生的巨大变化。如《商州》中的珍子对城市生活的向往，《鸡窝洼人家》的换妻故事中体现出冲破传统家庭关系、自由创业致富的新时代精神，《满月儿》中崇尚知识、追求自我价值的新一代青年人的情感世界，《浮躁》中以金狗为代表的自觉追求自我价值、人生理想并具有积极的社会参与意识和改革意识的新时代创业者形象，等等。作者以众多的形象，通过乡村世界的新变化、新故事，关注现实，关注民生幸福和社会进步，表现了改革开放之初的中国社会焕发的勃勃生机，展现出那个人心思变的独特时代的精神风貌。再次，关注小人物的命运。从普通人的人生命运出发反映社会环境，书写大时代，这也是现实主义传统的重要方面，这一特点在贾平凹的写作中体现得十分鲜明。他作品中的人物几乎都以草根阶层为主，以此来折射大时代，形成其作品叙事的重要特点。其他诸如场景描写、细节刻画和语言的本色化等现实主义的写作原则，在其作品中都有出色的表现。

　　总之，贾平凹的早期作品能够坚持现实主义的创作方法，描写故乡的山川风光和风土人情，在典型环境中刻画典型人物，把故乡这一隅之地的人与物写得丰富多彩，充满了性灵之美。这种传统的现实主义的叙事策略，是以现实的伦理道德为基础展开的审美活动。作者在现实人生的情理冲突中展现伦理精神的挣扎，并在自我人格价值的固守中实现精神人格的升华，因而是一种具有理想主义和理性主义追求的宏大叙事。这种宏大叙事以典型化为主要艺术手法，试图揭示生活的本质和人性的美好，追求人之生存中真、善、美的诗意统一，以优美、悲剧、喜剧和崇高等传统的审美形态为主要审美追求。这种现实主义的叙事方式，是经典主义叙事方式的重要表现。贾平凹的早期文学叙事就是以经典的叙事方式建构了一个封闭的自足的乡土世界。作者怀着虔敬之情，书写了这个封闭自足且宽厚浪漫的充满人情人性的乡村伦理世界，当然这也是在新时代到来之时一个危机和希望共存的乡村社会。作者对故乡热烈的爱和对时代变迁的敏锐观察，在其现实主义的经典叙事中深刻地体现了出来。

二、以《废都》（1993年）和《白夜》（1995年）等为代表的写作

在改革开放的大潮中，随着社会经济的市场化和商业化，以城市化为代表的中国社会的现代化进程迅速发展。在这一急剧的社会文化变革中，城乡世界的人际关系和社会关系发生了激烈的变化，随之而来的是人们在现实生存的迷茫与向往中既有的伦理道德、思想情感和精神状态发生了巨大变化。外来文化的流行，对中国人的价值观念、人生态度和意义追求等都产生了重大而深刻的影响，一场真正的社会变革正在发生。和这种全社会的变革潮流相一致，多种社会思潮、哲学思潮、美学思潮和艺术思潮等也互相影响，人们的审美观念和文学观念随之也发生重大变化，多元的价值观、多样的艺术样态等深深冲击着当时的社会风尚和艺术追求。

在这样一个生机勃勃的大变革时代，贾平凹的文学书写紧追时代的发展脉络，随着城市化的发展而面向走入城市的人群，揭示了放弃乡村的各色人等在市场化和商品化的时代的精神追求和心灵状态，继承了现实主义文学创作的基本底色。这一时期的代表作是长篇小说《废都》和《白夜》，这两部作品以出身农村的当代城市知识分子为写作对象，勾连起了在现代化的历史进程中城市各色人等的生活和命运，写出了一群失去家乡依托的城市人无家可归的生存状态。《废都》中围绕大知识分子庄之蝶的一群来自家乡的男女知识分子，他们在欲望的世界挣扎，自我价值的失落使其在城市的欲海中沦落为人伦溃败和人性沦丧的无行文人。《白夜》中的女性

知识分子虞白，具有传统知识分子的清高精神和独立人格，但在纷扰世俗的世界中却是一个找不到归宿的落魄女子。作者通过她把城市原住民和来自乡村的打工者勾连起来。她对夜郎这个有一定文化的农村人的恋情，既是对无处安身的势利的城市文明的一种厌倦，又是走投无路的传统知识分子对传统文化无望的一种寄托。作者通过对帮闲文人庄之蝶和清洁自守的高雅文人虞白等两种知识分子的生活状态的描写，映照出了现代化进程中传统的家庭伦理、两性关系、社会道德逐渐被解构的命运，写出了不同社会地位、不同社会角色精神世界的痛苦变化，提出了现代化历程中人们从社会身份到价值观重构的严峻现实，从而使其文学写作在转向城市书写的同时有了文化反思和文化寻根的美学意味。

在改革开放的冲击下，这一走向城市、放弃乡村的离乡历程，意味着在新的时代传统文化和现代文化之间难以克服的冲突。面对人性的困境、人伦的崩裂等现实，每个人寻找自我都显得尤为艰难，找不到自我的痛苦与彷徨成为一代人的精神问题。《废都》中天上出现的四个太阳、庄之蝶的自我放逐等都意味着社会伦理秩序和观念信仰等大变化的时代的到来。找不到影子的人们和弃家远行的庄之蝶正是找不到自我的现代城市人的价值迷失和精神彷徨的隐喻和象征。

在这一社会变革和题材变革的书写中，作者的书写依然坚持了现实主义的基本精神，即关注现实、关注小人物的命运，以小人物的遭际折射一个大时代的精神。但同时，面对社会变革和多样化的社会生存样态，面对新的文化思潮和艺术思想，贾平凹在文学书写上能够自觉地跟随时代，积极吸收新的美学思想和艺术思想，融会各种新思想和新的艺术手法，不断丰富和提升自己文学书写的艺术境界。在《浮躁》序言二中他写道："我再也不可能还要以这种框架来构写我的作品了。换句话说，这种流行的似乎严格的写实方法对我来讲将有些不那么适宜，甚至大有了那么一种束缚。"作者在这篇早期代表作的序言里明确表达了和写实方法的一种告别，即试图在艺术上告别模式化的现实主义。但这种告别，绝不是对现实主义基本创作精神的一种放弃，而是面对时代发展激发的一种自觉的责任和担当。他认为："一个时代有一个时代的作品，我应该为其而努力。"（《浮躁》序言二）他要创作出和时代精神相呼应的作品，迎接中华民族的现代化历程，以中国艺术的方式书写传统的民族文化在现代化历程中的裂变与新生，以超验的宇宙情怀观照和书写人生和人性。

在这种告别中，贾平凹既要迎接现代化，又要坚守中国艺术的方式；既要面对现实的变革，又要瞩目传统文化的命运。在这里，他不仅有了超越地域的文化意识，而且追求以究天人之际的审美心胸去书写人之生存的意义，这是作家艺术人格的一次自觉的升华，也是他小说书写艺术的一次重要转折。由此开端，他以现实主义的经典叙事为基础，融合现代主义的艺术思想和艺术手法，形成了自己独特的现代主义叙事方式。他的告别正是在前人的基础上，以发展的眼光，开辟了面向现代化、面向新现实的现实主义写作的新境界，是文化多元化时代现实主义精神本质的鲜活生动的体现。这一转变之后的文学创作就是以《废都》和《白夜》为代表，追求现代主义文学叙事方式，书写现代化的城市和城市中生活的一群离乡的人，形成了和以前艺术风格迥然不同的第二类文学作品。

现代主义的叙事方式打破了传统文学以理性主义为基础的叙事逻辑，试图洞察人的现实伦理道德下面更为深刻的非理性世界，表现现实生活中复杂的人性状态和人格样态，追求所谓的向内转，从而深刻地揭示理性与非理性相纠缠的潜意识世界。现代主义叙事的审美意向不同于经典叙事以理性主义为基础的悲剧、喜剧、优美和崇高等审美样态，而是重视以非理性主义为基础的审丑意识和荒诞性等现代审美样态,通过关于人之生存的"丑态"和荒诞性揭示现代社会的人性困境和价值悖论,从而展现现代人无家可归的无根状态;而这种精神上的无家可归从根源意义上而言,正是现代化的过程中传统文化精神守护意义丧失的结果,而文化寻根就成为现代化历程中人们最为现实的精神需要,自然也就成为贾平凹文学叙事的重要主题。《废都》作为继《浮躁》之后第一部现代主义叙事作品,十分生动地展现了作者告别前期经典叙事方式、追求新的叙事方式的努力。在作品中,作为主人公的庄之蝶,在作者的叙事中是一个充满了情感冲突和人性矛盾的人。他身上不仅有知识分子的理性的思考和爱的欲望,而且在理性和爱情下面潜藏着贪婪的物欲、激烈的情欲、无度的权欲、执着的利欲以及自负的名欲等,高尚的思想情感和阴暗的欲望之海相生相成,让我们看到的是道貌岸然之下善恶分界的消弭、高尚和卑鄙界限的混淆,人的本性在其现实生存中很难理性地被判断和认识。在他的身上,善不觉其善,恶不觉其恶,道德的善和恶似乎可以在一个人身上一起发展到极致。作者为了描述这一人物的精神状态,通过大量荒诞的梦境来写人物内心的焦虑、迷茫和失落,通过无度的情欲放纵抒写其彷徨无助的内心世界,通过奇怪的行为和怪诞的癖好奇趣写其无聊的生活。由此,文学文本在以非理性主义为基础的具有荒诞性和审丑意识的意象化写作中,使人物形象在文本语境中充满了隐喻性和象征性,以揭示更为深刻的人之生存状态和人性困境。这种隐喻性和象征性的意象化书写,正是现代主义文学叙事的重要艺术特征;人物形象意象化书写的荒诞性和审丑意识,也是现代主义文学书写的重要审美特点。

总之,以《废都》和《白夜》为代表的第二类作品,是对现代化变革中的新时代精神的文学回应。作者以超越的精神,以面向现代化的使命意识，坚持和发展现实主义的创作道路，积极学习和融会现代审美思想和艺术方法，在对经典叙事的基础上，创造性地形成了现代主义的文学叙事方式，以超现实主义的方法书写城市生活和生活在城市的人，并以自觉的文化意识揭示了现代人无家可归的生存状态。在这一类作品中，作者的审美心胸、艺术眼光和美学追求等已达到了一个更高的境界。

三、以《土门》（1996年）为转折的写作

刘勰有云，"质文代变"，"与世推移"。随着时代的发展和变化，在以城市化为主要特征的现代化过程中，城市不仅在空间上吞噬了乡村，而且从精神上改变着乡村人的内心世界和人生命运。在中国社会，城市的问题和乡村的问题实际上纠缠在一起，城市的问题也是乡村的问题，以乡村世界为主要载体的中国传统文化在现代化的进程中面临着巨大的挑战。作为一个作家，回到乡村的文化世界也许更能理解城市化中的精神问题。于是，在新的历史现实中，文化寻根成为理解当代中国社会现代化之路的重要命题。在这一时代背景下，贾平凹的写作呼应着时代提出的新问题。他的审美目光重新回到了农村，以更高的思想和眼界艺术地表现传统中国和现代中国碰撞交融带来的人的生存的精神困境和悲剧，从而超越了乡土题材，超越了地域性，也超越了自我和传统，在对故乡的再次凝视与瞭望中使故乡成为更富有意义的象征之地，在镜像化的书写中隐喻性地思考国家和民族在现代化历程中的命运，从而在历史与现实之间书写中国社会和中国民众的精神史诗，在文化寻根中透视现代化历程中更为深刻的人性困境，体现出强烈的现代意识、人文关怀和超越的形而上的精神视野。其文学书写更为自由自觉，其艺术境界则更为宏大开阔。

这一次文学叙事的精神还乡，是对中国的现代化之路的重新审视。在

这一审视中,既是对中国现代化之路的反思,又是对中国传统文化的现实境遇的反思,而其核心体现出一种文化寻根中超越性的精神追求。在这一文化寻根的书写中,作者体现出一种双重的书写态度,即作为农村出身的中国传统文化养育的知识分子,他对中国传统文化抱有深刻的同情性理解,对中国传统社会特别是乡村社会民众的内心世界、生活状态和人生命运等具有真切的体验,发自内心地理解和同情;但另一反面,作为受过现代教育的知识分子,他对现代文明又有着深刻的理解,面对社会变革的新时代,他以冷峻的批判性态度对传统社会和传统文化表现出一种反思性的批判,以超越性的艺术精神书写现代化历程中传统文化面临的价值困境和自我裂变,甚至以嘲讽式的态度书写他们在生存的艰难中的坚韧挣扎。他的这种双重书写身份,使他的小说书写既在笔端流露出发自内心的对家乡热烈的热爱之情,又表现出一种具有自觉批判意识的自我放逐的情感疏离,这种矛盾的思想情感作为一种真实的心灵体认、审美体验和艺术表达,使他的作品有了一种文化意蕴的深度和历史现实的丰厚性,别有一番美学滋味。

作者后期写作表现出的这种还乡式的对于故乡的凝视与瞭望,从历史过往与现实生存、个体命运与群体命运等多个层面揭示了传统文化下中国民众的生存状态和精神世界,以悲悯之情叙写在中国追求现代化、谋求社会发展与进步的历史进程中的悲壮历史,在文化寻根的精神洞察中揭示了中国社会人们面临的无家可归的状态。如前所述,这一时期的作品可以分为两类。

第一类,从现实向度而言,贾平凹的作品主要有《土门》《高老庄》《怀念狼》《秦腔》《带灯》《极花》等。这一类作品以现实的乡村社会的人事为基本叙事内容,侧重表现不同个体在日常生活状态下和日常道德层面下的精神个性和人性状态，进而展现在传统文化的熏染中成长的他们的人性裂变，是作者以超越性的精神在返乡式的精神回归中面对群体性生存状态和个体性命运的凝视与瞭望。第二类，从历史向度而言，其代表作主要是《古炉》《老生》《山本》等。此类历史性的书写则更加注目于群体性的文化世界，展现个体在群体性的行为状态下的行为表现和心灵状态，从而以一个村子或一个群体的形象去深度揭示传统文化的历史命运，以超越性的精神在返乡式的精神回归中面向中国社会民众心灵世界中的集体无意识展开凝视与瞭望。

总体而言，这一时期的作品写得更为自由动荡，思想圆融自然，艺术境界更高。这一时期的写作，作者不仅继承了前期现实主义的写作特点，即作品意象绵密，情感动荡多姿，故事曲折离奇，人物丰富多彩，而且进一步融合了现代主义的写作方法，人物潜在的无意识世界和多重性的人格状态展现得更为丰富深邃，对生活和人性的书写达到了前所未有的高度和深度。其文本世界更具有全景化和深度化的特点，形成了融合经典叙事和现代叙事的后现代主义的叙事方式，体现出作家对生活、生存和生命意义的一种高峰体验和深度思考，其艺术表达自由多姿，个性鲜明。

这种后现代主义的叙事方式可以说是一种融合多种叙事方式和叙事技巧的叙事策略。在后现代主义文本叙事中，作者克服了传统宏大叙事的特点，克服了本质主义的叙事方式，克服了追求普遍性和必然性的概念化叙事，在追求当下化、偶然化和多态化的生活感受和生命体验中，让鲜活生动的世界本身显现在文学作品中，从而克服在概念化和抽象化的理性世界中人与世界的疏离与隔膜。后现代主义文学叙事常常采取一种散点透视的叙事视角，形成文本多层次的叙事意向，在文本穿梭之中表现为零散化和碎片化的非逻辑化叙述艺术。这种非逻辑化书写的多重意向彼此区分又彼此奠基，形成一种解构与建构共在的叙事策略，从而使文本在富有张力的意义勾连中形成一种独特的启思之路。

这种碎片化和零散化的叙事策略，融合了多重叙事方式，提供了多种叙事视角，扩大了作者书写的自由性和多元性。作者以戏仿、戏谑、象征、寓言和神话书写等多种艺术方式，在审美意向上形成多种审美趣味相杂糅的风格，使经典审美形态（诸如悲剧、优美、崇高和喜剧等为代表）和现代审美形态（诸如丑、荒诞、酷等为代表）在彼此奠基中形成一种超越文本的对话场域，在多样化的生活体认和生命体验中追问更为本源的生存价值和生命意义。后现代主义的书写方式，以现实为基础而又超越现实，既是世界的镜像，又是心灵的圆照之象。在这种超越性的文学叙述中，作者在向世界和心灵深处的凝视和瞭望中，既领会着世界的本源性意义，又表现出对现实世界的一种超越性的反思和批判，并在形而下与形而上之思的区别与同一中使文学叙事成为作家象征性的精神探索，因而常常是一种超现实的叙事方式。

《白夜》《高老庄》《怀念狼》《老生》等作品，都体现出作者娴熟的后现代主义叙事技巧。作者无论写人状物还是背景与环境的铺垫，其中典型化刻画、细节性描写、象征性言说、神话化书写以及各种戏仿式的叙事技巧的杂糅等，使文本世界扑朔迷离，浑厚圆融，在结构的建构与解构中形成具有多重审美趣味的复杂文本意向，从而在形而下的故事叙述和形而上的精神想象中形成了具有多种意义可能性的开放式文本，揭示了生活的复杂样态和人性的深广度，在同情与批判的精神反思中开拓了文本表现的生活和生命意义的新境界。在这些作品中，作者以文化寻根的态度写出了现代化的历史进程中各色人等无家可归的失落与痛苦，写出了在新的文化时代试图文化返乡的可能与不可能的悖论状态，这是走向现代化的传统文化面临裂变与革新的一种难以逃避的现实。作者以后现代主义的叙事策略，深度展现了这一历史过程中的人性样态和心灵状态。

总之，从现实主义叙事到现代主义叙事，再到后现代主义叙事，贾平凹的文学书写无论从写作题材、写作视野、思想境界还是艺术风格等各方面而言都是不断开拓、不断融合和不断超越的过程，体现出作者丰富的学养、灵动的生命意识和超迈的艺术追求。这既是作家成熟的过程，也是对时代自然发展过程重要的精神回应。由此而言，贾平凹的写作历史是自我生命成长过程和时代生命发展过程的自然融合，因而具有重要的现实意义、历史意义和文化意义。在这里，一定要清楚，现实主义、现代主义和后现代主义并不是对立的艺术方法，而是一脉相承、多元融合、逐步深化的艺术精神的体现，是艺术随着时代的发展而表现出的一种自由创新和自觉发展。就贾平凹而言，其写作面对中国现代文学的大传统和陕西作家群的小传统，在历史与现实的语境中，逐渐走上面对现代主义的现实主义创作道路，形成了异彩纷呈、意蕴深厚的文学世界。

以上对贾平凹作品类型划分的主要依据是作家整体性的创作道路的不断转向。这种转向表现在其作品写作题材、写作主题和叙事方式等方面的特征性变化，并由此体现出作家创作思想、艺术追求和审美特征等的阶段性特点。应该说明的是，这一划分不强调其作品创作阶段的时间性顺序，尽管这种分类的基础还是以时间性为基本依据。这是因为贾平凹的创作形式多样、创作内容丰富，而且作家本人依然处于写作的丰产期，以编年的方式进行全景式写作分类比较繁难，不利于在当下文化语境中对其作品进行深入解读和研究。

进而言之，根据作家整体性的创作道路的转向表现出的阶段性特点进行分类，以各个时期有影响的小说作品为依据，既能够反映贾平凹不同时期写作的风貌，考察其文学艺术发展的轨迹，又有利于在当下语境中较为宏观地对其写作精神进行深入的解读和研究，触摸其创作思想发生发展的内在逻辑，阐发其创作道路的时代意义和现实意义。

第三节

双重书写与现代化视野

贾平凹是当代陕西作家群中的中坚人物，时至今日，其创作生命力依然旺盛。他的写作是对中国改革开放以来的社会生活和时代精神的生动回应，在现代化的视野下形成了自己独特的现实主义创作道路。其创作道路的形成既体现出中国现当代文学发展的宏大传统，也体现出陕西作家群的小传统，由此形成了他独特的创作道路和艺术风貌，主要表现在以下几个方面。

一、继承并融入中国现当代文学叙事史这一大传统

贾平凹的写作继承了五四新文化运动的基本精神，既是对中国新文化运动以来文学叙事传统的自觉继承与创造，也以自己独特的文学创造融入了中国新文化运动开创的这一文学叙事的宏大传统。

五四新文化运动，是西学东渐的背景下中国历史上发生的一场重大的社会解放运动和文化启蒙运动。在这一时期，新思想、新文化冲击着古老的中国，中国社会和中国文化面临着前所未有的变局，各种社会力量从不同的角度和不同的层面试图对中国社会掀起全面的改革和革命，古老的中国社会和中国文化的深刻变革在复杂的国际国内环境中开始了其艰难的现代化历程。跟随着中国社会和中国文化变革发展的时代脚步，文学作为时

代精神的回应,作为社会生活的一面镜子,也不断开始自身的革命。不同的文学流派、文学创作方法纷纭而起,思考这个时代、表达这个时代,同时推动着这个时代的进步与发展。无论是自由主义文学、保守主义文学还是革命文学,无论是左翼文学还是其他各种形式的文学,尽管各有其文学立场和写作追求,但共同之处都在于对民族命运的关怀以及对国家成为现代化强国的一种期盼。而中国现代化的核心不仅仅是城市的现代化,而更重要的是农村和农民的现代化。因为中国是一个几千年的农业大国,中国传统文化是一种以农耕文明为主体的农业文化,中国的现代化之路实际上就是探求农村和农民如何走向现代化之路的过程。所以,文学自然就瞩目于农村和农民,乡土文学的写作就成为五四新文化运动以来的重大题材之一。作家们在书写乡土中国的过程中,以农村和农民的命运为中心,既表现出对传统文化的反思与批判,从某种意义上也是对中国走向现代化之路的某种反思与批判,并且在乡土写作中寄寓了作家独特的思考和精神追求。

由五四时期开创的中国现代文学发展史形成了丰富的文学景观,而如何叙述农村,如何叙述农民的故事成为这一文学景观中的重要现象。鲁迅笔下的农村世界是一幅破败的图景,童年的美好也在现实的苦难面前被彻底摧毁。鲁迅以深刻的思想和独特的艺术表现,对中国乡村社会进行深刻的剖析,对以乡村为代表的中国传统文化进行深入的反思和批判,在其文学叙事中以冷峻的思想开启批判国民性运动,以对吃人的传统文化的否定态度追求中国社会的现代化革命。而沈从文笔下的中国社会却是一幅美好的田园牧歌式的图景,山水田园的美丽风光和人性的善良美好构成了一幅恬静优雅的世外桃源的世界。作者对中国传统社会的赞美和热爱融于作品之中,他对中国传统文化抱有一种同情性的理解和赞扬。赵树理笔下的乡村则是火热的社会生活和社会文化的革命改造运动的世界，他以本色质朴的语言描述了一批觉醒后的农村青年反抗封建家庭和封建文化的新的时代精神，如《小二黑结婚》《李有才板话》等，从某种意义上开创了中国乡村社会改革文学的先河，奠定了社会主义革命文学的基本道路。总体而言，对乡土中国的书写凝聚了中国现代化之路的诸多矛盾问题，展现了中国社会革命和文化革新的现代化之路上的某种文化困境。在对乡土中国的书写中，既有鲁迅式的无情批判，沈从文式的精神向往，柔石那样的伤心和绝望，也有茅盾、赵树理等革命文学的批判和社会改造的行动。归而言之，乡土文学的书写表现为三种基本态度：一是批判性的扬弃，一是同情性的理解，一是革命性的变革。这三条道路，在不同时期的文学叙事中总是以不同的形式表现出来。由此，充满现实性、思想性和革命性的中国现代文学的乡土叙事传统形成了，并成为中国现当代文学叙事的一条主脉。

当然，五四以来的中国文学写作，不仅仅包括乡土写作与寻根精神，还包括城市写作与现代精神、底层写作与知识分子精神、个人主义与唯美主义、社会变革与历史意识等丰富的题材和重大的主题。这些丰富的文学现象本质上互相影响、互相启发，共同形成了轰轰烈烈的五四新文化运动的根本精神，并从多向度对中国现当代文学的发展产生着广泛而深刻的影响。

新中国成立以来，五四新文化运动开辟的中国社会的现代化革命在社会实践和文学书写中得以继续发展和深化，中国革命的基本问题依然是农民问题，乡村依然是中国社会主义改造的主战场之一。十七年的社会主义文学，是对新中国成立以来国家现代化建设的积极回应，以柳青的《创业史》为代表的乡村叙事就是对乡村现代化探索之路的生动回应。从农业文明走向以工业化和城市化为代表的现代文明何其艰难，人们的生活习惯、文化心理、道德行为和价值归依等精神世界的变化都面临着巨大的困难，激烈的社会革命背后是难以轻易割裂的传统文化和传统生存状态的延续，但社会革命的脚步似乎已经难以停步。经过了社会主义现代化建设的一段曲折之后，随着中国改革开放事业的蓬勃发展，80年代中国社会的现代化之路得以大踏步推进，中国社会变革和文化变革发生了又一次历史性的发展和进步。中国文学发展也进入了黄金期，各种社会思潮、哲学思潮、美学思潮和文学思潮大量出现，文学创作可谓百花齐放。这一时期，乡土文学依然是重要题材，乡土中国和各种身份的人密切地联系在一起，传统文化濡养的中国人在新的时代需要不断自我革新，才能在现代化历程中适应新的时代精神的呼唤。80年代的寻根文学就是这一时代人们精神世界的重要折射。

在中国，寻根文学和乡土文学具有天然的关系。在文学寻根精神的视野下中国乡土世界呈现出多重面影，但接续的依然是五四时期的基本精神，批判性、同情性和革命性等三种文化态度仍处于争论和冲突当中。但随着中国社会现代化的发展，现代艺术和后现代艺术的流行和影响，人们思想的解放、知识视野的开阔以及精神世界的升华，人们关于乡村的文学书写也越来越理性、深入和全面。但不管怎样，农村问题和农民问题，依然是中国社会现代化之路中面临的主要问题，由此而来面对中国传统文化的态度问题的生态结构依然多元而丰富。需要说明的是，来自美国社会和拉美文学的寻根文学的出现，实际上是在全球化的时代，在以历史进化论为基础的现代化进程中，全球性的现代化自身内在的矛盾性和悖论性的体现，这是不同文化背景的个人和群体面对粗暴的现代化潮流自然激发的一种反思和批判。寻根，是对失去文化守护的现代人无家可归的无根性精神状态的反思和表达，并由此兴起了全球化的文化寻根、文化研究和文化写作的浪潮，一直延续至今。因此，80年代以寻根文学为标志的乡土写作在中国当代的持续发展，可以说既是五四新文化精神的延续，又是在新时代现代化进程中对现代化的一种自觉的反思和批判，也是在新的历史条件下对传统文化的再发现和再理解。在充满矛盾、斗争、徘徊和迷茫等复杂的情感态度的书写中，无家可归、文化断裂的痛苦与历史文化必然发生的新变之间的矛盾和冲突依然是乡土书写的重要问题，而在现代化的历程中对传统文化精神守护意义的再发现、再书写和再理解也是现代人生存不可或缺的精神关怀和价值向往。因此，乡土书写又是从传统走向现代化的中国现代主义文学书写的重要组成部分，是新时代精神的重要反映。在今天，"留得住乡愁"的家园情怀，实际上体现出一种深刻的现代意识和现代精神，这不是对传统文化的简单复古与回归，而是面向现代化的历史境遇，重构中国人的文化家园和精神归宿的现实关切，具有重要的现代性人文意义。

如果从中国现当代文学叙事史这一大传统而言，陕西作家群，包括贾平凹的写作，正是对这一大传统的继承和延续，是在社会历史变革的文化大潮中的文学开拓和文化创造。他们以乡村为题材，以自觉的反思精神和批判精神书写乡村生活和传统的文化世界，反映了不同时期乡村的风貌，以典型的文学形象塑造和深刻的人性化书写切中不同时期中国社会存在的精神问题，推动着中国社会的现代化改革。他们的书写自觉地体现和延续着五四时期的文化精神，和中国社会文化的现代化变革相呼应，能够回答和思考当代问题，面对历史和现实书写时代的故事，表达时代的精神，体现出面向世界、面向未来、面向现代化的文化自觉和文学自觉。

作为陕西作家群的代表人物，贾平凹的写作自觉追随80年代以来中国现代化的历史脚步。如前所述，他的写作是从关于故乡商州的乡土叙事开始，对家乡的风物人情进行诗意的描述，然后逐渐超越地域性的写作，开始面向以城市化和市场化为代表的现代化变革的精神困境，对现代化变革背景下中国社会的人性困境和文化困境进行艺术化的表达，写出了现代人无家可归的生存处境，进而面对现代化的新时代展开一种痛苦而沉重的文化寻根，以思想者的姿态试图在历史与现实之间的宏阔背景中凝视和瞭望中国现代化历史进程中传统文化断裂与延续的二难，以充满人性温暖的关爱精神书写中国现代化历程中普通民众的心路历程和生存的悲剧性状态。他的乡土写作，既有对传统文化的肯定，也有反思和批判，有变革的冲动和向往，更有现代化背景下前行的困惑和迷茫。这和五四以来形成的文化批判精神相呼应，都是试图在对历史与现实的反思和观照中探寻中国社会和传统文化走向现代化的种种可能性。因此可以说，他既是五四以来文学大传统的继承者，又是在新的历史进程中对这一大传统的续写者。他的写作深刻地融入了五四以来中国现代文学叙事的基本传统和大背景。

二、继承并开拓陕西作家群文学叙事的传统

贾平凹作为陕西当代作家群中很有影响的作家，其文学叙事的道路既深受前代作家和同辈作家的影响，继承了陕西作家群文学叙事的基本风貌和特点，又能在此基础上不断融会创造，开拓了陕西作家群文学叙事的一种新境界。可以说，他的文学叙事是陕西作家群创作精神的卓越体现。陕西作家群的这一独特的叙事传统主要体现在以下几个方面。

首先，坚守了延安时期革命文学所奠定的现实主义创作道路的优良传统。陕西作家群以党在延安时期的文艺创作为起点，坚持以现实主义为主导的社会主义文学写作，面向时代的变革，在党的文艺政策的指导下，坚

持文学为人民服务、为社会主义服务的根本价值追求，塑造了陕西作家文学叙事的优秀传统，形成了以杜鹏程、王汶石、柳青、路遥、陈忠实和贾平凹等为代表的继往开来的作家队伍。他们的作品深刻反映了中国社会主义建设中形成的崇高的精神信念和丰富的社会主义核心价值观内涵，影响了当代中国文学叙事的基本方向。

陕西作家群的开端性人物应该是以《创业史》为代表的作家柳青。他的作品坚持延安文艺座谈会的精神，坚守文学为人民服务、为社会主义服务的宗旨，开拓了陕西作家群现实主义书写的基本创作道路。《创业史》以史诗般的笔法，书写了新中国成立初期农村社会主义改造的历史画卷，展现了不同身份、不同阶层的典型人物的内心世界和精神状貌，写出了传统乡村中国在疾风暴雨般的社会变革中的某种困惑，以及那个时代独有的政治氛围和革命气息。柳青书写的意义在于追求历史真实、生活真实以及情理真实等现实主义书写原则，在于对社会变革抱有一种感同身受的深刻关怀和积极参与精神，一种以天下兴亡为己任的大我精神。他的现实主义精神和史诗化的历史意识成为陕西作家群写作的重要特征和精神底蕴，他以自己的写作记载了中国社会大变革时期发生的反封建和追求现代化的双重努力，记录了一个大时代的风云起伏。

在柳青之后的重要作家中，诸如路遥、陈忠实和贾平凹等人都能继承柳青的史诗化的历史意识和现实主义精神，书写时代的大变革，以天下兴亡为己任的大我精神，以真实的情感和丰富的人物形象影响了一代代的中国读者，推动了中国的社会改革和文化进步，影响着中国文化的现代化进程。路遥的《人生》和《平凡的世界》、陈忠实的《白鹿原》以及贾平凹的《废都》等在中国文坛连续刮起的文学陕军东征的风暴，就是对柳青精神在新时代的继承和发扬，其产生的社会效应和文化效应可谓文学史上的一次重要传奇。在这一历史过程中,贾平凹的写作可谓独树一帜。相比路遥现实主义写作中的政治情结、陈忠实魔幻现实主义创作中的文化情结,贾平凹在其丰富的写作中同样既体现出追求社会改革的政治情节,又表现出文化寻根的多元化价值取向,而且把文学的写作推向了一种形而上的哲学性精神向度,书写现代化历程中中国文化和中国民众的精神困境,具有强烈的现实关怀和深远的历史情怀。其现实主义书写吸纳了丰富的现代主义写作手法,文学胸怀和文学境界更为丰富,从某种意义上而言在广度和厚度上超过了前代作家。因此,从创作的实绩来看,贾平凹不同时期的写作是对柳青奠定的陕西作家群现实主义创作道路的继承和拓展,并在继承的基础上发展了陕西作家群文学叙事的小传统,发扬了陕西作家群文学创作道路的本质特点。

其次,继承了陕西作家群以乡土叙事为基本题材的写作传统。如前所述,农村问题和农民问题一直是五四新文化运动以来中国社会革命和文化变革的核心问题之一,因为以乡村文化为主体的传统社会和传统文化是中国社会的主体,乡村的变革意味着中国社会的变革,因此乡村题材勾连着中国社会的方方面面,当然也是作家写作的重要题材。从鲁迅、沈从文、赵树理等人书写的乡村社会的故事,到柳青书写的乡村社会的故事,形成了以乡村文化为代表的传统社会和传统文化的中国现代变革史,描画出了中国传统社会难以回避的命运。以柳青为代表的陕西作家群中的早期作家,全景式地书写了激烈的社会变革中的乡村生活图景和不同人物的命运。到了80年代,路遥以朴实之笔发出了改变农村社会和农村青年命运的呼唤,以个性价值觉醒的姿态写出了新时代渴望变革的精神,激励那个时代的青年在价值觉醒中走向精神的独立,呼唤社会的改革和开放。高加林和刘巧珍的爱情故事影响深远,其承载的精神期求和人性光辉感染了一代代年轻人。这种农村题材的书写牵动着中国社会各个阶层的神经，表达出了人们内心追求进步和幸福、支持全社会改革开放的时代最强音。陈忠实的《白鹿原》则是在90年代改革开放的大潮中一次深情的文化寻根过程。他的写作深入故乡的历史，写出了中国传统文化在大革命时代面临的坚守与崩塌的艰难困境，从而深入地表达了在当代中国现代化的进程中，传统文化缺位导致的普通民众面临的精神之根缺失的重大现实问题，从而在新的历史时期对中国传统文化表达了一种同情性的批判和理解，以面向历史的自觉寻根意识启发当代人走向精神的救赎之路。总之，《白鹿原》的乡土写作以深沉的文化意识触及现代人的灵魂，在影响深远的心灵共鸣中切中时代的精神问题，召唤人们在欲望横行的时代追问灵魂的归宿并走向精神家园之地。

贾平凹的创作道路也主要是以乡土叙事为主，他的写作历史是一个从离乡到返乡的过程，这一过程表面来看是一种写作题材的变化与回归，实际上是作家面向中国现代化的历史境遇在离乡的无家可归后的文化寻根过程，也是作家艺术表现多样化和成熟化的过程。作家早期笔下诗意的乡村，逐渐让位给一个现代语境下充满精神困境的社会，体现了作家从对传统文化的赞美、批判到对其展开冷静思考的思想成长过程。这一过程既是作家思想精神的升华，也是作家对中国现代化面临的精神困境中一种救赎需要的文学回应。作家后期关于故乡的书写可谓堂皇迷离，他以天下情怀在丰富的故乡意象中寄意深厚，使作品的言说具有深刻的文化象征意义。与陈忠实相比，贾平凹一直追随时代的脚步，以丰富的系列作品反映时代变革的历史现实，使其作品具有了诗史的品质。

总之，陕西作家群的乡土叙事作为一种传统，体现出以小我追求大我，以一隅之地书写大时代的特征，通过对底层民众生活疾苦的书写，体现出人文知识分子心系天下的赤子情怀。因此这种乡土书写既是现实主义创作道路的体现，又是中国现代化变革历程的重要的艺术性表现。

再次，关注现实生活和现实矛盾，勇于担当的历史主义精神。陕西作家群的每位作家都敢于面对真实的历史现实境遇，为时代立传，为历史命笔，为天地立心，表现出铁肩担道义的史家精神和担当精神。这种精神贯穿在他们的现实主义写作道路之中，贯穿在其乡土叙事和文化寻根的艺术思想之中。柳青对新中国成立之初的乡村革命的史诗化书写，为那个时代留下了活生生的真实的历史传记；路遥以柳青为文学导师，热爱生活，为人民书写、为时代书写，留下了不朽的作品；陈忠实和贾平凹同样推崇柳青的写作道路，面对现实问题，面对时代困境，把对现实问题的书写伸向文化层面，使作品内容更富于深度和厚度。陈忠实笔下的朱先生、贾平凹作品中众多的民间文化人，这些形象为作品打开了一个更富深度的精神空间，成为观照人们历史过往和现实生活的另一只理性的眼睛，形成一种现实与历史、生活与思想、激情与理性等对话的文本世界，从而使其小说书写具有丰富的意义场域，使人之生存的文化守护基础在文本世界中得以敞开，并启发了中国传统文化在现代化的历程中独具的家园意义。这种敢于面对现实，呼应时代精神，勇于担当的历史主义精神在陕西作家包括贾平凹的文学书写中一以贯之，成为陕西作家群的艺术底色。

最后，与时俱进，不断学习，勇于自我革命的创作勇气和责任意识。中国社会主义建设道路曲折而伟大，时代的发展需要文学与时俱进，书写中国现代化曲折而伟大的变革历程。柳青、路遥、陈忠实和贾平凹等作家，总是能够以敏锐的洞察力捕捉社会变革的历史机遇，得时代风气之先，不断自我革命，以为民担当的责任意识书写大时代的社会困境、精神诉求和文化变迁。他们一方面坚持了为人民写作、为社会主义写作的现实主义创作道路，在纷纭复杂的社会思潮中创作出一部部现实主义文学杰作；另一方面，他们又能够面对现代化的开放时代，自觉学习，不断吸取新的营养，提高自己的思想境界和艺术能力，各自形成了独特的艺术风格和文学境界。

"质文代变"，"与世推移"，文学的发展就是随着时代的变迁在继承中不断创新的。陕西当代作家，在继承传统的同时，又能追随时代的变迁，在继承中发展了现实主义。路遥在历史的追问中坚持柳青传统，在新时期写出了《平凡的世界》这部现实主义巨著；陈忠实在坚守柳青现实主义精神的同时，又能以开放的态度面对世界文学的发展，自觉学习和接受拉美作家的寻根文学和魔幻现实主义文学的创作经验和创作思想，形成了独特的现实主义创作道路；贾平凹更是以现实主义创作方法为主线，在其贯穿新时期的漫长写作生涯中，自觉学习和融会新的思潮和新的创作手法，融合经典叙事、现代叙事和后现代叙事等不同的艺术形态，形成了丰富多彩的具有现代视野的现实主义创作道路。

总之，以现实主义创作方法为主线，陕西作家群的不同个体的现实主义创作理念各具特色，他们在不同的社会文化语境和文学思潮中对现实主义创作道路自觉地继承并加以发展，使现实主义的创作道路生机勃勃，越走越宽广，并在与时俱进的自我超越中，熔铸了具有现代性意义的新品格。

贾平凹无疑是陕西作家群形成的这一小传统的继承者、开拓者和创造者，他的作品以这一独特的富有活力的传统融入中国现当代文学书写历史的大传统。

三、 开拓现实主义创作道路的新境界

随着中国社会历史文化语境的变迁，文学评论界出现了一种"告别柳

青","告别路遥",从而"告别现实主义"的论断,这一观点是简单而武断的。事实上,从陈忠实、贾平凹等著名作家的创作实践和理性思考来看,他们面对中国社会的历史变革、面对各种文化思潮的涌动、面对从现代主义到后现代主义的文学观念和审美观念的影响,都能够自觉地吸收新思想、新方法,融合不同的创作手法,不断以自己的创作实践开拓现实主义创作的新境界。

具体而言,陈忠实和贾平凹作为柳青的继承者和路遥的同路人,他们的文学写作,一方面和五四新文化运动的大传统在精神上一脉相承,体现了中国人面对传统文化寻求现代化道路的艰辛探索;另一方面又能够直面中国现代化的历史实践中的新问题和这个时代的新要求,以天下为己任,探索社会发展的新方向,以文学的精神守护生命的本质性价值和永恒性意义,创作出了无愧于时代的好作品。他们的写作体现出作家的历史担当和社会责任意识,并在这一"娱乐至死"的年代,恪守心灵守护和精神坚守的文学本质,并在大众文化和网络文化盛行的今天以文学依然神圣的信念,反对"媚俗""低俗""庸俗"的写作,坚持并发展现实主义创作道路的艺术精神,创作出了一系列优秀的艺术作品。

在这一新的时代语境下,贾平凹的写作能够自觉学习和融会不同艺术类型中出现的新的思潮和新的创作手法,在文学书写中融合经典叙事、现代叙事和后现代叙事等不同的艺术审美形态。他的写作既注重典型环境中典型人物的塑造,表现新时代的精神;又能融合现代艺术手法,以灵动的艺术之思书写中国社会变革中人的生存状态和人性的困境,以非典型化的艺术手法揭示人的内心生活和个体人格的冲突与分裂,在传统审美形态中融入丑和荒诞等现代主义的审美形态,从而使传统文本在碎片化的解构中体现出后现代主义的叙事策略和艺术风格。他的写作,是在全球化的新时代中国作家写作史的影响下的一种自觉融会和创造，是在现代主义和后现代主义的文化艺术语境下的一种开放的现实主义书写。研读贾平凹的写作，其底色是现实主义，而同时能够随时代的发展而丰富和拓展现实主义写作的方法和美学意趣，以呼应国家现代化之路的探索，呼应在这一探索中中国人的精神难题和人性困境，使文学的书写成为一条心灵救赎的启思之路。

总之，以路遥、陈忠实和贾平凹等为代表的当代陕西作家群的写作实绩，证明了柳青所代表的现实主义创作道路依然具有无限的生命力。文学上告别柳青和路遥，告别现实主义是思想和艺术不成熟的表现。他们坚持的写作道路既是中国文学现代化叙事的大传统的具体体现，又是经过了历史和现实考验的陕西作家群文学叙事的精神生命的具体体现。

四、追随时代的脚步：从离乡到返乡

对贾平凹而言，他的写作既继承了五四新文化运动以来中国现代文学叙事的大传统，又继承了陕西作家群文学叙事的小传统，同时又能在继承中面对新的历史文化语境不断学习和创新，吸收多种叙事方法和美学因素，形成具有现代化视野的独特的现实主义创作道路。他的写作总是追随着时代发展的脚步，在和时代精神的呼应中，以丰富多样的作品为现实主义的写作传统开辟新的境界。

具体而言，贾平凹的文学叙事，紧随中国城市化的时代变革，历史地展开为一条从离乡到返乡的精神追问与探索之路。这一对生命意义的追问和对精神世界的探索过程，是对改革开放以来中国社会和传统文化走向现代化的过程中发生的历史性变革的文学回应。他创作的系列作品，其表层叙述是这一历史过程中故乡和故乡人在生存与奋斗中的喜怒哀乐的故事，而深层叙述则是中国传统文化和传统社会在现代化变革中继承与断裂的二难状态以及人们在生存中的困境，是作者在历史与现实之间对处于特定历史境遇中的中国社会中众生相的书写与思考。他的作品围绕乡村展开叙事，既是一种面向现代化的文化批判，也是一种反思现代化的文化寻根，在历史变革的大潮中深刻地切中了当代社会发展的一种精神困境，并在艺术的升华中表现出深刻的人性关怀和人文信念，由此历史性地形成了其不同时期作品的重要题材和重大主题。这一紧追时代脚步的从离乡到返乡的叙事道路展开为三个层面的精神镜像和写作主题：早期作品中诗意的家乡、城市书写中离乡的沉沦和现代化新语境中返乡的思考与审视。

  我们追随作者书写的足迹，在对不同时期中国社会众生的生存状态和精神世界的瞭望和凝视中，揭示其文学世界独特的审美意蕴；在对不同生存处境和文化环境中人物丰富的心灵世界的体认中，感受那激荡人心的人性魅力和时代脉搏；最后，在对其文学世界的整体性观照中发现贾平凹文学书写道路独具的文学价值和文化价值，从而进一步认识其文学书写应有的现实意义和历史意义。

第二章 家乡：诗意的栖居之地

贾平凹的早期作品，如《满月儿》《鸡窝洼人家》《商州》《浮躁》等，主要瞩目于故乡的山水和故乡的人民。作者通过对故乡诗意山水的描写，对故乡的风土人情和丰富的故事的叙事，描写了传统社会的人情人性，展现了淳朴厚实的故乡伦理自守的道德情怀和邻里互助的仁义精神。尽管生活中有种种丑陋、不公和生存的苦难，但故乡的山水人情、风俗习惯和伦理亲情等以其浓浓的乡村文化的温暖，使故乡成为人们精神栖居的诗意之地，成为人们安身立命的精神之根。

第一节
空灵秀美的山水世界

在贾平凹的笔下，地处秦岭腹地的商州之浑厚气象令人陶醉，其山川灵秀、天人相依的山水世界美丽而迷人，是历史性、文化性、地域性和生活性等浑然一体的人文鼎盛的诗意世界，正如作者所言，秦岭端的是"一条龙脉，横亘在那里，提携了黄河长江，统领着北方南方"①。作为南北山水文化交汇的家乡商州，就是在这条龙脉之地上生息的家园，它既是故乡人栖居的自然之母土，又是故乡人心灵相依的精神家园。

在作者的叙述中，故乡山水可谓极有性格，人物更有趣味。山水人物交错而出，有声有色，愈发彰显山水之灵性与厚重，人物之真纯与多姿。以早期作品《浮躁》为例，作者善状写商州山川形势之雄奇，人物性情之自由动荡。如文章开篇，作者叙写仙游川之地理位置、山川形胜、历史因缘，可谓生动有趣，迷离堂皇，浑然一体。写山水："山曲水亦曲，曲到极处，便窝出了一块不大不小的盆地。"② 写形胜："在街上走，州河就时显时隐，景随步移，如看连环画一样使任何人来这里都留下无限的新鲜。漫不经心地从一个小巷透视，便显而易见河南岸的不静岗。"写山崖："门是嵌在石壁上凿穴而居，那铁爪草、爬壁藤就缘门脑繁衍，如同雕饰。山

---

① 贾平凹：《山本》，作家出版社2018年版，扉页题记。
② 贾平凹：《浮躁》，作家出版社2009年版，第3页。

崖的某一处,清水沁出,聚坑为潭,镇民们就以打通关节的长竹节流,直穿墙到达锅上……"写山村:"岗下是一条沟,涌着竹、柳、杨、榆、青枫梧桐的绿,深而不可回测,神秘得你不知道那里边的世界……鸡犬在其间鸣叫,炊烟在那里细长,这就是仙游川,州河上下最大的一处村落。"①这便是作者笔下性格平静的家乡山水。作者看似漫不经心地叙事,但山水之清奇、物象之纷纭、人烟之鼎盛的山水相依、物我相得的故乡画面以开阔明丽之态显现出来。在这一故乡之地,韩文举、画匠、金狗、小水、田中正、大空、福运等丰富多彩、性情各异的人物在历史与现实的传奇中登场,他们精彩地活着、悲壮地死去……

作者笔下的家乡,平静下蕴藏着惊心动魄的激情。如《浮躁》第12节写州河上下山洪从酝酿到爆发的场景,节奏起伏变换,气势恢宏,情绪昂扬,雨声、雷声、山洪声与人的喧闹声等交杂在一起,热闹极了!如写暴雨:"雨又下了两天两夜,老天像是憋足了许多年的怒气,要一泻而尽似的,下得不减量也不歇气。"② 如写人群:"听人们议论纷纷,说是水涨时城里人还以为好玩,拥挤着到城墙上看热闹,眼瞧着水往上涨,有人还坐在城墙上去洗脚,嚷道在城墙上洗脚不患脚气……直到东北角的石条哗啦啦垮下去了十二丈,看热闹的人才慌了……"③ 如写河面:"他盯着河面,看上游空阔一片,水像从天际而来,无数的浪头翻涌着,出现一层一层灰黄色的塄坎,那塄坎迅速推近,就一次一次扑打在城墙堤上,声大如雷霆,激聚起千堆白雪。"④ 写云开雾散时的绝美:"这当儿,天空放晴,

---

① 贾平凹:《浮躁》,作家出版社2009年版,第3页。
② 贾平凹:《浮躁》,作家出版社2009年版,第134页。
③ 贾平凹:《浮躁》,作家出版社2009年版,第135页。
④ 贾平凹:《浮躁》,作家出版社2009年版,第135页。

太阳重新出来，这金光四射的夕阳，使天上每一块云都镶上了金边，使河面染成一片黄辉，腐蚀在城墙上，城墙也是古铜色了。接着，夕阳就半沉半浮在远处的水中，像一个巨大的红球在那里起伏，又像是河水正生育一个血淋淋的胎儿，河面就十二分地酷似一个妊娠的万般痛苦的母体。"① 总之，这一段家乡景观的书写气壮山河，自然痛快而又气象浑然。作者由景及人、由人及景，写出了自然雕琢、风雨锈蚀的故乡的壮美，写出了壮美山川蕴藏的鲜活的生命之力、自我更新之勃勃生机和风雨之后绽放的生之希望、力之灿烂！作者写景绘情、铺陈渲染，可以说节奏起伏，既有画面之美，又有动荡之势、雄阔之境。这就是宁静中蕴藏激情的故乡风景的个性之美。

在这动静相生、虚实相应、优雅与激情相映的故乡山水之间，作者写故乡的人们放排行水，与自然之力生死相搏，在乌云浊浪中讨生活，在气夺心魄中结下生死相依的乡情，故乡山水成为他们生死相依之地，精神和情感爱恋的归依之地。作者以诗意之笔，让我们在天工之雄伟、生活之浩荡中切身感受到了富有特点的故乡之地的山川灵秀。

作者书写山川风景的细腻处，往往景由情出，情因景得，顺笔而起，一物一景间，寄情抒意，亲切自然。如作者写小水初长成人的美，"白腊草已经扬花，飘一种红红的粉，煞是好看，就听见岸头有人喊摆渡……"② 这里以景相衬，前后贯通，淡淡数语，自然而出，如闻少女青春之气和大自然灵动之气。作者这样叙写小水失去金狗时的迷惘痛苦的心情："小水呆呆地站在那里，遥看夜幕下自西迤逦而来的州河，曲岸回湍，半隐半现，波光浩渺，不觉喃喃而语：'这也好。这也好。'"③ 以景写情，清淡自

---

① 贾平凹：《浮躁》，作家出版社2009年版，第136页。
② 贾平凹：《浮躁》，作家出版社2009年版，第17页。
③ 贾平凹：《浮躁》，作家出版社2009年版，第130页。

然，但却显得空旷悠远，颇有意味。"末了，小水倚在老人身边，静静在船舷上坐下，看一轮太阳在上游处坠落，铺满一河彩霞，直到夜幕降临，雾从山根处漫过来。"① 这一段景物描写，宁静自然，写出了家乡平实的纯粹之美，写出了普通人的日常伦理之情，情景交融，深情而美好，读来直指内心深处那最柔软之处。作者写人叙事，总有这种不期而然的、顺笔而起的细腻描写，写出了普通人的生活之根、情感之根和精神之根，使作品显得丰厚深邃。这就是平凡而朴实的山河故乡的伦理世界和精神世界的依托之地，更是作者笔下的人们寄情托志的诗意栖居的家园之地。

总之，无论是大处用笔，还是小处着眼，作者叙事写人、抒情状物，皆跌宕起伏，物我互映，自然浑厚而又至性至灵。可以说，在对故乡的描述中，作者写山水、描风景、状物象，不仅仅是为写山水而写山水，而是将其与人物故事和命运变迁相互映衬，与人物的内心情感世界相连通，事、理、情、景等彼此奠基，形成浑然一体的境界，从而使作品具有雄浑高远的叙事风格。

整体而观，故乡气象万千的山水，包罗万象的物事，朝夕阴晴的变化，一花一木，一鸟一鸣，皆能奔赴作者笔下，自然地融入写人叙事。作者的叙述可谓匠心独运，笔法老辣，无论是写情抒意，还是叙事摹物，万象自然皆能随笔而出，不事雕琢，丰富生动，可谓生机勃勃，体现出很高的艺术性。在天人对话、天人相依的世界里，天地大美与人性至灵相通的故乡成为心灵安居之所，精神栖居之地。作品中那性灵多情的山水世界，优美的故园风光，在情境、意境、理趣和物境相生相化中，共同建构了作者笔下空灵秀美的山水世界和诗意栖居的故园大地。

---

① 贾平凹：《浮躁》，作家出版社2009年版，第217页。

第二节

质朴浪漫的民风民俗

  作者笔下的故乡，不仅仅是灵秀美丽的山水世界，故乡父老乡亲生于斯养于斯并归于斯的安身立命的家园，更是人文鼎盛的精神生息之地。在故乡的人文世界，传统文化固有的乡土情怀、精神氛围和民风民俗等孕育了故乡人伦理自守的道德情怀和邻里互助的仁义精神。他们重乡情、重亲情、重人情，在艰难的日子里邻里相望、生死相守，形成了人和人之间严谨有序且富有生机的充满伦理之爱的世界。尽管这一世界里充满了恩怨、利害纠葛，但他们依然以温爱宽容的乡情、亲情和人情等乡村文化固有的精神传承为生命和生活的底色，以朴实本色的仁义之情去包容、化解、宽慰和平复心灵的痛苦和伤痕，使故乡成为自我人格和精神生息的家园。

  在作品中，作者常常以生动的生活场景和丰富的民风民俗表现乡情、亲情和人情，勾画出传统乡村社会朴实厚重、伦理自守的文化世界。在《浮躁》这部作品中，作者将韩文举这位土秀才作为主要线索人物，通过对其生动形象的刻画，不仅连缀起作品中的主要人物和故事，而且通过他作为渡口守护者的特殊身份勾连起社会各个方面的人物，以幽默生动的笔墨写出了故事发生的时代背景和社会的变迁，描绘出以伦理亲情为底色的乡村文化的生动图景。作者写故乡人们日常交往中的场景，如四邻八乡的乡亲到不静岗参加"成人节"渡船时，韩文举摇着船，演绎着女娲造人的故事和"成人节"的意义，借机生趣，妇女们和他舌枪唇剑地打闹："船上的人就一齐拿拳头打韩文举的头，打得韩文举笑不得喘不得。女人们就又骂了：'韩文举你这么胡说八道，老天活该不给你配个媳妇，你长了那个东西不如个鸡，夜里睡觉让猫吃了那四两肉去！'骂得馋火，韩文举抵抗不住，故意将船来回摇晃，说：'我是没用的男人，就让我翻了船死了去吧！'女人们就又围着打他，揪了耳朵让他把船摆到对岸。"① 在这一场景描写中，韩文举亦庄亦谐的性格，邻里之间日常相处的坦荡、友好，俗而不俗中的心无芥蒂，皆自然展现出来，充满了浓浓乡情。作者通过这种日常人际交往场景的描写，展现了家园世界充满灵气的性情之响和伦理之情。

作品中围绕韩文举与乡邻的交往还有许多生动的描写。在这些日常交往中，有不静岗的和尚、家乡放排的老少爷们、过往的游客等来来往往的人，当然还有以田中正为代表的各路官员。他们以不同的身份和关系生活在一起，有各自的忧愁，彼此的恩怨，也有各自的沮丧和幸福，但他们同样能感同身受地理解彼此的困境，既彼此争斗，更彼此宽容，在心底总保有着那一丝丝善良、温暖。作者通过这些场景的描写，展现了时代的变迁、个人的命运，更写出了在历史风云中人们结下的深厚乡情。正是乡村的这种文化环境，造就了他们的人格意识、心理状态以及行为逻辑，故乡作为历史与现实交汇的宏大文化镜像成为他们精神生命的皈依之地。

在日常生活中，婚丧嫁娶等无疑是人生的重大事件。在这些隆重的仪式和过程中，传统文化被赋予了十分丰厚的意义和价值，体现了人们对生活的意义、生命的价值，甚至人生命运感的生动体认、思考。通过这些仪

---

① 贾平凹：《浮躁》，作家出版社2009年版，第157—158页。

式，乡村文化追求的价值观和人格操守就渐渐地积淀为一种集体无意识，自觉不自觉地建构了人们自觉遵守的价值逻辑、行为规范和精神信仰；在这些仪式化的事件里更蕴含着人们难以忘怀的记忆和追求，并积淀为大众精神守护的重要文化信仰——这就是作为生活镜像的文化世界，这一文化世界为人们平凡生活的生存价值和精神意义奠基，由此而言，文化成为人们栖居的精神家园。贾平凹在作品的故事叙事里，把人物命运、性格特点和人生遭际等和这些日常文化行为贯穿在一起，使人物精神世界丰富深刻，变得有血有肉。

在对小水的塑造中，这位像菩萨一样的姑娘就经历了传统乡村社会里女性能经历的所有痛苦。她两次结婚，两次丧夫，乡村社会的婚礼、丧礼和习俗歧见等她都痛苦地经历过，但她善良依旧，以女儿的孝心恪守妇道、辛勤劳作、敬仰长辈；她就是在各种乡村文化习俗的濡养中成长的，并以乡村习俗的真诚和温暖尽自己的责任，诸如过门槛、过满月、成人节和求神问佛等关于大人、小孩的仪式和乡俗，都是她寄情达意的重要方式，她和自己的亲人们在这些仪式中哭着、笑着、恨着、爱着，用其中蕴含的浓浓乡情、亲情化解人生的困境和种种不如意。正是这些富有仪式感的乡村风俗，让他们懂得了尊严，懂得了艰苦奋斗和相亲相敬。故乡的山水、故乡的人和故乡的岁月如此浑然一体，成为滋养他们心灵的养分。

而大空之死把这种乡情推向了高潮。这位父母早亡、衣不蔽体的无人疼爱的野孩子，当他贫穷度日时，乐观积极，邻里友好，人们总是能够理解、同情和照顾他，在乡人的眼里，他就是自家的子弟；当大时代来临，给了他发财致富的机会时，他西装革履、美女宝车，不胜荣光，他依然是乡亲们眼里那个自家子弟；而当没有文化、没有依靠的他，在商海、官场沉浮之中身陷牢狱，死于非命时，乡亲们依然把他当自家子弟来看待，以隆重的仪式对其逝去的生命表现出极大的尊重和关怀。尽管家乡的长辈和兄弟姐妹们不能理解他的所作所为，但在他死后依然按照乡风乡俗操办他的身后事。矮子画匠、七老汉等，把他的尸体运回家乡后，按照净身换衣、"浮丘"、请阴阳师择坟等乡村习俗和忌讳行事，"村人差不多也为他哭了几声"，并叹息人生无常；小水、英英等这些同龄的伙伴也情深义重，前来追悼。在葬仪中，人们满怀悲切。在大空充满草莽气的一生中，他和家乡精神相依，而他的死亡更是一石激起层层浪，村人在哀思和感叹中闲谈着他的故事，诉说着世道变化和人生命运，乡村文化独有的价值判断和意义追问在人们的内心生发。作者在写大空之死时，前有铺垫，后有渲染，借景抒情，因事见义，围绕着葬礼的风俗习惯，在叙事中既写出了大时代面前一位自作聪明的普通农家子弟结局的悲凉，也映照出家乡父老生动的生活图景，把作品的情感、思想和韵味推向了一个高潮。故乡的人成了这个流浪的孩子最后的依靠，故乡也成了他灵魂和肉体最后的安居地。正是故乡文化一直守护着家乡人的灵与肉，而他们同样守护并传承着故乡的这种深情而厚朴的文化精神。

  作者在书写这些婚丧嫁娶以及各种风俗习惯时，总是将其和人物的命运、性格特点以及精神世界等的刻画描写融为一体，使文学叙事具有了丰富的人文意义和思想内涵。这样，人物既具有了个性魅力，又展现了历史和现实赋予的丰厚的文化精神和鲜活的时代气质，作品叙事也具有了自然浑厚的气象，达到了较高的审美境界。

  总而言之，作者透过人际日常、婚丧嫁娶以及种种民风民俗等仪式化活动，生动展现了家乡所代表的传统文化世界的精神图景，这一人伦文化的世界体现出乡村社会朴实而真切的伦理之美，并在长期的历史传承中成为家乡民众精神世界的生息之地。换言之，这种乡村世界弥漫的浓浓的伦理之情既是人们安身立命的精神之根，也是人们追求奋斗的心灵依靠。作者以温润之情书写家乡的故事，以无限的留恋书写作为精神皈依之地的家园世界。

第三节

真纯俊美的心灵世界

作者在山水灵秀和人伦之美的书写中,在乡村文化和世俗世界的悲欢离合、恩恩怨怨之中,更以丰富的爱情故事,生动地塑造了一系列个性鲜活的男女形象,书写了性情真纯的人性世界,体现出作者独具魅力的审美格调。

在这些爱情故事中,作者书写的一系列女性形象尤其性灵动荡、情感真纯,成为故乡大地上最有情有义、充满生机的一个群体。这个群体中的个体生命的灿烂绽放,才使平庸的世界有了色彩、有了温度。在《浮躁》这部早期作品中,作者围绕金狗和田中正十分精彩地描写了六个女人,不管他们处于什么样的情感关系中,有什么样的恩怨情仇,作者都能写得极具神采,展现出各自的性情神韵。

金狗作为一个理想主义的奋斗者形象,作者在他的爱情纠葛中,侧重对爱情意义和生存伦理的探讨。在他和小水、英英之间恩怨纠缠的情感关系中,作者既写出了少女的本色美,又写出了人的原始欲望美,更写出了人之性情的诗意美。作品的性情化书写渗透着作者对人生意义和人伦价值的探讨,写出了情欲冲突造成的某种悲剧性。而金狗和石华之间的感情,却是一场超越了世俗功利的纯粹的性情之爱。爱时,不知不觉,自然陶醉;离时,无声无息,空留思念。这纯粹是一场性命相托、至真至爱的心灵依靠。石华最后竟为了救金狗，奋不顾身，忍辱负重，做出了一个女人所能做出的最大的牺牲。作者笔下的这个女人，阳光活泼，至性至灵，十分可爱。作者这样写其性情之率真："石华说：'钱怎么啦，说钱就丢人吗？现在干什么不需要钱?!'眉眼飞扬，竟将一只脚抬放在男人的怀里。男人忙拨下那只脚，看了金狗一眼，不好意思起来。石华就又说：'那怕啥呀，这脚又不是放到金狗身上了！'就笑得一口白牙。"① 这一段描写，轻佻而活泼，语带双关，写出了石华的个性以及向金狗暗语传情的心理，写得轻松自然。经过不断的情绪铺垫，两人终于不经意间激情爆发，成就了一段心意相通的爱情。作者在这里对人物和情感的抒写可谓溢光流彩："金狗念着念着，感到耳边有热热的东西，一拧头，石华紧紧倚在自己坐的椅子旁，脸凑过来也看着稿子。两人目光对在一起，他瞧见她溢彩的目光，他觉得那里一片光的网，他全被罩住了，又觉得那眼黑亮如一口池塘，睫毛茸茸，似池塘边的茅草，他已经看见自己走了进去，变得是一个小小的人儿了……不知在什么时候，两个人合成了一个人，一切不该发生的事情发生了。"② 金狗和石华的爱情在作品中仅是一个小插曲，为后文金狗的命运变化埋下了一个伏笔；但这个小插曲，篇幅不长，故事不多，作者却写得曲折有致，张力十足，既是浪漫的痴情，又是一段苦苦的相思，同时夹杂了莫名的误解与冲突，把人物内心的欲望、激情和爱恋写得极具性灵之美！由此足见作者叙事的艺术功力。

作者围绕田中正这个中年大叔、官场老手的情爱书写却充满奇情野趣，别有一番格调，如田中正和嫂子英英娘的情感纠葛。面对田中正的三心二意，这位半老徐娘，手段泼辣，情感热烈，让田中正欲哭无泪，乖乖

---

① 贾平凹：《浮躁》，作家出版社2009年版，第186页。
② 贾平凹：《浮躁》，作家出版社2009年版，第187—188页。

就范。作者把这个饱经世事的女人,写得极富性灵之美:她魅而辣、恨而柔,为了生存既有心计谋略,又懂进退回环,终于实现了"熟亲"的目的,狡猾的田中正终未逃出他的手心。作者关于田中正和翠翠的情感又写得荡气回肠!尽管翠翠以名利始,面对田中正的勾引投怀送抱,似以不齿,但作者并未仅仅从道德层面入笔,而是写出了这个女子奔放刚烈的性格和柔情似水的心性。在田中正勾引她时,她卖弄风情,让田中正身不由己,落入她的情网,不能自拔。作者这样写其风情:"和田一申坐着吃瓜子儿,故意将瓜子皮儿吐得很远,落在田中正的身上,目光波曳。田中正也浪了眼,皱着鼻子说道:'翠翠,你头上擦了什么油,好香!'"[①]"目光波曳""浪了眼""好香",寥寥几笔,郎情妾意,脱颖而出。作者这样进一步描写翠翠的风流:"这风情女子,凭着一副白脸子和两个大奶子,心性比天高,二十岁上找对象起,一排一连的小伙子从手里过了,看不中,可怜三十岁了还在娘家呆着。田中正只是有几次把柄在她手里握着,说话就浪里浪气。田中正是她能控制住的孱头吗?翠翠果然是孙猴子,有了竿就顺着上,念了紧箍咒便服服帖帖了,她一连六盅酒陪书记喝了,田中正醉眼朦胧,于桌下的黑暗处用脚踩住了她的脚,翠翠反倒淫淫地笑。"[②] 就这样眉来眼去,春情暗渡,两个人终于好在一起。但在和英英娘的争斗中,这个女人可怜落败。当听说田中正瞒着她结婚时,因流产而身体孱弱的她在羞愤中气绝而亡。作者写这个女子,依然着墨不多,但那"浪里浪气""淫淫而笑"的风情万种和痴迷刚烈的女儿性情却活灵活现。最后,她的死让田中正悲伤不已,使得文本具有悲剧之美!

写野情,作者可谓高手,但野情里却有自由的真性情。作者写田中正

---

① 贾平凹:《浮躁》,作家出版社2009年版,第43页。
② 贾平凹:《浮躁》,作家出版社2009年版,第44页。

和山里女人的私情，是通过这个女人张扬的炫耀，刻画出了人物的情态、心态，有趣至极："田书记不，他坐着说话，说得你心里痒痒的，他才上来，上来还帮你，这儿摸摸，那儿揣揣，你不能不催他……他倒不急，在里边角角落落，沟沟岔岔，圪圪垯垯，全回动得到到的了，你都要消了，化了，死了，他才……唉，到底是干部，干部和农民有差别嘛！"[①] 这一段话，既让人感受到妇人的陶醉、如饥似渴，一个至性至灵的风情女人如在眼前；又通过这种戏谑的语言在欢乐中加了一种讽刺，也让金狗感受到了一种道德上的羞辱感。所以，一段野情，如一个聚焦点，不同人物的品性和德操显现了出来，不同阶层人物的认知和心性也表现了出来！山野之地，穷乡僻壤，一个深山的女人也如此灵透，让人不得不佩服作家独特的观照方式！这个女人仅仅在作品中闪现了一次，但作者却将其刻画得如此生动形象，让其和作品的主要人物的精神世界相勾连，使作品叙事丰厚细密，浑然天成，并推动了故事的发展，同样足见作者的叙事能力。

作者围绕金狗和田中正而书写的这六位女性，确实精彩极了。特别是短暂一现的女子，作者都能叙述得曲折有致，极具性灵。不管情因何而生，因何而起，恩怨散尽处是人性之真纯。这些女人，既有世俗算计，更有性情之真，她们在爱情沉迷中总带有一种殉道般的激情，展现出人性本身深沉的重量和生命自身至美的力量。这种性灵化的书写，既是生命自身的精神镜像，也是作者对于生命意义的领悟的诗意赋予，更是对故园充满爱意的一曲曲神圣的生命之歌。在作者笔下，故乡独具性灵之美的人性世界，不仅是故乡的生命之源、文化之根，更是我们深情眷恋的精神家园的根本底色。

---

① 贾平凹：《浮躁》，作家出版社2009年版，第101页。

在这种人性化的书写中，作者超越了现实道德名利的束缚，以各色人物在悲喜离合的现实生存中的心灵之响、性情之真，表现了富于牺牲精神的生命之崇高性与生活之悲剧性，开拓了作品的审美意蕴，提高了作品的审美境界，体现出文学应有的人文主义情怀。

结　语

诗意的栖居

作者笔下早期的故乡，可谓山水丰美灵秀、乡民心灵真纯，表现出家乡人道德坚守的崇高和精神追求的高尚。生活在这里的人们，恩怨相依，情义相托，艰苦共度，在历史的变迁中精神相依。在作者笔下，正是充满乡音乡情的故乡成为人们诗意栖居的精神家园。如前所述，这一诗意栖居的家园意象主要表现在三个层面。

第一，休养生息的自然世界。作者在其早期作品里描画了故乡大气磅礴而又钟灵毓秀的山水世界，这里既是山大沟深的封闭世界，又是细腻温婉的性灵化世界；既是作者笔下众多人物休养生息的故乡，更是他们精神与灵魂成长与皈依的栖居之地。作者在其小说叙事中，描绘了这里大山大水的气势和性格，为人物命运的发展奠基了一个宏大的诗意世界，在这一诗意的世界里表现人物的情感追求和性格特质，展现了故乡独特的具有山野之气和地域风情的精神世界和文化世界。在作者的写作中，故乡独有的山水世界的万千变化和故事人物的性格命运相生相化，人在山水间生息，山水在人的世界里默默守望，形成了其文学叙事独有的气势和色彩，可谓天人合一，气象浑然。这也由此奠定了贾平凹文学叙事不可或缺的审美底色，成为其文学叙事风格的重要特征。

第二，充满人伦亲情的乡村世界。作者前期作品中的乡村世界，充满了人情的温暖和人伦的庄严，是一个善恶分明的传统伦理文化世界。在作家心目中，无论是为官为宦的游子达贵，还是辛劳谋生的乡村细民，家乡都是他们化解苦难和疲惫的精神休憩之地。

在作者笔下的家乡世界里，无论人们有什么样的爱恨情仇，却总是回荡着真诚的心灵之音。如《商州》中刘成、珍子和秃子之间凄美的爱情故事，作者写出了人物美好真诚的心灵世界，如刘成的自我放逐、珍子的以身殉情、秃子的矢志追寻等。在这里我们可以感受到人物的真性情以及作家书写的浪漫情怀；如《浮躁》中无论是金狗和小水、英英娘间的感情描写，还是英英娘、田中正等人的情感世界，作者都能在恩怨冲突、曲折有致的故事叙事中写出人性之美。

而家乡最为深刻感人的还是在现实生存中人们所坚守的伦理之道。家乡的父老乡亲们在共同的生活苦难和艰辛中，互相帮扶，形成了一种谨严有序的伦理世界。他们行孝敬、懂敬爱、知忠贞，在道德守护和人性挣扎中坚守自我，与人为善。《浮躁》中围绕小水的书写所展现的人伦世界，就是这样一个充满亲情乡情等伦理之爱的世界。小水、麻子铁匠、韩文举、大空、福运和金狗等一众人物，不管遇到什么艰难困苦或者逆境，都能守护做人的良知。他们既有敢为爱热烈献身的激情，又有忠于誓言克制欲望的忠贞之义，更有世事浮沉中不离不弃的奉献和关爱。作品在富有灵性的山水田园里表现了普通民众令人尊敬的道德世界。

可以说，作者早期作品通过丰富的人物形象和生活故事写出了传统乡村社会所展现的深厚的人文精神，而这种具有人文精神的乡村伦理社会正是我们精神向往的诗意家园。

第三，精神归依的文化家园。作者早期作品中描写的作为生命之根的文化家园是扎根其中的乡亲子弟们重要的精神依托和归依之地，体现出作者文学书写的一种自觉的文化寻根意识。

整体而观，贾平凹早期的故乡写作，展现了乡土中国丰富的文化世界。所谓文化，是一个内涵极其丰富的概念，它在现实意义上指的是在特定的社会生活中形成的以社会制度、民风民俗和生活习惯等为代表的生存方式，而其中内蕴的价值逻辑、宗教信仰、意义追求、社会心理和情感取向等意识形态化的思想观念则是其内在的精神。在生活中，人们生存的文化环境以有意无意的方式对其精神世界发生型构作用，由此在人与世界之间建立了丰富的意义关联，奠定了一个人生存的价值依据、精神追求和生命之根。因此，从文化的意义而言，贾平凹的故乡书写正是从多个层面展现了家乡作为生命之根的文化意义。在家乡的文化世界里，不管你是潦倒，还是发达，人们都能够理解、包容并给予应有的爱和关怀，能接纳你，给予你尊重和爱戴——这就是养育我们的充满仁爱的故乡。它既是我们的生息之地，更是我们精神的依托之地。

在早期商州系列作品的叙事中，作者正是以丰富的故事叙事和人物塑造，生动地展现了乡土中国的文化世界。这里既有浪漫主义的喜剧，也有现实主义的悲剧。故乡的山川历史和人们的精神对话，故乡的风景风俗和人们的心灵相应和，大地、山川和万物成为故乡人们精神的守护者，成为他们精神生息的美丽家园。在《鸡窝洼人家》《商州》《浮躁》等作品里，作者以山灵水秀的世界里发生的种种悲喜剧，有声有色地描绘了故乡文化世界里丰富的精神图景。在文化寻根的同时，作者又以开放的态度，在恬然自安的传统乡村文化中更深刻地写出了新时代的召唤和新的精神萌生与发展。人们既活在传统的文化世界中，又活在新世界中。故乡也以新的活力在传统中走向了开放和变革的新时代。而到了后期作品中，作者笔下的故乡意象，则更具有了一种文化象征意味。作者关于故乡意象的书写上升为中国传统文化意象的象征性表达，在对乡土中国文化的书写中更深入地思考中国传统文化面对现代化变革的历史性命运。

以上三个层面构成了贾平凹早期故乡书写的基本意义层面，故乡意象敞开为诗意的精神栖居之地。从某种意义上而言，他的书写是地域性的，但历史地看，他的书写又超越了地域限度，以性灵之笔直抵人们内心深处，以故乡平凡世界的自然之美、性情之美和伦理之美等传达了人类的普遍情感和价值，并在现代化的文化寻根中为读者敞开了心灵栖居的诗意家园，从而获得一种具有人类共通性的现代审美经验与审美价值，因而总是切中时代精神。

总之，早期以《浮躁》为代表的故乡叙事，是作为农家子弟的知识分子贾平凹对故乡的一次深情瞭望。因而，故乡在作者的文本世界中显现为物我交融、天人相合的精神栖居之地！

作者正是在面向故乡瞭望的精神共鸣中，以诗意文本营构了一种天人合一的浑然气象，表现了人与山川休戚与共、生死相望的生存世界。这正是传统乡村世界的文化底色，是作为故乡的人们心灵栖息的宁静之地，当然也是作者内心向往的关于故乡的镜像和心相的诗意表现。

第三章　离乡：沉沦在世的荒唐

随着改革开放的脚步不断加快，社会变革的历史大潮不可阻挡。农村的变革、城乡的交通、社会关系的剧烈变动以及社会观念的不断革新等，深刻地影响了中国的城乡大地，也深深地改变了乡村民众、乡村社会和乡村文化的历史性命运。以城市化为代表的现代化历程深深地改变了人们的生活方式、价值观念和生存命运，具有浓厚的传统乡村文化意识的乡村人和城里人一样在这一变化中也自觉不自觉地走向了"离乡"之路。他们在心之所向的城市里英勇奋斗，试图寻找到自己的地位，开拓自己的新生活，建构自己的新身份；但面对新的生存环境、新的世界图景，他们脱离了传统乡村伦理规范的守护之后，男男女女在欲望的海洋里荒唐沉沦，在彷徨无助中失去了自我生存的价值根基，开始了漂泊城市的离乡之旅。这一离乡的过程，是中国传统文化面对现代化和现代文明的一次重要的碰撞与交融。

这一"离乡"之旅，一方面指的是离开乡村走向城市，造成了乡土中国在现代化历程中逐渐边缘化，乡村社会在走向城市的过程中逐渐空心化的历史现实；而代表着现代化的城市成为当代社会的中心，人们从各个方向、各个领域涌向城市，积极寻找自我发展前景和安身立命之地，农村生活逐渐成为回忆，而城市则成为人们生活的中心地域。另一方面则意味着在现代化和城市化的过程中，人们在新的生存环境中家庭观念、婚姻观念、恋爱观念以及自我意识等都发生了重大变化，失去了传统乡村文化守护的人们在新的意识形态的冲击下，不仅解放着自我，而且迷失着自我，在欲海浮沉中成为精神流浪者。迷茫和彷徨的流浪更深刻地意味着失落和寻找，不管是城市人还是乡村子弟，都不愿意认同农村人的传统身份，而是积极地从过去走出来，在心灵的突围与困守中挣扎。试图以现代人的姿态生活的人们，在现实生存的这种精神纠结与矛盾中历史地演绎着自我追求的悲喜剧。

贾平凹的文学书写，紧紧跟随时代的步伐，面向以城市化和现代化为中心的新的历史语境，以犀利的笔触透视了在改革开放大潮的冲击下，在现代文明的洗礼中人性深处涌动的欲望、爱恋、激情和悲剧，艺术地展现了在离乡的历程中，新的价值观念冲击下人们精神世界里无家可归的迷茫和彷徨。在《废都》《白夜》等作品中，这种于世沉沦、无家可归的生存状态是作者对这一激烈变革的特定历史时期的时代精神的有力表达，反映了中国现代化的历史过程中传统文化断裂与继承的矛盾，由此形成其城市书写的重要主题，而这一离乡式的城市书写的代表作即《废都》和《白夜》这两部重要作品。在作品中，作者以内聚焦式的现代书写，通过人的心灵状态瞭望现代社会人们在现实生存中烦躁不安、意义失落、自我沉沦的无家可归的精神状态，显现了在躁动中走向城市化和现代化的中国社会众生的丰富镜像，体现出作者在传统与现代的历史际遇中的反思、批判、关怀和思考，因而也是具有双重书写身份的作者之心相的艺术外化。

第一节

僻巷陋室的寄居者

《废都》和《白夜》是围绕知识分子和文化人书写城市的作品，堪称姊妹篇。一部以作家庄之蝶为中心，描写了一群来自不同地域和领域的人的追求和沉沦；一部以知识女性虞白为视角，勾勒出了在现代化的历史境遇中，城市中不同身份的人们的情感苦闷和道德挣扎。他们都在这城市里追求和奋斗，试图找到自己理想的归依之处，但都在迷茫和彷徨中失去自我，最终在现实生存中成为找不到自己位置的精神流浪者。两部作品的不同是，《废都》写出了人性深处充满欲望的如火激情，而《白夜》却是热火燃尽后的冷清和凄凉。

作品中的人物都是生活的囚徒，是城市中僻巷陋室的寄居者。历史地看，《废都》是一部十分精彩的作品，无论从内容主题的表现、人物形象的塑造，还是书写的艺术性等方面，都达到了一个很高的水平。在这部作品中，作者描写了改革大潮中迷茫纷乱的人生世态、社会氛围和众生之相，写出了一群寄居在城市僻巷陋室中的人的人性状态和精神气质。这些身处不同阶层、来自不同方向的城市人，既是生活的主人，各自过着自己的日常生活；又在平静的日常生活之下，内心骚动不宁，成为生活的囚徒，并试图在新的时代改变现状，实现自我精神的突围，却在现实生活的冲突中沦为一群无家可归的流浪者。作者以细腻的笔触和精到的心理洞察，揭示了不同人物的内心世界，以震撼人心的艺术书写展现了大变革的历程中都市人的精神苦闷和彷徨，在悲剧性的表现中呼唤人性的尊严，守护生命的价值和美丽。

《废都》一开篇即以挪辗的艺术技巧，在主人公庄之蝶出场之前，反复铺陈，制造悬念，在纷纷扰扰的都市生活的氛围中，以绮丽之笔写出了城市人的精神状态，为小说叙事主题点睛，奠定了故事叙事的基本情理逻辑。作品开篇讲了西京城里的两件异事：一件是两个朋友活得"泼烦"，去郊外寻得奇花异草，但无人能识，百般珍爱，却不幸死去；一件是这一日天上出现了四个太阳，一瞬间人们拖着的影子消失了，大家由欢呼而疑惑，由疑惑而恐惧，甚至疯魔。

作者以对这两件异事生动夸张的叙述，象征性地表现了新的时代来临后人们的精神状态。"泼烦"这一颇具情绪化的词语，透露出孟云房和庄之蝶这两个好朋友囚徒般的现实心态，即他们对生存现状不满、精神失落并因找不到出路而苦闷，因而在生活的困守中寻找精神的突围。这偶得奇花则预言了后文的情感纠缠和悲凉结局。"太阳"和"影子"代表着人们的日常生活和行为方式，而四个太阳的出现和影子的消失，则预示着新的时代到来后生活中的一切都乱了。如果说一个太阳代表着传统习常的伦理道德和社会规范，影子代表着传统习常生活中的自我，那么四个太阳则代表着在改革开放的新时代多元价值观念和社会思潮的涌现及对人们心灵世界的冲击：人们失去了自我，在价值选择的困惑和迷茫中惊慌失措且困顿彷徨。

"泼烦"中和奇花的纠缠、影子消失后的困惑和恐慌，隐喻着文本故事叙事和人物性格命运发展的基本情理逻辑和生活基础。作品中庄之蝶、孟云房以及围绕他们的诸多人物的苦闷、情感纠缠以及自我意义的失落，正是在多元价值冲击下面临的精神困境的体现，是对这一叙事逻辑的生动展现和深度表达。在时代的大变革面前，庄之蝶、孟云房、唐宛儿等人都迷失了自己，在对自我生存意义的追求中陷入了彷徨和迷茫。家庭、婚姻、爱情和事业等生存的根基似乎都不能成为他们安身立命的归宿，不能成为他们浮躁内心的安居之地。就这一精神意义而言，城市的僻巷陋室和万千世界不过是他们的寄居之所和流浪之地。在现实处境中，他们试图背叛和超越，试图寻找并追求生活新的可能性意义，但任何选择似乎都是一场无路可走的悲剧性结局。

于是，有歌谣而起：

> 一类人是公仆，高高在上享清福。二类人作"官倒"，投机倒把有人保。三类人搞承包，吃喝嫖赌全报销。四类人来租赁，坐在家里拿利润。五类人大盖帽，吃了原告吃被告。六类人手术刀，腰里揣满红纸包。七类人当演员，扭扭屁股就赚钱。八类人搞宣传，隔三岔五解个馋。九类人为教员，山珍海味认不全。十类人主人翁，老老实实学雷锋。①

这首流行民谣生动地反映出在社会开放和经济建设的大潮中，人们社会地位的变化以及自我身份认同的焦虑等社会现象。在这种社会现象的背后，则是普通人生存意义的失落和自我价值的迷茫等现实状态。人们在惯性的生活中其实无以应对这种新的社会秩序，无以认知和接受其所带来的价值观念的颠覆性变化，于是在是是非非中各自奔忙，寻找自己的人生，演绎自己的故事。庄之蝶等人就是在这样的社会氛围中"泼烦"地活着，他们不满既有现实，试图重新选择，过一种内心渴望的新生活，但任何奔

---

① 贾平凹：《废都》，北京出版社1993年版，第3—4页。

向新生的选择似乎都是一场心灵难以接受的悲剧。作者生动演绎了庄之蝶的人生故事，聚焦他的内心世界，展现了在寻找自我、坚持自我的人生历程中其精神深处的挣扎与沦落，展示了在时代变革面前一个有思考与追求的知识分子内心中，人格与名利、情欲与理性、自由与担当、良知与背叛以及善与恶等诸多方面激烈冲突的人性悖论状态，反映了时代变迁中都市世界人们内心普遍的浮躁、迷茫和彷徨，可谓洞察幽微，深刻而独到。

于是，孕璜寺里的智祥大师开始卜卦解惑，开门授功，试图通过气功的联系圆通天地，以正世心；文史馆研究员孟云房老师则津津于求道解玄、推运说命，试图洞察天地之幽微，通万物之命数；而这些神秘社会思潮和蒙昧时期的古老文化的众多追求者，大多不过是借此以寻找生命和心灵的暂时安居之所，以之作为寄托自己日常精神的一种超越空间，也体现了他们试图疏离现实，突破现实生活状态的一种努力。

其中，追随智祥大师的孟云房，是作者着力书写的一位知识分子形象。一方面，作为具有自觉生活意识的学者，他首先也是欲望之人，沉迷美色名利，不安于自己的生活，和尼姑庵的尼姑慧明墙头马上，暗送秋波，满身市井之气；另一方面，他又有传统文人为人处世的自由通脱和好玄求理的清高品格，在对生活的不满和忧患中，迷信阴阳五行、卦辞衍文、谶纬之说，试图穿透传统神秘文化而洞察天地秘密、人生机缘和历史大势，从而以自己的智慧洞察世界并驾驭生存命运。这位沉沦在世的文史研究员，在半真半假的痴迷中忙瞎了一只眼睛，最后在对现实的失望和伤感中出走他方，寻找自己破解世事命运的大法。

孕璜寺的大师智祥和清虚庵的尼姑慧明，也不安于自己修行者的本分，也是以出世之人行入世之事，名利兼求。特别是小尼慧明，不仅精于心计，而且善用美色。她和孟云房眉来眼去，又和权势官员暗结珠胎，纵情声色之间,利用多方力量,把清虚庵变为自己的名利场,一时之间三教九流云集,名声大噪。这些修行者,不惜付出各种代价,以权力寻租的方式满足自己炽烈的欲望,又何尝不是寄居在佛教道场、清净之地的不安分的世俗之徒。最后,当对现实生活绝望的牛月清去求助自己敬仰的慧明师傅,寻求精神困境的开解之道时,面对打胎流产的美丽的小尼慧明师傅,庄之蝶的妻子牛月清似乎一下子清醒了过来,恶浊的人性现实让她对自己的婚姻不再抱有希望。救助人心的佛陀世界,无法完成救人度己的精神担当,也和大众一起泯然人世。

可以说,无论是市井小巷的斗室,还是世界边缘的佛堂尼庵,似乎都是人们欲海沉浮中的寄居之地。他们不安于自己的生活,不安于自己的既定身份,都在背叛和逃离中追名逐利,于世沉沦,迷失自我,成为都市世界一群精神徘徊的寄居者。在这种精神氛围和意义世界中,来自乡村县城的周敏、唐宛儿和西京城的文人钟唯贤、赵京五等人纷纭登场,寄居在都市的角角落落,演绎着荡气回肠的亦善亦恶、善恶共在的悲情困顿的生命故事。

《白夜》中的女性知识分子虞白,也是一位无路可走的城市寄居者。与庄之蝶激情热烈的自我挣扎不同,她是一位清高自怜、不合时俗的传统文人。虞白寄居在已作为公共文化博物馆的祖先留下的大宅的一角,引病退休,整日以琴做伴,以诗词为乐,沉浸在传统文化的世界里逍遥自足,清雅自守,成为城市边缘的隐居者。青春渐逝的她,在现实世界,既找不到生活的依托之人,也找不到生活的安居之所,只是成为和现代社会格格不入的柔弱的病美人。作为文化修养深厚的知识分子,她对现代化都市世界的洞察极为深刻,对世道人心看得分外清楚,不愿沉沦的她因而对人生知音十分渴望。在这人生困顿之中,夜郎和她惺惺相惜,一见钟情,让她的生命泛起了爱情的涟漪，但面对夜郎的现实选择，一心相许的她只能告别这位心中的白马王子，在爱情的暗自神伤中寄情于艺术，和库老太太相依为命，用充满奇思妙想的布堆画来宣泄人生的孤独。艺术似乎成为一个清高的知识分子生命最后的依托和归宿。

而来自偏远乡村的夜郎，在都市中渴望寻找到自己的位置和理想。他在代表着生活现实的颜铭和代表着精神知己的虞白之间艰难选择，在忠诚与背叛的道德困顿中选择，而任何选择既是对自己的伤害，也是对爱自己和自己爱的人的伤害。他和颜铭、虞白等在情与理的挣扎中其实都无路可走，最后剩下的是悲凉的生活现实。作者在现实故事的叙事中，揭示了人物生存的多重人格状态，写出了多重人格冲突中内心的撕裂、挣扎、迷茫和无奈。无论是"心乱了"的夜郎、"心凉了"的虞白，还是不断寻找自己人生"舞台"的颜铭，他们都在现实中既忠诚于自我，又不得不背弃自我，彼此相爱又彼此伤害与逃离；他们寄居在城市一角的陋室，在思念中渴望彼此，但在渴望中彼此却又如此遥远！

在这个走向现代化的五彩缤纷的都市世界，无论在其宏大的空间里容纳的一个个逼仄的灵魂，还是在其四通八达的大道通衢和背街小巷里寄居的各种寻找自我位置的人物，在变革的社会面前，似乎都难以找到自我身份的认同感，从而在意义的失落中成为精神的流浪者。

作者以缤纷的故事写出了城市纷乱世相中不同人群五花八门的诉求，而在追求自我诉求的道路上，他们成为似乎彼此理解又似乎并不理解的一群人，在忙碌中走着各自的人生轨迹，寻找着自我却找不到自我并迷失自我。面对快速激烈的社会变化，他们的身份在变化、自我意识在变化，人生的追求和目标也在变化，这使他们总是找不到自己的位置，找不到自我身份的认同感，从而在彼此冲突和伤害的生活悲剧中成为一群无家可归的精神流浪者。

比较而言,在《浮躁》的世界里,生活在山水世界中,走出去的金狗和大川无论是得意还是失意时,都可以自由地走出去又走回来。家乡是他们心灵的寄托和精神的安居之地,这里有关心和爱着他们的乡亲和情人,他们被牵挂并愿意在牵挂中成为活得有意义的人物。他们钟情于他们的农民身份,维护着他们的农民身份,并以这一身份自尊自傲。因此,到了城市,金狗为了农民的尊严可以和城市生活的人去吵去闹,可以不惜和情人翻脸,和各种达官贵人争斗。不管他们获得了多少社会身份,他们身上最本色的还是对农民身份的自觉认同和回归,是对故乡的一片痴情。这种身份认同,既体现着乡村文化对他们的养育和塑造,又是传统文化承载的道德伦理和情感归依在其现实生活中的生动体现。

而失去了大山大川的守护,在与天地相隔绝的都市,那罗列的红墙绿瓦的居所、那曲径窄巷的格子世界,挤满了来来往往的名利之徒,盛满了各色人等五彩斑斓的欲望和激情,因而也多无所归依的失意和彷徨之人。那回荡在《废都》中城市墙头的幽咽之声,是外乡青年周敏郁郁不得志的埙鸣;《白夜》之中高雅古琴的孤独之音、悲凉之声,是夜郎和虞白情志难通的愤愤之响。作品中回荡的苍凉高古、悲切凄清的音乐之声,是拥挤的现代都市社会人们迷茫的心灵世界的幽幽回响。作者以独特的生命体验和生活感知,既写出了一种时代性的精神孤独,也让读者在抚卷长叹中产生深深的共鸣,那也是人类生命深处最深刻的孤独体验。

同样,在以《浮躁》为代表的早期书写的乡村世界里,尽管人们总是要隔山隔水地去讨生活,但人离得远心却那样亲近。在伦理自足的传统乡村文化世界,生活中尽管时时有冲突,利益常常相左,但似乎总有一种伦理的宽容。人们在现实苦难中以乡情化解恩怨,在彼此的关怀互助中亲近而温暖。那种互助互爱、质朴亲切的乡亲乡情是作者笔下充满眷念之情的诗意家园。

而在《废都》和《白夜》书写的都市世界里，人们离得近但心却隔得远，每个人似乎都有一个自己栖身的私密世界，但正是这个私密的狭小世界却充满拥挤、猜疑和不理解，从而在人性的冲突中于世沉沦，在现实的利害算计中让心灵生疏，让精神彷徨无助。城市以开放的隔膜让离乡的人们成为自我迷失的孤独者，成为找不到自己位置和身份的无所依靠的精神流浪者。

归而言之，现代化的历史进程解放了人和人性，却让城市寄居的人无路可走。他们在找不到自我的生活中痛苦挣扎，演绎各自生活的悲情故事。而贾平凹的作品给我们敞开了这个时代一群面对精神困境而试图自我突围的人们的生动镜像，当然也渗透了作者独特的生命体验和深刻的思想感悟。

第二节

欲望纷纭的沉沦之地

《废都》主要围绕着主人公庄之蝶展开叙述，以他为聚焦点，形成两条基本叙事线索：一条线索以庄之蝶的个人情感生活为主，通过他和几位女性的情感纠缠，揭示他的内心冲突和精神世界；一条线索以庄之蝶的社会活动和社会交往为主，写出了作为社会名人的他的得意、失意和苦闷。通过这两条叙事线索，作品勾连起了社会各阶层的人，描画了一幅丰富生动的市井生活图景，演绎了荡气回肠的人生故事，写出了欲望纷纭的百态人生。特别是通过对庄之蝶这一艺术形象的深度刻画，作品显现出新的时代人们道德伦理、情感追求和精神人格等矛盾纠结的人性状态，展现了欲望纷乱的都市世界不过是自我沉沦的伤心之所和精神无所归依的流浪之地。

作者笔下活得"泼烦"的庄之蝶，生活在这两个世界里，形成了自己悖论性的双重人格状态。一方面，他具有独立自由的人格意识、自觉反省的批判意识和不断超越自我的追求精神。作为有思想有追求的作家和知识分子，他总是想在烦乱的世事中寻找到自己的一方空间，寻找自己精神的依托之处，从而保有独立自由的人格，逃离这令人厌倦的纷扰的世界，去创作一部代表自己生命价值和符合作家身份的长篇小说。因而，尽管俗世之事诸般缠绕，让他愈卷愈深，但他总是不失人文知识分子的品质，良知不泯，不断在现实的生活状态中否定自我、寻找自我，以苦闷彷徨的感伤之情面对生活进行反思、探索与自我批判，试图在烦乱的世界寻找到精神解脱之地和归依之所，从而实现一位作家自由超越的精神品质，践行博爱宏大的人格理想。另一方面，在现实生存中，他不得不沉沦在世，有现实的功利化追求，显现出人性的贪婪、自私以及某种程度的虚伪与冷漠。在现实生活中，庄之蝶名满天下，是一位得意的作家和文化名人，具有多重显赫的社会身份，这为他聚集了各种人脉关系，围绕他形成了一个不大不小的文化圈子，因而向往、结交和利用者众。于是在各种权力和利害关系的纠结中，为了各种情义，为了维护自身形象，为了权衡各方利益，他不得不于世沉浮，最终在纷纭而起的欲望之中迷失自我，沦为势利之徒，自私而贪婪。他身上的超越性精神追求和现实性、功利性追求彼此矛盾又互相奠基，使他敏感自尊的心灵总是处于痛苦的纠结之中，他在超越中沉沦，在沉沦中超越，任何现实的选择似乎都是两面刃，他在这种选择的悖论中挣扎，从而走向了人生的悲剧。这种人格状态构成了庄之蝶精神世界和行为方式的基本情理逻辑，体现了作家在改革开放的新时代对现代人精神世界的一种深度体认，从而奠定了文本故事叙事的基本逻辑。如前所述，这一逻辑以两条线索在两个方面交错展开，形成意蕴深厚的文本世界。

　　第一，从个人的情感世界而言，作为个性自由、行为乖张的作家，"泼烦"的庄之蝶在现实生活中陷入了难言的精神困境，试图解放自我、超越自我，突破日常生活的烦闷和家庭的束缚，寻找属我的自由自足的精神世界；但在现实的超越性选择和追求中，他追随着爱的激情，却不由地逐渐沉沦在情爱的世界里，纵情不羁，在背叛了家庭之后，也最终背叛了爱情，背叛了自我，走向了精神沉沦之地。

　　尽管庄之蝶表面上生活美好风光，人人艳羡，但他口口声声宣扬"破缺"的生活愿望和追求，这一价值观和人生态度反映了他试图突破自我精神困境的渴望。这种困境首先是他面对的家庭危机和夫妻之间的不和谐，这使他处于极度的压抑和苦闷之中。表面上他是一个修养极高的好丈夫、好女婿，为了有一个孩子，忍受种种委屈和不满，尽力迎合着岳母和妻子的种种要求，孝敬有加。但这种忍让委屈的生活也使他从内心对家庭有一种拒斥之感，也使夫妻生活失去了激情和活力，索然寡味的两性关系使夫妻之间愈加不和谐。庄之蝶在烦闷的生活中极度压抑，徘徊在生活的十字路口。就在这时，年轻貌美的唐宛儿闯进他的生活，在一见钟情之后两人激情爆发，上演了一段翻云覆雨的爱情故事。在自由的情感交融和生命宣泄中，庄之蝶背叛了妻子，背叛了家庭，在纷纭的欲望中陶醉而沉沦。

作者写庄之蝶第一次和唐宛儿偷情十分精彩。文中多方描写，委婉铺陈，两个互相思念的人终于抱在了一起，初尝禁果的他们心意相通，风光旖旎，激情难抑。作者写道：

> 庄之蝶空出口来，喃喃地说："唐宛儿，我终于抱了你了，我太喜欢你了，真的，唐宛儿。"妇人说："我也是，我也是。"竟扑扑簌簌掉下泪来。庄之蝶瞧着她哭，越发心里爱怜不已，用手替她擦了，又用口去吻那泪眼，妇人就吃吃笑起来，挣扎了不让吻，两只口就又碰在了一起，一切力气都用在了吸吮，不知不觉间，四只手同时在对方身上搓动。……①

这段情欲之欢间的对话和描写，传达出两个人复杂的心态。庄之蝶的喃喃自语，是跨出生活之困后的忘情，是内心孤独和性压抑在爱的激情宣泄之后的一种解脱和释然；唐宛儿的哭泣，是被内心的渴望和激情折磨的相思实现后的喜极而泣。两个人颠鸾倒凤的忘我陶醉，是生命的自由和畅

---

① 贾平凹：《废都》，北京出版社1993年版，第84—85页。

快，也是生命自身激动的欢歌。在作者热烈的书写中，这种冲破一切羁绊的生命之爱，才是自由生命应该有的本然状态。在这短暂而甜蜜的偷情中，庄之蝶忘记了自己忠厚的妻子，在走向背叛自己家庭的不归路上，似乎找到了精神归宿。

但是，充满欲望的偷偷摸摸的爱情的发展，总是在激情燃烧中最终烧毁了自己。在紧逼的官司和生活的挤压下，庄之蝶和唐宛儿之间的炽热情爱从浪漫的诗意行为，慢慢成为一种痛苦的纵欲和发泄。经过了第一次偷情的内心慌乱之后，庄之蝶渐渐放下了道德重负，变得老练而放纵，他和唐宛儿的偷情越来越胆大，由温存的性爱变为一种猎奇、虐恋和不羁的任性，放纵的性欲世界成为他逃避现实的"解忧"之地。在无法对唐宛儿的痴情以明确的许诺中，庄之蝶尽管有重情重义的真诚忏悔和期许，但没有未来的激情意味着一种更深的背叛和伤害。他在和唐宛儿的激情缠绵之间，情欲更为贪婪而放肆，对尊其为师的柳月也不断勾引和调戏，最后竟然和唐宛儿、柳月一道玩起了三人的性爱游戏。他在纵情纵欲中，似乎要把生活中所有的爱与恨、快乐与绝望、压抑与苦闷等种种情绪宣泄在性爱的美好中。尽管爱情一时间可以宣泄生活中内心压抑的焦渴和绝望的孤独，但似乎也难以从根源上开解生活的困苦和烦闷。这样，他逐渐以爱的方式背叛了他和唐宛儿的爱情，也背叛了他在柳月心中的为师之尊。爱情和纵情纵欲并不能解决他的精神问题，反而让他再一次陷入人生的十字路口而迷茫彷徨，最后逼着自己抛弃一切，离家出走。

唐宛儿可以说是作者笔下理想的女性形象。她浪漫而自由，美丽而脱俗，爱情就是她的生命。她对自己的精神偶像庄之蝶只是一味地付出、奉献和迎合，贪得无厌地给予并享受生命的欢愉和激情，甚至到了一种盲目而痛苦的仪式化的自我牺牲状态。尽管她逃离故土的生活最后还是回到了自己固有的生活，但她追求自我的旺盛的生命激情和飞蛾扑火般的牺牲精神曾经如此绚烂！

柳月，这个来自偏远山区的姑娘，到了城里之后迅速融入城市世界。她善于学习，有个性，有追求。她对城市生活适应很快，能迅速跟上时代的潮流，善于梳妆打扮，时尚而风流，令赵京五之类的男子趋之若鹜。她对大作家庄之蝶充满了仰慕，到了庄家做保姆之后，更是青春芬芳，得意风流。在朝夕相处中，她对庄之蝶心存爱慕，情愫日痴。最后，看透了庄之蝶生活秘密的她也身不由己地堕入了情网，在庄之蝶有意无意的调戏和勾引中任性而纵情。最后，这位颇有心计的女子终于实现了由农村人到城市人的身份转换，做起了尊贵而自由的官家太太。

作者笔下的这些女性形象生动，各具性格，体现出作者高超的洞察能力和艺术水平。唐宛儿精明中的风骚、柳月乖觉中的泼辣、牛月清世俗中的庄重、夏捷狂放中的粗俗、阿灿香艳中的刚烈、汪希眠老婆钟情中的凄苦以及景雪荫高傲中的多情等，这些以不同方式和庄之蝶纠缠在一起的女人，作者都能细腻委婉地加以表现，真切地写出了不同身份、不同处境的人物内心的欲望、渴求和纠结等丰富的心理状态，曲折动人，入情入理而又充满激情，生动地展现了人性百态、生活百态。

其中，庄之蝶的妻子牛月清，应该说是走向自我解放、情欲不羁的庄之蝶背叛家庭后悲凉的牺牲品。生活中挤入了两个年轻貌美的女子之后，庄之蝶和妻子牛月清同床异梦，关系日益疏远，形同陌路。这位贤惠朴实的大姐，辛苦操劳，憨厚为人，尽了为人之妻的本分和责任，给了丈夫无微不至的关怀和照顾，但春梦尽处却不见了丈夫的影子。当她看破庄之蝶和唐宛儿的私情之后，极度委屈绝望，试图狠狠地报复负心的丈夫和唐宛儿。她在失望中回到娘家，但思前想后的她心软了，她发现自己深爱着丈夫庄之蝶，受尽委屈的她试图宽容自己的丈夫，挽回自己的尊严和家庭的尊严。作者以深沉之笔精彩地描写了这位女人可怜的心理：

>牛月清照料着老娘，心却无时无刻不在庄之蝶身上。离开了文联大院的住屋，没有了更多的打扰，她原本是可以清静地思考他们的事情了，但是门前清凉，热闹惯了的人毕竟又生出了几许寂寞。她是一怒之下离开了那个家，发誓再也不想见他的。而现在离开了他，也才知道自己那样地爱着他。她猜想庄之蝶回到家去，看到了那封长信要作出怎样地反应，是暴跳如雷，痛不欲生？如果是那样，他就会很快到这边来的，痛哭流涕地向她诉说事情的原委，忏悔自己的过失，发誓与唐宛儿分手。她想，到那时，她就要把他堵在屋外，用笤帚扫土去羞辱他，泼一盆脏水出去作践他。她这么干着，娘偏拉她，她要与娘吵，然后当着娘的面骂他，用手采他的头发，直到把肚子里怨愤泄了，就可以接纳他了。但是，庄之蝶没有来，连个电话也没打过来。①

这段描写生动形象，动词运用十分精当传神，逼真地写出了牛月清这位朴实的妻子充满爱与恨的心理，读来凄清而悲凉。但牛月清的希望破碎了，庄之蝶终未回到他这个曾经的家，她的生活在希望中陷入了绝望。牛月清，这个有着责任和担当的善良贤惠的妻子，信守着传统家庭伦理和夫妻之义的女性，道德自守，有尊严地活着，但在现实生活的大变迁面前，却似乎无路可走、无家可归。传统社会道德理性的严谨在现代社会欲望纷纭的纵情面前显得苍白无力，牛月清以及和牛月清一样的人，失去了自己做人的尊严，也失去了曾经用心付出的生活的意义，她在新的生活境遇下

---

① 贾平凹：《废都》，北京出版社1993年版，第479页。

不得不重新认识自己,重新寻找新生的道路。这一人物形象深刻地说明了时代的变革对普通人的影响,诉说着一种时代的苦闷和彷徨,也注定是一种社会性的人生悲剧!

总之,在十字路口彷徨的庄之蝶,在自己压抑苦闷的人生中奋力超越与突围,最后,在欲望的放纵不羁中于世沉沦,背叛了家庭之后也背叛了爱情,甚至走向了背叛自我的道路。他的激情、正义、善良、苦闷、敏感以及冷漠等复杂的心绪,使他在追求自我超越中迷茫而痛苦,而人生的道路似乎总是徘徊在十字路口。

第二,从庄之蝶的社会活动和社会交往活动来看,他在现实生存的种种矛盾冲突中不得不信奉功利化追求,不得不在现实利害关系的权衡中进行有利于自己的决策和选择,因而不时显现出人性的贪婪、自私以及某种程度的虚伪与冷漠。他以作家的清高试图超越和逃离这种无聊的利益之网,但现实的困境又使他不得不面对利害的计较,因而常常不得不沦落为精于算计的阴谋家。这种悖论性的生活状态造成了他精神的极度困惑,他在不断的自我反思和忏悔中试图逃避这困境,但结果却陷入更大的精神困境。他如囚徒,在和这个世界搏斗的同时更是在和自己搏斗,因而常常让自己无路可走。

作品通过景雪荫的起诉案把围绕在庄之蝶周围的各种人物聚焦在一起,勾连起社会的各个阶层,从更宏观的视野展现出社会的大图景,表现出一种深刻的社会关怀和忧患意识。这一叙事过程,既写出了不同人物的生活状态和性格特点,也写出了作为文化名人和作家的庄之蝶的执拗、义气和老谋深算等性格特点,剖析出大人物身上的小人之气和人性恶的一面。

为了打赢官司,维护杂志社的声誉,保护杜唯贤、周敏等一众朋友的声誉,庄之蝶可以说使尽各种手段,利用自己的名声和政治地位进行权力寻租，试图主导法院审判的结果。在这场和以景雪荫为代表的权力力量的较量中，他以正义之名行不义之事，行恶纵恶，名利之欲中贪婪而凶狠，以致恶而不知其恶，显现出一副无行文人的帮闲嘴脸。

　　为了拉关系，满足法官的各种要求，庄之蝶替人写文章、发文章，不断赠送自己的书法作品，让他尊严扫地。为了谋利益，他通过亲信赵京五，使用各种下三滥的手段，坑蒙拐骗，乘人之危，引诱书法家龚靖元吸毒的儿子龚小艺不断倒卖父亲的字画，以廉价收购了龚靖元几乎所有的藏品。为了拿到龚小艺收藏的毛泽东书法手卷，他甚至指使恶少赵京五设计陷害，用毒品胁迫龚小艺自动交出手卷。这些得来的艺术品，一方面用来打点各种权力之人，通过权力寻租影响案件的结果；一方面用来开办自己的画廊，以名求利，满足自己的财富之欲。在这一掠夺过程中，庄之蝶总是显得善良忠厚，急人之困，一副长辈德高望重之态，让龚小艺一口一声"庄叔"，感激不尽。庄之蝶虚伪、贪婪、卑鄙和冷漠的一面暴露无遗。

　　特别无耻的是，为了最后能够改变法律的结果，庄之蝶竟然以崇拜他、爱恋他并献身于他的柳月为筹码，利用柳月的软肋，使用美人计，把她嫁给市长的残疾儿子，以换取法律判决中最强大权力的支持。柳月这个泼辣美丽但人微言轻的来自农村的保姆，既是庄之蝶满足情欲、倾吐心曲的玩物和知己，也是庄之蝶拉拢关系、维持人脉的筹码。他和柳月春情共度，却始许之于自己的爪牙赵京五，后许之于权倾上下的市长的公子，这种流氓习气、无赖做派让人心寒。柳月，这个淳朴善良而又泼辣能干的农村打工妹，带着对文学和名人的崇拜，带着对做一个城里人的渴望，被无行文人庄之蝶勾引和娇宠，其无羁放浪的言行深深地影响了这个姑娘，既解放了她的人性欲望，也助长了她的虚荣和心计。这个姑娘结婚后，就成了一个非同一般的人，既享受着权力之家的荣耀，踏上了自己渴望的人生舞台，又放纵情欲，竟和外国男子暗情交通。最后，这位现代的时髦女子也纵情于欲望之海，在迷宫般的都市世界沉沦。

龚靖元之死，就是对这种卑鄙无耻、虚伪冷酷的人性深处的贪婪欲望的控诉。这一场景作者写得沉痛悲怆，十分精彩：

> 龚靖元骂了一中午，骂累了，倒在床上，想自己英武半辈，倒有这么一个败家儿子，烟抽得三分人样七分鬼相，又是个没头脑的，才出了这么一场事就把家财荡成这样；以后下去，还不知这家会成个什么样儿？又想自己几次被抓进去，多为三天，少则一天，知道的人毕竟是少数。但这次风声大，人人怕都要唾骂自己是个大赌鬼的。就抱了那十万元发呆，恨全是钱来得容易，钱又害了自己和儿子，一时悲凉至极，万念俱灰，生出死的念头。拿了麻绳拴在屋梁，挽了环儿，人已经上了凳子，却又恨是谁帮败家的儿子找的画商？这画商又是谁？骂道：天杀的贼头你是欺我龚靖元没个钱吗？我今日死了，我也要让你们瞧瞧我是有钱的！便跳下凳子，把一百元面值的整整十万元一张一张用浆糊贴在卧室的四壁，贴好了嘿嘿地笑，却觉得这是为了什么，这样不是更让人耻笑吗？家有这么多钱，却是老子进了牢，儿子六万元卖尽了家当?!遂之把墨汁就四壁泼去，又拿了冬日扒煤的铁耙子发了疯地去扒去砸，直把四壁贴着的钱币扒得连墙皮也成了碎片碎粉。丢了耙子，却坐在地上老牛一般地哭，说，完了，这下全完了，我龚靖元是真正穷光蛋了，又在地上摔打自己的双手，拿牙咬，把手指上的三枚金戒指也咬下来，竟一枚一枚吞下去……。[1]

---

[1] 贾平凹：《废都》，北京出版社1993年版，第408—409页。

这一段描写真切生动，直指人心，令人感伤。龚靖元的死，充满了恨意，也充满了绝望，而这个结局的背后推手不正是自己的文友庄之蝶，庄之蝶的画廊哗哗到手的钞票，不正是这父子二人的血泪。祭奠时各路朋友呼天抢地的表演，感天地，动鬼神，但哭者哭着别人，又何尝不是哭着自己呢？在欲望之地，这些名重一时的大人物，哪个背后不是干着一些提心吊胆、违背良心的事情。在这一表层叙述背后，作者却揭示了深情厚谊后面人伦道德的大溃败，写出了在欲望面前人性的恶与虚伪。人们对一切似乎心知肚明，但面对一切却都真诚地表演。这是否就是名利社会的某种真实，是否就是人性欲望的某种真实！

庄之蝶为了满足自己的名利之欲，背叛了朋友，也背叛了良心。但在名利场上任性纵欲的所谓四大文人、五大恶少、官场老手，哪个不是背叛着社会的基本人伦秩序，机关算尽，苦心经营，甚至违法行骗，以满足自己的欲望。城市，在现代化的进程中，不知不觉沦为物欲横流之地。作者以动荡之笔，全景式地展现了社会变革面前，失去传统价值守护的人们在名利欲望诱惑下的道德困顿以及苦闷彷徨，展现了一种悲剧性的生活图景和人性状态。

当然，作为具有人文精神和博爱气质的作家庄之蝶，毕竟良知未泯，具有自我反思和自我批判的超越精神。尽管他被生活逼着走，为义而不义，为情而无情，表现出一派帮闲嘴脸和流氓习气，但在本质上，他还有一股正义之气和人文情怀，有着做人的傲骨和反抗精神。他为了让钟唯贤心灵有所慰藉，假扮其初恋情人，大费周章地为其写寄情书；为了让钟唯贤死能瞑目，不惜利用自己的身份，连夜奔走呼号，为其死前争取到了一生都没有争取到的高级职称证件；官司的失败，也是因为他不愿意伤害曾经的同事兼好朋友景雪荫，自露其短，授人以柄，存有一念之仁……特别珍贵的是，他在自己的所作所为中总能自我反省、自我批判，在痛苦的挣扎中总是把自己的良心逼上死角，最后成为一个孤独无依的精神流浪者。作者以真切的生命体验和生活故事，揭示了具有双重人格的庄之蝶在超越中沉沦、在沉沦中超越的悖论性生存状态，揭示了现代社会人们在欲望纷纭的世界中价值选择和意义追求的艰难和迷茫，刻画出现代人灵魂深处的一种困境。因而这一形象丰厚而深刻，具有重要的现实意义和深刻的美学意义。

《白夜》之中的城市世界依然是一个欲望纷纭、善恶难分、内外交困的精神沉沦之地。这部作品把城市和乡村联系起来，空间更为开阔，无论是从乡村走向城市的人，还是从城市走向乡村的人，他们都在经济大潮中忙活着。面对金钱和权力的诱惑，在纷纭的欲海中人们载沉载浮，生死相搏，固守自我而又失去自我，在迷茫彷徨中演绎着人生的悲凉故事。

作者从政治、经济、文化等基本层面叙述了官员们如何争权谋利、假公济私，矿主、老板们如何为了利益勾结权势、明争暗斗，戏班艺人们如何欺世盗名，小摊小贩们如何投机倒把、非法牟利，如此等等，不同身份、不同地位的人，为了满足追逐金钱的欲望，各施手段，巧取豪夺。夜郎，作为从偏远乡村进城的有志青年，在这欲望纷扰的世界里活得十分不堪。他以自己的才华差点成为具有城市身份的公务人员，但在官场斗争中却成为牺牲品，沦落为戏班混饭的闲人；他喜欢颜铭的美丽和善良，但面对金钱名利中无限风光的她，却看不透这个在舞台上闪亮迷人的时装模特的真假；他爱着清雅孤独、洁身自好的虞白，但有愧于自己尴尬的身份。在卑微的生活中，他似乎总是在和一种看不见的敌人勇敢搏斗，这敌人隐藏在生活的角角落落。颜铭，这个出身农家、命运坎坷的丑女孩，为了改变自己的命运，在城市的世界找到自己的舞台，不断美容美体，使自己成为舞台上的大明星，捧者云集；面对各种诱惑，她能冷静以对，保持善良质朴的本性，但这种双重自我，却使她在面对自己以身相托的夜郎时总是掩饰和遮盖，在夜郎的怀疑面前难以坦然面对。虞白，这个具有乌托邦式的情感梦想的知识分子，情欲深隐，情思恬淡，对夜郎情有独钟；但清高自恋和孤芳自赏的性格使她总是难以接近自己喜欢的人，等到失去引以为知己的夜郎，她只能在淡淡的忧伤和深深的失落中走向生命的孤独，在艺术的陶醉中宣泄心灵的忧愁和孤寂，尽管内心为爱而牺牲着、牵挂着！总之，在城市这个大舞台上，有来的，有去的，有追名逐利的人，也有清高自守的人，更有于世沉沦的混世之人。人们在这充满种种欲望的地方，追求着、沉沦着，各自完成着自己的人生意义！

与《废都》洋溢着澎湃激情的欲望、情爱和思考不同，《白夜》中的欲望却在激情中带有淡淡的忧愁和哀伤，带着生存的些许无奈和悲凉。这部作品是作者在《废都》中展现的生命高歌后的浅唱低吟，是面对城乡现代化的经济大潮中汹涌的欲望而展开的一种冷静深入的思考和追问。就作品的审美意蕴而言，《白夜》的书名，不仅意指主人公的姓名，而且具有象征意义。白，代表着世事纷乱的白天，是追名逐利迷失自我的欲望之海；夜，代表着世俗欲望熄灭后的夜晚，是忠诚于本我、寻找自我的欲望之冲动。人们穿梭在白天与夜晚，在白天的世界中奔波沉沦，在夜晚的幽暗中洞察和寻觅。穿梭在白天与黑夜的生命欲望的海洋，人应何为？这是一个重大的问题。

《白夜》中邹云和吴清朴的爱情故事，也是作者对这一欲望世界充满忧伤的表达和思考。邹云这个美丽时尚的现代女性，充满了活力和激情，但在金钱的诱惑和虚荣心的膨胀中，彻底迷失了。邹云是一个精明能干的城市女孩，有追求、能吃苦，也有一颗善良之心；但面对金矿老板的金钱诱惑，这个天真的女孩不惜抛家舍业，背叛了和吴清朴的爱情，追随金矿老板做了小三，不仅和老板的妻子争风吃醋，而且惹下了人命官司，最后在金矿老板因争夺资源而惨死之后落得无依无靠，流浪远方。这个女孩的初衷似乎合理而善良，只是要为自己的饭馆筹集资金，但面对黄金巨富的诱惑，终未抵挡住贪婪的欲望，走上了一条欲海浮沉的不归路。她在这一过程中试图寻找爱情，试图维护自己的尊严，也试图在良心和背叛之间做好平衡，无奈生活并不像她想象得那么简单。为金钱出卖良心、背叛爱情、丧失尊严，想再回到失去的世界中是何其难啊！而深爱她的知识分子吴清朴，为了爱情抛弃事业，以邹云的欲望为欲望，辛勤奔波，开店营业，财源广进，努力为自己所爱之人谋取一份家业和立身之地；但爱情走了，他在失望中抛弃了金钱和财富，视富贵如浮云，又全身心地投身于自己的考古事业，最后殒命荒野。这一对普通情侣的命运，让我们看到了金钱和贪婪的欲望是怎样蛊惑了人的本性，灵魂中暗黑的欲望是如何吞噬了光明的希望。《白夜》中的诸多人物在涌动着欲望的经济大潮中寻找自己的舞台，常常在诱惑中迷失，在贪婪中挣扎。作者对现代化大潮中的人的生存意义和价值进行思考，展现出一种批判和关爱之情！

  城市，现代社会的象征，以无尽的魅力成为走进这里和生活在这里的人欲望纷纭的沉沦之地。不管是弄权谋利的大小官员还是文人墨客及其各种帮闲，不管是身缠万贯的款爷大佬还是辛勤觅食的升米小民，如此等等，他们都在各自或谋生或发达的欲望渴求中沉沦挣扎，试图在现代社会找到生存的位置和做人的自尊；他们在自我奋斗之路上或彷徨或迷失，常常陷于道德的挣扎和情感的纠结，失去生活的归依之处，因而总是在内心的冲突和现实的选择中找不到灵魂的安居之处和精神出路。

第三节
爱欲迷途中挣扎的荒唐

在《废都》和《白夜》这两部作品中,作者聚焦不同人物的内心世界和命运遭际,书写改革开放后现代化大潮中的城市世界,以丰富的镜像映照了城市僻巷陋室中的寄居者的生存状态,表现了他们在纷纭欲望中的精神沉沦。但作者对现实生活的镜像化叙事并不是纯粹的客观反映,而是浸润着自己深沉的生命体验、精神反思和批判意识,是具有独立的思想和艺术追求的作家心相的外化,因而使文学写作在镜像化的书写中有了更高的意义追求和价值评判,使作品的写作展现出更高的美学境界。

具体而言,在对经济大潮中的人的书写中,作者不仅写出他们如何于世沉沦的现实性追求,更重要的是关注人的精神与灵魂问题,写出了他们在现实生存苦闷、彷徨的困顿中自我反思、自我批判的精神,表现出人们在爱情与欲望相交织的迷途中的痛苦挣扎。这种挣扎看似矛盾荒唐,但却是一种精神的向往和思想的升华,寄寓着作者对社会人生的真切体验和深度思考。

在《废都》中,孟云房这样评价庄之蝶的悲哀:

婚姻是婚姻,爱情是爱情,这不是一回事,但又是统一的。别看庄之蝶在这个城市几十年了,但他并没有城市现代思维,还整个价的乡下人意识！①

作为庄之蝶精神上的知己，孟云房这一段话道出了庄之蝶人生苦闷的社会文化缘由，即作为城市生活的现代人和文化人，总是试图追求精神的自由和个性的自我，在现代都市生活中追寻真实的欲望，实现生命的丰富意义；作为中国传统社会文化的继承者和践行者，又肩负着家庭的伦理道德责任，在离经叛道的行为中常常充满良心的自责和不安。在这双重的道德意义和人生价值的冲突中，庄之蝶在现实的选择与生存中，精神上充满了矛盾，总是瞻前顾后，在犹疑不定中总是陷入深深的精神苦闷和道德挣扎。作者通过三个层面写出了庄之蝶的精神苦闷和道德挣扎。

第一，如前所述，在现实生活中活得"泼烦"的庄之蝶总是试图突破日常生活的缠绕，求得身心的自由感和精神的超越性。因此，他面对别人对自己活得"福贵双全"的羡慕，却宣扬需要"破缺"的愿望。他的求"破缺"是要突破惯性日常的生活；他所宣扬的"对称破缺"理论，是对自由动荡的充满活力的生活的渴望，体现出一种自由浪漫的生命意识和超越现实的哲人情怀。这种求"破缺"的精神，是改革开放的新时代人们一种不满自己生存现状而又渴望改变现状的时代精神的体现。无论是城市知识分子孟云房还是初来乍到的外地青年周敏，无论是男性还是女性，都有一种改变自我、解放自我和寻找自我的求"破缺"的内在渴望和自觉追求。这既是他们面对蓬勃发展的新时代的适应，也是对时代精神的自觉回应和追求。因而在这一特定的时期，他们都面临着固守现状还是突破现状的艰难选择，并在选择中必然面对价值观的冲突和意义的彷徨。他们每个人都试图在新的现实面前努力寻找到自己的价值归依和意义归宿，但似乎

---

① 贾平凹：《废都》，北京出版社1993年版，第480—481页。

都是那么艰难。

庄之蝶的"求缺",在个人生活上,是试图对婚姻家庭的沉闷和无意义的日常生存状态的突围;在事业上,是试图对作为著名作家这一纠缠着种种名利是非的社会身份的突围;在精神上,则是试图对极端功利主义的俗世世界的突围。于是,他背叛婚姻的忠贞,在爱情的世界纵情恣肆,骋情任性,表现出生命的逍遥和自由;于是,他渴望摆脱著名作家的光环,渴望摆脱政治花瓶和社会帮闲的地位,四处游荡,希望找到能够自由写作的一方僻静之处,寻找精神独立的安居之地;于是,他孤独地对自己和自己生存的这个环境进行深入的反思、批判和思考,以荒唐之态谦卑地趴在牛身下吸奶,认真地和一条逐渐老去的睿智的牛进行精神对话,以感恩之心和形而上的眼光对自我、生活、生命和世界的意义进行追问和思考。总之,庄之蝶的"求缺"是他在精神上试图超越现实生存状态的全面努力,体现出作家对生命自身的体验、思考和观照,揭示了个人性、社会性和超越性等彼此奠基的多层面的人性状态,具有生活的厚度和人性的深度,表现出人之生存的一种普遍性的本质,使其文学叙事显现出深刻的洞察力和深度的人性关怀。

第二,这种突破日常生活惯性而渴望"破缺"的精神,实际上是对另一种圆满生活的渴望,是在现实日常中对自己希望的生活可能性的追求和践行,因而是一种以对日常生活"破缺"的姿态和方式实现自我生活的圆满。这种追求自我圆满的过程,既体现出人性自由的内在渴望,也体现出走向现代化的时代背景下人们合理欲望得以解放的历史过程。这一过程,既是生命的欢歌,又是道德的背叛,更是灵魂的挣扎。作者通过这一层面的叙事,揭示了以城市化为代表的现代化过程中一种普遍性的人性状态,以批判性的反思精神表现了这个时代的善与恶,并对这一现实处境中不同阶层、不同身份的人寄予了深刻的同情和关怀，体现出超越性的人文精神。

在渴望突破现实生活、寻找自我生存之圆满中，庄之蝶在个人生活中遇到的第一个人是唐宛儿，一个对他这个传奇性的家乡名人充满向往的一见钟情的女子。正是这位风情万种的女子让他彻底解放了自己，体验到生命的欢愉和欲望满足的畅达与圆满，以至于她成为自己冲破一切世俗藩篱的精神动力和生命寄托。一旦冲破了曾经的束缚，在爱的欢愉和无尽的追求中庄之蝶彻底沉沦，他把女性的肉体视为现实苦闷和精神失落的"解忧"之地，从而在性欲的恣情纵意中化解人生苦闷，似乎自由而逍遥。在背叛家庭的同时，他又不断试图逃离社会中各种利益关系的羁绊，表现出桀骜不羁和自由刚正的一面：他总是试图脱离官场俗务，去追求自己作为一个作家的理想，寻一方宁静之地，写一部不朽作品；他不断利用自己的身份，抨击时弊，为朋友们解忧排难，为弱者伸张正义，以微薄之力维护生活的公平；在没完没了的官司面前，他总是以善良的意愿追求和解，不愿意对朋友或任何人造成伤害，保持了一个作家的天真和浪漫。如此之类的精神坚守都是作为一位作家的庄之蝶在纷纭世事中的本色之处，是其内心深处追求精神超越和人生之义圆满的人文情怀的体现！

但是，以"破缺"追求圆满，圆满本身却现实地展开为一种"破缺"状态。任何人都摆不脱的现实处境，使种种对圆满的追求不过是在"破缺"中的一种深刻的灵魂挣扎。因而，在追求"破缺"和"圆满"的彼此奠基和相反相成的意义生成中，作者更深刻地揭示了在现实生活中人们在矛盾和彷徨中痛苦挣扎的内心世界，这成为作者关于人物叙事的第三个精神层面，即沉沦在世的生存中内心挣扎的荒唐。

这种内心挣扎在庄之蝶身上深刻地表现为一种良心的不安和冲突状态，表现为一种道德的挣扎和关于生命意义的绝望感。在两性关系上，他利用自己的身份，获得了自由的爱情，满足了各种生命的欢愉，但在各种欲望的满足中，他既没法面对自己的妻子和家庭，也没法给自己的情人以许诺和归宿，尽管他内心总是试图挑战周围世界和世俗观念，但现实处境却总是让他难以做出明确选择，这让他陷入深深的精神困顿；在官司的起起伏伏中，他为了朋友义气和现实利益，用尽各种手段，费尽心机要打赢这场官司，但又不愿彻底违背良心，伤害无辜之人，最后导致自己众叛亲离、身败名裂；他纠缠在权力关系和重重利益之中但又对权力关系和种种利益交换充满了憎恶，总是以抗争之态维护心中的正义。最后，当他失去了钟爱的唐宛儿、失去了妻子牛月清、失去了生活中一切曾经依靠之人的时候，他的精神世界彻底崩溃了。他在道德挣扎和良心冲突的绝望中放弃了一切努力，放弃了自己的身份，在自我忏悔和内心挣扎中对自己和这个世界充满了愤怒和绝望，并把自己逼上了荒唐而绝望的境地。

庄之蝶在生活的困境中自问："我是个坏人吗？"[①] 面对生活中的重重困境和无力，面对自己的有情与无情，面对身不由己的坏与好，面对和自己纠缠在一起的情义利害冲突，他对自己的所作所为发出深深的忏悔之情。"我是坏人吗？"这种自责的道德追问，发出了人们灵魂深处久已遗忘的声音，揭示了盛名之下的庄之蝶在现实处境中的道德困惑和价值迷茫，表现了在善与恶相对的二难处境中庄之蝶精神世界的痛苦挣扎。

庄之蝶无家可归了！"他说唐宛儿丢了，牛月清走了，这无疑是上帝对自己的一种惩罚。既然是惩罚，那自己就来自作自受吧。"[②] 曾经要抛而抛不掉的家、曾经痴恋而无结果的人，这些让多情的他总是处于情与理、爱与怨、忠诚与背叛等道德挣扎中的精神负担，一朝云散时，剩下的却是

---

① 贾平凹：《废都》，北京出版社1993年版，第418页。
② 贾平凹：《废都》，北京出版社1993年版，第488页。

面目全非的人生，是贪酒寻欢的失落，更是无家可归的歧路彷徨！欲海沉浮，名利争斗，到头来不过一场空幻?!

庄之蝶不知道自己应该是谁！遗失了自己的爱人，遗失了自己的妻子，堕于是非纠缠的庄之蝶一夜之间失去了自己的身份，也失去了这个身份所承载的一切。"车子骑过去了。庄之蝶心想：多亏他没认出我来，要么多难堪的！就往前无目的地走，却想：他就是认出来，我也不承认是庄之蝶！于是无声地笑笑。"① 曾经盛名于世的他沉沦市井，与人委蛇，无家可归，别人不知道他是谁，他也不知道自己是谁。过往繁华，不过一笑一梦！他把自己封闭起来，真诚地面对自己的心灵，面对自己的罪与罚，在精神上自我折磨、自我放逐，试图告别曾经的一切，去寻找那个应该的自己。

庄之蝶面对自己"被吃"充满了失望和绝望！"你孟老师曾说我周围有一批人写文章在吃我哩，没想到咱开的书店也偷印这小册子赚钱，这就轮到我吃起我来了！"② 作为文化名人，在他周围聚集了一批帮闲文人和投机分子，借着他的名声来换取自己的名利。当他得意时，满是恭敬颂扬、可以结交之人；当他失意时，尽是落井下石、造谣诽谤之徒。这种行径，都是为了借他的身份和名声捞取功名和利益，而根本不顾及他的感受和人格尊严，只是在对他尽情的炒作和消费中借机获取最大的好处。这种毫无节操、当面豺狼的嘴脸，让他对这些所谓的崇拜者充满了愤恨和失望。更让人难以接受的是自己书店的经营者，这个自己一直信赖有加的人，竟然不顾荣辱廉耻，私下跟风炒作，以赚取金钱。面对这种只有利益、没有道德节操的朋友和同道，他不禁对人和社会充满绝望。他不想辩解、不想谴

---

① 贾平凹：《废都》，北京出版社1993年版，第506页。
② 贾平凹：《废都》，北京出版社1993年版，第508页。

责,而是在绝望中孤独地自我追问、自我批判和自我挣扎;他在对人生意义的怀疑中试图摆脱这红极一时的功名利禄的场所,抛却这浮世虚名的羁绊。

庄之蝶是疯了!失去了爱情、失去了家、失去了身份和朋友的庄之蝶无家可归,在绝望中漫无目的地流浪,在流浪中自我反思、自我忏悔。他拒绝了曾经的身份和名利,决心和过去的自己告别。在别人看来,他这种发自灵魂深处的自我忏悔的怪诞言行,不过是疯子一样的荒唐。庄之蝶想借猪苦胆使自己清醒,当他去肉摊排队购买时,被众人斥为"疯子";而曾经视他为座上宾和文化名人的市长,看着他沦落市井的疯魔样,只不过感叹地说:"可惜这个庄之蝶了!"然后扬长而去。在外人眼里疯了的无用的庄之蝶,只不过是以荒唐之态面对荒唐的人生,他以特立独行的方式自我惩罚、自我忏悔、自我放逐。他的荒唐,正是于世沉沦的觉醒者在自我忏悔中的一种自我拯救的方式!他的疯,是对这个极端功利世界的抗议,是欲海沉浮中自我良知的觉醒者在忏悔中的道德精神的挣扎。最后,他毅然告别这个生活过的已然无足轻重的城市,离家远行,开始了自己未知的精神流浪。

总之,经历了人生大起大落和得意与失意的庄之蝶,在追求"破缺"和"圆满"的爱欲迷途中陷入迷茫和彷徨,在现实的生存中一步步地把自己逼入了精神困境,陷入了痛苦的道德二难状态。他在于世沉沦的逍遥中担负了太多的道德重负,活得像一个病人。他面对良心的谴责不由地深深忏悔,在内心中不断进行着自我反思和自我批判。作者借庄之蝶这一形象不仅透视了现代社会普遍性的人性状态和生存困境,而且更重要的是借此提出了现代化历史进程中的一系列问题。诸如"我是谁""我到哪里去""家是什么""生存的意义是什么""道德、良知、人格和操守的意义"等现实中迫切而根源性的问题。庄之蝶在超越世俗的荒唐行为中的热烈追求和追求中的道德挣扎，正是对这个时代人的精神世界画了一个像，是对这个时代这些严肃而迫切的问题的追问和表达。这些问题切中了人之生存的精神世界的根本性问题。作者以丰厚的人物形象和独特的审美表现力，表达了关于现实世界的最本真的源初性体验，并在源初性的体验中凝视和瞭望这个充满丰富人性的世界，在某种意义上回应了在现实生存中人们灵魂深处不断回响的这些深刻而迫切的追问！因此，这一形象所勾连的世界图景，既是现实生活的镜像，也是作者的心相，是作者对一个时代精神的映照、思考和表达，这正是《废都》这部作品的不同凡响之处。

　　作为《废都》的姊妹篇，《白夜》叙述的也是在都市这个欲望世界追求、思考和挣扎的一群人。夜郎这个具有正义感和追求精神的小文青，在自己的生活中总是和看不见的敌人战斗，这让他总是陷入深深的精神苦闷和内心的挣扎。他喜欢美丽平实的颜铭，但对这个人前光彩耀眼的模特却充满了疑惑，实在判断不出这个对他好的女人内心的真与假，判断不出这个女子生活状态的真与假。婚姻在怀疑中不断地消解着彼此的信任和热情，在真与假的追问中他陷入了情感的困惑和道德的挣扎，最后竟然也辨不清这个女人到底是谁！这让他迷茫不堪。在无休止的怀疑中，颜铭带着他们的孩子出走，这对他既是精神的解脱，又引起良心深处不断的自责和忏悔。情感上，他深爱着虞白这个敏感多情的女性传统知识分子，他们精神相通、心意相通，但虞白的矜持、清高和城市人的高傲又让这位来自乡村的小伙无所适从，身份的明显差异和未来的无所期望，加上他和颜铭的情感纠缠，使他理性地放弃了虞白。他内心对虞白的爱恋、渴望和牵念，使他自己在生活中也过起了双面人生，不由自主地陷入自我欺骗的道德挣扎和精神苦闷。而同时，作为一位来自农村的知识青年，他又执意伸张心中的那股正义之气，以各种阴暗的手段和曾经的上级进行着斗争。这场斗争，看似是正义之举，又似乎不过是一场泄私愤的小人伎俩。总之，这位来自农村，寄居城市，没有明确的身份感和归属感的流浪者，在生活的现实中难以找到自己的位置和归宿，内心陷入深深的迷茫，痛苦挣扎，而这场挣扎的斗争其实如堂吉诃德斗风车，是一场看不见敌人的自我斗争，是在现实中无路可走的一种无奈抗争和自我拯救。

对颜铭来讲，她对夜郎的情感是真挚的，对婚姻的选择是真诚的。作为模特，在舞台上她身处明星般的光环之中，令人艳羡，但却能把握住自己的位置和身份，内心深处保持着淳朴的乡村人的情感，对夜郎百依百顺，试图踏踏实实地过着幸福的小日子。但她面对夜郎的怀疑，却有说不出的难处。她没法告诉夜郎自己不过是偏远乡村被人嫌弃的丑女孩，没法告诉夜郎自己高贵风流的身材不过是为了迎合世俗人心的现代技术的产品，更没法告诉夜郎自己艰难困苦的谋生历程和生活经历……揭开表面风光掩盖下的这些真实面貌会带来的生活困难和道德困境都是她无法面对的。她示人以假，但活得真，对夜郎更是如此。但面对夜郎的追问与怀疑，她在真假莫辨中十分痛苦，最后在道德的挣扎中为自证清白而坦露真相，在绝望中放弃了婚姻而离家出走，重新寻找自己生活的舞台。

虞白，这位清雅自赏的女子，对夜郎可谓一见钟情，以知音相许，把自己最真诚的感情寄托在这个异乡的浪子身上。她从夜郎身上看到了生命的激情、真诚和浪漫的情怀，也看到了不同于一般人的灵气、才华和个性，她孤独的心热了起来，决心去追求一场轰轰烈烈的爱情。但是，生活的阴差阳错和夜郎的选择，一步步把她引向失望和绝望。面对夜郎的背叛，她渐渐心冷了，最后勇敢地断绝了这份爱情。这位具有传统文化气质的城市女子，感慨着生命的流逝、青春的消磨而寄居在被人遗忘的城市一隅，生活和精神上无处可栖，寂寞孤独。她在这个喧嚣的城市挣扎着，保持着自己一方宁静的精神世界；她在可望不可即的爱情中品尝着幸福和苦涩，触摸着生活的另一种凄凉。她和夜郎是一种相知相吸的精神恋爱，但生活似乎并没有给这份高雅纯净的爱情实现的可能性，她只好在艺术创造的世界里表达自己的思想，宣泄人生苦闷，升华自己的情感。虞白的苦闷与挣扎，从某种意义上是传统知识分子在现实面前无路可走的尴尬。作者以这一形象隐喻了在以城市化为标志的现代化过程中，传统文化及其所传承的价值世界面临的无路可走的痛苦境地，是作家对传统文化在现实生活中的命运的自觉思考。

总之，无论是围绕着庄之蝶的文化名人、帮闲小人，还是围绕在夜郎和虞白周围的普通市民和下层民众，在作者笔下都十分饱满。他们似乎都撕裂地活着，都在这陌生而熟悉的城市里努力寻找自己的生活和生活中自己的位置。但时代变了，个性的解放、价值观的多元化、生活方式的多样化以及在从传统社会向现代社会的转型中不得不发生的冲突与挣扎，使所有人都需要在这个变化的时代和生活中重新寻找自己，改变自己。这一变革时代带来的新处境和新选择，使他们各自走向不同的人生轨迹，并在彼此重新选择的冲突中陷入精神的苦闷和道德的挣扎。人生似乎都不可把握，情感与理性、真诚与欺骗、背叛与忠诚、私欲与道义、理想与现实等生活中一切对立的价值观和意义诉求，在现实生存中都刺目地摆在面前，逼迫你去思考和选择。陷于二难处境的人伤害着别人也伤害着自己，在内心的撕裂中演绎了一出出时代的悲喜剧。

贾平凹以反思和批判的态度书写这一时代的大变迁，以人文精神观照人性深处的纠结和困难，以深刻的忏悔意识写出现代化历程中人的心灵困境，以超越的思想守护着人类的至真与至善！

第四节

无家可归的歧路彷徨

贾平凹的城市书写，揭示了在走向城市的现代化历程中，不同阶层不同身份的人们在新的社会文化环境中的自我迷失和无家可归的心灵状态。每一个人都在追求着、奋斗着，但每一个人却似乎处于无路可走的彷徨状态。哲学家海德格尔《林中路》一书的"卷首语"，似乎深刻地隐喻了欲望都市中现代人歧路彷徨的生存命运：

  林乃树林的古名。林中有路。这些路多半突然断绝在杳无人迹处。

  这些路叫做林中路。

  每人各奔前程，但却在同一林中。常常看来仿佛彼此相类。然而只是看来仿佛如此而已。

  林业工和护林人识得这些路。他们懂得什么叫做在林中路上。①

一、无路可走的彷徨者

在都市的欲望丛林中，我们似乎都走在自己的人生路上，但道路的尽

---

① 马丁·海德格尔：《林中路》，孙周兴译，上海译文出版社1997年版，卷首语。

处却总是杳无人迹，充满无路可走的孤独。人们总是在选择和重新选择，看似道路就在脚下，路途中却总是彷徨！这也许正是现代化的都市世界中人们生存的精神写照。

《废都》中，无论是以庄之蝶为首的四大文人，还是以赵京五为代表的四大恶少，以及围绕四大文人、四大恶少的男男女女等，他们在欲望纷纭、林林总总的都市世界里自觉而真诚地演绎着自己的人生，寻找自己渴望的人生道路，却也在真诚的寻找中失去自己，在高尚的追求中身不由己地沦落为无路可走的精神囚徒。

其中，个性自由、充满文人理想和生命激情的作家庄之蝶，试图在追求日常生活的"破缺"中实现自我价值和生命精神的圆满；但在经历了爱情的浪漫、欲望的纵情和权力的浮沉之后，却发现自己遗失了真我，不仅背叛了妻子牛月清，而且失去了自己的朋友和情人，最后在自我反思和自我忏悔中把自己逼向了人生的死角。在这欲望纷纭的都市丛林中他遗失了生命的激情，最终在"我是谁"的绝望中告别自己，在无家可归的歧路彷徨中迷失自我。

庄之蝶的精神知己孟云房，对庄之蝶的苦闷和追求感同身受，十分理解，对他既支持又保护，但在这都市的穿梭和欲海的沉浮中，他看到的却是家庭人伦的支离破碎和精神世界的迷失和崩溃。最后，这位试图洞穿天机、洞察命运、痴迷神秘佛道文化的学者，也在绝望中远走他乡，离开了这是非恩怨的都市丛林，去探究那未知的荒野世界。

在《废都》中，几乎每一个人都在真诚的追求和奉献中，失去了自己的位置，迷失了自我，最后在难以掌控的人生际遇和各自的命运中彷徨！

《白夜》中离开乡村寄居都市的流浪者夜郎，总是充满激情地凭着自己的力量和这个社会在搏斗。他试图反抗自己的命运，试图在城市中找到自己的安身立命之地，但是他的愿望总是难以实现。他的身份使他自信而又自卑，无论是婚姻、爱情还是事业，他似乎都找不到安妥自己灵魂的方式，最后在痛苦和迷茫中遗失了自己。他的那把神秘的钥匙既打不开自己的生活之门，也打不开人生的命运之门。在生活中他以"赌徒"的方式对抗命运，以夜游的方式寻找真我。但这位和看不见的敌人搏斗的充满义愤之情的小文青，最后只能远走异乡，成为一无所有的流浪者。他那句耐人寻味的"我错了"的自白，是对自己生活的忏悔？是对现实的妥协？还是清醒后的再追求?! 他要走向哪里，生活还有机会吗？这位正义、真诚、有担当的男人，在人生道路的关键处依然是无处可去的彷徨者。

清雅自守的虞白，年岁渐长依然无所归依；远走他乡的颜铭，依然不知精神何所终；心高气傲的邹云，是否就此湮灭于风尘之地；而病入膏肓的宽哥，用自己最后的生命，踏上未知的殉道之路……这些在城市之林追求、徘徊、坚守的男女，尝过了种种精神的历难，在艰难寻找自己位置的同时失去了自己的位置，在各自或神圣或荒唐的追求中彷徨，迷失了自己，甚至失去了生活和生命，成为一群无家可归的精神流浪者。

二、 都市丛林的探路者

在这个新的时代和现代都市世界里，这群追求和奋斗的男女成为同一林中互相牵连的探路者。他们的命运是这个大时代变革精神的具体体现；他们是这个时代的创造者、探索者和承担者，从某种意义上当然也是这个时代精神的生动镜像。在时代的大潮中，他们精神相通，是生机勃勃地走在同一条人生道路上的同行者。

在这个新的时代，他们每个人都自主自强，面对欲望纷纭的都市既执着地求财求名，又自在地特立独行，试图在时代的浪潮中实现自己的现实理想和精神渴望。他们的精神道路仿佛一致，他们发出了这个时代精神的最强音。他们以追求个性解放的精神实现自我价值，在对平庸的生活的反抗中重构自己的价值世界，以火热的激情拥抱改革开放的时代召唤。他们在这个新的世界，探索并实践着新的生活，寻找着自己最愿意过的有意义的人生。

《废都》中就有这样一群在新时代精神的召唤中热烈追求城市生活的探路者。如前所述，庄之蝶和孟云房是这样自觉追求的人，牛月清、唐宛儿和柳月又何尝不是如此，她们各有信念、原则，也各有追求，个性鲜明。就如懦弱畏怯、慎重保守的长者钟维贤，在人心思变的新的时代，也在自己虚幻的爱情里，自恋而陶醉，用炽热的思念和梦想慰藉自己孤独的心灵。这份爱情，对他而言尽管见不得阳光，却是人生晚年的一抹美丽的希望。在这部作品中，作者展现了一个充满生命激情的火热的人性世界。其中每个人都在努力奋斗和抗争，试图按照自己的愿望坚定地往前走，因而他们都是改革开放的新时代在都市的欲望丛林中勇敢前行的探路者。

与《废都》表现出的激情和热烈不同，《白夜》是宁静、感伤和哀婉的。无论是清高的女知识分子虞白，还是梦游的夜郎、患病的宽哥、整容的颜铭以及始终微笑的病人秘书长等，每个人似乎都抱有真诚的关怀和温暖的情感，他们在城市诸事纷繁中相遇相识，产生了深刻的知己之情、友朋之义、君子之怜，但每个人似乎都有那么一点穿不透的距离，那么一点打不开的隔膜。他们都热切地试图走向对方，但彼此间似乎总有一种东西把他们隔开。他们在这隔膜而又熟悉的城市成为边缘人，试图坚持自己的理想，坚守自己的人格，在这真真假假的都市世界闯出一片新天地，但却在阴差阳错中总是走向了自我追求的反面。虞白心中"我何处去"的迷茫，正是这些生活在都市丛林的男女探求人生之路而又无路可走的精神彷徨的生动写照!

三、 歧途重重的陌路人

贾平凹的作品中,都市世界的人们仿佛总是走在一条路上,但却总是不在一条路上。他们的道路看似如此相同,但常常不过是歧途重重的迷失之地。

《废都》里的庄之蝶不知道他是谁,牛月清最终也不知道回家的路在哪里,性灵的唐宛儿在情热中无处可归,精明的柳月在归宿之处却自我放纵;《白夜》里英气的夜郎叹息"我错了",清雅的虞白不知道自己何处去,美丽的颜铭说不清自己的真假,而宽哥总是找不到自己的位置。他们是一群怀抱美好的理想、和风车作战的骑士,但却不知道敌人是谁、我是谁!他们虽身处同一世界,却成为陌路人。而贾平凹的城市书写,正深刻地揭示了现代化转型过程中现实人性的悖论状态。他们在新旧生活、新旧道德和新旧自我的选择中信心满满,充满诗意、激情和浪漫,但最后却无可救药地走向了自我追求的反面,彼此在无情的伤害中隔膜,从而在充满失落的世界里迷失自己。这一对于新时代的镜像化书写,深刻地体现了现代人的精神困境和无奈的生存命运。

总之,都市现代人在"同一林中",似乎走在了相同的道路上,彼此成为追求生命意义和坚守人生理想的同路人,但道路不过仿佛相似,他们最终在现实人生中不得不在彼此爱的伤害、不义中走向了歧途。他们在各自的世界和立场上各有铭心的痛苦,各有说不出的难,因而在歧途重重的人生道路上沦落为爱的负心者、熟悉的陌生人。这是否就是人类现代化历程中普遍面临的一种荒诞的悲剧呢?

四、作为护林人的书写者

贾平凹在离乡之后的都市书写中,直面城市社会各种人物的内心世界,在文学的镜像中映照出在都市欲望中奔忙的一个个痛苦的灵魂,体现了一位作家深刻的悲悯情怀。他以自己独特的思想方式、审美方式和艺术表现力,在书写中成为变革时代这群无家可归的孤独心灵的精神观照者、守护者和歌唱者,因而从某种意义上而言,作家的书写是作为护林人而诗意地言说。

作为精神的观照者,作者直面不同阶层、不同身份的人物的生活状态和命运遭际,以敏锐真诚的性灵洞察他们的心灵世界,表现不同经历和不同处境中的每一个人独有的生命激情,以温爱之笔书写其心灵之歌,揭示人在其现实生存中敞开的人性底色。对于他们的彷徨和迷茫、忠诚与背叛,不是简单地进行道德审判和道德谴责,而是敞开人们现实生存悖论性的真实状态,并在悲剧性的表现中呼唤真诚和宽容的大爱精神,从而使其文学叙事具有丰厚的审美意蕴和精神境界。

作为精神的守护者,作者从多层面、多角度书写了不同人物的心路历程,展现了他们在现实生存中的矛盾和痛苦,反映出大变革时代人们情感的痛苦和道德的冲突,写出了他们在寻找自我精神归宿中的失落和孤独。在这种精神困顿、心灵彷徨和家庭碎裂等现实冲突的生存处境中,作者表现出人们心灵深处一种刻骨铭心的忏悔意识。这种忏悔意识,是对欲望纷纭的都市中人们生活意义的再思考和再发现,是对不知不觉在随波逐流中陷入人性困境的自省和批判,也是在激烈的利害相左和善恶冲突中对自我道德良知的追问和唤醒。这种忏悔意识,既是作者对人们在现实欲望中自我精神沦落和心灵无家可归的镜像化书写,当然也是作家守护人性之善、守护人的道德良知的心相的真切表达。作者在对现实生活的眺望和对人的心灵世界的凝视中，以深刻的忏悔意识完成作家的使命，守护着普罗大众应有的超越精神和人道情怀。

作为精神的歌唱者，作者以细腻深邃的笔触抒写了各种人物的形象之美、性情之美、情爱之美、道德之美和伦理之美，以丰富的想象和真切的同情揭示了种种处境下不同的人性状态和心灵样态，如一幅幅触动灵魂的画卷激荡着我们的内心世界，在诗意的言说中令我们在精神的共鸣、思考和宣泄中陶冶灵魂、净化人格。他的作品如来自人性深处的交响乐，在悲壮中令人感奋，在悲悯中激发大爱，因而具有很高的审美价值。

总之，作者在对现代都市世界的瞭望与凝视中，写出了在走向现代化大变革时期，人们离开故乡来到都市之后，其在道德裂变和自我沉沦中无家可归的精神状态。这种身份变迁中寄居边缘的无根状态，欲望纷纭中沉浮不定的情感失意，道德和情感挣扎中自我的彷徨和迷茫，令无家可归的人们必然渴望回家。而回家也意味着一种返乡，在返乡中寻找生命的根基，寻找精神归依的家园。

于是，回顾来路似乎成为面向现代化的人们发自心灵的声音，是一种坚韧的民族记忆和时代精神的要求。在这一历史的呼唤中，作家开始了一种精神的返乡。在历史与现实之间，作者带领我们凝视故乡的大地，以一种文化寻根的赤诚书写了故乡的世界，并使这一隅之地的镜像化书写成为洞察我们民族历史与现实的精神场域，从而使其作品具有深隐的象征性和丰富的隐喻性。这一次返乡式的书写，是面对现代化历史进程的一次离去的瞭望与凝视，深沉而悲壮。以《土门》这部作品为标志，意味着作者从都市个人形象的书写转向了更为宏大的群体形象的书写。其一系列作品，无论是就现实向度而言，还是就历史向度而言，都具有一种不同凡响的精神气象和文化根脉。

# 第四章　返乡：离去的瞭望与凝视

改革开放是一次传统文化与现代文化有力对话和深度交融的过程,更是乡村社会和城市社会的一次重要碰撞和融合,它深刻地冲击和唤醒了中国大地内蕴的热情和活力,当然也给当代人提出了诸多时代命题。面对传统文化的断裂,面对人们精神上无家可归的生存状态,面对欲望横流的道德沦落,如何克服人性的异化状态和精神世界的无根状态等成了重大的社会问题和生存问题。时代需要我们在改革的过程中反思改革、在现代化的过程中反思现代化,也需要在传统文化的断裂中寻找传统文化的现代意义,更需要在文化的革新与继承中寻找中国文化的精神之根,从而在与时俱进的历史演进中建设中国文化的当代精神。于是,作为特定历史现实和时代精神的回应,文学自觉地担负起了这一使命,五四以来的寻根文学和乡土文学的书写传统在新的历史语境下自然兴起。

在这一大时代的背景下,贾平凹的创作,在城市书写的价值迷茫之中自然开始了返乡之路。这一返乡不仅仅是空间意义上的返乡,更是在历史与现实之间对中国社会的一次深刻的凝视与瞭望,具有重要的文化寻根意义和反思现代化之路的历史意义、现实意义。这一返乡的过程,是在中国社会大变革的时代背景下,以历史的眼光书写乡村世界离去中的涅槃重生,在传统文化和现代化的深度对话中,由故乡一隅之地生发开来,象征性地书写了我们国家、民族和传统文化走向现代化的艰辛与伟大,揭示了历史变革中中国百姓的心路历程和生存命运，既体现出历史的广度、生活的厚度和人性的深度，又体现出作者在历史与现实之间的深入思考和深度关切，以丰富的个性化作品展现出一种史诗般的历史和现实画卷。作者这一系列作品可谓题材丰富、视野广大、思想深刻、艺术多样，体现出一种超迈的书写气度。如前所述，他的返乡式书写在历史向度和现实向度分别展开，其代表作有《土门》《高老庄》《怀念狼》《秦腔》《古炉》《带灯》《极花》《老生》《山本》等一系列作品，我们沿着作家书写的世界，去瞭望和凝视那正在离去的故乡世界的面影。

第一节

零散化的故乡

《土门》这部作品,可以说是贾平凹从都市书写后转向返乡书写的转折性标志,是作者面对现代化的历史大潮展开的一种自觉的寻根式思考。这部作品对此后的写作而言,具有一种开端意义。作者以此为开端,穿过都市的欲望之地,回头凝望乡村离去的背影,目光渐渐进入悠远的历史和正在消失或变革的乡村民众,去瞭望那现代化的历史进程中最熟悉的身影和最不熟悉的现状,去瞭望那最熟悉的性情、乡情和最不熟悉的命运、未来。

于是在历史与现实之间,作者以现代寻根的艺术精神开始了自己的返乡书写,在一系列重要而深刻的文学作品中,以丰富的生活镜像和自我心相展现正在消失的零散化的故乡世界,在面对现代化的精神解构过程中留下让人深思的故乡的重重面影。作者以为故乡树立纪念碑的追求,以传统农家子弟和现代知识分子的双重身份书写这一历史进程,既表现出对故乡热烈的眷恋之情,又表现出冷峻的批判精神,深刻地写出了传统的故乡在现代化的解构过程中,人们面临的集体性的时代错位、个体身份的迷失以及在城乡的精神张力中无家可归的痛苦和迷茫,从而在走向零散化的故乡历史命运中思考传统中国文化面向现代化的新生之路的艰难。

一、集体性的时代错位

(一)《土门》书写的时代困境

《土门》是一部结构精巧、情感深沉、故事叙事干净利落的现实性长篇小说。作品写出了在城市化前进的步伐中,乡村社会被现代化碾压过程中从抗争走向失败的无奈现实。作者深入刻画了这一冲突中传统社会内在的文化精神、生命活力以及面对现代化的变革无路可走的困境,在历史性的变革中写出了故乡逐渐走向零散化的现实处境,以悲剧性的精神在历史与现实的碰撞中写出了乡村世界的荣光、豪情以及衰败的命运。在这一悲剧性的历史进程中,坚守在乡村世界的人们和走向现代化的大时代展现为一种集体性的精神错位。

作品中作者以第一人称的视角叙述了处于城市边缘的家乡仁厚村面对拆迁的命运进行抗争的自我保护过程。在作品的叙事中,"我"既是忠诚于家乡的守护者和保卫者,又是面对历史大潮的思考者和对话者。作者以"我"的眼光展开叙事,在作品中形成双重叙事视角,使作品成为富有张力的双重叙事结构。一方面,作者通过"我"的眼光叙述故乡的人们在城市化的碾压下为了保护家园不断寻找出路的挣扎和努力,展现了乡村世界独特的人文景观、人伦秩序和生命激情,写出了在现代化社会里传统文化的无奈和无力,形成了作品显在的表层叙事;另一方面,作者通过"我"的眼光叙述了以城市化为代表的现代化不可抗拒的前进步伐,这一过程是难以阻挡的合情合理的历史必然,故乡在城市的扩张中不得不走向了零散化的命运,由此形成了作品潜在的深层叙事。这一双重结构以"我"的眼光聚焦在一起,展开为一场历史与现实、传统与现代的对话,揭示了乡村世界在现代化的大潮下从时空家园到精神家园等各个层面趋于解构的命运。

从表层叙事而言，作者讲述了在成义的带领下，家乡的人们齐心协力保护故园的故事。当仁厚村周围的村子在哀叹声中一个一个消失后，仁厚村的人们也在拆迁的迫近中焦急起来，他们在成义的带领下开始自觉地和各路威胁村子安全的人斗智斗勇，试图团结一致，通过各种途径、运用各种手段保护家乡的周全。作为和拆迁命运斗争的带头人，成义是一个见过世面、有勇有谋的忠诚于故乡的年轻人。面对城市化的步步紧逼，他首先是搞好村社的文化建设，塑造故乡的新形象，试图以全新的文明乡村让自己的故乡在城市保留一席之地，而各种机缘似乎也给他留下了这样的机会，于是一个乌托邦式的乡村世界建立了起来，传统文化的精神世界在他的运筹帷幄中似乎焕发了无限生机和魅力。他带领乡亲们首先加强村子的宗族制度建设，以德高望重的云林爷为中心，建立了秩序井然的社会伦理秩序，以此把村中各类人物在亲情伦理的基础上空前地团结起来；其次，他修墓园、建牌楼、立牌坊，在村民中推行以祖先崇拜为主要特征的意识形态，使村民的信仰、情感和心灵等精神世界有了寄托、依靠和归宿；再次，他以云林爷的医术神技为招牌，大力发展治病疗养产业和医药产业，使村民空前富足，也使村子名声大振；最后，他对村容村貌进行规划和建设，试图通过旅游业和租赁业等现代新业态壮大集体经济，奠定仁厚村发展的经济基础，寻找村子立身于现代都市的合法性地位。总之，通过种种发展措施，家乡生机勃勃地发展了起来。他试图让村子在自身发展中融入城市发展的大趋势，从而让家乡有充分的理由永久存在下去。

"我"——梅梅，作为家乡的一员，感同身受地成长在乡村社会的亲情伦理中，和乡亲们一起带着崇敬和深情建设家乡，保卫家乡。这里有德高望重的云林爷，有危难之际可以信任的村长成义，也有巷道曲折、邻里相望的男男女女众乡亲，大家一起守护着先辈的历史和精魂，既为自己的祖先而骄傲，也为现实的安逸生活而得意。在这种长幼相亲、邻里互助的家乡世界里，他们自足自乐，如一家人相扶相助，共度日月。这里是他们心心相牵、血脉相通、彼此认同的生存家园，更是他们念兹在兹的共同生存的精神之根。这一建设家乡和保卫家乡的过程，可以说是对以乡村社会为代表的中国传统文化的一次深刻凝视。

尽管在提心吊胆的斗争中他们化解了一场场临近的危机，但是默默临近的现代化变革却丝丝缕缕地吹进这个村子，人们面对城市化迫近的脚步，坚定中已然慌乱，抗争中已是无奈。尽管他们试图以自己的方式迎合改革的需要，但传统文化和现代化之间有着难以弥补的距离，家乡人们的世界和现代化都市之间无论从认知还是行为上，都存在着难以克服的历史错位。

在村庄建设问题上，以宗法制为核心的宗族式小社会和以公共权力为特征的大社会已经出现了严重的时代性错位。作为宗法社会权力代表的成义，他的村庄建设尽管思路很有现代之风，但其专断的个人行为和思想观念却具有浓厚的封建社会特征。作为村长，他组织村民和国家行政管理机构对抗；他通过人情关系和自己的小算盘试图改变政府的决策和决心；他对本村村民个体权利的剥夺，特别是对眉子个人财产的剥夺和人格尊严的肆意伤害等等，都是对个体法权平等的现代社会管理体制的严重破坏，是一种不能被现代社会接受和容忍的行为，甚至是一种明目张胆的违法行为。尽管可以理解，但长期来看，这既破坏了村社自治的基础，又伤害了邻里感情，因而决定了在现代社会这种治理方式是行不通的，是和现代社会的发展逻辑相悖谬的。更为可悲的是，城市化的大发展，给日益边缘化的仁厚村带来了许多致命的问题。面对现代化经济发展的标准和效率，仁厚村的经济发展极其脆弱无力，并没有多少竞争力和发展前景；特别是边缘化的乡村，更成了藏污纳垢之地，在这里租房栖身的人，不仅有遵纪守法的城市打工者,还有商品的造假者、提供性服务的卖笑者,甚至有抢劫犯和杀人犯。因而,不知不觉中,孝悌传家、文明深厚的古老村庄,作为边缘化的社会存在,既没有可以和现代化相抗衡的经济基础,也在违法乱纪的污名化中失去了乡村文明的精气神,甚至沦落为威胁城市发展秩序和文化进步的毒瘤,时时成为警察和政府关注并打击的对象。这种尴尬的处境,使故乡的生存空间愈来愈小,存在和发展的危机越来越严重,故乡在现代化和城市化的碾压下逐渐无路可走。

因此,历史地看,以成义为代表的乡村社会对现代化的抵抗自然沦为一场悲剧性的闹剧。在现代化车轮的碾压下,面对城市化历史大势,面对现代化的资本逻辑、价值逻辑和发展逻辑,传统小农经济的社会发展几乎毫无还手之力,于是在这种悲剧性的集体性时代错位中,故乡从存在形态到精神信仰都逐渐在现实发展的解构中走向了零散化的命运。

(二) 时代精神的历史错位

作者在叙事中,以第一人称"我"的眼光聚焦和表现故乡这一集体性的时代错位。作为年轻漂亮、有文化的知识分子"我"——梅梅,在一种愤怒的悲情中爱着恨着,面对历史性的变迁,她心无所寄,迷茫而失落。在她的情感世界里,面对家乡生死存亡的危机,她对自己的对象老冉由爱而憎,由希望而绝望,潜意识里,这是她对城市社会发自内心的抵抗和憎恶。她不愿意追随离开家乡走向城市的老冉,无法割断内心深处对故乡的眷恋和热爱。于是,她不知不觉迷恋上了为家乡前途赴汤蹈火、舍身成仁的村长成义,尽管他们有叔侄之伦,但成义成为她精神的寄托和志同道合的战友,可以和她一起奋不顾身地为家乡而斗争,一起出谋划策化解危机,充满激情地共同为故园之梦而奋斗。

但梅梅内心的感情是矛盾而痛苦的。作者一方面通过梅梅的眼睛叙述了成义带领众乡亲们在城市化的逼迫下由抗争到失败的过程，以一个个丰富的场景和生动的画面写出了家乡的生活之美、人情之美、伦理之美和道义之美，写出了生活在传统文化中的故乡人的牺牲精神和面对历史的激情和荣光，展开了传统乡村社会和乡村文化一幅幅生动的精神镜像，揭示了传统社会中我们民族身上一种不朽的精神底蕴。这种精神底蕴在作品中表现的高潮则是村子的锣鼓队惊天动地集体表演明王阵鼓。

这里有他们的欢乐和激情：

> 当"破阵"的鼓乐轰轰轰地响起来，声音十分激越，夹杂铜号和火铳鸣放，如天上排雷砸下，又如熔岩在地上滚动，许多围观的人是捂着心口，走又舍不得走，不走又惊恐。待一段敲毕，哗，满街却一片欢呼！街两边的楼窗上都站了人，有的为我们鸣放鞭炮，有的也敲打了脸盆与我们呼应……①

这里也有他们的恩仇和快意：

> 眉子突然出现在我们仇恨的公司大楼上，这使仁厚村的人愤怒不已，他们立即向她吐唾沫，吐舌头，那敲鼓的人就在鼓点之隙用鼓槌指她，戳她，有节奏地骂：汉奸——不要脸！不要脸！——汉奸！眉子脸色大变，哇地叫了一声，窗子就关上了。②

在这次锣鼓队的表演中，他们借助市政府文化搭台、经济唱戏的政策，终于获得了宣示自我存在的舞台。那在日益逼迫的拆迁中积淀的怨气、怒气和委屈之情，在村民浩气冲天的锣鼓狂欢中淋漓尽致地表现了出来。他们的精神所赢得的响应和欢呼，给他们带来了力量，也带来了希望。这种文化行为，既是仁厚村民众性格充满激情的表现，也是深厚的传

---

① 贾平凹：《贾平凹文集》（第10卷），陕西人民出版社2008年版，第296页。
② 贾平凹：《贾平凹文集》（第10卷），陕西人民出版社2008年版，第296页。

统文化精神活力的美丽绽放。

但另一方面，在城市化的经济大潮中，这种集体性的宣泄又是其边缘化处境的现实写照，他们孤独而悲情的抗争不过是在传统与现代的对话中一次短暂而悠扬的历史回声。在这场对话中，"我"最能明白家乡的结局，因而"我"清醒而痛苦。在"我"关于家乡的这场保卫战的表层叙事中，作者通过"我"的视角其实也展开了一场深层的叙事，即以城市文明和商业文化为代表的现代化大潮不可阻挡的步伐。作者通过梅梅这一聚焦点，把这双重的故事叙事勾连在一起，形成文本一种富有张力的对话关系。面对故乡，"我"充满了爱恋的激情和奉献的精神；而面对现代化的历史脚步，"我"又充满了情感的犹疑和理性的冷静。在这种双重人格状态的纠缠中，梅梅是矛盾而痛苦的，她从内心的情感上眷恋代表故乡之魂的成义，但在理性的思考中却希望拥抱能够睿智地认识现实的命运、洞察历史的困境以及勾勒未来方向的范景全。梅梅和范景泉的对话作为一种深层的历史叙事，不断为仁厚村的抗争结果进行着注脚，由此形成了传统与现代的一场深度文化对话，让我们看到了这场历史性的精神错位以及乡村走向零散化的必然宿命。

范景全说：

……但你们，你们的成义呢，作为一个人来说，成义是了不起的，我敬重他，佩服他，且他现在是村长，村民指望的是强有力的人物来扭转乾坤，成义就偏执得像个孩子，像孩子一样疯狂，你们一味反对城市，守住你们村就是好的吗？国家工业化，表现在社会生活方面就是城市化，这一进程是大趋势啊，大趋势是能避免的吗?!①

"我"说:

那我们呢?我们算什么?……在他们眼里我们是农民!但我们哪里又是真正的农民呢?我们是风里的一堆树叶,是一疙瘩过天的云。再没有这么个村子,我们还有什么?喝风屙屁去,扬了祖先的骨殖去?②

范景全说:

谁都得承认你们现在的困境,可在当今的时代里,所有人,包括整个城里人和乡下人谁又不是面临着困境呢?!③

在这场乡村与城市、传统与现代的对话里,作者生动地揭示了这个时代的大趋势,揭示了乡村社会文化形态解构的历史必然,指出了村民的集体抗争和时代精神的历史性错位。在这种历史的大势中,不仅是乡村,而且城市乃至我们的国家和民族都面临着从传统社会走向现代化的时代困境,乡村世界的命运不正是中国社会整体命运的一种真实写照吗?由此看来,贾平凹返乡式书写,思考的不仅仅是乡村的命运、农民的命运,而是中国社会和中国传统文化整体性的历史命运,其着眼点更高,胸怀更大;其返乡式的乡村书写,正是以一隅之地象征性地书写我们民族走向现代化的精神史诗,写出了传统社会群体性的生存命运和个体性的心路历程,既体现出一种寻根式的精神追问,又体现出一种现代化的向往和现代性的反思。因而,其返乡式书写既有一种面对乡村世界的悲情意识和同情意识,又有一种面向历史的深刻的批判意识和反思意识。

---

① 贾平凹:《贾平凹文集》(第10卷),陕西人民出版社2008年版,第264页。
② 贾平凹:《贾平凹文集》(第10卷),陕西人民出版社2008年版,第264页。
③ 贾平凹:《贾平凹文集》(第10卷),陕西人民出版社2008年版,第265页。

面对无可逃避的被拆迁的命运，成义在悲愤和绝望中铤而走险，以江洋大盗的荒诞方式试图为村子搞到独立发展基金，最后竟以身犯法，落得被判死刑的下场。他的死，可以说是传统社会中舍生取义、尽忠以死的忠孝情结表现，是为消失的故乡的一种殉葬。但这种草莽英雄式的行为，又是和现代文明的时代精神格格不入，是十分荒唐和怪诞的行为。他的死，意味着故乡的一种精神死亡，也意味着故乡的历史性命运的终结。作者以这一形象，象征性地隐喻了中国传统社会的命运，以反讽式的艺术手法在关于故乡的叙事中表达出对逝去的一个历史时代的深深叹惋！

成义犯法死去之后，仁厚村在伤心和羞耻中倒在了挖掘机下，代表着仁厚村身份和精神的牌楼、碑石和各种建筑等文化象征物迅速被碾碎，乡亲们拖儿带口，拉着仅存的生活用具，开始流落他乡，走向了漂泊的命运和不可知的未来；而舍不得故居的老人五泉婶，竟撞死在自家废墟上的那棵老树上，跟随消失的村庄、回忆、经历和情思等一起走了！故土难离，何处归宿，这是生命的悲歌，是历史前进的悲歌！

故乡猛然之间成为大家遥远的记忆。那只九死一生充满灵性的帅气的狗子阿冰，在失去村子和村民的守护之后，也终于被警察勒死了。乡村的一切美与丑的记忆、温馨与痛苦的过往，随着拆迁的挖掘机都烟消云散了！因为现实生存问题，故乡的人们各奔前程，终于成为无家可归的异乡人。

最后，"我"和眉子陪伴着德高望重的云林爷，冷静地看着被碾碎的故乡，看着四散的乡亲，追问着来路和去路。云林爷说："你从哪里来就往哪里去吧。"我们从哪里来到哪里去呢？这是一个时代问题，又是一个时代的困境！

就艺术审美而言，《土门》这部作品中，作者以"我"为叙述焦点，以双重叙事结构对传统与现代碰撞下的乡村命运展开叙述，形成了文本富有意义张力的对话结构，在情感的矛盾冲突中写出了传统的乡村社会和以城市化为代表的现代社会的时代错位，写出了乡村在现代化的碾压下零散化的历史宿命。作者在写作中运用现实主义方法，渗透审丑性的美学元素，使作品具有一种深厚的象征性和多重的审美意向，表达了时代大潮前人们告别历史的痛苦和新生的惆怅。

（三）告别故乡的瞭望与凝视

贾平凹在此后的作品中，沿着《土门》所表现的这一深刻主题，从现实与历史等向度进行题材的开掘，有了更为深入的思考和丰富的表现，这是作者告别故乡的一种深情瞭望和凝视。在这一系列作品中，作者把乡村世界置入社会变革的大时代，从群体性的宏观视野和个体性的细致描画中揭示社会变迁中各色人等的人性状态、心灵处境和精神面貌，以寻根者的同情态度和思想者的批判态度书写这一段大变革的历史，既能让我们感受到时代大潮涌动的革新力量，又能让我们听到传统文化中深沉悠远的回声。他的情感总是爱恨交织，充满矛盾，以深沉凝重之心倾听来自历史与现实的两种声音，而这两种声音的变奏既有着振奋人心的崇高之情，又有着回还婉转的悲剧性力量。在崇高与悲剧中，作者书写民族这场变革的史诗以及这场变革中普通人的命运，由此形成了其作品荡气回肠的宏大气象。

《高老庄》《怀念狼》《秦腔》《带灯》《极花》等作品，从现实的角度叙写乡村世界的边缘化状态，写出了生存在传统文化中的村庄和村庄中的人的苦闷、彷徨和焦虑，这种和时代的集体性错位以及给个体带来的不幸的命运，使乡村难以在现代化的大潮中找到自己的未来，使个体也在乡村和城市之间难以找到安身立命的空间和位置。在这种集体身份边缘化和个体身份失落的历史困境中，作者揭示了乡村社会逐步走向零散化的命运，展现了这些生存在历史性困境中的人的精神世界和独特命运，以为故乡树碑立传的情怀书写历史，让人直面历史难题，寻找自我的新生之途。

《古炉》《老生》《山本》等作品则回望历史的来路，试图从历史的发展轨迹中描述大时代的发展过程，进一步书写社会革命的艰难以及在血与火的磨炼中中国传统社会的逐渐解体和新时代的来临。作者通过历史的瞭望，既写出了社会动荡冲突中人际关系和道德世界的激烈变革，历史宏大叙事中的家国情怀和民族命运，更揭示了社会大变革中传统文化的困境，传统文化深厚的精神内蕴、道德追求和人性关怀，展现出个体在动荡时代的内心世界以及面临的道德迷茫和人性困境，让我们看到了一个古老的民族浴火重生的艰辛、悲壮与生命活力。在这种历史的视野中，作品的审美情感可谓深沉而激越、悲壮而痛切。

这种历史与现实之间纵横开阖的书写，让我们看到了故乡如何在历史的脚步中不断被解构，个体如何在历史中挣扎和沉浮，更看到了故乡人生命根源处厚重的文化底蕴和坚韧的生命活力。这种解构不仅仅是物态化存在形式的消解，而是传统文化的消解、个体身份的消解和价值认同的消解，由此故乡作为精神家园变得陌生而遥远，作为安身立命的场所似乎已经难以为继。贾平凹的系列作品写出了故乡经历的历史过程，写出了故乡现实的生活状态。作者以充满诗与思的厚重之笔，以丰富的历史镜像和精微的自我心相，营构了其文学世界厚重的思想内蕴和宏大的审美气象。

总之，乡村社会失去的不仅仅是家园之地，更是家园之地所承载的精神依靠；不仅仅是远走他乡的男男女女，更是因时代而发生变迁的传统观念。故乡成了记忆，故乡的人也成了记忆，而每一个"我"在记忆中也成了无家可归的人。

故乡已去，何处归宿！这一历史性的精神困境，既是转型时期一代人的悲情，也是新时代来临时一代人的深情召唤！！

二、个体身份的迷失

在传统乡村世界面对现代化变革而走向零散化的历史命运中，个体身份自然面临着一种迷失，自我身份认同面临着重重危机，由此，个人的价值选择和精神归宿成为重大的生存难题。文学是人学，贾平凹在现代化背景下对故乡世界的叙事，揭示了走在现代化之途的人们个体身份迷失的历史现实，表现了在集体性身份失落的新时代不同身份的人不得不重新审视自我、寻找自我。

（一）身份问题

身份问题，是从传统走向现代化的社会转型时期人们面临的重要问题。"二战结束不久，身份就成为欧美艺术生产的核心主题。对于战后那代艺术家来说，身份意味着个体的身份。"[①] 然而，随着时代的发展和艺术理论的深化，人们更重视对身份丰富的关联性的再发现和重新阐释。"与对独立个体身份的关注形成对比，当今天的西方艺术家和艺术理论家使用身份（identity）这个词时，通常指涉的是一种社会和文化身份。一位热衷于身份主题的当代艺术家不仅会问'作为个体的我到底是谁'，还要问'作为群体成员的我们又是谁'。"[②] 可以说，身份问题是二战以来现代化转型时期人类面临的一种普遍价值反思和文化反思，是对人的价值的自觉思考和重新定位。一方面这是个人的身份问题，但更根本的是，身份问题意

---

① 简·罗伯森、克雷格·迈克丹尼尔：《当代艺术的主题：1980年以后的视觉艺术》，匡骁译，江苏美术出版社2012年版，第51页。
② 简·罗伯森、克雷格·迈克丹尼尔：《当代艺术的主题：1980年以后的视觉艺术》，匡骁译，江苏美术出版社2012年版，第51—52页。

味着一种集体性的社会文化问题，因为个体性和集体性、个人身份和文化身份之间是互相建构、互相形成的。马克思主义关于人的本质的一个著名论断是：人是一切社会关系的总和。也即是说，个体的价值意义和集体的社会文化价值是统一的，在个体的身上既有自身个性化的精神气质，又勾连着所处生活环境的方方面面，通过个体身份的研究我们可以透视一个时代的精神和社会文化的方方面面。所谓人创造了环境，环境也创造了人，二者辩证地统一在一起。

结构主义心理学家拉康进一步发现了社会文化对个体身份建构的基本机制，他从人格结构心理学的立场出发，分析了自我在面对社会文化的象征性镜像中，如何认识现实世界并领悟自我生存的价值和意义，从而以一种独特的形式建构了自我身份的想象性认同方式，使个体获得了自我的文化身份和精神追求。这一过程是个体自我和文化他者的积极互动，自我身份的个体性、社会性和文化性特征由此动态地融为一体，以此塑造了自我身份丰富独特的精神特征。可以说，自我身份的意义都是有意无意地在社会文化的型构中塑造起来的，因而表现为个体性和文化性的统一，从而展现为具有丰富意义的自我身份意识。在这一自我身份的认同性想象中，我们可以看到社会文化对个体精神生命的重要作用。

"确实，在过去的300多年中，人类社会的头号变化，非工业文明的崛起莫属。由它引起的社会转型，以及随之而来的一系列现代性问题，自然激发了文人学者们的回应，其内容和性质恰恰在文化概念的演变轨迹中得到了生动的体现。从这一意义上说，文化概念的最重要内涵是对社会转型的回应；虽然它还有许多其他内涵，但是上述内涵跟人类社会最重大的变化密切相关，因而我们的文化之旅从社会转型开始，应该是顺理成章的。"① 这一论述可以说客观地揭示了文化成为问题的时代原因，即文化问题是社会转型时期所带来的一种自觉的具有历史意识的文化反思和文化应对。在激烈的以工业文明为基础的现代社会转型中，传统社会文化面临种种危机，传统文化所塑造的自我身份认同自然也出现了危机，因此，文化寻根和现代性反思似乎成为人文知识分子的一种时代使命；而这种文化寻根和现代性反思的问题似乎在身份认同这一聚焦点之上深刻地显现出来。"在更广泛的含义上，身份认同主要指某一文化主体在强势与弱势文化之间进行的集体身份选择，由此产生了强烈的思想震荡和巨大的精神磨难。其显著特征可以概括为一种焦虑与希冀、痛苦与欣悦并存的主体经验。"②

归而言之，身份认同问题在社会转型的历史现实中成为现代人面临的一种必须的选择，成为现代人人格状态的一种重要的精神症候，因而成为世界性的文化问题和艺术主题。身份问题是个体性问题，也是集体性问题，深而言之更是文化问题，是传统文化向现代化转型过程中显现的重大时代性问题。因而通过这一视点，可以透视现代社会多样化的人文景观和人们丰富深刻的精神世界。

在中国，作为弱势文化代表的乡村文化和作为强势文化代表的现代化之间的身份选择，首先表现为从传统社会中走来的人们身份的迷失，而在迷失的反思、觉醒和升华的过程中，传统文化的精神状貌才能在冲突中显现出来，并在现代化的大背景中寻找文化的自我革新之路。贾平凹以同情

---

① 金莉、李铁主编：《西方文论关键词》（第2卷），外语教学与研究出版社2017年版，第620页。
② 赵一凡、张中载、李德恩主编：《西方文论关键词》（第1卷），外语教学与研究出版社2017年版，第465页。

性的文化寻根的立场，书写了不同社会身份的人在历史大潮中的命运遭际，这既是对传统文化的一次深情瞭望，当然也是对现代化的一次深刻反思。因此，体现着人之生存的个体性、社会性和文化性等多重精神层面相冲突的身份特征，作为文学书写的透视点，自然成为作家在作品中观照不同身份的人的情感世界、心路历程、精神状态和生存命运的聚焦点。

（二）个体身份认同的时代性困境

在《土门》中，生活在传统文化中的仁厚村村民，面对现代化的前进步伐，在反抗中以不同的方式迷失了自己，在自我身份认同中迷茫而痛苦，身不由己地陷入了个体身份认同的时代性困境。

"我"——梅梅，既是村庄的勇敢保卫者和积极的建设者，也是最理性的伤心者。在历史与现实的夹缝中，她内心清醒地意识到奋力保卫的故乡和自己未来的命运。她发自内心痛斥自己的男朋友老冉"城不城乡不乡男不男女不女"的样子，恰恰反映了仁厚村人们自我身份认同的尴尬。一方面，在城市的边缘，他们受新的时代召唤，都跃跃欲试地奔向新生活；另一方面，他们又眷恋故土，画地为牢，自觉地从内心和城市保持距离，从生存到精神都离不开故乡这片生命之根。老冉，作为被大家羡慕的有公职的城市人，以知识分子的身份有尊严地生活在都市文明之中；但面对故乡被拆迁的命运，他依然和乡亲们站在一起，发自内心地保卫着自己的家园。而他关键时刻的怯懦和无所适从，就是这种尴尬身份的体现。

在作品中，梅梅和眉子两个年轻女性形象，其实就代表着城市化面前人们身份认同的迷茫以及由此产生的内心焦虑。作为叙述者的梅梅，是一位知识女性，她理性地认识到不可改变的现代化大趋势，但在理性的思考和情感的选择中却积极地认同家乡的世界，从内心守护着家乡的人伦日常和文化世界；作为和她一起长大的好姐妹眉子，没有多少文化，从内心来讲无论是理性上还是感情上都和村庄融为一体，然而面对外来文化的吸引和影响，她却本能地走向城市世界，和商品推销员邵毛胡子腻在一起，突破了传统的乡村伦理，自然地过起了现代人的生活，在城市世界寻找发展之路。她们都处于身份认同的尴尬之中，理性的梅梅渴望突破传统的生存方式，过上现代人的生活，但她却总是下意识地走向了回归之路；眉子过上了现代人的生活，但她却从内心割舍不下村民的传统身份，总是渴望回到家乡去，面对种种误解和打击，依然初心不改。在现实生活中，年青一代的她们徘徊在传统和现代之间，迷茫而失落，总是难以找到安身立命之所，最后成为无家可归的迷失者。

其实，村庄里的人们都处于这种身份认同的迷失当中。一方面，他们内心羡慕和渴望现代社会的文明生活——平等自由的精神、美好浪漫的爱情、丰富多样的物质享受和开放多元的生存方式——让自己在新时代拥有立身之地，而这正是眉子所拥有的；另一方面，他们又生活在家乡传统的邻里世界之中，这里是他们的生存之地和精神依托之处，他们的历史、他们的传统、他们的骄傲和自豪都在这里，这里是他们代代相传的休养生息和安身立命的大地，是他们赖以生存和发展的生命之根，这里告诉他们"我是谁"。在这种矛盾的心理中，他们的选择和追求是矛盾的，但村庄不可更改的命运，让他们失去了家园，失去了曾经的村民身份。他们作为集体形象瓦解飘零，各家奔向各家不可知的前路，在适应现代化的历程中迷失了自我坚信的身份。他们需要在这新的时代重新寻找自己的位置。

而成义可以说是知其不可为而为之的个人英雄，最后以一种荒唐的方式结束了自己的生命；作为村魂的云林爷，面对历史的变迁，达观自守，从善如流，和一切长者一样，告别了过去，理性地寻找自己的归宿；失去家乡的"我"在理性的思考中追问过去和未来，也要去寻找人生的归宿；

在二难选择中痛苦挣扎而半疯的眉子，也似乎不知何去何从，走在了生活的十字路口！

总之，随着村庄的消失，随着家园的零散化，在传统乡村文化中生活的人们，作为传统文化的殉难者和现代社会的牺牲品，处于历史的夹缝，在自我身份认同的困境中痛苦地寻找各自的位置和未来。

（三）《高老庄》：个体身份认同的集体性迷失

《高老庄》和《怀念狼》同样写出了社会转型过程中传统乡村社会文化的零散化和人们身份认同的困境。在《高老庄》这部作品中，作者以农村子弟子路和其城市身份的妻子西夏之间形成的双重视角展开叙事，形成一种精神张力，深刻地展现了家乡世界的现实状态和历史记忆，展现了在商品化的大时代故乡人们身上发生的深刻变化。子路在对故乡刻骨铭心的依恋中告别故乡，而西夏却试图为故乡的人们寻找未来的新生之路。

1. 以主为客：子路的自我迷失与故乡逃离

作为还乡者的子路，他既是家乡世界的故乡人，又是来自城市的文化人；他的根在故乡，但他的生活却在城市里。他是一个有着双重身份的人，也是有着两个女人的男人。一个女人是家乡离异的结发妻子菊娃，一个是在城市新娶的年轻妻子西夏。子路带着新婚的年轻貌美妻子，也带着种种心理创伤，满怀惆怅地走向了故乡。作者运用以主为客的写法，让子路这个故乡人有距离地反思和体验故乡的世界，通过他的行踪描画了故乡人们传统的人伦之美以及这种人伦之美在现实中面临的生存困境和精神困境，以他的眼光展示了故乡在现代化的新时代群体性身份迷失的精神状态。

所谓主，子路作为家乡人，对故乡的人事有着最真切的体验和深刻的情感。故乡是充满了亲情伦理和美好记忆的精神家园，这里的草木鸟兽和人事过往都熟悉而亲切，每一个人、每一棵树和每一头猪狗似乎都有自己的生活和故事。宁静而喧嚣的故乡，充满了诗意。子路回乡，首要任务是祭奠去世三年的父亲，三年祭奠是个合族举行的隆重仪式，这既是对逝者的怀念，更是全族人之间伦理亲情和文化身份的重要体现。传统社会的长幼秩序、乡情风俗、社会伦理尽在其中。三年祭日之前，他首先带着礼品和新娘子去拜访本家的长辈和兄弟，这是一种重要的礼仪活动，是传统社会伦理行为的重要体现。对子路而言，这是拜望长辈的孝敬行为；对西夏而言，这却是认祖归宗的重要仪式。所以无论是母亲还是本家的父辈兄弟，都格外认真庄重，大家在礼尚往来中自然产生了亲如一家人的身份认同和情感归属之感。大伯家的晨堂、二伯家的劳牛婶、南驴伯一家等长辈父兄们，尽管日子过得十分艰难，但他们都以家人特有的热情和庄重招待子路夫妻。特别是南驴伯和三婶，失去了儿子得得后卧床不起、生活困顿，面对反目的儿媳满腔激愤，但依然能够理性且通情达理，表现出长辈的矜持和尊严。在举族操办父亲祭祀的聚会中，乡亲们热热闹闹地举杯痛饮，这既是情感的交流和宣泄，也是每一个人有尊严的社会身份的体现。不管现实生活多么恩怨纠结、劳累困顿，但在伦理秩序井然的乡村社会，每一个人的出场都有着受人尊重的人格形象。一声亲切的身份呼唤就可以打破任何距离，让大家亲近地成为一家人。作者写西夏和村支书顺善的第一次见面，就把这种伦理文化的意义生动地展现出来：

> 顺善笑了一下，说："四婶，你听我安排没错！"头一抬，便瞧见西夏从卧房出来，就叫起来了："这是咱的弟媳妇吧？"子路忙说："西夏，这是顺善哥！"西夏说："顺善哥！"伸了手过来，顺善握了，西夏就到院里去。①

---

① 贾平凹：《高老庄　怀念狼》，译林出版社2012年版，第47页。

一声"咱的弟媳妇"和"顺善哥"的身份互认,就让大家处于其乐融融的一家人的意义关系之中。尽管大家因此打笑取乐,但充满了善意和友好的伦理亲情和乡情。而慈祥、善良、宽厚的母亲对这种伦理文化中的恩义尊卑把握得最为精当,什么样的人该做什么、该怎么对待,娘的心里都有数,而每个人就在这种文化伦理的秩序中恰当地出现,以各自的方式展现自己的身份和这种身份应有的行为和尊严。温暖的母亲,代表着温馨的家园,代表着传统乡村世界的伦理道义和亲情之美。作者通过三年祭礼这一事件,向我们展现了家乡世界深厚的文化底蕴和生活在其中的人们充满尊严感的伦理人格。

而让子路最耿耿于怀的是自己的前妻菊娃和孩子石头。尽管有年轻貌美、充满活力的妻子西夏,但他的心总是放不下菊娃,潜意识里总是迷恋菊娃所代表的家的温暖。因此,他总是以不同的方式追逐着自己这个家园之梦,享受着记忆深处埋藏的家的安然和美好。作者以细腻的笔法描写了子路对菊娃的一往情深:他回到家乡就情不自禁地陷入对菊娃的迷恋和追逐,非常珍惜与菊娃见面和相聚的机会,在某种意义上,西夏似乎只是菊娃的替代品,其内心的温暖和激情常常为菊娃所唤醒。菊娃和石头的存在,似乎才是家的感觉。且看这一段描写:

> 屋里只剩下原来的一家三口,石头就叫着娘你也坐到炕上来,菊娃屁股坐在炕沿了,石头又让她脱了鞋把脚放到被子里,菊娃说:"这娃胡成精哩,这又不是你娘的炕!"但把脚还是伸了进去。石头就想起了过去的岁月,他的脚不能动,却喜欢被窝里满是脚,就在被子里捉娘的脚玩,菊娃把脚一屈一伸,偏不让他捉住,眼睛却盯着子路……石头一直观察着被子上被脚撑起的包和坑,猛地把被子揭开,娘的双脚和爹的双脚在紧紧地蹬着,就

乐得嗷嗷地叫。子路和菊娃脸都红了……①

这段描写十分生动，写出了子路和菊娃虽然离婚，但内心依然眷恋不舍的情怀。尽管他们彼此指责和怪怨，却也不自觉地进入共同渴望的那份美好的天伦之乐，各自忘记了当下的角色，进入梦幻般的美好的家。母亲、菊娃和儿子石头，他们正是子路潜意识里传统文化的家园镜像中源始性的角色象征。

进而言之，作者笔下的子路在现实中处于身不由己的身份迷失和摇摆之中。一方面，他非常渴望回归菊娃所给予他的想象性的家园，渴望回归记忆中祥和美好的故乡世界，内心充满了对刻骨铭心的天伦之乐的渴望和对故乡的深情眷恋，由此展现出中国传统文化世界中的人性美好、伦理庄严和家庭温馨；另一方面，他的内心深处却有一种理性的声音强烈地告诉他这一回归的不可能。他作为故乡的外来者，反主为客，在深情的眷恋中总是以一种外来的文化人的身份有距离地体会、观照和打量自己的家乡，清醒地意识到故乡面临的生存困境、发展困境以及由此而来的精神困境。作者通过他的真切体会，描写了乡土中国面临的巨大危机和挑战。

子路一回来就感受到了故乡面临的冲突和矛盾，经历了故乡在社会发展中面临的种种问题和精神困境。除了鸡飞狗叫、粪便四溢的卫生条件恶劣的生存环境外，在拜访本家的过程中，他看到了故乡潜在的种种不和谐的现实。特别是拜望南驴伯的时候，堂弟得得意外死亡的大事情让三伯家陷入了更加绝望的境地。其中既隐藏了村民和外来企业地板厂的利益冲突，又在儿媳妇和公婆争夺死亡赔偿款的矛盾中显现出传统家庭伦理的脆弱和无力。儿子死后，悲痛尚未过去，死亡赔偿的纠纷就把和谐的家庭关

---

① 贾平凹：《高老庄　怀念狼》，译林出版社2012年版，第265—266页。

系破坏殆尽，儿媳菜花的张扬和自我权利意识让悲痛中的伯婶有口难言，南驴伯一口气堵在心中，一病不起。面对这种矛盾，子路只有以和稀泥的态度处理，而西夏则晓以现代法治观念。传统社会的家庭依附关系和伦理权利在新的现实面前已经渐渐失去了规范现代家庭关系的能力，当长辈在抱怨中叹息时，失去丈夫的菜花却已经高高兴兴地好吃好喝，张罗着要奔向城市的新生活！真的是家家有本难念的经，艰难既是生存的艰难，又是在困苦的生存中适应现代社会的艰难，还是在现实生存中自我身份定位的困惑和艰难。

更让子路难以容忍和叹息的是为南驴伯修墓时，修墓人表现出的精明、算计、贪婪和斤斤计较的恶毒，让他深感乡村世界憨厚老实的村民们道德世界的堕落和精神世界的贫乏；村子上演的对台戏让他在表面的热闹中看到了家乡在传统观念和现代观念之间产生的巨大撕裂；村人的集体毁林事件，让他深深地意识到这群好人的疯狂，这种发自内心的自私贪婪在群体性的情绪爆发中尽情地展现出来；而大舅子背梁的死亡引发的冲突事件，更让他看到一群乌合之众不合时宜的暴力行为和光天化日之下恶劣的流氓习气。子路深深地感觉到自己从内心已经失去了家乡，失去了家乡的人。这群平时达观适意、笑脸盈盈的乡亲，这群自矜自持的邻里叔伯兄弟们，在生存和利益面前都放下了自我人格面具，成为一群欲望蓬勃、自私盲目的透明人。因此，子路从回家的渴望和欣喜，变得多愁善感和孤独激愤。作者这样写子路经历一连串非常事件冲击后的心情：

> 两人无声躺下，已经是过了长长的时间了，子路却悄悄起来，穿衣在院子里站了一会儿，又怕偶尔的咳嗽惊动了西夏和娘，就轻轻抽开院门关子，一个人出去到了扁枝柏下坐着吸烟。吸过了两支烟，巷道里扑沓扑沓走过一个人来，到跟前了，是牛

坤。牛坤也惊了一下,说:"子路你半夜了还坐在这里?"子路慌心慌口,说:"啊……这儿凉……凉一凉再睡。"他知道天黑,牛坤是看不见他的脸红,但他还是把脸转了半个。牛坤说:"我知道了,子路……这没啥的,我也是被你嫂子整得在外面转哩。"子路没说话,他在前天听到过牛坤的老婆对竹青说过"牛坤不行了"的话……心里突然间倒生出一个念头:回来怎么就不行了,是水土发生变化的缘故吗?如果水土所致,那么,再过十年,二十年,高老庄的人最大的困境倒不是温饱,而是生育了。①

这种暗夜的孤独、沮丧、羞愧和自卑,是子路所愿意接受和不愿意接受的家乡生活现实的一种精神折射,他的回乡之路越来越沉重而凄清。作者对人物的心理和思想情绪的发生发展过程把握得十分细腻生动,笔法清浅含蓄,但寄意却十分丰厚深刻。在作者的故乡镜像中,高老庄矮个的男人和强势的女人在文本语境中,象征性地表达了传统的乡村社会在精神层面的落后和退化,隐喻性地说明了男女不和谐所蕴含的集体性的家庭伦理的失范和社会秩序的危机。面对新的社会现实,故乡的未来之路在哪里呢?徘徊在暗夜中的他和牛坤,似乎都成了迷茫的有家难归的流浪者。

作为客人,子路的回乡是一次痛苦而自卑的经历,是在内心对故乡的一次难以告别的告别。他在故乡的美好记忆和热情想象中不得不面对故乡环境的脏乱差和社会秩序的混乱,他的心乱了。

作者写他面对菊娃不由自主地泪水涟涟:"子路看了一下菊娃,菊娃的面色已经没有了刚才的戏谑,心里不禁又有些酸,眼里也渐渐潮起来,低了头握着咖啡杯,不住地吹气……子路是洪水中的篱笆,摇晃着摇晃

---

① 贾平凹:《高老庄 怀念狼》,译林出版社2012年版,第235—236页。

着,有一个浪闪过来扑拉就倒了,他的眼泪刷地流下来,赶忙去擦,却越擦越多。"子路的伤感,是内心告别故乡的不舍之情,是对心中的亲人菊娃等不定的未来的担忧和自责,当然作者也借此表达了一种对面临变革的故乡未来命运的焦虑和忧心。

他在父亲的坟头告别父亲时的悲愤以及撕掉方言土语书稿的决绝,则是他面对故乡难解的矛盾的无奈、失望甚至绝望。他明白他已经失去了故乡,他痛苦地告别这个难以告别的家园,悲愤地逃离这个已经难以接受的故乡。"爹,我恐怕再也不回来了!"[1] 这种痛苦和激愤的言行,正是他面对故乡的现实矛盾和社会变化时内心的极度失落,故乡的人在骚动中各自寻找着自己做人的位置,而他和故乡人一样在这种失落中同样出现了身份认同的矛盾和情感的撕裂。作为客人的主人,他的心灵已是无家可归,因而无论是理性上还是情感上他都表现出自我身份的迷失、行为的进退失据,以致最后逃之夭夭。

2. 以客为主:西夏的乡村发现与意义重构

与子路回乡之后在无奈和失望中逃离故乡不同,子路的妻子西夏的回乡却是一次重新发现故乡意义的历程。如果说,作者以子路的视角感同身受地叙述了故乡的生活困境和精神困境,正在解构的故乡世界难以接受的"乱"象,那么以西夏的视角叙述的却是一个发现故乡灵魂、重叙故乡历史的故事。作者从这一看似闲散的局外人的角色写出了故乡的精神生命。和子路面对故乡的沮丧、感伤和失望不同,西夏却是理性、热情和阳光的心态,她既发现着高老庄悲壮的历史和历史后面祖辈们艰苦创业的不朽灵魂,又如一束光照进面临困境、渴望变革并寻找新路的故乡世界,以爱、

---

[1] 贾平凹:《高老庄 怀念狼》,译林出版社2012年版,第303页。

尊重和宽容的态度试图为陷入自我迷失的乡亲们带来新生的希望。

作者将外来者西夏和子路换位，采取以客为主的叙事视角。一方面，西夏不过是子路娶的城里媳妇，和故乡有着天然的距离，她的身份毕竟是家乡的外人。因此，她能够以理性的态度思考和观照乡村世界，认真地理解这一处于新的时代变革路口的群体。另一方面，西夏作为人高马大的异域女子，是矮胖的子路疗救心灵创伤的精神良药，是改变被人歧视的自我形象的希望；而就更深一层意味而言，西夏可能也意味着一种东西方文化的对话，一种传统与现代的对话。因此，作者通过西夏的眼光叙述故乡的故事，实际上是以另一种眼光观照家乡世界，在现代化背景下进行一场深度的文化寻根和现代化反思。因此，西夏在故乡作为客人得到子路所得不到的乡亲们的种种尊重、善待和信任，她以一种独立的精神，像一扇窗户给大家打开了一个新奇的未知的世界。

与子路在现实面前逐渐和故乡拉开距离，以至逃离故乡成为客人的内心经历不同，西夏却在发现故乡历史、发现乡村世界的独特魅力中欣赏和爱惜故乡的人，自觉承担起对故乡的责任和义务，试图以当仁不让的精神为故乡的未来奔波，成为故乡发展建设的主人。在文本叙事中，作者通过子路的视角看到的是纷乱缭绕的故乡世界的利益冲突、道德沦丧和精神沉沦的景象，是闹腾腾的一群忙乱自私、精于算计的小人，以此构成故乡叙事的基本镜像；而通过西夏的视角看到的是有着艰苦创业、开疆拓土、保护家园和不畏强敌的雄壮的家族历史，是文武兼备、政教代兴和人格峥嵘的精神世界。由此西夏成为深度透视故乡灵魂的眼睛，成为能够认识现实、寻找未来希望的生生不息精神的洞察者和瞭望者。作品中表层叙事和深层叙事相互交融，形成了故乡古今时空交错、精神丰厚充盈的镜像世界。不论是以主为客还是以客为主，作者在文本叙事中巧妙体现出来的艺术辩证法，使文本叙事在入情入理的故事发展中浑厚自然而又思想深远，并在思想和情感等方面都具有一种扣人心弦的审美张力，而这正是作家所自觉追求的艺术境界。

那么，西夏眼中的故乡是什么样的呢？作者通过西夏对故乡散落的碑石、族谱和画砖的发现，一步步拼接起了故乡久远的历史镜像，把我们带回先辈们为了生存和发展艰苦创业的厚重历史中去，让我们在历史的根源处发现、理解和认识故乡的生命精神和不朽灵魂。这些散落的古代文物，还原了高老庄祖辈们的创业史和精神史，大致而言包括这样几个层面的内容。

一是先祖举家迁来，在艰难环境中开拓家园、保卫家园的历史。如雕刻在残砖之上反映祖先举家迁徙内容的画面，神态自然，形象生动，充满了开拓者的生机和活力，这是高老庄的来历和起点[①]；如记载以四时物候为基础、顺应农时相课教的生产盛况，反映了祖先们科学耕作的生产生活状况[②]；如族人不畏强徒、敢于牺牲、保卫家园的忠勇精神[③]。

二是反映先祖文治武功、崇文兴教的社会政治文化治理和乡村伦理秩序建设等活动。如记载文教、政教和德教等文治武功与社会治理等方面内容的碑刻[④]，这是故乡自觉的政治秩序、日常人伦等一系列社会文化建设活动的体现，表现了先祖们的文化自觉和人格境界；如记载官方所立的旌表孝敬贤德之行、堪为乡人楷模的高风亮节之人事等，以此追求移风易俗的社会教化活动的刻石碑文等[⑤]。

三是宗族意识和家国观念的培养，以及以同族同宗意识为基础开展的

[①] 参见贾平凹：《高老庄　怀念狼》，译林出版社2012年版，第200页。
[②] 参见贾平凹：《高老庄　怀念狼》，译林出版社2012年版，第54—55页。
[③] 参见贾平凹：《高老庄　怀念狼》，译林出版社2012年版，第35页。
[④] 参见贾平凹：《高老庄　怀念狼》，译林出版社2012年版，第176—177页。
[⑤] 参见贾平凹：《高老庄　怀念狼》，译林出版社2012年版，第78页。

价值伦理的塑造和张扬。如记载追求大道、荣耀家国的宗族同脉同化的文化伦理意识的碑石；记载故乡先辈们战胜自然、守节不移的刚烈品质的碑石；记载反抗强贼不甘受辱的烈女贞妇的凛然正气的碑石；记载惩戒不肖子孙、不隐恶行、劝善行孝的教化人心的碑石。可以说，从理性到感性，从群体故事到个体经历，这些碑石的内容，反映了高老庄人的精神气质和宗法伦理等文化精神，正是这些文化教化行为积淀了乡村社会的灵魂。

四是反映宗教体验和宗教信仰的碑石和文化遗存。遍布山川田野和村落民居间的宝塔寺庙和其中的碑石铭文，反映了祖先们的宗教信仰和形而上的心灵向往。如记载宗教活动，宣扬宗教佛法的碑石；如记载百姓建祠立碑，祭祀天地神灵，表达宗教信仰的碑石。这些碑石，记载了先民对灵魂和永恒的关注与思考，体现了他们与天地鬼神沟通的宗教精神。

其他的诸如记载民风民俗和旌表个人品质的碑石，它们都是高老庄文化精神和生命激情的丰富体现。如记载日常民风民俗的碑石，表彰先贤圣德义举的碑石，还有化为不朽之躯的高僧坐像等。

以上内容，从政治教化、村社秩序、现实生存和宗教信仰等几个方面，叙述了中国传统文化蕴含的世界观、人生观和价值观，特别是反映了中国社会三教合一的精神图景和孝义当先的宗族伦理观念，反映了乡人忠勇刚烈、敢于牺牲、保家卫国的生死观念和个性品质。这些层面，相互影响，彼此奠基，共同构成了生活在中国传统文化世界的人们基本的精神图景。总之，高老庄的精神史体现了中国传统文化的精神脉络和中国民众生存的文化之根。

通过这些碑石、砖刻和建筑等遗存，作者以西夏的视角巧妙地还原了高老庄的发展史和精神史。正是这一久远的历史塑造了高老庄人的文化身份和伦理精神，成为高老庄人的生存根基，而其正是中国传统文化的根本精神镜像。贾平凹在写作后记中说:"现在我写《高老庄》,取材仍是来自于商州和西安,但我绝不是写的商州和西安,我从来也没承认过我写的就是行政管理意义上的商州和西安,以此延伸,我更是反对将题材分为农村的和城市的甚或各个行业。我无论写的什么题材,都是我营建我虚构世界的一种载体,载体之上的虚构世界才是我的本真。"[1] 因此,这一历史镜像可以理解为作者的一种象征性书写,是其虚构性的自我心相和历史认知的镜像统一,宣解的是其"胸中的块垒"和"时代的感触""人生的感触"等关于历史、时代以及人的价值等本真性的体验和认知,表现了作家的精神关怀和审美童趣。其精神关注之处超越了地域的限制和身份的限制,而是对中华民族、传统文化和人性困境等普遍性的精神世界的深度瞭望。可以说,对高老庄的书写,是关于家国和民族命运的一种象征性叙事,是对传统文化世界和现实人性状态的关怀和思考。

在这一历史文化的发现与重叙中,西夏完成了一次对传统文化的寻根之旅,而在寻根的热情和激动中,她认识了高老庄的灵魂,也和高老庄人的精神相识相熟。于是带着宽容、关心和爱,以新的精神和气质,她开始认识并理解高老庄和高老庄人的处境,并试图把他们带出现实生存困境和精神困境,让他们在历史的自信中继往开来,走向新的时代,而这正是走向现代化的中国传统社会不得不面临的现实而普遍的问题。这一现实问题在作品中从两个层面展开思考和追问。

首先,作者以西夏的眼睛,在高老庄的历史文化脉络中,发现了高老庄厚重的传统和这种传统社会教化功能的沦落。他们已经失去了他们的时代,这使他们在新的时代常常茫然无措。

---

[1] 贾平凹:《高老庄 怀念狼》,译林出版社2012年版,第307页。

西夏通过考古发现和重叙高老庄散落的历史，让我们触摸到了中国传统社会充满生机和文化活力的伟大灵魂，看到了生生不息、艰苦创业的群体和坚韧奋发、积极有为的个人，作为这样一个历史的后人，自有其震撼人心的奋发自强的生命精神和自觉适应各种现实境遇的变革图强的自新力量。在今天，在历史的大变迁和大革新中，他们不得不像他们的祖先一样再次面对新的现实，不得不面对现代化所提出的严峻挑战。作者在历史的现实和现实的历史之间，书写了高老庄面临的新的尴尬境遇。这些残存的碑文、族谱和寺庙建筑等的散乱，在讲述着祖先们辉煌历史的同时，意味着传统村社制度逐步在现代社会的零散化，这些生活在传统世界的人们其实已经失去了他们熟悉的时代。为了生存和发展，他们不得不适应新的社会制度和新的文化价值观念。代表着社会化大生产和工业文明的地板厂式的新生产方式和生产关系，使处于贫困境地的村民的观念开始发生变化；经济利益的诱惑和个人自由的风行，使传统的伦理道德和社会秩序受到极大冲击。尽管人们试图反抗这一现实，但传统社会的文化价值和伦理规范似乎已经失去了教化人心的意义，人们在传统和现代的撕裂之间表现出一种身份认同的矛盾和自我意识的严重迷失。

　　作者通过村民和白云寨人的冲突、地板厂和蔡老黑上演的对台戏、集体毁林事件以及后来的轰厂子的闹剧等事件，通过其中大大小小的场面描写，通过对各种矛盾冲突和心理冲突的表现，试图让我们看到封闭的以土地依附为特征的传统小农经济的过时，具有人身依附性的家族社会群体性的意义失落和个体自我的价值迷失。这些生活在封闭的传统伦理社会的族人们，他们在贫穷的生活中几乎就是熟识的透明人，遍布各个方面的道德评判和伦理操守也使他们在无距离的人际关系中沦为平庸的好人。但是，随着利益的冲突、新的社会治理体系和经济制度的出现，他们在新的时代却是进退失据。在赤裸裸的欲望面前,他们一方面在道德人格上不得不自我掩饰和自我逃避,试图和传统文化的价值期待相一致;另一方面面对生活的艰难,他们又使出浑身解数,试图改变生存的困难状况,不得不和传统的文化期待相背离,试图融入这个社会化的经济世界。晨堂、庆来、狗锁、菜花、银秀等故乡的男女老幼们,他们大多处于这种矛盾和尴尬中。这种矛盾和冲突,既体现在家长里短的日常生活中,也在修塔事件和捐资助学等重大事件中明确地体现出来。人们试图调和这两方面的冲突,但这种调和是那么难以实现,而这种矛盾冲突在轰厂子事件中达到高潮。其中的伦理冲突、利益冲突和人性冲突鲜明地表现出了传统文化的失范以及人们在矛盾冲突中的盲目和迷乱。这是现实的生活悲剧,生存中的人性悲剧,更是历史性的文化悲剧。在这里,作者清醒地展示了中国传统社会面临的严峻现实。这是人性之殇,也是文化之殇。

其次,与子路面对现实的怨愤不同,西夏在发现历史、重叙历史的过程中,也发现了拥有自我传统的高老庄人与生俱来的不屈的生命精神和骨子里试图主宰命运、追寻变革的渴望,而西夏似乎就是从封闭的乡村社会走向社会化的开放世界的使者,是连接传统和现代的桥梁。

当蔡老黑的葡萄园面临绝境迎来考察的外商时,他积极地向西夏求助,听取西夏的建议,表现出自觉学习和坦率开放的创业者态度,而西夏像一缕希望的阳光照进了高老庄的世界。作者在作品中这样描写西夏的神韵:

> 在路上,鹿茂很不自然,西夏让他在前边带路,他却走着走着,假装蹲下来钩鞋或停住擤鼻,就又落在西夏的后边,他害怕走在前边了让西夏瞧见他罗圈短腿走路的难看样儿,能走在后边,却可以欣赏到西夏的身条。鹿茂是懂得艺术的人,想象力丰

富……他现在跟在西夏的后边，看那淡黄色的头发，飘忽如一朵云，高肩圆臀，腰细腿长，就想这女人怎么该胖的地方都胖，该瘦的地方都瘦，一切好像是按设计出的数码长的，步子跨得那么大，闪跌腾挪，身上是装了弹簧？西夏猜出了他的心思，偏等着他上来并排走，鹿茂几乎只有她奶头高，她感觉到她那咕咕涌涌的双乳连同鹿茂的脑袋是一连三个肉球。鹿茂就左右拉开距离，沿着路的高处走，他知道并排走西夏就要把自己比出丑陋，而自己更能衬出西夏的美丽了。①

这一段描写浑然生动，一个熠熠生辉的美貌女子的形象跃然纸上。作者通过鹿茂和西夏的心理活动互相映照，既写出西夏的美，也映衬出鹿茂的丑，并在美丑对照中展现了西夏聪颖、大方、阳光、自信、可爱的精神气质，展现了鹿茂在自惭形秽中的聪明、自尊和倔强。就这样，西夏以积极阳光的姿态走进了以蔡老黑、鹿茂等人为代表的故乡世界，把新的生活观念和新的希望也带给这群渴望突围的乡下人。

对于子路视若仇敌的蔡老黑，西夏却带着爱心发现了他做人的有情有义，做事的勇敢有谋，以及面对困境敢于担当的精神。她理解他们精神的苦闷，他们觉醒后无路可走的痛苦；她理解他们试图走出这封闭的世界，带领乡亲们走出一条新路的渴望；她也理解他们保护家乡自然资源、为家乡人谋利益的良苦用心。尽管在新的时代他们的所作所为可能狭隘甚至可笑，但他们却都是活生生的有血有肉、值得尊重、敢闯敢干的人。因此，每当蔡老黑陷入困境需要帮忙的时候，她都会义无反顾地挺身而出，甚至不在意子路的不悦和反感。最后，西夏不仅帮助蔡老黑主动联系城里的消

---

① 贾平凹：《高老庄 怀念狼》，译林出版社2012年版，第115页。

费者，而且在蔡老黑身陷囹圄时主动留下来替他处理事情，试图帮助他脱离困境，重新振作。在这一过程中，她不仅赢得了蔡老黑的信赖，而且从某种意义上成为蔡老黑事业的参谋和精神的引路人，她以新的思想观念和为人之道影响着周围的人，并获得了大家的羡慕和信任。她这个外来者似乎成了真正的故乡人。

在勇于担当的救助过程中，西夏似乎是在新的历史时代重叙高老庄失落的文化脉络，并在新的实践中，试图发现、培养和重铸故乡的新的文化精神，叙写故乡新的发展史，追求对故乡进行新的文明教化和文化塑造。作者借助西夏的视角，提出了这个变革的新时代似乎应该且必须回应的一个重大发展命题。

确实，西夏，这个外来者穿梭在故乡的历史时空和现实时空中，以理性思考、现实关怀和包容博爱等精神姿态，在对故乡寻根式的发现中逐渐融入故乡的世界，成为故乡的精神知己，并在感同身受的使命感中为故乡的未来寻找出路。作者以此寄予了其对传统社会面临的问题的忧患意识以及对如何走出困境的期待和思考。

与以子路为视角的关于故乡的日常生活叙事不同，作者以西夏这一视角为焦点，在关于故乡的深度思考中，进一步展开形而上的精神追问，从而拓展出文本更深刻的形而上的精神意蕴。其中，贯穿作品叙事的子路儿子石头奇思妙想的绘画和惊人的预言，迷糊叔似是而非的歌谣和动人心魄的二胡，古老的岩画，崖头的帽子飞碟，以及充满传奇色彩的神秘的白云湫，在西夏惊奇的发现和执着的探求中体现出作者对生命之源和生存终极意义的深入思考和追问。这种终极意义的关怀形成了作品另一重意义空间，构成作品意味深长的留白，实现了作者文学书写所追求的以"张扬的意象"营造虚实相生、形而上与形而下相结合的厚重深远的艺术境界的审美理想。

综上所述，作者以双重叙事视角形成一种反讽式的叙事结构，让日常生活叙事、历史文化叙事和超验叙事等在作品中彼此奠基、彼此生成，形成了故乡世界意义浑然的多重生活镜像，在富有精神张力的启思性的审美观照中拓展了文本的多重意义空间，从而使文学叙事实现了更为宏大和更为本源的意义关怀和价值思考。

三、身份迷失中的精神突围与向往

可以说，《土门》《高老庄》《怀念狼》《秦腔》等一系列返乡式的作品以丰厚细密的意象既塑造了丰富生动的人物群像，又塑造了各具神韵、个性鲜明的个体形象，体现出作者张弛有度的卓越艺术创作能力和高超的语言叙事能力。作品中生活在传统乡村社会的人们既坚守传统文化，又跟随时代脚步做出种种努力，在身份的迷失中渴望走向新生，实现精神突围，在对现代文明的向往中寻找自己的位置和身份。而传统乡村社会展现出的深沉厚重的精神世界和生生不息的内在生命力，令人叹息、感动，更让人在历史与现实交错的十字路口对这一代人充满敬意。

在《高老庄》这部作品中，作者通过充满意义张力的多重语境，让蔡老黑、苏红、鹿茂、顺善、背梁等男人和围绕他们的女人跃然纸上，塑造了高老庄一系列有血有肉的个性化形象。这些人既秉持传统乡村伦理文化的精神，又自觉追求大时代的开放精神和创业精神；内心是保守的，也是开放的；固守着家园信念，又有着背叛的冲动和渴望……他们试图以自己的智慧实现对现实生活困境的精神突围，但在历史与现实撕裂的夹缝中间却常常迷失，陷入痛苦的精神挣扎。

其中，写得最精彩的是苏红和蔡老黑这两个形象。作者总是在矛盾冲突中对比着表现这两个人物。苏红是高老庄比较早的外出打工的人，也是把地板厂引进高老庄的人，当然也就成为背叛家乡世界的外来文化样态的代言人。她和地板厂厂长王文龙合作，成为高老庄新的经济形式和劳动关系的象征，因而被高老庄的乡亲们羡慕着也嫉恨着。她就像一只笼中鸟，既想从笼中飞出去，又不愿意离开那个笼子。一方面，她是较早接触现代城市文化的人，观念开放，个性鲜明，充满了生命的激情，她的经历让她能够坦然面对和接受新时代的新思想、新事物，也能坦然追求属我的个性自由的新生活；另一方面，她内心又不愿离开自己的家乡，爱着自己的家乡并希望得到家乡人的接受和认可，以自己的事业得到应有的尊重和归宿。但是，在家乡人看来，她外出打工的经历和生活方式，使她成为有污点的道德败坏的女人；同时她帮助外人开办工厂、管理工厂，掠夺了家乡的资源，给部分人带来利益的同时，又损害了家乡人的利益等。受这些影响，在家乡人的眼中她成了故乡的罪人。

　　作为罪人的苏红，她的生活观念和生活方式，既震撼着家乡人的心灵，影响着他们的观念和他们的行为选择，又为家乡人从内心深处所厌憎与不齿；她现代化的工作作风和行事立场，既招乡亲们的羡慕，又招乡亲们的嫉恨——她让高老庄的人在内心陷入了分裂和矛盾。因而她也总是陷入自我生存的苦闷，犹如一只笼中鸟，在家乡的世界飞不走也落不下。因为她的经历，她在故乡找不到自己爱的和爱自己的人；也因为她的经历，王文龙等外来人也不会爱她，她成为一朵自开自赏的幽独而艳丽的花朵。在现实生活中，她"背叛"了家乡，开始了不一样的新生活，但这种经历又在现实生活中给她的人格带来了侮辱和伤害。作为背叛者，她内心渴望回归家乡，得到家乡人的认可，但家乡似乎又不能善待她，给她未来和希望。这样，在现实生存矛盾和尴尬的精神困境中，她其实成了一个自我身份迷失的人。

蔡老黑，作为土生土长的家乡人，是在现实生活中不断寻找自我突围的奋斗者形象。他有勇有谋、刚健而狡诈，犹如一头困兽，既保护着自己的天地，又渴望闯出新的天地。蔡老黑的内心也是处于矛盾而割裂的状态。

第一，他是在故乡成长起来的英雄式的人物，他身上体现了传统文化种种深刻的印记。他是一个说一不二的大男子主义者，身上充满了草莽式的活力，也有着乡村人的自尊、聪明和狡诈。他贷款建了几十亩葡萄园，拉上鹿茂等兄弟开始创业之路。可惜他们时运不济，脱离市场，不仅没有发家致富，而且导致银行贷款成为坏账。面对债务催缴，他耍起无赖，以小聪明化解了一次次危机。面对法国的葡萄酒考察团，他利用小计谋，赢得了考察团的信任。在和地板厂争夺家乡主导权的过程中，他能够洞察村民的心理，利用修佛塔可以祛病延年的民间信仰争取民心，也懂得在各种利害冲突中争取政府的支持，通过和地板厂唱对台戏的方式争取成为人大代表。他利用村民普遍的不满情绪，借机煽动闹事，身上有一股不服输的倔劲。他有勇有谋，敢作敢当，是一个有思想有追求的英雄。

第二，他有着传统社会大男人的种种缺点。他瞧不起自己的媳妇，总是从肉体到精神不断折磨她，几乎不在乎她的内心感受；他有自己的小聪明，常常使用无赖手段和各种阴谋伎俩去实现自己的目标，甚至常常表现出草莽英雄的冲动；他精于算计，在后面支配村子的舆论和大众行为，甚至操纵和鼓动群体性骚乱事件。

第三，他又是一个有情有义、敢于担当的男子汉，做事有自己的底线。他对菊花一片痴情，他在失落时会悲伤哭泣，他酗酒、生病，这些都展现出了他性灵化的个性，让我们看到在现实面前孤独、无奈、悲凉以至于英雄气短的失败者形象。作者通过他和高老庄人的密切关系，说明这群善良的人在现代社会追求自身权利、维护自身利益时所遇到的种种艰难处境。

第四,他还是一个头脑灵活,善于思考和观察,能伸能屈,内心开放,渴望突破现状的乡村强人和能人。尽管子路对他抱有深刻的偏见,但他对子路和西夏却十分尊重,能够谦虚地听取西夏的意见,对西夏既有仰慕之情,又能守住本分,抱有极大的敬意。他和一般村民的不同在于他做事总是知分寸,有深浅。在轰厂子事件中,面对大家的疯狂,他能保持冷静,在关键时候能够保护苏红的尊严,并听取西夏的意见,及时制止了事态的进一步恶化。在绑架石头的行为中,他也能够分清轻重,有自己的分寸和底线。

总之,蔡老黑这一形象被刻画得饱满完整。就是这样一个土生土长的英雄式人物,试图以自己的力量实现现实生活和精神追求的突围和升华,然而封闭的环境使他总是走不出自己生活的世界。他和苏红不同,他渴望走出去却总是面临重重歧途,找不到未来的路。

作品中,蔡老黑和苏红各自代表着不同的利益诉求和价值尊严,他们作为自觉的追求者和突围者,在大时代的变迁中,都面临着自我身份认同的困境。蔡老黑和苏红被对照起来描写,揭示了中国传统社会以土地依附、家庭依附和人身依附等为特征的小农经济已经难以为继,以人人平等的社会化大生产为特征的机械化、商品化的时代已经在招手,新的观念和新的生活方式逐渐撕裂和改变着传统的社会生活方式,在维护传统和走向现代化的选择中,背叛、希望、仁爱和尊严等精神问题似乎在冲突中更严峻地摆在人们面前。在这种时代性的矛盾中,人们必须做出身份认同的选择。作者围绕蔡老黑和苏红代表的两种斗争力量,把传统世界逐渐走向零散化的解构、个体逐渐面临的身份认同的困难等历史真实表现出来,从而揭示了这个大时代正在呈现的一种精神状貌。

此外,顺善和鹿茂,都有洞察世道人心的智慧,有善于调和各方矛盾冲突的务实心态，常常能立足于现实而从善如流，既能和传统社会水乳交融，又能追赶时代变化而不落伍；他们也是随着时代亦步亦趋的中流砥柱，是能够忍受平庸但又不甘平庸的乡村的智者和劳动者；他们从一个侧面说明了中国文化的包容性和厚重性，同时体现出传统文化的某种大智慧。在如许众多的人物身上，中国文化在现代化的道路上的悖论性状态与转型期中国社会的迷茫与彷徨等都生动形象地展现了出来。

在作品的双视角叙事中，所有的冲突，最后都归结为子路和西夏的冲突。面对菊娃的未来，子路颇为忧虑，她应该留在乡下过自己的日子，还是和他去城市过新的生活？无论哪种选择，都难以决断，都难以克服子路和菊娃之间身份的尴尬以及由此带来的西夏身份的尴尬，选择是艰难的，而未来更是难以预料。作者以菊娃为聚焦点，让子路和王文龙、蔡老黑之间的情感纠缠在一起，通过基于不同身份、不同价值观和不同情感样态的爱情，象征性地说明了家乡必须面临的文化选择。而在传统与现代的歧见中，故乡的未来到底在哪里？！这一问题，是高老庄的问题，当然也是走向现代化的整个中国的社会问题。

从艺术上来看，《高老庄》的书写浑然天成，通过原生态的生活场景揭示了故乡人心思变的生存困境和人性困境，以反讽式的双重叙事形成了轻灵与沉重、欣悦与孤独、戏谑与悲剧、现实与虚幻等富有精神张力的审美境界，端的是一部寄意深远的佳作。确实，传统的伦理社会面临着巨大的挑战，故乡人在新的现实中也面临着未来之路的选择；传统社会已难以为他们提供安身立命的根基，他们在这个时代都需要反叛和突破自身的既定身份，在艰难的自我突围中开拓新的希望，而路又在哪里呢？！

四、 文化寻根与现代化进程中的身份迷失

《怀念狼》也是一部写得十分绚烂的长篇小说。这部作品通过游记的

方式，以第一人称展开叙事，叙述了"我"和猎人舅舅、烂头等一起寻找狼的过程。这既是一次走向故乡的漫游，又是一次精神的寻根和文化反省的过程。作者以虚实相生的传奇故事和神话般的绮丽想象书写了人与狼之间的精神关系。在作品中，传统的生存方式与现代的生存方式互为镜像，隐喻性地揭示了现代人精神世界的病态化和人性的异化，在面对传统世界的消失和现代世界秩序的重建中反思和批判现代化，并对现代社会中自我身份认同的迷失进行深入追问和思考。作品把文化寻根和现代性反思这一体两面的现代化问题深刻地揭示出来，具有触动人心的艺术力量和现实意义。

"我"的舅舅傅山是一位闻名遐迩、令人尊敬的猎人，他一生都在和狼搏杀，保护着家乡不受狼的侵害；但随着秦岭生态保护工作的展开，舅舅却成了秦岭生态保护委员会的委员，肩负起了保护狼的任务。这种新的身份和新的使命，令他十分尴尬和痛苦。面对社会发展的现状和政府的号召，他积极响应，参与到保护野生狼的工作中去，积极地为仅存的十五只狼编号，说服狩猎队的成员放下猎枪，回归家庭生活；但同时他的猎人身份让他关键时必须猎杀财狼，以保护山里的乡亲们免受狼灾。现实的境遇也逼迫他必须尽猎人的职责，维护猎人的荣誉，拿起枪带领大家围猎危险的财狼。于是，在这种保护狼的理性承诺和猎杀狼的猎人职责之间他痛苦地挣扎，在双重身份中无所适从。猎杀狼的武勇让他感受到猎人的荣耀，而坚定保护狼的委员职责又让他时时处于羞辱和愧悔之中；有狼相伴的岁月他是人人仰慕的灵敏健壮的英雄，而在失去了狼的世界里他不过成为失去生命活力的孤独的病人。在这种现实的矛盾中，舅舅和他的猎人同伴最后失去了自己的世界，也失去了自我。无狼可猎的猎人已经不再是猎人，他们成了精神上无所归依的俗世人。

"我"作为一位理性的现代城市人，为了在新闻报告中获得引人注目的成绩，也为了寻找自己传说中的故乡，跟随传奇化的舅舅以及舅舅的猎人朋友烂头去给秦岭仅余的十五只狼拍照，以宣传和普及保护狼与生态环境的观念，但随着在狼活动的秦岭腹地的游历和追踪，在和狼的狭路相逢中，保护狼的过程却成了人和狼生死搏杀的过程，最后狼在人类的集体围剿下终于被赶尽杀绝。作者通过舅舅和狼的关系，揭示了人和大自然中万物之间存在的深刻的生存意义和精神意义，以及人与万物之间的双重依赖关系。在这一寻找仅存的十五只狼的过程中，每一只狼被杀似乎都有合理的理由，这是人类和狼千年恩怨冲突的结果。作者通过和狼的搏斗与交流过程，从不同侧面展现了作为猎人的舅舅独特的精神气质；在展现古老的狩猎文化的同时展现了人与狼之间丰富的精神关系，并和没有狼的现代人的生存状态进行对比，引发更为深刻的思考。

这一深入秦岭腹地寻狼的历险过程，首先是作为猎人的舅舅重新发现自我生命价值的过程。每一次在和狼的搏杀中，舅舅如神灵附体，闪展腾挪，弹无虚发，身体的病患荡然无存，焕发出一个猎人的英勇和无畏，他在和狼的搏斗中真正找到了自己存在的价值并成为人们所期望的自己。其次，作为猎人的舅舅在和狼长期搏斗中形成了一种天然的精神感应关系。他与狼既是狩猎场的对手，也是山林河川覆盖的大地上的精神知己。他们的搏杀是千年来人类与狼之间基于天性的生存之战的自然延续，但在厮杀的征服与被征服中他们才成就了彼此的英勇和自傲，这即是所谓天人合一、生灭有常的天道轮回。再次，舅舅猎杀狼和保护狼都是出于职业者的担当和为人的善念，既为民除害，又不赶尽杀绝，体现出维护大自然动态平衡的素朴观念。这种矛盾的态度使舅舅总是处于一种纠结的心理状态中：面对狼族的灭绝危险，他渴望保护狼群的延续；但面对狼对人类生命财产的侵害，他又不得不去杀死它们。当在生死关头为了救助狼，"我"

不顾一切和舅舅发生冲突时,舅舅只是把委屈埋在心里,做自己认为最应该做的事情。尽管他尽力遵守承诺,以最大的努力保护狼不被围剿,但是面对人的生死存亡、大众的汹汹舆论和亲情的胁迫,为了维护猎人古老的荣誉和做人的尊严,为了保护"我"这个外甥的安全,他在一种浩然之气中完全进入了猎人的角色,与狼斗智斗勇,快意恩仇,杀死了最后的狼,维护了自己作为猎人的荣誉和做人的尊严。作为最后的猎人,舅舅在传统猎人的职责和荣誉与现代社会对他的新要求之间活得苦闷而尴尬,他的生存境遇是从传统走向现代的人们普遍性的精神苦闷和尴尬的象征。

在作品中,舅舅傅山是一个生动鲜活的人,是不断告别自我而又不断回归自我的传统现代人,这一形象体现了在走向现代社会的过程中,逐渐失去自己的世界的人们社会地位的变化以及由此而来的身份认同的迷茫。当找到猎人的身份时,他生龙活虎,在捕猎的过程中才真正回到自己的世界,有着一个猎人英雄般的生存体验,也在这种体验中找到了精神自由的自我。但当他失去猎人的雄心,无狼可猎,养尊处优时,他不仅失去了猎人的作用和价值,更失去了生命的活力,成了一个生活中的病人。他和他的猎队同伴一样,在失去了狼的世界里,不仅失去了他们自由驰骋的自然家园,也失去了他们引以为傲的猎人精神,因而失去了和大自然息息相通的生命激情和精神归依。在现代社会,他们成为失去自己的世界和自我身份的现代病人。

狼,在作品中具有多重象征意义。第一,大自然中艰苦生存的狼在生存的追逐中焕发出了坚韧的生命精神,它们狡诈而有慧;作为群居动物,它们本能上可以为族群牺牲。作品中,作者以奇幻的笔法叙述了许多关于狼的故事,生动地描写了狼群幻化人形后的可爱、亲切和君子风度,也写出了其面临存亡时的英勇无畏和生死救助,以及狼群之间入骨的亲情。本质而言，狼的天性在漫长的生存演化中也和人类的天性相通，有着知恩图报和报仇雪恨的本能。由此看来，动物界的各种生命，生生不息，也形成了自身独特的生存伦理，值得人类理解和尊重。通过这种书写方式，作者呼唤人类要对天地间万物宽容和爱护，以同情性的理解启发人们应该为如狼一样的生命保留一方生存的空间。当陪伴人类一起生存的古老的自然世界衰败时，人类赖以生存的自然家园就消失了，人也就失去了生存的原始根基。第二，狼又是凶狠、自私、贪婪和残忍的象征，这种为了生存竞争形成的品性也是对人类的挑战和考验。和狼厮杀既是为了生存搏斗，更是和凶狠、自私、贪婪、残忍展开搏斗，从而形成人与自然、人与人之间一种独特的精神关系。这既启发了人类英勇之大智，如"我"的舅舅和他的同伴们；也启示了人类仁爱之大德，如红岩寺的老道人及其信徒们。在这种多层面的精神性关系中，人类认识了自己的本质，也实现着自己的本质。正如马克思所言，这是"自然人化"和"人化自然"中人与自然的本质意义的动态生成过程。第三，狼的存在是对人性的考验，是大自然平衡万物的体现。无论人、狼、黄羊还是其他动物，一旦失去对手和敌人，也就陷入了自身退化的病态。作品深刻展现了失去狼这个对手的猎人，如何失去了存在的目标和动力，最终迷茫彷徨，无精神栖居之所，在抑郁和苦闷中沦为现代社会病态的存在者。总之，作者通过人和万物之间在食物链上的角逐，让我们看到自然万物相生相克的生命活力，而这种生命活力更是万物生息的根本。因此，维护自然万物的平衡似乎应是人类基本的道义。第四，作者以狼性隐喻在利益和欲望中膨胀的现代人的异化状态。狼灭绝了，但狼阴险、残忍的灵魂却似乎寄生在人类的身上，人和狼的争斗似乎转化为人与人的争斗。这是现代社会的人们不择手段地贪婪追求名利的结果：他们可以为了赚钱，用孩子的生命去碰瓷敲诈司机，而众人心知肚明却无人言语；他们为了吸引顾客，可以活剥食用牛的器官，以虐杀的方式满足人类的残忍和嗜欲，达到大肆敛财的目的；他们为了维护自己的财产和安危，可以逼迫、羞辱和驱逐亲人，表现出极端的自私和卑劣；如此等等。现代人身上表现出的自私、贪婪、残忍和野蛮等品质和行为，似乎预示着现代人失去了天性淳朴的本性，失去了曾经的文化家园，从灵魂上颓废为狼人，成为精神上无家可归的异化者。因此，和狼性般的自私、残忍做斗争，似乎也成了现代人的使命！

可以说，作者寻狼的过程，更是以寻根的态度寻找一代人的文化根脉，但却发现这一文化根脉在对自然的破坏和人的欲望膨胀中已然消失；而失去文化根脉的"我"、舅舅和家乡的人们在身体和精神方面都成为现代社会的病人。作品通过狼和人的征服与被征服的生存关系，讽喻性地告诉我们维护大自然万物平衡的重要性，并隐喻性地传达了人类应该树立一种全面的生态平衡理念。这种生态理念体现在自然生态、社会生态和精神生态等三个基本方面。

就自然生态而言，人类应该保护人和万物在自然界生存的共同空间。自然界的动植物既是人类生存的伙伴，又是人类满足物质需要的资源，更是人类长期生存演化过程中寄托自身的精神家园，是人的本质力量长期对象化的对话者和精神依靠者。因此，建立人和自然和谐相处、积极互动交流的自然生态应该是人类社会发展的应有之义。

就社会生态而言，克服人类自私、贪婪和残忍的欲望是建立良好的社会生态的前提。现代社会解放了人的个性，也解放了人的欲望，但无度的欲望膨胀导致人善良本性的丧失，导致人类自由本质的异化，人成为物质欲望和内在情欲的奴隶，从而造成了种种难以克服的社会危机。因此，寻找人的本质意义，从而在维护传统文化和现代化一定程度的平衡中建立现代社会文化形态，应该也是生态平衡的重要含义。

就精神生态而言，作品中的黄香玉代表人类至善、包容的精神，代表超越现实利害关系的大爱和形而上的对生命意义的关怀，这是人类和以狼为代表的万物之间的一种终极性的意义纽带；充满灵性的狼皮则代表着现代人内心深处回归大自然的渴望和寻找原始生命激情的愿望，这是让人克服机器时代的现代病，回归古老精神家园的深情召唤。因此，克服人的异化状态，以至善、包容的大爱精神消解人类的自私、贪婪和残忍，维护现代人精神世界多重意义的平衡，也应该是生态平衡的根本性意义。

总而言之，作者在面向故乡的文化寻根中发现了传统文化世界独特的家园意义，也对现代文明进行了反思和批判。在作品中，钢枪作为现代精神象征，是人的欲望的无限延伸，它彻底打破了人与自然万物的平衡，纵容着现代人的内心欲望；而现代社会又以高度组织化、机械化的方式在满足欲望并生产欲望中使人成为生产机器，成为利益至上的自私、贪婪和冷漠的现代病人。作品中"我"的各种病患，作为实验品的大熊猫死后黄专家患上的精神疾病，舅舅的软骨病，烂头的头疼病，以及故乡雄耳川人的疯狂和人的狼化，其实作家借以传达的正是失去传统文化世界这一自我生存基础后人的痛苦和无家可归的彷徨。他们在现代社会找不到自己的位置，发现不了做人的价值，从而陷入了深深的文化选择困境和自我身份迷失。在这个失去平衡的世界，在这个失去了狼的影子已然解构的故乡，我们作为个体在现代社会的位置应该在哪里？我们的心灵何以安处？这是作者在追寻狼和怀念狼的过程中，在对故乡的历史瞭望和现实体认中提出的严峻的时代问题。

《怀念狼》这部作品在艺术上十分独特，尽管篇幅不长，但却寄意深远，境界浑然，既具有天人合一的高远境界和古朴的山林野趣，又体现出生态美学的现代理念和现代性反思的人文情怀。这部作品把寻根文学的诗性品格和现代文学的哲性之思融为一体,在叙事中把崇高、悲剧、喜剧、审丑以及荒诞等元素十分自然地融合在一起,彼此奠基,体现出一种后现代主义的审美追求,使文本思想意蕴更为丰厚,艺术性更高。

特别值得一提的是,作者在虚实相生、正反相成的叙事中,通过真实与幻相交相辉映的传奇化书写营造了一种超远的艺术境界。李卓吾评《西游记》云:"文不幻不文,幻不极不幻。是知天下极幻之事,乃极真之事;极幻之理,乃极真之理。故言真不如言幻,言佛不如言魔。"贾平凹以奇幻的笔法,写狼生动形象、惟妙惟肖,得生命之神韵;写人也亦真亦幻,同情之中极具讽刺性,活画出了不同境遇下的人的不同灵魂。这种幻中见真的艺术手法,作者运用得十分灵动老辣,使作品营构的审美世界绮丽多姿,读来波澜起伏、妙趣横生,更能启人深思。这种传奇化叙事,体现了后现代主义艺术碎片化的故事叙事方法和文本结构特征,从而在多向度的意义穿梭中使作品具有更多的阐释可能性。就此而言,《怀念狼》体现出作者开放的审美心态和勇于探索的艺术精神,也可以说,这部作品是其写作风格的又一个分水岭。此后的写作道路,作者更是发扬这一艺术精神,以更为成熟的笔法和多样态的艺术元素思考这个处于历史变革时期的伟大时代。

总体而言,贾平凹的小说,继承了五四以来中国文学史上关于传统社会走向现代化这一历史过程的书写传统,以文化寻根的同情性态度反思和批判传统文化,并以文化批判的态度反思现代化,从而展现了中国社会集体性身份认同的困境以及由此而来的个体性自我身份认同的困难。这种困境和困难是一种历史,也是一种现实,并因此和世界历史大潮相呼应,使民族的精神史和世界的精神史相交通,展现出中国社会历史性变迁的生动画卷。因此贾平凹的书写具有史诗性的重要价值。

第二节

吾心何处安？

贾平凹的返乡式书写，是对离去的故乡的一次深情瞭望和深度凝视，他在历史与现实之间试图以乡村为写作对象，完成一次对中国传统文化世界的精神寻根，思考中国社会的现代化问题。因而他的书写更是在现实生活境遇中展开的一种传统与现代的对话，而这种对话在小说文本的叙事中具体体现为以城市化为代表的现代化世界和以乡村为代表的传统世界之间的一种意义张力。在《土门》《高老庄》《怀念狼》等作品中，作者描述了故乡在现代化的裹挟下日益零散化的命运，写出了传统乡村社会在走向现代化的历程中集体性的精神错位和个体性身份迷失的痛苦现实，因而传统与现代、城市与乡村之间的这种意义张力成为作家小说叙事的基本社会文化语境。在这一叙事语境中，作者为我们展现了以城市化为代表的现代化脚步如何使传统中国社会日益走向边缘化和无根化的生存现实，生活在其中的人们日益失去了生存的社会文化根基，成为现代化社会的边缘人，精神上无所依靠的流浪者。在故乡日益零散化的文化解构中，"吾心何所依"成为一个重要的精神问题，因而个体在社会发展的大潮中如何安妥自我的灵魂，自然成为一个鲜明的时代性问题。

《秦腔》正是直面故乡这一时代性的生存问题和精神问题，在城乡之间的意义张力中对故乡人在现代社会的内心苦闷和生存命运的"寻根"式书写，是一部洞察故乡人心灵世界的巅峰之作。作者以细腻的笔触写出了这一宏大的社会文化变革背景下中国乡村社会不断走向解构的历史历程，通过对众多丰富生动、个性鲜明的人物形象的刻画，揭示了乡村世界中传统价值伦理的颠覆和传统人格光晕的消失，以直击心灵的悲剧意识追问故乡的未来和生命存在的意义，在对故乡世界的瞭望和凝视中表现出一种深度的精神关切和人性关怀，从而使作品具有更为深邃的象征意义和美学意味。

作者在后记中写道："我的故乡是棣花街，我的故事是清风街，棣花街是月，清风街是水中月，棣花街是花，清风街是镜中花。"① 这一段话说明了作者的书写是根源于故乡而又超越故乡的一种镜像化书写，是来源于生活又高于生活的艺术真实，其写作意旨不是拘泥于一隅之地，而是在艺术的超越性表达中展现中国乡村世界面临的普遍性的精神真实，以精彩纷呈的艺术世界写出时代的镜像，映照出中国社会在历史性的文化变革中人们现实的心灵境遇，因而这一镜像书写具有更为阔大的审美心胸和精神关怀。贾平凹关于故乡的书写，从某种意义上可以解读为对中华民族从传统走向现代化的历史过程的象征性和隐喻性表达。作者以为故乡树立历史性纪念碑的使命感，抒写中华民族在社会发展和文化更替中的悲壮精神，以此在对故乡的深情瞭望和凝视中告别故乡，令人在历史与现实之间的回望中惆怅而潸然，正如作者所言："我以清风街的故事为碑了，行将过去的棣花街，故乡啊，从此失去记忆。"② 作者对故乡的书写，是一次意味深长的"为了忘却的纪念"；而"为了忘却的纪念"往往却是一次惊心动魄的心灵升华和精神向往。

---

① 贾平凹：《秦腔》，作家出版社2012年版，第501页。
② 贾平凹：《秦腔》，作家出版社2012年版，第502页。

一、城乡之间的意义张力

在对贾平凹作品的阅读中我们可以深深地体会到，以城乡之间的意义张力为代表的传统文化世界与现代文化世界之间的冲突、对话与融合等是其文学叙事的基本语境，这一语境或隐或显，或虚或实地贯穿在他关于故乡的文学叙事中，成为其文学思考和文学表现的时代语境，奠定了其文学叙事的基本情理逻辑，是理解其文学世界和文学形象的重要前提。从这一语境出发，我们才可以更好地理解贾平凹小说叙事的艺术精神、审美意义及其写作的重要价值。

（一）城市和乡村之间的文化张力及其文学寻根

我们要阐释贾平凹文学书写的这一基本叙事语境和叙事的情理逻辑，就应对城乡之间的这一意义张力进行探讨，由此才能深入理解作者返乡式书写的精神寻根和文化寻根的意义，从而更深入地揭示其作品中展现的丰富的人物形象、生活图景和审美世界。首先我们要追问：什么是张力？张力这一概念是新批评派理论家艾伦·泰特对文本意义结构进行分析时提出的一个重要概念。泰特指出，诗有自己的文学特性，他认为："我要把这种特性称为'张力'。用抽象的语言表达，就是诗歌突出的特色就是其整体性的最终效果，而整体是意义构造的结果，批评家的职责就在于考察和评价这个意义。"[①] 他认为文本审美的诗性意义主要靠文本的张力产生，而张力是文本中多重意义的结构性生成关系。根据泰特的这一美学思想，文本的张力主要体现为这样几个方面：一是文本意义构造的差异性，这种差异化的文本意向在文本中具有相反相对的意义关系，共同形成了文本的一

---

① 马新国：《西方文论史》，高等教育出版社2008年版，第432页。

种意义结构；二是这种意义结构关系彼此奠基，形成互相指涉、推动的意义关联域，从而在意义的相反相对中形成一种富有启思性的意义生成之路；三是这种差异性的意义结构在文本的整体性语境中形成前后连贯、互相映照、互相生成的浑然天成的意义世界，此即泰特所强调的文本整体性的最终审美效果。

泰特的张力理论深刻地揭示了文本意义的多向度特点和相反相成的生成性本质，由此指向了具有更为深远的意义追问和超越性的精神思考的审美境界。文学文本意义世界正是在这种差异化的同一中深度揭示人在现实社会中的生存状态和意义体认。考察文本意义结构的差异性以及这种差异在对立中生成的具有精神超越性的同一性意义世界，是揭示文学文本独特的审美价值和艺术价值的重要方法。贾平凹的文本世界展开的正是中国社会在特定的历史文化变革中形成的城乡之间富有张力的意义关系，这种意义关系主要体现为以城市为代表的现代文化和以乡村为代表的传统文化之间形成的冲突、对立、对话和融合等多向度的意义关系。其意义张力奠定了作者文学叙事的基本意义结构，成为其小说书写的或隐或现的情理逻辑和叙事逻辑，因而从本质上奠定了贾平凹文学叙事充满意义张力的反讽性的诗性本质。

具体而言，贾平凹的文本叙事深刻地展现了城乡所代表的差异化的文化世界之间形成的张力性的意义关系，在这种意义张力中透视转型时期中国社会人们的心灵世界和生存命运，从而以镜像化的文学叙事在历史与现实之间触摸中国人的灵魂，以悲悯的情怀在传统与现代的对话中追问生活在传统文化中的民众在现代化的时代大潮中应有的生存位置和精神归依。这一书写进一步深化了返乡式书写的思想深度，既具有文化寻根式的精神追问，又具有反思现代性的文化思考，从而切中了当下中国社会人们生存的生活现实和心灵困境。总之，他的文学书写深刻地奠基于中国社会文化大变革这一特定社会时期的双重文化视野中，不仅富有意义的深度并且具有一种史诗般的文学品质和精神高度。

百年来，中国社会在从传统走向现代的变革中艰难地寻找中国道路，回首而望，这是一条波澜壮阔的民族自新自强之路。在这一历史进程中，中国社会和中国民众总是面临着传统文化和现代文化碰撞交融、艰难选择的现实：一方面，我们生活和成长在传统文化的世界里，传统文化早已成为我们安身立命的存在根据和意义归依；另一方面，现代化的社会浪潮不断冲击和解构着传统社会，人们在新的思想、新的生活范式的召唤下不断背离传统文化，奔向现代化的新生活。因而，传统文化和现代文化互相映照、互相奠基，推动着中国社会生活方式和文化样态变革的同时，更影响和塑造着中国人的生活状态和精神状态。传统文化与现代文化冲突融合所形成的张力关系正是贾平凹文学叙事意义张力的历史基础与现实基础。如前所述，文化问题是现代化过程中出现的具有世界性意义的社会问题，当然也是中国走向现代化自然面临的问题，这是城乡之间产生意义张力的基础。要理解这种意义张力的具体内涵和生动表现，就应进一步理解文化及其与人之间深刻的意义关系。

这里我们应该对文化有一个大致的理解。文化是一个内涵和外延都非常丰富的概念，很难加以全面界定。从外延上讲，它包括各种各样的文化现象和文化符号，诸如民风风俗、日常伦理、情趣爱好以及各种各样的文化象征物和文化活动等；从内涵而言，文化是以丰富多彩的方式在日常生活中传播的意识流，在这种意识流中包含一整套体系化的价值观念和行为规范。这一系列的价值观念和行为规范作为一种意识形态以有意识或无意识的方式塑造着该文化群体中个体的人格意识和价值理想，成为个体生存和生活的道德根基和行为逻辑,并深刻地建构起他们的社会文化心理和意义世界。

所以,文化一般被视为该文化群体共同的精神形象和文化个体的价值归宿,并在现实性中被先行赋予个体生活和生存的意识和精神之中,常常表现为该社会群体中个体的集体无意识。"格尔兹认为'不存在什么独立于文化之外的所谓人的本质',就是说,文化绝不是人的一种后起的属性,也不是人的多种属性中的一种,因为人总是诞生于某种文化中,被文化所构造,同时也构造着文化,文化是人创造的,人又是'文化的产物',人和文化嵌合为一,相互塑造与生成"[①]。从文化学的立场来看,人的本质是被文化建构的,其道德根基、行为逻辑和情感向往等人格状态和意义世界都是其生存的社会文化精神的重要体现。人既是文化的创造物,又是文化的践行者和守护者,在和文化的嵌合关系中形成他们生存的价值根据和意义世界。文化世界是其自我身份认同的根基和自我心灵依赖的精神家园。

因此,生活在乡村社会的中国民众的精神世界自然被传统文化塑造,传统文化的价值观和意义追求奠定了他们的人格操守、行为方式和精神关怀,形成了他们情有独钟的家园秩序、日常伦理和生活方式,也塑造了他们独特的情趣、向往和追求等社会文化心理。

但是,在我国,随着现代化前进的脚步,新的文化精神和文化观念以城市为中心逐渐向传统文化渗透,城乡之间政治经济文化互动频繁,使传统文化逐渐在新的因素的影响下不断处于被影响和被解构的状态。特别是随着改革开放以来现代化步伐的加快,以城市化为代表的现代文化作为新

[①] 马新国:《西方文论史》,高等教育出版社2008年版,第627页。

生的强势文化不断碾压着周围的乡村并撕裂着中国传统社会，带来生存方式的改变和价值观念的变化。于是在这一变革的历史过程中，传统文化和现代化迎面相遇，人们在现实生存中自觉或不自觉地面临着价值的选择和意义的重构，传统文化和现代文化形成冲突和对立，并在冲突和对立中自然地寻找融合和升华之途。传统文化在现代化面前必须被重新加以理解，现代文化面对传统文化又需要寻找自我发展的合理性和合法性的基础，因而传统文化和现代文化作为两种差异化的意义世界撕扯着中国社会，并在彼此的价值召唤和意义影响中形成一种强大的张力，共同推动着中国社会形态的变革和文化世界的重构。

传统文化与现代文化之间的意义张力，是中国民众现实生活中面临的基本文化境遇。他们在两种文化的选择中被撕裂，并以不同方式应对这一社会文化的历史性变革。贾平凹的返乡式书写，奠基于这一城乡之间的意义张力，并在这一意义张力之中追问中国大地上发生的几代人之间的悲壮故事，艺术地展现这一惊心动魄的历史进程，因而具有重要的文学意义。

需要强调的是，五四以来，以乡土文学为代表的寻根文学，就是在现代化的大背景中面向中国传统文化的一种深度追问和精神探索。贾平凹的乡村书写，就是在继承这一传统的基础上，对中国社会再次进行的深度思考和历史追问，体现出作家一种鲜活的时代关切。因而，进一步追问文学寻根的价值，可以让我们更好地理解在传统与现代之间的意义张力中文学应有的位置和文学书写的重要意义。

"回顾历史，中国文学中的寻根意识缘起于西方殖民主义下中国传统文化面临西方文化冲击形成的精神危机，寻根的历史性展开就是对这一精神危机的反思和批判的过程。在这一过程中，中国文学史上形成了宣扬全盘西化的自由主义思想、激进的社会革命主义和顽固的文化守成主义等几种大的文化思潮。在不同的学者和作家身上,这几种思潮以不同的方式影响着他们的思想方式和情感世界,对中国文化的发展命运造成极大的影响。"[①] 就此而言,寻根文学可以说是面临西方文化的强势侵入而展开的一次自觉的文化反思活动,是在中国社会革命运动中,知识分子对传统文化面临的重大危机进行的一次全面自觉的文化自救运动。因此,就寻根文学发生的历史背景而言,寻根文学就意味着两个基本面向,即面向传统文化和面向五四以来的新文化。寻根文学一开始在本质上就意味着文化的对话和反思,意味着需要在两种文化的互相对照和互相推动的张力中思考中国社会的传统问题和现代化问题,因而这一持续百年的文化寻根过程就伴随着中国现代化道路的发展历史,关注着中国传统文化的现代化问题。就寻根文学发展的文学立场而言,文学作为人学,所谓寻根也就是以人为焦点,从不同层面观照人的价值和意义,关注现实生存中人的命运,人性的状态和精神。因此,寻根文学是对中国社会历史变革的一种重要精神回应,它一直试图在现代化和传统文化之间寻找到一种平衡,试图在传统文化与现代文化的意义张力中透视处于不同生存境遇中的人的精神世界和生活命运,从而呼唤中国社会和中国文化的现代化,为中国民众开拓心灵安妥的精神家园。

总之,寻根文学关注的是文化问题,是传统也是现代化问题,更是中国发展道路的问题,是中国发展道路中的经验和问题,因而寻根文学的叙事是历史的也是现实的。这一寻根,既是对中国现实经济社会中生存问题的追问,更是对文化精神的追问,也是对社会文化背后人性问题的追问,因而具有多层次和多向度的广度和深度,并以审美的艺术精神书写一个大

---

① 赵录旺:《〈白鹿原〉写作中的文化叙事研究》,陕西人民出版社2009年版,第83页。

时代的民族悲喜剧。

贾平凹的寻根式写作,既深刻地继承和发扬了寻根文学的精神,又奠基于中国特色社会主义建设的伟大实践,因而其文学叙事正是对中国大地上发生的历史与现实的伟大变革实践的一种文学回应和文化反思,是在传统与现代的文化张力中书写城乡之间的文化冲突,关注故乡人的人性困境、精神变化和命运遭际,以同情性的理解告别故乡的过去、直面故乡的当下。他的书写本质上是直面现实的中国经验,传达的是历史变革中的中国精神,既有文化的高度,又有人性的深度,体现出历史意识和现实关怀,从而营构了引人深思的丰富多彩的文学世界。因此,其文学书写不仅具有重要的艺术审美价值,更具有重要的历史文化意义。

(二) 奠基于城乡意义张力之间的文学书写

阅读贾平凹的作品,其中一个个曾经发生或正在发生的故事,让我们在对故乡的瞭望和凝视中洞察那生动丰富的心灵世界,体认那积淀深厚、深邃悠远的充满人性的传统文化世界消解的悲壮。在城乡之间巨大的意义张力之中,在传统与现代的碰撞与对话中,作者艺术地展现了中国以乡村为代表的传统社会的零散化,生活在传统文化中的民众精神的失落,以及在新的现实背景中身份认同的困难。

如前所述,《土门》可以说是贾平凹长篇小说写作的一次深刻转向。作者从这部作品开始在历史变革大潮中以更宏大的眼光和胸怀关注中国最广大的农村社会和农民群体的历史遭际和现实命运。作为以农村和农民为主体的中国社会,其现代化从某种意义而言,就是农村的现代化,就是以农民为主体的传统文化的现代化。作为现代化的代表,城市化从不同方面深深地影响和改变着以传统文化为主体的乡村社会,从而在传统与现代的意义张力中开启了正在路上的中国社会的现代化历程。《土门》书写的就是城市化的扩张和传统乡村社会的一次迎面碰撞。尽管仁厚村的乡亲们团结抗争,在成义的带领下以云林爷为中心建设家乡,发展经济,试图为家乡的人们保留祖祖辈辈赖以生存发展的精神家园,但是以城市为中心的现代综合治理和经济社会的快速发展,使仁厚村彻底边缘化,无可改变地沦为藏污纳垢的违法之地,在失去自身存在合理性的同时成为城市发展的毒瘤。于是仁厚村不得不向城市屈服,走向了被拆迁的命运。乡亲们赖以生存的世界破碎了,他们失去了祖辈赖以生存和发展的大地,同时失去了精神依赖的家园,不得不作为孤独的拆迁户而流浪,不得不面临无家可归的身份尴尬和情感迷茫。

在作品中,作者并不是仅仅叙述一个乡村被城市碾压的过程,而是通过"我"——梅梅的视角,在城市与乡村、传统与现代这一宏大的语境中对比和思考,深刻地揭示了这一历程的合理性和必然性。作为家乡的青年和面对城市化的思考者,在城市和乡村的意义张力中,"我"一方面无限眷恋和执着于自己的故乡,抗拒城市化的改造,全身心地保护着家乡的世界;但另一方面,在和城市化的客观现实和发展浪潮的对话中,"我"也理性地认识到现代化的脚步不可阻挡,传统的乡村世界似乎已无出路。在这种感性体认和理性认知的冲突中,"我"必须面对这一悲哀的现实。作者通过梅梅和眉子这一对情同姐妹的家乡女子的对比,写出了城乡冲突中乡村社会人们精神上无家可归的尴尬。梅梅这一形象展现了乡村世界的人情之美、伦理之美和信念之美,表现出乡村文化古朴雄浑的人性之美,令人无限眷恋;和梅梅相比,眉子却是比较早走出故乡的女子,在她身上作者写出了城市文明的自由性、多样性以及充满激情和变化的精神魅力,城市文化以它丰富多彩的物质文明和精神文明影响着充满渴望的乡村子弟。但对理性的梅梅而言,她认识到了城市化的必然,因而情无所托,茫然而彷徨；对眉子而言，她尽管喜欢城市赋予的浪漫、富足和幻想，但内心深处却执着于故乡的世界，总是从内心渴望着走向回家之路。她们在现实生活中，无论是爱情的选择、未来的道路还是精神的归宿等方面似乎都陷入一种二难的状态。这两个形象深刻地揭示了在城市和乡村之间的文化张力中徘徊的乡村社会的人们内心选择的痛苦和精神的迷茫，这一传统和现代的碰撞、对立和对话以激烈的方式成为支配他们在精神世界和现实生活中不得不选择的内在逻辑，这是一个时代的逻辑，也是一个时代的人面临的命运的逻辑。《土门》正是以近距离的搏斗，展现了时代逻辑下一个乡村的群体性命运。

以《土门》为开端，作者此后把自己的目光从大城市边缘的乡村投向远离城市的乡村世界，在中华民族史诗般的大变革中，在城市与乡村之间的意义张力中，透视以城市化为代表的现代化历程如何以有形无形的手解构着乡村社会，撕裂着乡村人的精神世界，在对故乡的深情瞭望和注视中书写这一大变革中喜怒哀乐的悲壮历史。《高老庄》以子路和西夏的双重视角，书写了故乡发生的深刻变化和激烈冲突，试图在传统与现代的对话、变化和承续中寻找乡村世界的未来之路。子路带着无限眷恋之情回到家乡，他在体会着故乡美好的天伦之乐的同时，看到的却是商品经济的大潮下家乡的人们争抢资源、争抢利益的骚动不宁，看到的是故乡人在欲望的解放中开始走出过去、走出家乡、寻找自我幸福的现实，看到的是传统道德伦理的失范和人情世故的沦落。一个具有现代化生产方式的地板厂带来的经济效益的冲击，似乎让贫穷的故乡曾经的一切都乱了，他所留恋的田园牧歌式的故乡世界似乎只是美好记忆，最后子路在失落中泪别故乡。与子路不同，西夏却以冷静的目光观照故乡发生的变化，在对故乡历史的重新发现中，感受传统中国生生不息的生命精神和生命激情，她以博爱的胸怀试图把故乡带向城市，带向现代化发展的大市场，从而重续故乡的历史，走出故乡的新未来。作品叙述了乡村世界在发展变化中面临的困境，这是面对走向现代化的人们从政治、经济、文化伦理和情感世界面临的全面的困境，子路带着对传统的留恋告别了故乡，而西夏则带着对未来的责任留在故乡。作者同样是在城乡之间的意义张力中书写故乡发生的变化，以苏红为代表的城市文化和以蔡老黑为代表的乡村文化在这场历史性的变化中争夺乡村发展的主导权。尽管苏红总是代表着新兴力量而占据上风，但她的根却也在故乡大地，她如笼中鸟徘徊在传统与现代之间而成为精神上无家可归的人；蔡老黑深谙传统乡村的人情世故，他以乡村英雄的气概试图重建乡村文化世界，收拢家乡人心，带领村民走向新的希望，但保守封闭的生活现实却使他在新的经济势力面前最终落败，陷入无路可走的困境，因而不过是一个失败的乡村英雄。两个人物的奋斗历程体现出城市文明和乡村文明之间深刻的精神张力，他们都试图在传统和现代的差异性之间走出一条调和的新生之路，但在现实面前却总是陷入不可预料的困境。故乡的变化已经发生，未来之路在哪里呢？这是一个需要正视的时代问题。

与前两部作品不同的是，《怀念狼》通过传统文化自由和谐的野性之美和乡村百姓善良自守的道德良知等来映照现代化的历史变革中人们欲望的膨胀和人性的异化，在面向故乡的回归中反思和批判现代化带来的精神困境和人性沦丧。作为城市记者的"我"跟随猎人舅舅肩负政府的使命，回到故乡，去寻找狼的踪迹并展开保护狼的族群的工作。但吊诡的是，在现代化的发展逻辑中，人与自然的关系不再是斗争中互相依赖的生存关系，自然界的万物成了人类现代化生产中的资源，成为人类开发的对象；动物保护不再是让天地万物和谐生长，而成为科学家的研究成果和身份晋升的资本；牛羊等动物不仅仅是人类赖以生存的食物，而成为一种欲望的象征和消费的游戏；甚至关于狼的保护，不过成了某些人为官的政绩和经济发展的噱头……和古朴简单的传统社会的人们相比，这些来自城市的现代人只不过以美好的名义刻意追求功名利禄，缺乏爱的本心，在贪婪自私的欲望鼓胀之下沦为现代社会的病人。而"我"和舅舅从开始要坚定保护狼群，到逐渐在不得已的情境中为保护人的安全而猎杀恶狼，体现出猎人与狼相追逐的古老的生存关系；但一路走来，被现代化的自利行为和个人的权力欲望等所改变和支配的盲目的故乡人，蛮横地迫使舅舅走向了对狼赶尽杀绝的境地，保护狼的人最后成为屠戮狼的凶恶的人。作者通过这个看似合理而又荒诞的故事，让我们体会到现代化发展道路的悖论性逻辑，看到了在欲望横行的时代，人们在极端功利化的观念和利己主义的荒唐行为中人的本质的异化。因此对狼的怀念，其实是试图在传统的文化世界里寻找人们克服人性异化的可能道路，是在还乡的思念中启发现代人守护人性的本真，是呼唤人类在和天地万物的和谐共生中守护我们居住的神圣家园。这部作品一样是在城市文明和乡村文明之间的对比、对照的意义张力中洞察现代社会和现代人的病态之相，以此在传统文化的寻根中观照故乡的精神失落和现代都市社会人的本质的异化，从而在传统与现代的对话中展现传统乡村文化曾经的魅力和现代都市人的精神困境。

在前期作品叙事的基础上，《秦腔》可以说是又一部高峰之作。这部作品直面变革大潮中故乡人的现实生活和心灵世界，人物众多、场景丰富，书写生动细腻，艺术表现十分完美，是一部寄意深远、意蕴深厚、动人心魄的作品。该作品以多条线索勾连起故乡人的故事，揭示故乡人内在精神世界的蜕变，通过不同人物的命运展现以城市文明为代表的现代化变革如何以无形之手不仅解构着乡村的生活生存方式，而且解构着乡村的伦理秩序和文化精神，从而使乡村无论从存在形态还是文化传统等方面都走向了零散化,生活在乡村世界的人们在城乡之间的意义张力中痛苦、迷茫,不断寻找和调整自我,在坚守和求变中艰难地寻找生活的位置和存在的价值。钟情于秦腔戏曲的演员白雪代表着传统的乡村文化精神,而夏风则是走出家乡、背叛传统文化的城市文化的代表,他们的婚姻在父辈和乡亲看来是一场花好月圆的美事,但具体的生活处境却证明这是一场美丽的误会;他们生育的残障女儿,似乎也意味着一种传统和现代难以调和的原罪;父亲夏天智在内心极度失望乃至于绝望中死亡,似乎是传统文化在现代化面前的一次充满尊严的抗议。作品中,白雪和夏风犹如两道来自不同视角的目光,交相映照,阐释了故乡的变化和传统文化衰败的时代原因,成为文本叙事的基本历史文化语境,以此揭示和演绎故乡不同人的精神世界和生活命运的共同情理逻辑,并在人性深处触摸他们的悲情和伟大。

概言之,《秦腔》写故乡的命运,写不同身份和地位的人物的忧患和忧愤,试图在传统与现代冲突的历史变革时期给故乡和故乡生活的人树碑立传,以此在面向现代化的历史大潮中向离去的故乡致敬,向离去的故土告别。

而贾平凹此后的作品,大都体现出这一传统与现代之间充满张力的基本意义语境,并在这一语境下透视中国社会的历史与现实。继《秦腔》之后的《带灯》《极花》《高兴》等三部作品,从某种意义而言是对《秦腔》的注脚和延伸,是对《秦腔》中显现的各种生活现象和社会问题的进一步表现和深入思考。把它们放在一起来解读,更能看出在城乡之间的意义张力中,走向城市化、走向现代化的过程中,处于边缘化的各类典型的普通人物的生活困境和生存命运,从而更宏观地写出中国社会发生的这一场大变革所经历的生活画卷和精神图景。

那么,我们首先沿着作家的写作历史,从《秦腔》开始深入瞭望和凝视处于历史与现实之间的故乡和故乡人生存的世界。

（三）传统与现代之间两代人的忧患

在《秦腔》这部作品中，处于传统观念和现代观念分歧之中的夏天义和君亭叔侄二人，作为清风街新旧两代领头人，他们在村子发展方向的问题上产生了深刻的矛盾，但各自的盘算都不是为了私人利益，而是对故乡生存和发展前景的忧患。

对现任书记君亭来讲，他的主要目标是发展经济，振兴乡村产业，让家乡走向富裕的道路。于是他认真筹划，大胆决策，不惜采取各种手段和计谋排除阻力、争取各方支持。

作为村干部，君亭充分认识到家乡发展面临的重重危机，充满忧患意识。在村委会上，他激动地说：

"我知道你会提淤地的事，前几天我在水库，回来也特意拐到七里沟又看了看，那里确实也能淤几百亩地。可你想了没有，就是淤地，淤到啥时候见效？就是淤成了，多了几百亩地，人要只靠土地，你能收多少粮，粮又能卖多少钱？现在不是十年二十年前的社会了，光有粮食就是好日子？清风街以前在县上属富裕地方吧，如今能排全县老几？粮食价往下跌，化肥、农药、种子等所有农产资料都涨价，你就是多了那么多地，能给农民实惠多少？东街出外打工的有四人，中街有七人，西街是五人，他们家分到的地都荒了啊！我是支持出外打工的，可是也总不能清风街的农民都走了！农民为什么出外，他们离乡背井，在外看人脸，替人干人家不干的活，常常又讨不来工钱，工伤事故还那么多，我听说有的出去还在乞讨，还在卖淫，谁爱低声下气地乞讨，谁爱自己的老婆女儿去卖淫，他们缺钱啊！"君亭说得很激动，一挥手，竟然把茶杯撞倒了，茶水像蛇一样在桌面上窜，茶杯掉到地上破碎了。①

这就是农民在现实中面临的醒目的生存处境和生活难题。现代农业生产的高投入、农产品市场的低收益以及经济收入的缺乏带来的生存困难，使土地失去了曾经的魅力。农民背井离乡，撂荒土地，甘愿成为城市的边缘人，在艰难和屈辱中讨生活。面对农村出现的新问题和城市对乡村人的吸引，解决农村和农民的收入问题是当务之急，君亭对此充满危机和忧患意识，以时不我待的使命和担当，以新的思想和意识，决心重建清风街，推动市场经济的发展。面对重重阻力，他既要解决资金问题，又要解决人心向背问题。

于是，君亭威逼利诱、恩威并施，制服了以三踅为代表的村中豪横势力；他使阴用诈，趁村长打麻将的时机，亲自举报其赌博。当村长秦安明白是君亭的圈套之后，羞愤交加，脸面扫地，从此一病不起，再也不理村中事务。在解决了村中的绊脚石之后，他又积极寻求乡政府的支持，最后市场轰轰烈烈地建设起来了，村中经济一下子活跃了。

为了进一步的发展，君亭又从外地引进商人协助发展经济作物，鼓动村民扩大生产具有经济价值的土特产，并且指导人们提高服务质量，培养自己产品的品牌形象。在经济发展、人员往来密切的情况下，他进一步利用年轻人丁霸槽制约村霸三踅，发展高档酒店，吸引客商和客源，带动经济上了一个新台阶。但同时，随着酒店业及娱乐行业的兴起，吃喝嫖赌的不良风气开始把清风街带坏了，以至于君亭自身也染上了坏习气，引起了家庭危机。

---

① 贾平凹：《秦腔》，作家出版社2012年版，第81页。

商品经济发展带来繁荣的同时，又带来新的危机。利益的追求，生活风气的改变，当然也对传统的道德伦理和社会秩序带来了挑战。清风街拴不住人，拢不住人心，尽管其在发展，但外面的世界还是更有魅力！

对老书记夏天义而言，他念兹在兹的都是土地，贫穷和饥荒让他认为土地是农民生存的根，因而他视土地为命根子，对土地有着难以克服的情结。在他参与和领导的土地改革中，他带领乡亲们筑水库、修水渠、造良田，战天斗地，发展农业，在乡亲们的心目中德高望重，是一位载入农村发展史册的具有英雄气的家乡建设的领头人。尽管他已经老了，不再参与两委会的决策，但他在村民中却有着举足轻重的影响力。他的人生经历，使他深知土地对于农业的重要性，深知粮食对于农民生存的重要性，因此在农村未来发展的问题上，他和现任党委书记君亭产生分歧，彼此暗暗较劲，坚决反对改变农地用途，主张重新在七里沟淤地扩大种植面积，多种经营，增产增收，从而实现发展乡村经济和振兴村镇的目的。

但是时代变了，夏天义的愿望已难以实现！代表他的想法的村长秦安被君亭暗算之后，两委会中再也没有替他说话的人。在村委会中地位很高的上善，虽然支持他和秦安的路线，但因偷情的把柄被君亭掌握，也只好屈服，变成了君亭发展计划的支持者。上善劝解夏天义道：

"二叔，一朝天子一朝臣，世事到了君亭这一层，是瞎是好让他弄去，是非曲直自有公道，即便一时没公道，时间会考验一切的。你当年淤地，那么多人反对，这才过了几年，大家不又都念叨你的好处吗？人活到你这份上，也就够了。现在退下来了，你别生那些闲气，站在岸上看水高浪低，你越是德望老者！"夏天义说："不管了，不管了，我也管不了了。"上善就拉着夏天义去刘新生的果园,要新生给敲敲锣鼓听。①

历史会证明一切,这一劝解,是上善的自我劝解,当然也是夏天义的自我劝解,君亭作为新时期发展的代言人胜利了,夏天义作为传统的老思想的代表也在事实面前让步了。清风街开始了新时代,而夏天义则成为一位信守土地的孤独英雄。

但是,这一让步并不能消解夏天义心中的情结,他依然对故乡的未来发展充满了忧患意识和责任意识。他像老黄牛一样耕作着自家的责任田,看到因进城而撂荒的土地心疼不已,不顾自己的年龄主动承包这些责任田,由此惹得儿女一片反对之声。他以党员的身份建言献策,主张收回被撂荒的土地,重新分配给村民中无土地的新增人口,以充分发挥土地的效力。他的想法,激起了村民强烈的反对,儿女也极力反对,他第一次在村里面对一片谴责和反对之声。人心变了,时代变了,他所代表的重土守家的小农观念似乎已经没有了号召力。

商品经济和城市化发展让村民,特别是更为年轻的一代人,和土地那种曾经深厚的情感变淡了。新一代人视土地为鸡肋,尽管作为身份和利益的象征他们不愿放弃土地,但出于眼前经济利益的考量,又大都不愿珍惜土地,不愿把心思和精力用在耕作之上。他们宁愿在城里看人脸色挣钱,宁愿通过拾破烂、当乞丐赚钱,甚至彻底失去尊严地发财谋生,也不愿意通过侍弄庄稼而辛苦生活。如俊德:

> 提起俊德,那是个没名堂的人,生了三个女儿却一定要生个男娃,拼死拼活是生下了,被罚款了三千元,家境原本不好,这下弄得连盐都吃不起,就去了省城拾破烂。出去拾破烂,村里人

---

① 贾平凹:《秦腔》,作家出版社2012年版,第95页。

捂住嘴拿屁眼笑哩。可他半年后回来，衣着鲜亮，手腕子上还戴了一块表。丁霸槽硬说那表是假的，时针秒针根本不走，但俊德再走时把老婆和娃娃们都带走了，村人便推测他是真挣了钱，有人倒后悔没有跟他一块去。夏天义看着二亩地荒成了这样，不骂瞎瞎了，骂俊德，就过去拔铁杆蒿，拔一棵骂一声。①

辈辈农民像生命一样珍惜的庄稼被撂荒了，新一代农民带着在城里劳动打工挣的钱，风风光光地回来又离去。这种前后生活状态的对比，给村子留下了嫉妒、羡慕，还有茫然，逐渐改变着乡村人的观念，鼓动更多的人离开家乡，奔向那想象中自由富足的都市。城市以看不见的那双手影响着封闭自足的乡村。

面对人和土地关系的变化，夏天义依然带着对土地、庄稼和粮食的挚爱，守护着家园，保护着耕地，操心人们未来生存的口粮。在和君亭冲突之后，他以老迈之年带着仅有的两个拥戴者，一个疯子一个哑巴，再次去创业，辛勤劳作，试图完成七里沟淤地的梦想，最后老牛般执着倔强的他悲壮地被掩埋在了七里沟的泥土里，终于魂归养育他的大地。

其实，《秦腔》中的这两代人，都带着一种对家乡深爱的忧患意识，以时不我待的精神试图为家乡干一件大事。不同的是，夏天义从贫苦中走来，深知土地和粮食的重要性，那是农民的命根子，也是这个社会的命根子，所以在任何时候他都能清醒地把土地和庄稼放在第一位。无论是他年轻时带领大家创业的历史，还是在新的社会环境中面对新问题的焦虑，他都是怀着对农业和农民担忧的责任感和使命感而珍重土地、珍惜庄稼的。他的忧虑在于未来人们的吃喝等最根本的生存问题；君亭却看到了商品经

---

① 贾平凹：《秦腔》，作家出版社2012年版，第127页。

济时代的新问题，他忧患的是家乡的人们在吃饱之后的生存和发展问题，是在现代生活方式日益复杂化、生活费用日益高涨的情况下，人们如何发展经济，如何提高收入以适应现代化的生产和生活需要，如何在商品经济的挑战和城市生活的召唤中留住家乡人的问题。面对故乡的封闭和贫穷，面对故乡因贫穷而陷入的种种困境，他内心充满忧患意识，觉得自己必须以敢担当的责任意识和使命意识，给故乡开辟新的经济发展道路；他忧的是在吃饱之后的生存发展中如何解决日常用度和社会责任等问题。他们一个是从过去看未来，一个是从未来看过去。

总之，夏天义和君亭叔侄二人的矛盾冲突以及面临的困境，反映的是在大时代面前中国乡村社会共同面临的存在与发展的重大问题，因而是具有普遍意义的时代问题。

（四）故乡世界的边缘化

夏天义和君亭叔侄作为两代村书记，面对时代潮流，带着美好的愿望，试图带领家乡父老们克服困难求生存、谋发展，走向勤劳致富之路。两人都能任劳任怨、身体力行，因而在村民中可谓德高望重。他们在任何情况下，都能和家乡的人心意相连，可以说，他们就是家乡大地上的守护神！

可是，历史的发展总是无情的，自有其内在的逻辑。尽管他们都试图建设好家乡，为家乡的人创造能够安身立命的生活家园，但是相对于城市化的大发展和大市场，清风街显得那么脆弱和微不足道。土地不仅拴不住家乡那些出走的人，而且即使街上的商品大市场，也常常因远离更大的需求市场而陷入困境。夏天义为了土地去开发七里沟，君亭为了找到市场也不得不去求当了县长的家乡兄弟中星。少部分人的富裕并不能改变乡村普遍贫穷的现状，于是家乡的年轻人纷纷打起行囊，各奔前程，寻找谋生之处，走向了陌生之地和未知命运。于是，留不住人的家乡也走向了难以克服的零散化命运。当德高望重的夏天智去世的时候，竟然凑不齐抬棺下葬的年轻人。作者笔下的这一段对话揭示了这一难以接受的现实：

君亭说："事到如今，他即使明日十一点前赶回来，商量事情也来不及了！咱们做个主，如果他赶不回来，孝子盆夏雨摔，至于抬棺的，上善你定好了人没？"上善说："该请的都请到了，该挡的也都挡了，席可能坐三十五席，三十五席的饭菜都准备停当。只是这三十五席都是老人、妇女和娃娃们，精壮小伙子没有几个，这抬棺的、启墓道的人手不够啊！"君亭说："东街连抬棺材的都没有了？"上善说："咱再算算。"就扳了指头，说："书正腿是好了，但一直还跛着，不行的。武林跟陈亮去州里进货了，东来去了金矿，水生去了金矿，百华和大有去省城捡破烂，武军贩药材，英民都在外边揽了活，德水在州城打工，从脚手架上掉下来，听说还在危险期，德胜去看望了。剩下的只有俊奇、三娃、三楚、树成了。俊奇又是个没力气的，三楚靠不住，现在力气好的只有你们夏家弟兄们，可总不能让你们抬棺呀！"君亭说："还真是的，不计算不觉得，一计算这村里没劳力了么！把他的，咱当村干部哩，就领了些老弱病残么！东街的人手不够，那就请中街西街的。"庆金说："打我记事起，东街死了人还没有请过西街人抬棺，西街死了人也没请过中街人抬棺，现在倒叫人笑话了，死了人棺材抬不到坟上去了！"一直坐在一边的夏天义长长地叹了一口气，拿眼睛看着君亭。君亭说："二叔你看我干啥？"夏天义说："清风街啥时候缺过劳力，农村就靠的是劳力，现在没劳力了，还算是农村？！"君亭说："过去农村人谁能出去？现在村干部你管得了谁?东街死了人抬不到坟里,恐怕中街西街也是这样,西山湾茶坊也是这样。"夏天义说:"好么!好么!"竹青见夏天义和君亭说话带了气儿,忙过来说:"劳力多没见清风街富过,劳力少也没见饿死过人。"夏天义说:"咋不就饿死人呢?!你瞧着吧,当农民的不务弄土地,离饿死不远啦!"君亭不理了夏天义,说:"咱商量咱的,看从中街和西街请几个人?"上善又扳指头,说了七个人,大家同意了,就让竹青连夜去请。君亭如释重负,站起来拍拍屁股上的土,说:"好了!"仍没理夏天义,坐到院中的石头上吃纸烟去了。①

这段对话真实地说明了传统农村社会不断走向解体的现实状况,夏家叔侄对这一现状充满忧虑。这些现实问题形象地说明在城市化、工业化和商业化等为主要特征的现代化进程中,农村劳动力四散而去导致的农村经济的脆弱和农村社会的空心化已是不争的事实,而且这种势头似乎势不可挡。君亭和夏天义的感叹,是对农村未来的担忧,这不仅仅是乡村社会的延续问题,而且意味着亲如一家的家乡人未来不可知的命运。他们一个个走出了,干着脏累差的活计,游走在社会的边缘,没有恰当的社会地位,也没有恰当的身份,有的从事着低下的职业,有的甚至因在极不安全的环境中工作而丧失性命!这种现实,君亭和夏天义们看得清清楚楚,忧患而义愤,但似乎又无可奈何;而年轻人如竹青等似乎也认同这种变化。

在城乡之间、工业与农业之间、商业与农业之间以及本质意义上的传统与现代之间,乡村人的离散和乡村的空心化似乎是一种历史的必然。在这一现代化发展大势中,乡村面对都市和工业主导的世界而走向边缘化似

---

① 贾平凹:《秦腔》,作家出版社2012年版,第476—477页。

乎成了乡村世界躲不过的宿命，故乡不仅缺少坚守者，更痛苦的是随着城市化的脚步已经后继无人。这种变化的背后，不仅仅是经济问题和生存问题，而且带来的是人们观念的深刻变化，是人们对于故乡记忆的精神疏离和情感隔膜。在这一变化中，传统乡村社会道德伦理逐渐崩塌，有滋有味的文化情趣和生活格调也逐渐丧失，社会在观念的撕裂中发生着深刻变革。当然，那长期守护着清风街乃至广大乡村世界的精神和灵魂的"秦腔"，在这一变化中也渐渐失去了忠实的观众，失去了舞台，走向了没落的命运！

故乡离去了，离去了的故乡向何处去？作者不是简单地叙述在现代化的历史文化语境中故乡发生的故事，而是在现实生存的困境中书写故乡人的心灵世界和人性状态，以敬畏之情向这一群有情有义有血有肉的故乡人致敬！

二、价值伦理的颠覆与人格光晕的消失

如前所述，故乡的零散化和个人身份认同的困难，是在以城乡为代表的传统与现代差异化的文化精神形成的意义张力中发生的，这一大的历史文化语境奠定了作家文本叙事的基本语境，奠定了作家乡村书写中各类人物故事发生的情理逻辑和文化逻辑，使其写作既具有现实意义又具有时代意义。《秦腔》正是在这一大时代的意义语境中展开的。作品不仅揭示了乡村世界边缘化的历史命运，人们在边缘化中面对生存发展问题的现实忧患，而且以文化寻根的写作方式进一步深刻揭示了在乡村边缘化的过程中，人们信守的传统文化价值伦理的颠覆和人们崇尚的传统文化人格光晕的消失这一历史现实。作者以触动灵魂的故事叙述，在生与死面前思考生命的意义和生存的价值，从而在面对传统文化的意义解构中，追问乡村世

界"吾心何处安"这一根源性的精神问题和文化问题。因此,《秦腔》在其审美性的艺术表现中就具有了超越性的精神意义和丰厚的文化反思意义。

《秦腔》这部作品,在城乡之间的意义张力这一社会文化语境下书写清风街发展困境和发展问题的同时,以丰富多样、真实真切的乡村日常生活的琐碎故事,艺术地再现了乡村世界丰富多彩的生存样态和乡村人有血有肉的人格状态。从文本表层叙述来看,其内容是纷乱吵闹的日常生活和鸡毛蒜皮的家长里短;而文本深层叙述内容,则是乡村文化的解构以及生活在乡村世界的人们在社会变化中面临的人情人性的困境和内心世界的痛苦裂变。在这一传统文化面临解构的现实中,作者写出了发生在小人物身上无言的悲剧,这一悲剧是人性的悲剧,更是生活在传统文化中的人们不得不经历的时代悲剧。从文化意义上来说,这一悲剧主要体现在现实生存中乡村世界社会价值伦理的颠覆和传统人格光晕的消失。

作品中传统文化精神的主要代表是夏家四兄弟。作品通过他们的生活遭际勾连起整个清风街乃至广大的农村社会面临的这种道德伦理的巨大变化,形象地揭示了传统社会价值伦理的颠覆给家庭社会造成的巨大影响以及传统人格精神光晕的逐渐黯然。其中二哥夏天义和老四夏天智兄弟二人写得最为丰满生动、深刻感人。

夏天义的一生可谓波澜壮阔。年轻时他响应党和政府的要求,带领乡亲们进行土地改革和农村建设,以豪迈的激情战天斗地,成为故乡改革发展的领头羊。他永远把乡亲们的利益放在第一位,为乡亲们的衣食住行以及乡村的前景等操尽了心,因而在村庄里德高望重。经过时代磨砺和艰苦岁月的他,内心充满自信刚烈的豪迈之气。尽管自己老了,但他依然初心不改,坚持自己的理想和事业,热爱土地,执着于农业的发展,并冲破重重阻力和困难,以自己衰老之身继续创业,像一头老黄牛一样要在七里沟为家乡淤出几百亩良田。

但是，时代的变化让人们对土地的感情产生了变化，因此他的执着不仅让他和儿女产生冲突，也和乡亲们有了矛盾。他试图解决农村土地撂荒等问题，却触动了很多人的利益，遭到大家的非议，引起不满，从而人见人躲。他和大家产生各种冲突，引以为傲的威信和号召力也大大降低。更为痛苦的是，在自己和老伴年迈之时，儿子儿媳们却大为不孝，不仅不支持他淤地的愿望，而且不愿照顾他们，在应得的口粮和养老送终等基本问题上斤斤计较，大打出手，甚至急于争夺财产，这让他晚年生活格外悲凉。面对儿子儿媳们为了老两口的养老争吵和打闹时，作者这样叙述夏天义的反应：

> 四婶过去，没有回来，吵声更大，听得出不是庆玉和他媳妇吵，是庆金的媳妇和瞎瞎在骂，骂得入不了耳。夏天礼就出去，又回来，说："天智天智，你去。"夏天义就躁火了，说："狗日的是一群鸡，在窝子里啄哩！越穷越吵，越吵越穷！"要扑出去，夏天礼和夏天智就拦着不让，夏天智说："我去看看。"端了水烟袋去了隔壁院子。夏天义脸上还是挂不住颜色，对夏天礼说："丢人呀，兄弟，我咋生下这一窝货色！"夏天礼说："谁家不吵闹，你管屐它哩！老四去了，他谁还能吵起来！"果然吵声就降下来。[①]

因为儿女的不孝，夏天义在亲兄弟面前深感尊严扫地，人格受辱。他对儿子言传身教的教导和亲密无间的信赖慢慢丧失掉了，伦理之情在一点点利益面前崩塌了，严父慈母的尊严和形象在儿女变本加厉的无情中失去了光晕。这一变化似乎也是普遍现象，三弟夏天礼以平常心看待，四弟夏

---

① 贾平凹：《秦腔》，作家出版社2012年版，第87页。

天智以既有的地位和尊严也不过勉强镇住了晚辈。儿女的远离、利益的计较、情感的漠视，和老伴清贫生活的夏天义见到大儿子庆金时不由地委屈：

  夏天义一见庆金，一肚子的火就冒上来，咚地把碗筷往锅台上一放，也不吃了。父子俩一句话都没说。二婶从脚步声中分辨出是庆金来了，就叫庆金的名字。庆金见爹不高兴，有些为难，也不敢说喝酒的事，把酒瓶往柜盖上放。二婶说："听你咴出气声！那是淑贞和瞎瞎吵嘴，与庆金啥事?!"庆金坐到娘身边了，说："吃的啥饭，我也来一碗。"故意气强，去盛饭时就叫着这么多虫子怎个吃呀，一时心里酸酸的，端锅把饭倒了，自己给老人重做。①

这段描写十分准确地写出了夏天义对儿女们的不满和无奈，也道出了老两口内心的孤独和痛苦。他们清贫孤独的生活状况，不仅让大儿子心酸，也让我们读来心痛不已。这位刚烈好强、勤勉能干的德高望重的老人，面对儿子的不孝和冷漠，只有暗自神伤。在农村，传统家庭权力结构的解体带来的社会道德伦理的变化，使这些昔日自尊自强的老人最后在悲凉中失去了精神的光辉和人格的尊严。大儿子尽管心疼父母，无奈妻子的自私精明和自己儿子的离职出走，也让这位善良的父亲不仅无能为力，而且气累了一身的病，只能不时陪陪老父老母，略尽孝道。

作为人民教师的庆玉的所作所为，更是让夏天义悲愤绝望。庆玉不仅夺人妻子，让老父亲人前气短，而且不支持父亲修七里沟，在父亲为了淤地试图用两把旧椅子换取手扶拖拉机时，竟然跑来阻挡，以保护自己未来遗产之名夺取椅子。这一场打闹，把儿女的市侩之气暴露无遗，也更令作为父亲的夏天义悲伤绝望：

---

① 贾平凹：《秦腔》，作家出版社2012年版，第121页。

夏天义说:"咋,咒我死呀?我就是明日死了,我今日还要修!三娃,你现在就把桌子搬走!"李三娃过去搬,庆玉压住不放,干脆坐在桌子上。夏天义说:"你下来不下来?"拉住庆玉胳膊往下拽。庆玉手一甩,夏天义闪了个趔趄坐在了地上。哑巴一直在旁边看着,见夏天义跌坐在地,冲过去把庆玉从桌上掀翻了。庆玉说:"你碎熊想咋?"哑巴哇哇地叫,庆玉扇哑巴一耳光,哑巴拦腰把庆玉抱起来了往地上墩,像墩粮食袋,墩了三下,庆玉的眼镜掉了下来。庆玉没有了眼镜,就是瞎子,他在地上摸,哑巴把眼镜又踢开。夏天义也不劝哑巴,说:"三娃,让你把桌子搬走,你瓷啦?!"李三娃就先把椅子扛起来。庆玉在地上站不起来,骂:"三娃,你敢把桌子椅子搬走,我就敢把你的娃娃撂到井里!"李三娃一听,扔下椅子到了院外,把手扶拖拉机发动了,恨恨地开着走了。夏天义在院子里突然用手打自己的脸,骂道:"我丢人呀,丢了先人呀,我看我死不在七里沟,死不在崖上、绳上,我就死在你庆玉手里呀!"夏风忙推了庆玉快走,庆玉不走,哑巴拽起他一条腿往院门外拉,像拉一条狗,一拉出去,转身回来把院门关了。连夏风也关在了门外。①

这里作者把夏天义和儿女之间的冲突掀上高潮。为了财产,庆玉不顾一切阻拦父亲的交易,在外人跟前对父亲也是毫不留情,甚至是丧心病狂;哑巴为了维护爷爷的尊严,对庆玉大打出手,让庆玉狼狈不堪。在看不见影子的财富面前,夏天义一家三代人伦尽失,情薄如纸,这让德高望重的夏天义悲愤绝望。这段描写声情并茂,在特定的场景下通过人物的言

---

① 贾平凹:《秦腔》,作家出版社2012年版,第305—306页。

行把人物的性格和内心世界描写得惟妙惟肖，用词本色生动，入木三分，体现出作家对人物性格把握的准确。在对人物内心情感深微的体察中，一个小事件却蕴含着时代的大变化，这种以小见大、见微知著的写作艺术可以说是《秦腔》叙事的重要特点之一。

更让人伤心的是，这种对长辈的不敬，不是发生在一个儿女身上，而是儿女们集体从内心到行动对他们表现出不满和不服。每当春节，夏天义兄弟从大到小，逐家轮流喝酒过节，这一体现长幼有序、妻贤子孝、家道和睦以及同胞之义的传统习惯，在儿子儿媳们真真假假的集体抗议和冷嘲热讽中，让弟兄几人变得尴尬而沉默。后辈们已经不愿意追寻和维护上一辈人的生活方式，没有耐心去尊重这种生活方式所蕴含的家道传统、人伦秩序，父辈们的人格尊严在儿女们的算计和背叛中彻底沦落了。夏天义兄弟们所依赖的精神世界似乎逐渐消失了。

可以说，夏天义是一个落难的英雄，他失去了他生活的时代和他作为父亲应有的人格光晕。作为老一代的农民，他追求的事业是孤独的，他的家园理想在新的现实中彻底失落；更为现实的是，曾经辛苦地养儿育女、对后代寄予厚望的他、一心爱着孩子的他，却悲哀地发现自己不仅被乡亲们冷落，更被孩子们指责和嫌弃。他在孩子们的利益计较和种种怨言中悲怆莫名、无可奈何，看儿女脸色度日的他作为父亲的人格尊严几乎丧失殆尽。我们可以看到在新的历史现实面前，传统乡村文化信守的价值伦理被颠覆了。在这一传统文化中成长的夏天义们，他们信守的做人原则和自我尊严受到极大的挑战，他们自信自守的人格光晕逐渐消失。最后，夏天义在满腔义愤中告别了这个令他忧患的陌生世界，魂归大地，魂归精神的故乡！这是时代的悲剧，也是传统文化的悲剧。

如果说，夏天义的悲剧是一位勤劳质朴，有着自己的信念和意志，为生存和理想一生都在坚强奋斗的农民的悲剧，那么夏天智的命运则是一位乡村文化人的悲剧。他的悲剧不是像夏天义一样表现在贫穷生活中利益算计的悲剧，而是精神追求和文化信仰丧失的悲剧，这更深刻地体现出传统文化世界在现实中沦落的悲凉和痛苦。夏天智最后以死亡决绝地告别了这个自己钟情的家园世界，魂归故乡的大地。

作为农民出身的知识分子，夏天智退休在家后，一边享受着乡村世界的闲适和家的温暖，一边陶醉在自己的秦腔世界里，研究和制作自己钟爱的秦腔脸谱，积极宣传和振兴传统秦腔文化。他因为有一份退休金，又有儿子夏风这个名人的提振，不仅生活优越，而且不失中国传统文化人的乡贤气质。在村里，他从善如流，宽厚仁慈，尽力为村镇的发展尽自己的一份责任。当君亭建设农贸市场需要上级支持，需要他的助力时，他不顾年迈，大热天为集体的事业撑场面，以至于晒晕在酷热的太阳下。这一事件，可以看出夏天智身上甘为集体牺牲的忠义之情。在村里，他能和各色人等和谐相处，既不失为人的尊严，又体现出幽默达观、不拘小节的自由通脱和和善之心。为了化解矛盾，他不仅接济自家侄儿后辈，而且总是乐于向家乡需要帮助的人伸出援助之手。为了一声"爷爷"的呼唤，他可以在众人的"算计"中乐呵呵地承担起一个孩子全部上学的费用，体现出他的仁爱精神。在村里，他对每一个人都能做到爱护和尊重，即使是引生这样疯疯张张的后生，以及贫寒至极而常常遭人戏弄的结巴武林，在任何场合他都能对他们充满尊重和仁爱。他在乡村自然而然地坚守传统社会尊重邻里、乐善助人和尊老爱幼等精神，守护故乡古朴美好的乡风乡俗。可以说，他是传统文化所追求的"仁、义、礼、智、信"等精神的践行者和倡导者，其人格修养和道德风范深得村民尊重和敬畏。尽管有人背后嫉妒和嘲讽他的古板，但他都不介怀，自得其志，表现出大度的胸怀和自信的人格。

不幸的是，和二哥夏天义一样，击倒夏天智的也是和儿子的冲突，是儿子貌似孝顺中的不孝顺。在两代人无声的冲突和暗自的较量中，他最引以为意的儿子夏风一意孤行的背叛，击碎了他全部的家园理想，从精神上杀死了自重自尊的父亲。

在传统乡村社会里活得有滋有味的夏天智，面对儿子夏风对秦腔戏的冷言冷语，面对夏风对秦腔老艺人的傲慢和轻佻，面对夏风对白雪秦腔事业的不屑，他都能勉强忍受。他继续热衷描画秦腔脸谱，支持白雪从事演艺事业，并把自己绘画的各种秦腔脸谱拿去乡镇展览，最后激动之余逼迫儿子夏风给自己的脸谱作品出了一本著作。脸谱的出版，令他得意忘形，他为自我价值实现而觉得幸福。但是，他和儿子夏风的矛盾却越来越明显，这对他的精神人格是一种沉重打击，以至于让他内心对儿子彻底绝望。

首先是夏风和白雪之间因为女儿的降生而带来的矛盾。这个生下来没屁眼的孩子，考验着一家人的情感和良心。生病的孩子不仅让白雪和夏风必须在生与死之间做出痛苦的选择，而且让夏天智的内心受到比较大的打击。这一意想不到的现实如咒语般让夏天智内心陷入复杂的矛盾纠结。面对亲情与尊严的矛盾，作为母亲的白雪和夏家人还是不忍心让孩子自生自灭，爱战胜了怨，于是他们尽一切办法救治孩子。但是，孩子的出生却改变了夏天智的生活，给他心中留下难以消除的负担和阴影，让他在内心难言的忧愤和痛苦中身患大病。他不愿让人知道自己孙子没有屁眼的伤心事，在人面前极力隐瞒，以免自己被大众嘲讽而沦为笑柄，因而内心做人的英气就少了大半；面对夏风对白雪一步步从冷淡、冷漠到无情的离婚过程，对此事操心焦虑的他心中积郁的那口愤懑之气更是难以宣泄。在这内外交困之中，刚强自尊的夏天智终于在情志郁结难解中倒下了。他面对这一对人人艳羡的金童玉女婚姻的解体，从理性到情感都对儿子无情无义的背叛充满了愤怒：

> 夏天智在他的卧屋里喊叫："他什么道理不懂，他是起了瞎心了！人家没你长得排场还是人家心肠不善，在家伺候你娘老子，给你抓着娃，过年呀你赶人家回娘家，你还有个良心没？当初你是自由恋爱的，你死乞赖脸地追人家，这才结婚了多长时间，你就不往心上去了？我拿眼睛一直盯着你哩，你对她母女不理不睬的，你就是这样做夫做父的吗？唵?!"[1]

这一段教儿做人的斥责，体现了刚强的老父亲的苦闷和对儿子的失望。夏天智既无力约束儿子，又从内心深感愧对孝顺善良的儿媳，更无脸面面对乡亲们可能爆发出的指责和议论。儿子的这种行为，在夏天智看来是不仁不义的败德之行，是做人的最大败笔。但不论他谴责教诲，甚至动手踢打，儿子却无动于衷，甚至在年三十负气离家回城了。自己最看中的儿子，最引以为豪的骄傲，却彻底背叛了父亲的教导和期望，成为不仁不义、不忠不孝的逆子。夏天智的心彻底凉了！秦腔依然在村镇上空营造着春节的气氛，但是过年的气氛却变了，两代人的冲突和隔阂变得更深，夏天智曾经骄傲的传统家风在儿女的奚落和背叛中也彻底溃散了。

从夏风的角度来看，他已经没有办法接受父亲对他的要求，尽管赵宏声警告他在人们眼中"你就是个陈世美了！"但夏风有自己的想法，不爱就是不爱了，这是没办法的。在这场错位的婚姻中，年三十里"白雪落泪了"，"夏风喝醉了"，这一对恩怨夫妻的结局，让人感受到在没有爱的世界里人生的苦闷和孤独。夏风，这个走向现代化都市的文化人，连接着城市和乡村两个世界，他既是清风街的夏风，又不是清风街的夏风。一方

---

[1] 贾平凹：《秦腔》，作家出版社2012年版，第443页。

面,他和生养他的父亲以及故乡有着割不断的情感关系;另一方面,故乡已不再是自己安身立命之所,他有了自己的新世界,新的价值观念和精神追求。因此,他对父亲的教诲和期望并不以为意,坚决走上了离婚的道路。

夏天义和夏风的冲突,是两代人之间的冲突,是传统家庭伦理观念和现代家庭伦理观念的冲突。这种冲突是深入灵魂的无奈,因而是既具有历史性又具有现实性的一种人生悲剧。

作者在叙述这一悲剧性故事时,总是带着象征性的色彩,耐人寻味。孙女、白雪、夏风等不同的社会角色,意味着传统和现代之间难以调和的矛盾和错位。这种矛盾和错位意味着两代人价值追求和生存意义的差异性,由此造成社会性的悲剧和个人的悲剧。在这一悲剧冲突中,夏天智信守的价值伦理在儿子无情的背叛中彻底崩塌,他的精神人格面临全面危机。

当一纸离婚证明书寄回来时,夏天智发现后当场晕倒。面对儿子无情的背叛,他慷慨激昂,决绝地和儿子断绝关系。作者关于这一段的描写十分精彩,写出了夏天智身上的浩然之气,也写出了他的悲愤之情:

……夏天智说:"事情既然这样了,我有句话你们都听着:只要我还活着,他夏风不得进这个门;我就是死了,也不让他夏风回来送我入土。再是,白雪进了夏家门就是夏家的人,她不是儿媳妇了,我认她做女儿,就住在夏家。如果白雪日后要嫁人,我不拦,谁也不能拦,还要当女儿一样嫁,给她陪嫁妆。如果白雪不嫁人,这一院子房一分为二,上房东边的一半和东边厦屋归夏雨,上房西边的一半和西边的厦屋归白雪。"说完了,他问四婶:"你听到了没?"四婶说:"我依你的。"夏天智又问夏雨:"你听到了没?"夏雨说:"听到了。"夏天智说:"听到了好!"靠在椅背上一连三声嗝儿。白雪哭着给他磕头。他说:"哭啥哩,

—213—

甭哭!"白雪不哭了,又给他磕头。他说:"要磕头,你磕三个,大红日头下我认我这女儿的。"白雪再磕了一次。夏天智就站起了,不让夏雨再搀,往卧屋走去,说:"把喇叭打开,放秦腔!"夏雨说:"放秦腔?"他说:"《辕门斩子》,放!"

这天午饭时辰,整个清风街都被高音喇叭声震荡着,《辕门斩子》播放了一遍又一遍。差不多的人端着碗吃饭,就把碗放下了,跟着喇叭唱:"焦赞传孟良禀太娘来到。儿问娘进帐来为何烦恼?娘不说儿延景自然知道。莫非是娘为的你孙儿宗保?我孙儿犯何罪绑在了法标?提起来把奴才该杀该绞!恨不得把奴才油锅去熬。儿有令命奴才巡营瞭哨,小奴才大着胆去把亲招。有焦赞和孟良禀儿知道,你的儿跨战马前去征剿。实想说把穆柯一马平扫,穆桂英下了山动起枪刀。军情事也不必对娘细表,小奴才他招亲军法难饶。因此上绑辕门示众知晓,斩宗保为饬整军纪律条。"[①]

秦腔,是秦人精神的重要写照,也是秦人在日常生活中借以抒情言志的重要方式之一。众多流行曲目中长期积淀的道德教化精神和天道人伦之情塑造着秦人的秉性,也与秦人的生活和心灵息息相通,一曲曲秦声秦韵总是能让他们心灵共鸣。作者在这部作品中,总是能把秦腔经典艺术和具体的场景特别是人物的内心结合起来,形成慷慨雄浑的气氛和境界,既刻画了人物形象,又形成音声相和的宏大气势,使文本具有深厚的文化色彩。这一段叙事即是这样。夏天义在悲愤中欲抛弃儿子夏风,认白雪为女儿,分家立嘱之后,作者借《辕门斩子》这一曲老陕西人耳熟能详的戏

[①] 贾平凹:《秦腔》,作家出版社2012年版,第468页。

曲，渲染和抒写了夏天智内心的激愤之情和慷慨悲壮的大义，把他身上蕴含的传统文化精神和独特的人格魅力表现得淋漓尽致。这种情感和众乡亲的咏唱相激荡，在空旷的天地之间和鲜活的现实营造出一种大气磅礴的文化氛围，也把作品抒情写志的审美追求推向高潮。夏天智的精神人格和他生活的乡村世界的文化底蕴也在这种秦腔曲调的神韵里鲜活地突显出来，两代人似乎在这传统的文化里挥手告别，从此不再见面。读到这里，也是令人热泪盈眶。

最后，让夏天智彻底绝望的是二哥夏天义晚年的生活。夏天义夫妻二人"吃着不生不熟的饭"，无人照顾，最后勉强轮流去五个儿子家吃饭，各家也是摔碗打盘子地不乐意，他们从此如乞丐般生活。夏天义看到老哥老嫂的这般光景：

> 夏天义颤颤巍巍地拉着瞎眼二婶，二婶却皱了鼻子说："谁家炝了葱花？"夏天义说："就你鼻子尖！"二婶说："今日能给咱吃啥饭？我刚才打盹，梦见是萝卜豆腐馅儿饺子。"夏天义说："你想了个美！"身下的路上有了黑影，抬头一看是夏天智。夏天智说："二哥，这往哪儿去？"夏天义说："到庆堂家吃饭呀。兄弟，你瞧瞧，我这是要饭的么！"①

作者生动地描写了夏天义夫妻孤独可怜的晚景，真实而醒目，直刺人心，读来潸然泪下。兄弟情深的夏天智看到这个场面，心里"不是个滋味"，从此茶饭不思，一天天病情加重，"在第八天里把气咽了"。可以说，夏天智是带着绝望离开这个世界的，他从兄弟两人的遭遇中看到了儿女的不孝，看到了传统孝悌之情的丧失和家道伦理的崩溃；但他的死也可以说

---

① 贾平凹：《秦腔》，作家出版社2012年版，第471—472页。

是自觉地和这个世界告别，有尊严地和这个世界告别。夏天智的死亡因而具有深刻的象征意义，他的死亡不仅仅是身体的死亡，更是他所信守的传统文化精神的死亡。他的死意味着传统乡村伦理文化的崩溃和生活在传统文化世界里的人们的人格光晕的丧失，也意味着传统乡村社会在未来发展中将要面临种种挑战和危机。

总之，作者以夏天义和夏天智两个典型乡村人物为中心，勾连起丰富的日常生活场景和种种琐碎故事，揭示农村发生的巨大变化。这一变化不仅仅是人口流失后的空心化，更主要的是农村发生的价值观念和社会伦理的深刻变化。乡村不仅仅是存在形式的解构和零散，更深刻的是凝聚人心的传统伦理文化和人们崇尚的精神人格的解构。贾平凹寻根式书写的深刻就在于，他在日常发生的生活琐事的表象下面揭示了人们在精神世界发生的深刻变化，写出了这一变化惊心动魄的悲壮性和无奈感，并提出了一个严峻的时代问题。

三、 向死而生与生命意义的追问

贾平凹的作品不仅仅是对乡村日常恩怨的书写，更深刻的是敞开了日常生活下正在发生的社会伦理道德等变革的时代历程。进一步而言，作者在这一双层叙述的生活故事中，以形而上的精神关怀，从本源意义上面对死亡展开追问，在向死而生的神圣和崇高中思考和表现生存和生命的意义，从而使其作品以生活为基础，在文化寻根中具有超越性的形而上的审美意蕴。

作品对夏天智的死亡描写，可谓一波三折，波澜壮阔。作者善于营造情境，在独特氛围中把亲情、乡情和人性书写得淋漓尽致，而且写出了作为乡贤的夏天智这一典型人物的人格魅力，让我们更真切地感受到了传统文化那刚健有力的生命气息。

夏天智在经历了病痛的折磨之后,一笑之间撒手人寰,四婶和白雪"呼天抢地"地哭,儿子夏雨在这个打击面前竟然哭不出来,只有"眼泪刷刷刷地流了下来",一时之间,"哭声从一个院子传到另一个院子,从一条巷传到另一条巷,再从东街传到了中街和西街。夏家的老老少少全都哭得瘫在地上,除了哭竟然都不知道该干些什么"。[①] 一家人一时之间失去了家里的中心,曾经的日子从此不同。夏天义一面入殓弟弟,一面说道:"兄弟,你咋把你哥一个留下啦?!"不由老泪纵横。而夏风接到电话,号啕大哭,从城里疯了一般踏上奔丧的归途。作者围绕夏天智的去世,把他周围亲人的情感表现得十分生动恰当,不同身份和不同关系中的恩怨情义尽在其中。对四婶而言,是夫妻的依赖;对白雪而言,是精神上的父女;对夏雨、夏风而言,是养育自己的至亲;对于夏天义则是打虎的兄弟。面对死亡,作者表现他们的情感时各具形象,各有节奏,入情入理。

在描写难以割舍的亲情的同时,作者还穿插叙写乡亲们的情感。德高望重的夏天智去世,让乡亲们悲伤不已,"清风街的人一溜带串地都来了,屋里已坐不下,都站着,围了灵床把夏天智再看一眼,抹几把泪",然后回家准备吊孝的物品。寥寥数笔,乡亲之间的感情被生动感人地表现出来。当各路亲朋在秦腔的伴奏下依次献祭之时,结巴武林的哭声把祭奠的情感氛围带向了高潮。

> 武林的哭声粗,邱老师就不唱了。大家都看着武林进了堂屋,扑到灵床上哭得拉了老牛声。武林能哭成这样,谁也没想到,都说:"武林对四叔情重!"四婶便去拉武林,好多人也去拉

[①] 贾平凹:《秦腔》,作家出版社2012年版,第474页。

武林，拉着拉着都哭了。灵堂上一片哭声，院子里的乐班倒歇了。上善说："继续唱，继续唱！"一时却不知点唱哪段戏好。白雪抹着眼泪从堂屋出来，说："我爹一辈子爱秦腔，他总是让我在家唱，我一直没唱过，现在我给我爹唱唱。"就唱开了，唱的是《藏舟》："耳听得谯楼上二更四点，小舟内难坏我胡女凤莲，哭了声老爹爹儿难得见，要相逢除非是南柯梦间。"白雪唱得泪流满面，身子有些站不稳，靠在了痒痒树上，痒痒树就剧烈地摇晃。①

结巴武林，这个穷困潦倒的后生，他粗犷的哭声惊天动地，唤起了全村人共同的情绪，大家在一片哭声中表达对这位仁义长者的哀悼之情，这是朝夕相处、命运与共的乡亲们发自内心深处的悲音，是岁月之中凝聚的生命挽歌，是来自传统文化那久远的集体无意识。而白雪的秦腔曲调，更是情切意浓，在集体的共鸣中把孤独、悲凉与幻灭等复杂的人生滋味在悲戚哀婉中演绎得淋漓尽致。此情此景，在疯子引生的遐想中更是天地万物灵性相通、万象相和的体现，更加映衬出生命的孤独和永恒的意义。在这一集体性的悲悼中，作者把乡情的至真至诚渲染得"摇荡性情"，"动天地，感鬼神"。② 这种文本意象里众多音调和鸣的书写能力，充分体现了贾平凹过人的生活体验能力和高超的情感表现能力。

当然，在这一亲情、乡情等深刻悲切的和鸣中，作者以此映衬夏天智身上承载的文化精神和人格魅力，完成对这位温柔敦厚而又刚烈忠勇、仁义守信的传统文人的性格刻画。他在秦声秦韵里告别这个依恋的世界，枕着自己的秦腔脸谱著作，脸上盖着自己描画的秦腔脸谱，长眠在自己的精

---

① 贾平凹：《秦腔》，作家出版社2012年版，第483—484页。
② 郭绍虞主编：《中国历代文论选》（一卷本），上海古籍出版社2001年版，第106页。

神世界里。离开家门走向永恒大地的路上,"他"似乎也一步三回头,让众乡亲艰难地送他上路。他死了,但他刚烈的意志和誓言似乎依然生动鲜活,他告别了故乡的亲人,也决绝地告别了背叛自己的儿子夏风,至死不与这个不孝的儿子见面。当坟地的祭礼完成,下葬时紧赶慢赶的儿子夏风就是赶不到坟头。作者写道:

> 棺木抬上了地塄,再一鼓作气到了坟上,停放在了寝口前。人人都汗湿了衣服,脖脸通红,说:"四叔这么沉呀!"上善就给大家散纸烟,拿了烧酒瓶让轮着喝,说:"不是四叔沉,是咱们的劳力都不行啦!"孝子顺孙们白花花地跪在棺前烧纸,上香,奠酒,乐班的锣鼓弦索唢呐再一次奏起来。夏雨和白雪跪在一边,夏雨低声说:"我哥到底没回来。"白雪说:"爹说过他死也不让你哥送葬的,你哥真的就不回来了。"[①]

作者通过众人之口,以点睛之笔说明了夏天智的人格力量——沉,以夏雨和白雪的对话说明了夏天智刚烈的意志——死也不让他送葬。作者采用隐喻式的书写方式,以夏天智代表传统文化精神,而这位具有传统人格魅力的农村乡贤的死亡,既是和这个时代告别,也是对这个时代的无声抗议。他所留恋和钟情的世界似乎就要消失了,儿女的背叛、乡村社会文化的变化以及老一辈人的失落无助,让他悲愤莫名。因此,作者通过对其死亡的描写,隐喻性地表现了传统文化的精神魅力和传统社会濡养的人格力量,这也是对现代化的一次抗议、对传统文化的告别,亦是对两种文化冲突的反思。夏天义最后在秦腔声里下葬,也永恒地留在了传统文化的历史长河里。

---

① 贾平凹:《秦腔》,作家出版社2012年版,第486页。

作者以种种看似偶然的小事件，让夏风和自己的父亲阴差阳错不能相见，两代人生死两隔，最终夏风似乎只有通过悲凉的秦腔向父亲告别，才能完成父子间难以完成的对话。夏天智和夏风之间的对立和对抗，象征了两代人价值观的隔阂以及因此带来的情感隔膜，这是走向现代化的中国传统乡村世界的时代性悲剧！

围绕夏天智死亡场景的描写，可以说是本书的高潮部分。不同人物和不同故事纠缠在一起，其中事、理、情彼此缠绕，高潮迭起，动人心魄，感人肺腑。无论是叙述语言、人物语言还是戏曲语言，都能做到缘情缘境，跌宕起伏，生动鲜活，从而形成作品雄壮而浑然的整体性叙事节奏，精彩之极！

人是有死的存在者，向死而生是人的本质状态。因而人的死亡和对死亡的自觉意识使人能够在现实生存中领悟人生的本源意义和生命的本质意义。这种面向死亡的终极思考既是一种哲学性的关于生命根本意义的追问，也是一种现实的对个体生命价值的关怀，体现出坚守和张扬人文精神的美学态度和审美境界。在《秦腔》这部作品中，作者能够直面不同个体的死亡，在生与死的边缘体验和思考人的价值、意义和命运，揭示更为深刻的生存问题，因而使作品更具超越性的审美意蕴。

与夏天智的死亡不同，夏天义的死亡是静悄悄降临的。这位热爱土地、热爱庄稼活、为家乡未来充满忧患的一世英雄，不仅追问自己生命的意义，追问自己为家乡淤地事业的付出是否还能被后人想起，追问"以后的儿儿孙孙谁还会知道夏天义啊"！个人的生命是短暂和有限的，而夏天义却要用短暂的生命创造不朽的功绩，让人们记起他，让自己在为后人造福中获得永恒的意义！这就是老而弥坚、不坠青云之志的老英雄能够不忘初心，委曲求全，自我超越的人格精神的体现！最后，突然的崖崩埋葬了正在劳作的夏天义,他没有麻烦斤斤计较的儿女,在天葬中回归了钟情的大地,回归了自己精神的家园。作者以独特的死亡方式,让夏天义的生命活在永恒之中。而面对这位普通的劳动者,乡村世界的精神守护者,谁又有资格在他的墓碑上题写碑文呢?斯人已去,坟前的石碑似乎永远应该是一块任后人评说的无字之碑!

  在作者的死亡书写中,最能引人深思和感叹的还有狗剩的死。这位靠下苦力生活的农民,在潼关金矿打工时没有挣到钱,反而患上了矽肺病,"手脚无力,几乎成了废人"。夏天智义务帮助他的孩子上学,他感激不尽,见面磕头,把自家养的公鸡送给四叔以表谢意,可以说他是知恩重义、自尊自强的一条汉子。可惜因为在树林套种蔬菜,他违反了国家政策,被罚款二百元,这对极度贫穷的狗剩的家庭是一个致命打击,于是他在难以忍受的后悔和妻子的辱骂中喝药自杀,以维护自己最后一点点尊严。作者这样描写狗剩的死亡:

> 狗剩的老婆没了主意,就埋怨狗剩为什么要种那些地,是猪脑子,真个是狗吃剩下的!狗剩理亏,任着老婆骂,老婆拿指甲把他的脸抓出血印了也不还手,后来就一个人出去了。狗剩是从供销社赊了一瓶农药,一到西街牌楼底下见没人就喝了的,一路往家走,药性发作,眼睛发直,脚底下绊蒜。碰着了中星的爹,狗剩说:"我爹呢?大拿呢?"中星的爹说:"都死了你到哪儿去寻?!"狗剩的爹死得早,大拿是领他去挖矿的,三年前患矽肺病就死了。狗剩说:"那咋不见他们的鬼?"中星的爹说:"你是喝?……"狗剩说:"喝啦!我喝了一瓶!"狗剩想着他得死在家里的,他得吃一碗捞面,辣子调得红红的,还要拌一筷子猪油,然后换上新衣,睡在炕上,但是,他离院门还有三丈远就跌倒了没

起来。中星的爹没有去扶他，朝院子喊："狗剩家的，狗剩家的！你咋不管人呢，狗剩喝醉了你也不管？"狗剩的老婆在院子里说："他还喝酒呀？喝死了才好！"中星的爹没当一回事就走了，狗剩的老婆也没当一回事没有出去。过了半天，鸡都要上架了，狗剩还没有回来，狗剩老婆出来看时，狗剩脸青得像茄子，一堆白沫把整个下巴都盖了。①

这位本已因矽肺病而行将就木的人，就这样喝药走了，而药也是赊账买的。狗剩的死亡是这么简单，却这么绝望！他想换上新衣，死在自家的炕上，但这点尊严也没有实现，最后冷冰冰地死在门外。他的生似乎没有温暖，他的死也似乎无足轻重。他像武林、瞎瞎和秦安一样，作为生活中的弱者，知恩图报，重情重义，在贫穷艰难的生活中格外自尊和要强。他的死格外悲凉，让我们感到生命的轻飘和无意义，就像白路的死一样。"白路毕竟是白路，他如果不牵涉赔偿的纠纷，死了也就死了"，"他一入土为安，清风街也就安静了"，亲人们也要各奔前程，去下苦谋生了！而让引生更为着魔的是"羊娃杀人了"，"那张柿饼脸"，"梆子头"，"高个子"，"在清风街从没偷盗过"的羊娃竟然因偷盗被发现而杀了人！这自求死路的行为，让引生怎么也想不通！

作者通过在外打工的村民的患病、犯罪和死亡等现象，展现出农村这些有着自尊自强的人格意志的人在贫穷面前的痛苦挣扎和悲凉命运，揭示了农村经济的脆弱和生活贫穷带来的严峻问题。面对这些变化不仅离开家乡的人没有为适应新的生活做好准备，而且现代化的城市和工矿也没有为接受这些农民工而做好准备，这是从传统走向现代化发展转型中的一场令

---

① 贾平凹：《秦腔》，作家出版社2012年版，第142—143页。

人心酸的悲剧。令人如此心酸的还有作品中描写的那些在城市做皮肉生意的年轻女子，她们为了谋生，不顾家乡人异样的眼光和言语间的冷嘲热讽，走上了人们最不愿意看到的一条生存道路。

改革开放以来，离开农村奔向城市的老一辈农民成为游走在社会边缘的无根的群体，这一变化都给农村带来难以逆转的后果。贾平凹以现实主义笔法，直面这一严峻的现实，从内心良知出发，带着对农村和农民的深情，以人文主义情怀书写这一历史的真实，因而具有重要的时代意义、现实意义和审美意义。可以说，冰冷的不幸和死亡，是富有启发性的最深刻的语言！

当然，这种向死而生中对生命意义的追问贯穿在作品的整体叙事之中，从而形成文学书写的一个重要的意义语境，使文学叙事具有更哲学意味的人性深度和精神关怀。如作者围绕夏天礼的死亡，同样写出了不同人对生命意义和价值的追问和思考：秦腔老艺人为了给自己人生一个交代渴望出版唱片的执着；夏天智对秦腔的痴情以及画脸谱和出书的伟大愿望；夏天义夫妻晒寿衣、论阴间的达观；夏天义希望七里沟能够名垂青史的想法；等等。这些思想和行为都是对无限和永恒意义的思考，是对生命本身意义的一种自由自觉的追问和应答。

总之，《秦腔》对日常生活和伦理冲突的叙事深刻地奠基于更为宏大的意义视角，即在向死而生的终极意义中，体验和追问生命的本源性意义，从而使文学书写具有超验性的精神空间，开拓了文学叙事更为丰厚深广的审美境界，使文学叙事的审美意蕴更加耐人寻味。

四、我心何依？

文化问题是现代化带来的世界性问题。面对传统和现代冲突带来的价值迷茫和身份认同的困境，人们不得不再认识自己成长于斯的传统文化，在文化的寻根中寻找并适应现代化之路。个体和自身成长的文化是一种嵌合关系：一方面文化守护着个体的人格和身份的意义，另一方面个体又是文化的信守者、崇尚者和具体的践行者。文化提供了大家共同认可并遵循的原则和规则，协调人与人、人与社会之间的基本关系，即文化在社会中发挥的重要的调适功能。从发展的眼光来看，文化在社会发展中的这种调适功能，实现了文化传统的延续性和变革性的统一，具有十分重要的现实价值和历史意义。这一调适功能在文化意义差异化的延续中既能保持其价值观念应有的共同性，也能以开放性的态度吸纳和融合个体的差异性和多样性，实现文化的历史继承性和发展性的统一，从而形成意义自洽的富有生命力的文化世界。

但是，随着现代化历程中新的文化观念的兴起，特别是在现代经济发展和社会变革的推动下，社会生活中人们的利益关系和伦理观念发生了激烈的冲突和变化，由此导致传统文化调适功能的失效，传统文化的价值伦理和行为规范失去现实意义，人们崇尚的人格理想也失去曾经的号召力，传统世界的价值体系和生活愿景也失去精神魅力，传统文化作为人们生存的意义根据和情感归依逐渐丧失合法化的基础。因此传统文化的自洽性逐渐被解构，人们生存的精神根据自然也就被解构了。在改革开放的历程中，面对以城市化为代表的现代化的强势影响，传统文化固有的文化调适功能逐渐丧失，传统文化为生命奠基的根源性意义也逐渐消解。生活在传统文化中的中国民众特别是农村的农民，在这一社会文化的变迁中自然出现选择的被动性和价值的迷茫性，他们的文化信仰和人格理想自然也面临挑战。在这种茫然的失落和选择的彷徨中，他们似乎失去了心灵曾经的依靠。于是"我心何依"就成了人们要面对的文化问题。文学作为社会的一面镜子，作为对人们心灵世界的一种精神回应，无论其文化寻根还是现代性反思，其实都是走向现代化道路的人们精神上面临的一个问题的两个方面，因而文学对这一时代的镜像化书写既是一种文化寻根，也是一种现代化反思，是互相推动的一个问题的两个不同向度。贾平凹其实就是从这两个富有张力的意义空间展开自己的审美叙事道路。

《秦腔》是贾平凹这一叙事道路上的重要代表作。如前所述，夏天义理想不被认同的忧患和儿女不孝的失落，夏天智面对儿子背叛的悲愤和决绝，以及出外打工者的道德失范甚至沦为犯罪，都是传统文化在现代社会调适功能失效的结果，是自洽的文化世界意义和价值沦落的结果。当然，这一无处可依的生活迷茫和歧路彷徨，在生活在传统文化世界的年轻一代人身上也有着生动的表现。

白雪是传统文化的代表。作为一名当地著名的秦腔表演新秀，她痛苦地经历着曾经辉煌的秦腔事业在时代的变迁中快速从兴盛走向衰落。昔日观众济济的秦腔剧团演出，如今已是观者寥寥；昔日令人尊敬和羡慕的梨园名角，如今成为无人过问的老朽。秦腔尽管在老一代人的心中有着不可动摇的神圣地位，但在年轻一代这里已经失去魅力。演出受众的流失和后继无人，是秦腔难以振兴的根本症结所在。正如夏风所说："你要是在省城参加一次歌星演唱会，你就知道唱戏的寒碜了！"流行音乐的兴起可以说是这个时代精神变化的重要标志，因此夏风固执地认为，秦腔作为就要消失的艺术，振兴是毫无必要的。他劝白雪放弃秦腔舞台，和他一起调到省城去工作。但对白雪而言，秦腔是她的事业，是她的精神生命，她不愿意抛弃自己喜爱的秦腔。于是，在夏中星当了县剧团团长，试图重新振兴秦腔之时，她不顾自己已经怀了身孕，和剧团的同事积极响应，全身心地投入下乡巡回演出，展现出她卓越的艺术修养和高超的艺术表演能力，赢得观众的阵阵喝彩。这些成功的表演让剧团对秦腔的振兴充满期望。

但是，现实是冷冰冰的。随着演出的继续，剧团的人痛苦地发现，无论他们如何努力，微薄的收入竟难以维持日常生计。不仅如此，观众人数也越来越少，而且喝倒彩、闹事、碰瓷甚至围堵打砸的事件也屡屡发生，就连随剧团一起巡展的四叔画的秦腔脸谱也被人偷盗和破坏。这次以振兴秦腔为主旨的巡回演出和文化下乡活动最后只好草草收场，不仅团长夏中星很烦恼，演员们更是愤怒，对他们而言这是人格的羞辱和职业的失望。经历了一场场风波后，剧团人心浮动，开始分裂了，巡回演出草草收场。最后夏中星借剧团送文化下乡的演出功绩，平步青云，一步步高升，留下剧团这个烂摊子自生自灭。就这样剧团解散了，为了谋生，做小生意的做小生意，出走的出走。而放不下秦腔这门艺术的演员们则分裂为几个乐班，以走穴的方式外出给人家的红白喜事演出，勉强挣钱糊口。白雪结婚时尚能凑成一班整齐的演出队伍的县剧团，而不久清风街再请他们时，已是人员零散，专业荒废，仅能清唱几个小段落了！以至于秦腔这根脉深厚的正戏演唱竟沦为末流，不见经传的流行歌曲倒兴盛起来！等夏天礼、夏天智去世时，秦腔就剩下各自为政的小乐班，而曾经的名角和表演艺术家都成了辛苦的卖唱艺人。就这样，失去观众，失去社会基础的秦腔和秦腔艺人，成为游走在乡村各个角落的传统文化的最后守护人。最后，被夏风抛弃的白雪也成为他们中的一员，作为边缘化的民间艺人，孤独地游走在故乡的大地上。

事业逐渐衰落的白雪，在爱情和婚姻上也失败了。和夏风结婚以后，两个人在对待秦腔戏的态度上不断产生冲突。夏风对秦腔充满鄙视，以高高在上的态度冷嘲热讽，很多方面根本不顾及白雪的感情，总是把她置于十分尴尬的位置。他坚决要求白雪调到省城，不再从事这个没落的行业；

他对白雪尊敬的剧团老师十分蔑视，不仅不帮忙，甚至大加奚落和嘲讽，这让白雪十分难堪；特别是面对白雪老师希望他帮忙出唱片的事情，他更是避而不见，让老父亲和白雪十分尴尬……夏风从骨子里对白雪事业的轻视和嘲讽，可以说直接伤害了白雪的自尊。作者这样写道：

夏风进了小房屋里，却见白雪一个人坐在床上流眼泪，夏风就说："不至于吧，生我气还生这么长时间呀？"白雪说："谁生你的气了？我听爹放秦腔，听着听着就心里难受了。"夏风说："咦，咦，你爱秦腔，秦腔咋不爱你呢？到现在了，人都下岗了，你还不恨它！"白雪说："你说这秦腔再也唱不成了？"夏风说："你以为还有振兴的日子呀？！"白雪说："我十五岁进的剧团，又出去进修了一年，吃了那么多苦，不唱秦腔了以后这日子怎么个过呀？"夏风说："你错过了调动的机会，这怪谁呀？"白雪说："我恨夏中星哩！"夏风说："你恨着人家干啥，调动不调动还不在你？"白雪说："我调动啥的，我哪儿也不调动，现在让你不写文章了，永远不能拿笔了，你愿意不愿意？！"夏风被饯住，坐在一边不言语了。收音机里的秦腔还在放着，是《三娘教子》，夏天智还哼哼跟着唱。白雪的眼泪又哗哗地往下流。这时候，夏风也觉得白雪可怜了，说："不哭了，三婶在院门口坐着，让人家听见笑话呀？想唱了那还不容易，和爹一样，可以在家唱么。"白雪说："我是专业演员，我拿过市汇演一等奖哩！"竟然就嘤嘤地哭出了声。①

面对白雪钟情的秦腔事业的衰落，夏风缺乏耐心的理解、尊重和安

---

① 贾平凹：《秦腔》，作家出版社2012年版，第297页。

慰，而是幸灾乐祸地嘲讽。白雪安身立命的事业和人生的骄傲，就这样走向了破灭。未来又在哪里呢？白雪试图掩饰对夏风的怨愤，但伤感的泪水却无法阻挡内心的失落。她的哭泣是悲伤的，也是失望的。这位温柔敦厚、充满宽容顺从之心的传统女子，注定与夏风这样的人无法长久，他们两个人的冲突本质上是两种文化精神的冲突，也是两种做人方式的冲突。

白雪执意不愿打胎而生下他们的孩子，两人的冲突愈演愈烈。特别是面对残疾儿，理性的夏风要求扔掉，而充满母爱的白雪却难以割舍自己的骨肉，这种深刻的家庭冲突逐渐导致两人情感的冷漠、对立和彼此矛盾的不可调和。他们变得无话可说，不爱了。最后，在夏风的坚持下，两人以离婚而告终。离婚后，孤独无助的白雪心下释然，她没惊慌，也没伤心，"白雪是美美地睡了一觉，她太乏了，一睡下去，像一滩泥，胳膊腿放在那儿动也不动"①。作者通过寥寥数语，传达出这种如释重负的空幻。失去事业的白雪也失去了爱情和婚姻，家散了，这位女人要去哪里呢？

随着夏天智这位精神上的父亲的去世，白雪内心更加痛苦和孤独。祭奠父亲时她唱的秦腔戏曲《藏舟》，把内心的委屈、压抑、痛苦、迷茫、孤独、幻灭和刚烈等丰富的心性淋漓尽致地表现出来了，这既是对父亲的深情送行，也是自陈心曲的哀婉，更是秦人生命意识的绽放。读到这里，一个生动鲜活、纯净善良的女性形象跃然纸上！

白雪的世界和秦腔有着千丝万缕的联系，但作为事业的秦腔走向了衰败；她的梦里有很多美好的记忆，但似乎都很虚幻。作者笔下的白雪善良美好，能敏锐地感知到生命的真诚和悲凉，能深刻地体味贫穷乡村民众内心的情感底色，她的精神是和家乡融合在一起的，她是乡村大地生长的传

---

① 贾平凹：《秦腔》，作家出版社2012年版，第465页。

统文化精神的歌唱者。如那一支自鸣的箫,引出的是一曲孤独哀婉的友谊和情感的故事,也是一位艺人独立精神和纯净心灵的象征,是极度清贫甚至绝望生活中的青云之志……作者以箫这段悲伤的故事,写出了极度贫困的农村生活中那不屈的精神,写出了孤独虚幻的人生况味,读来荡气回肠。失去主人的箫回荡在梦里和心念里的"我要回去,我要回去!"的自鸣,似乎也寓言着白雪未来无处归依的宿命。

疯狂痴恋白雪的疯子引生,似乎最能理解白雪的心,最能欣赏白雪的美。当白雪失去了事业、爱情和真正意义上的家,孤独地奔走在家乡的大地,四处到红白事主家里唱戏谋生的时候,作者通过引生疯狂的情感完成了对白雪的最后刻画:

> 而我一抬头看见了七里沟口的白雪,阳光是从她背面照过来的,白雪就如同墙上画着的菩萨一样,一圈一圈的光晕在闪。这是我头一回看到白雪的身上有佛光,我丢下锨就向白雪跑去。哑巴在愤怒地吼,我不理他,我去菩萨那儿还不行吗?我向白雪跑去,脚上的泥片在身下飞溅,我想白雪一定看见我像从水面上向她去的,或者是带着火星子向她去的。白雪也真是菩萨一样的女人了,她没有动,微笑地看着我。①

这一段亦真亦幻的描写,既写出了引生内心狂热的爱恋,也进一步写出了白雪温婉善良的天性,更是象征性地对像白雪一样守护传统乡村文化的故乡人的深情致敬!白雪既是故乡世界的镜像化形象,更是作者自我心相的表现。作者通过白雪这一形象,既表达了其文化寻根的写作追求,又体现了其对生活、人生、文化的反思精神。这是作者在传统与现代、城市

---

① 贾平凹:《秦腔》,作家出版社2012年版,第492页。

与乡村之间的一场触及灵魂的精神对话。

　　作品中陈星和翠翠这一对年轻人的恋爱，也是城市和乡村生活之间的一场撕扯。他们如一对怨偶，既能冲破传统伦理道德的束缚，又在面对城市物质文明的诱惑时，内心充满痛苦、迷茫和裂痕。年轻一代，实际上也不能完全走出乡村的牵绊，理解和融入城市的文明，在城市与乡村之间徘徊彷徨，心无所依。因此，无论是传统文化精神塑造的唱秦腔的白雪，还是现代观念影响的唱流行歌曲的陈星，甚至走在叛逆与守旧之间的夏雨，在现实生活面前心灵都无所归依。他们在传统文化自洽性丧失以及调适功能失范中痛苦彷徨，成为精神失落的同路人。

　　　　我知道在手扶拖拉机出发的时候，陈星是搭了顺车，还捎上了两大麻袋的苹果去县城卖。陈星一路上都弹他的吉他，他反复地唱：你说我俩长相依，为何又把我抛弃，你可知道我的心意，心里早已有了你。陈星唱着，白雪却红了眼，趴在车厢上不动弹。夏雨说："陈星，我要问你，你现在和小翠还好着吗？"陈星不唱了，拿眼睛看路边的白杨，白杨一棵一棵向后去，他是不唱也不再说。夏雨又说："那你知道小翠在省城里干啥吗？"陈星说："你知道她的情况？"夏雨说："不知道。"一块石头垫了手扶拖拉机的轮子，手扶拖拉机剧烈地跳了一下，陈星的头碰在了车厢上，额上起了一个包。一个麻袋倒了，苹果在车厢里乱滚。陈星没有喊痛，也没揉额上的包，眼泪快要流出来了。白雪就拿过了吉他，但白雪她不会弹，说："你最近又写歌了没？"陈星说："写了。"白雪说："你唱一段我听听。"陈星说："行。"唱道："312国道上的司机啊，你来自省城，是否看见过一个女孩头上扎着红色的头绳，她就是小翠，曾带着我的心走过了这条国道，丢失在了遥远的省城。"陈星这狗东西到底不是清风街人，他竟然用歌声让白雪伤感了，眼泪虽然没有下来，却大声地吸溜着鼻子，说："你真可以，陈星，你也给我教教。"夏雨说："嫂子要跟他学呀?!"白雪说："你看着路!"陈星说："你是秦腔名角了，倒要唱民歌?"夏雨说："陈星，用词不当，流行歌怎么是民歌?"白雪说："你才错了，过去的民歌就是过去的流行歌，现在的流行歌就是现在的民歌。我演了十几年秦腔，现在想演也演不成，哪里像你什么时候想唱就唱，有心思了就唱。唱着好，唱着心不慌哩。"夏雨说："嫂子还有啥心慌的? 人常说女愁哭男愁唱，我才要学着唱几首呢!"白雪说："你也和对象闹别扭啦?"夏雨说："哪能不闹? 她要走就让她走!"白雪说："她要往哪儿去?"夏雨说："省城么，清风街拴不住她魂了么。"车厢里的苹果又滚来滚去，最后又都挤在车厢角。白雪不敢再接夏雨的话，拿眼看着苹果，说："苹果在县城能卖得动吗?"夏雨说："谁知道呢，总得出卖呀，不出卖就都烂啦。"白雪再一次趴在了车厢上，自言自语道："这都是咋回事呀?!"①

这一段对话，深刻地揭示了年轻一代共同的感伤和无奈的生存处境。无论是陈星流行歌曲里的忧伤浪漫，还是白雪古老秦腔中的黯然神伤，夏雨奔忙中愤然的感叹，生活在乡村世界的他们和走向城市的爱人似乎已是两个世界里难以相知的陌生人，爱情的路在哪里，心灵的依靠又在哪里呢? "这都是咋回事呀?!"——守护在乡村的年轻人和走向城市的年轻人，他们试图在寻找自己的位置和归宿，但在城乡之间的生活和观念的差异

---

① 贾平凹：《秦腔》，作家出版社2012年版，第331—332页。

中，不得不面对无奈的现实，内心苦闷不堪。

在夏风（时代之骄子）、夏中星（社会之中流砥柱）从事的事业和生活的世界面前，他们这些在遥远的边缘角落里挣扎的人显得那么微不足道，爱情和事业对他们似乎成为一种奢侈的愿望，他们的声音在大时代面前似乎更显微不足道。跟不上时代的故乡谁来守护？生活在传统乡村并守护传统文化根脉的人，他们的人格、尊严和未来在哪里？他们心灵和精神的安妥之处又在哪里？这不仅仅是经济问题，更是文化问题、人性问题。读罢《秦腔》，不由得感同身受他们的喜怒哀乐，不由得和那些老老少少的灵魂产生共鸣，也不由得和他们一起追问生活的意义和生命的永恒价值。心中感而触之，以一首小诗和他们的心灵相和，并向生活在故乡的这群真诚的灵魂致敬：

秦　腔

有泥土的地方就有灵魂

有灵魂的地方石头也能生根发芽

参天的大树长出了鸟儿飞翔的窝

窝下是那遥远而切近的故乡

一辈辈的男人蹲在门前的碌碡上

端着女人做的面条　辣子够汪汤够宽

在秦腔的吼声里热烈地吸溜

刚烈和忠勇在忘我的战鼓里厮杀

一代人告别一代人

生与死一样地撕心裂肺

在利益的算计和欲望的膨胀里

聪明的灵魂终究迷失在美丽的歧途

一个疯子和一个哑巴

却拥有发自灵魂的敬畏和向往

扎根在心里的天性人伦之爱

像折翼的鸟渴望飞向彼此的灵魂

铿锵的秦腔和婉转的流行歌曲

一样找不到走向爱的道路

无论以什么样的方式告别

笑声里总留下孤独的身影

吵闹里总是不舍的别离

打了骂了哭了笑了恨了爱了

说不出口的是刻骨铭心的一世牵挂

一代代人的灵魂埋在大地里

听，秦腔里流淌着他们灵魂的歌声

无论你能听见还是听不见

那歌声是故乡最欢实的生命

五、历史的纪念碑

（一）纪念碑式的历史书写

读罢《秦腔》，余音绕梁，心潮难平。作者在吵吵闹闹的日常琐屑生活中，描写了一群个性鲜明、精神厚重且气韵十足的家乡的普通人，把处于变革时代的故乡的文化精神和生存命运写得荡气回肠，感人至深。确实如作者所言，他是以文学作品"为故乡树起一块碑子"，以此纪念和告别一个行将过去的时代！这是关于现实生活富有意义的镜像性书写，当然也是作者在思考历史和面向现实的审美观照中积淀生成的自我心相的审美性表达。

作者以文学为故乡立碑的这一雄心，其中蕴含双重含义：一是给故乡的现实生活世界画像，试图在历史与现实变革的十字路口以丰富的人物形象留下传统乡村真实的生活图景和精神写照，在对故乡世界的凝视中向创造了一段历史的一代人致敬；一是在他们的生活图景中以开放性的思想追问人生更为本质的意义，在历史性的瞭望中以超越性的视野阐发传统文化的生命精神，并在更本源的意义上对生活、生命和生存等价值进行更为深刻的观照和思考，从而寻找生命存在的终极性意义根据。作者以传统与现代之间的意义张力为基本语境，以对生存真切的现实关怀和超越性的精神追问等双重意义的思考为基础，建构富有审美性、思想性和艺术性的文学书写历史。因而其文学的书写既能够自觉地奠基于生动的生活底色，又能够深刻地体现出文学自身更为本源的人文价值和文化意义。

从第一层含义来看，作者对故乡的凝视是发自内心的关切和敬意。他以热烈的态度凝视着故乡的大地和生存在大地上的乡亲们，通过丰富典型的人物形象和真切生动的生活场景书写故乡世界人们的生活命运和精神样态，以历史性的大视野给不同处境下的故乡和故乡人立传；他的写作能够追随时代的脚步，形成一幅波澜壮阔的史诗般的壮丽画卷。整体而观，这幅画卷既是故乡的纪念碑，也是中国社会改革发展的纪念碑。早期的《商州》就是对故乡最普通的人的画像，写出了故乡的灵山秀水和痴情儿女，为他以后的创作打下了重要的底色。写于改革开放初期的《浮躁》，则写出了山雨欲来风满楼的家乡世界，写出了传统乡村社会的自然之美、性情之美和伦理之美，那是作者心目中至性至灵的故乡世界。《废都》和《白夜》尽管以城市为背景，但也总是脱离不了乡村世界的人和事，其中既有城市和乡村世界的互动对话，又有沉沦都市的乡村人的迷茫和失落。《土门》之后，作者以返乡的姿态重新凝视乡村世界，在城市与乡村、传统与现代等历史文化的意义张力中书写日益广泛深刻的城市化和现代化对乡村世界的影响，书写在现代化的历史大潮面前传统乡村社会的解构和人们身份的迷失，写出了故乡失落之后面对现代社会故乡人心无所依的痛苦和迷茫。《高老庄》带着伤感书写"乱"了的故乡，《怀念狼》以理性的追问书写"迷失"了的故乡，而《秦腔》则继承了前期返乡式书写的基本叙述逻辑，在城乡的意义张力这一基本语境中，进一步书写"乱"了和"迷失"了的故乡中更为深层次的人性困难、伦理冲突和文化二难。从某种意义上讲，《秦腔》是贾平凹返乡式书写的一个高峰，既表现出传统文化下人们生存的悲壮与雄浑，又带有面对城市化的影响展开的现代性反思的理性与冷峻，从而描画出故乡富有深度的生活状貌和精神世界。作者在《秦腔》中表现传统世界的精神魅力的同时，更以忧患的意识为故乡的未来而呐喊。《秦腔》确实可以作为关于故乡命运的感人至深、启人深思的历史纪念碑。

  从第二层含义来看，作者对故乡的镜像性书写，不仅是对居于一隅的故乡世界的表现，其更开阔的意义在于作者以现代知识分子的历史意识和人文胸怀，在对故乡人事风物的审美观照中，渗透其对中国传统文化的反思和理解，也表达了作者对中国现代化之路的认识和思考。不仅如此，作者以历史的眼光思考农村和农民命运的同时，更在故乡现实时空的基础上以文学的方式书写人性状态，以超越性的精神关怀追问人生存的本源意义，表现出浓郁的人文情怀。因此他关于故乡的写作既在历史之中，又超越历史，成为心灵真诚对话的精神场域。他关于故乡的镜像化书写具有浓厚的象征意义和隐喻意义，是作家关于现实的镜像和自我心相统一的艺术世界的体现。他关于故乡的书写其实是关于中国社会的现实生活和历史文化等方面发生的百年变革，其着眼之处更在于面对中国问题，书写中国经验，跟随中国道路，并以反思性的思考表达自己的超越性的人性关怀、文化思考和精神追求。如《浮躁》中的体制改革问题，《废都》中的道德困惑问题，《高老庄》中的发展问题，《怀念狼》中的生态平衡问题，《秦腔》中的乡村世界的命运问题，《带灯》中的乡村治理问题，《极花》中的乡村的生存繁衍问题，以及《高兴》中农民进城问题等，诸如此类在改革开放和社会发展中不断出现的问题，都是社会转型发展过程中我们必须面对和解决的重大问题，这些问题既意味着古老的中国走向现代化的新生的希望，也意味着在走向现代化的过程中我们不得不面临的阵痛和挑战，其中有着中国社会在变革和创业中自我革命的悲壮，也显示出中国社会向前发展的历史脚步。贾平凹的作品，总是能够奠基于这些改革中面临的迫切的现实问题，紧扣时代的脉动，在历史与现实之间书写变革中的众生相，通过不同身份、不同处境下的人物故事和命运遭际来反映这个大时代的现实状貌；以文学的视角，以人文主义的情怀，把宏观的时代精神和个体的心灵状态勾连在一起，反映出中国社会变革中普遍的精神状态，并在文化寻根和现代性反思中追问人性、人生和生存的更本源的意义，从而在超越性的思考和艺术追求中建构审美意蕴丰厚的文学世界。

归而言之，无论是第一重乡土书写的意义，还是更为广阔的文化反思、现代性批判和超越性的精神追问都是互相奠基，彼此生成，不可分割地融合在一起的。正是这样，通过对故乡一隅的书写，作者追求对整个中国社会的现实状态和历史进程的书写，并以虚实相生的艺术想象在文学创作中表现更为宏阔的审美意蕴和形而上的精神境界，体现出作家的审美心胸和精神本色。因此，贾平凹作品的镜像化叙事，具有更深刻的象征性和更丰富的隐喻性，体现出作者更宏伟的价值关怀和意义追问。

（二）人物形象的圆形化书写

可以说，作者为故乡立碑的写作动机既体现出其能够直面乡村世界现实精神状况的故土情结,又体现出其博大的人文精神和悲悯情怀。作者以充满爱的眼光穿过历史和现实,书写人性的困境、生活的艰难和人们内心的渴望,让我们看到在不同生存境遇中不同人的本色,因而人物的精神世界展现出多层面的意蕴,具有圆形化的性格特点。这种圆形化的人物书写是作者思想认识和审美追求的艺术体现,在作者的文学创作中主要展开为这样几个方面。

第一,作者总是直面中国社会改革的现实问题和生活真实,以乡村世界为中心,艺术地表现了人们的生存命运。作者既以文化寻根的精神写出了传统文化对于中国百姓生存的根源性意义,又写出了现代化的大潮对传统社会的冲击和挑战,以及城乡互动引发的社会变革、家乡传统的伦理价值和意义体系面临的解构与重构。在传统的生活方式和现代化的意义张力中,每个人似乎都需要在新的时代调整做人的态度和生活的方式,新的生存环境迫使他们在身份的迷失中不得不不断寻找自己应有的位置。因而其人物形象展现出寻找、适应和挣扎的焦虑和迷茫,体现出矛盾性的价值认同和精神状态。

在这一大时代的语境下,作者笔下的人物既带有浓厚的传统文化底色,又不得不接受现代社会的塑造,体现出多层面、多色调的人格状态和生存样态,在自我身份认同的焦虑和痛苦中成为无家可归的精神流浪者。如前所述,诸如金狗、庄之蝶、虞白、夜郎、子路、夏天义、夏天智、君亭、白雪等一系列形象,都有在现实的生存处境中的坚守与选择的艰难,他们不得不面临道德困境、情感困境和意义困境的煎熬,内心在自我价值的追寻中常常彷徨甚至迷失。这一系列生动丰富的圆形化人物形象,真实地展现了中国社会大变革中不同社会身份和文化身份的人真实的心路历程和生存处境,他们在各自的生存环境中的人性状态和生命激情,他们身上敞开的这一丰富多彩的精神世界从某种意义而言正是生命的本色，令人尊敬和感叹！

第二，作者在文化寻根式的书写和现代化的反思中，对激烈变革中的传统乡村世界，既表现出一种批判性的态度，带着思想者的冷峻，在呼唤并渴望改革与发展中，指出乡村社会封闭、保守和落后的一面；又带着发自内心的温情，对他们的生存状态和情感世界带着强烈的情感认同。在"热"与"冷"之间，作者在对人物形象的书写中自然表现出强烈的情感悖论和意义冲突，从而从不同视角映照出人生存的深刻意义和多样性的性格特征。

作者在人物故事的叙述中，不仅仅展现人物现实的道德状态，而且在此基础上超越对其道德状态的简单评判，在揭示每一个人物形象具体的生存现实时，能够把现实困境中的人写得十分透彻，从而多角度、多层面地塑造出一个个活生生的立体的人。如《废都》中的庄之蝶，作者既写出了他身上的善良与仁爱精神，又写出了他恶毒和自私的一面；既写出了他名高位重的得意之态，又写出了他人微言轻的帮闲本质；既写出了他敢于为爱牺牲的赤胆忠诚，又写出了他放纵情欲的贪婪无度……在他身上，神圣与粗俗、伟大与渺小、高贵与低贱、崇高与卑微等各种相反的品质有机地融为一体，却总是充满合理性，从而塑造了一个真实的立体化的人物形象。一方面，作者带着温情去书写人物生存的痛苦和摆脱痛苦的艰辛，写出了他们本性的善良，他们在现实困境中迫不得已的选择与超越的渴望；另一方面，作者以冷峻的态度剖析人物的自私和懦弱、虚伪和狡诈，淋漓尽致地展现出其作为社会帮闲的厚颜无耻，让我们看到人人仰慕的大人物人性深处藏着的"恶"。作者的反讽式叙事既客观地剖析和呈现了人性的本然状态，又以悲悯之情展现出人物在恶与善的争斗中心灵的忏悔和挣扎，体现出作者在人物塑造时理性剖析的冷静和情感体认的热烈。

这种"冷"与"热"在反讽化的人物书写中成为作者人物塑造的基本方法，也成为作者圆形人物叙事的底色，是作者文学创作中自由自觉的体现。这不仅是其人物多姿多彩的圆形化特点的情感基础，更重要的是揭示了现实生活中人们生存的更深刻的真实，反映出作者自觉的审美追求。作者塑造主要人物，既能写出人的"大"，又能写出人的"小"，呈现出不同处境下人物生存的困境、人性的真实以及个性化的性格，展现出人物的矛盾性、多样性和多层次性的特点。《秦腔》中的夏天智，作为文化人，自得其乐，乐善好施，德高望重，追求崇高的理想，但面对离经叛道的儿女无奈，面对生活不幸失意、狼狈，以致最后在悲愤中气绝身亡，告别这个世界。作者在极力渲染这一传统乡贤式的人物身上的美好和伟大之时，又能在现实面前让他的精神人格一步步陨落，逼出他身上的平凡和渺小，而这种截然相反的精神气质成为人物圆形性格的基础，造就了他悲壮的命运。作者对这一人物的书写既带有热情的褒扬，又带有暗暗的嘲讽，以冷峻的真实写出他的个人悲剧以及他所信守的价值世界沦落的文化悲剧，从而以醒目的人性真实形成文学作品多色调的悲壮的审美风格。诸如此类关于人物性格和命运的演绎，作者都能叙写得深邃入骨且曲折透彻，从而使作品呈现出一波三折、荡气回肠的澄明之境，蕴含丰厚的审美意蕴、文化价值和艺术价值。

第三，作者既追求中国传统文化天人合一、浑厚苍茫的审美境界，又立足于现实主义，积极吸收现代主义和后现代主义等丰富的审美观念、艺术思想和表现手法，在其作品创作中融合出新，形成独特的艺术趣味和审美特征，从而营造出更大的思想空间和话语语境，使人物的圆形化书写更具超越性的精神意蕴和审美观照。

贾平凹不仅写出了现实生活中人们的精神状态、恩怨情仇和生命激情，更追求表现中国传统文化的艺术精神。他在作品中铺陈和营造了一种超越性的形而上的意义语境，以天问般的气度思考人生存的永恒意义，寻觅人心灵栖息的归依之处，以另一种眼光守护人性的本真和生命的神圣。这种对中国审美文化的继承，拓展了作品的审美时空，在天人合一的精神空间中建构了作品浑厚苍茫的意境。这一形而上的精神境界，既是人物现实生存的具体时空，又是人物在现实困境中心灵获得超越的自由时空，使读者在审美体认和思想对话中具有超越性的精神关怀，因而就文本而言，形成了具有意义生成性的开放的结构。《废都》中关于牛的叙事，就是作者对现实人生的形而上的思考和表现。特别是当牛皮被做成守护城门的牛皮鼓后，庄之蝶和死去的牛的灵魂跨越历史时空的精神对话和灵魂碰撞，体现出作者对生命终极意义的探讨。这一场景的描写可以说把《废都》这部作品的叙事推上了最高潮，也把庄之蝶这一人物形象的精神世界推向高潮。在《怀念狼》对山林野物生长的大千世界的传奇化描写中，作者把人和狼的故事写得亦真亦幻。在向大自然的回归和瞭望中天、地、人和各种生命体神奇地融为一体，在浑厚苍茫的自然生命的世界里，不断迷失的现代人的本真意义才获得了显现的可能。《高老庄》中神秘的白云湫、《秦腔》中神奇的七里沟等等一系列独特意象，都形成了作品一种充满自然之大道的形而上的意义语境。作者在书写人物的现实生存时，在此语境中获得了另一种观照人物的眼光，并以无限的心灵之思在有限的生存中理解、宽容并钟爱芸芸众生，从而在赋予人物更为广阔的形而上意义之中守护人性诗意的本真。

更重要的是，在追求这种迷离倘恍的形而上的审美境界的同时，作者积极吸收现代主义和后现代主义等丰富的审美观念、艺术思想和表现手法，在和中国传统艺术精神的互相融合中推陈出新，形成了丰富的艺术风格和多样化的审美样态。其作品审美意蕴深厚，人物刻画饱满生动，精神张力十足。《废都》经常运用现代主义的内心独白式书写方法，以意识流的技巧透视庄之蝶内心的痛苦、挣扎和绝望，在内心深刻的忏悔中写出了他如何把自己逼向生存的死角。这种心理分析式的人物刻画使写作更深地触及人物灵魂的真实，产生了强烈的精神冲击力。《怀念狼》则吸收了后现代主义的写法，以荒诞化的艺术表现写出了现代社会人生存的病态化。异化的人和成精的狼在狼与人的古老游戏中，似乎开启了人类克服现代异化的道路，昭示狭隘的人类中心主义下人类的野蛮化和病态化。《秦腔》中对疯子引生的书写运用了现代人格分析理论，对武林的书写则吸收了黑色幽默的写法，如此等等。

总之，人物形象的圆形化书写是现代小说写作成熟化的体现，它反映了社会的丰富性、复杂性和矛盾性，而在社会生活中生存和成长的人自然也就具有丰富性、复杂性甚至矛盾性，因而作品中的人物形象不再是单一的性格和作者思想的传声筒。贾平凹的写作，紧跟时代的脚步，试图通过这一系列作品的书写，展现中国社会变革的历史真实。作为时代精神反映的人物形象，自然承载了这个时代的各个方面，体现出圆形化的性格特点，也反映了作者对现实和未来的自觉思考和积极追问。

（三）"故乡"的开端及其注脚

如果说《土门》是贾平凹返乡式书写的一个转折，那么《秦腔》则是一个重要的高峰。作者跟随时代的脚步，以对改革开放初期的故乡书写开始，随着时代的发展进入关于城市生活的写作阶段，然后在城市化的大潮中带着自己的反思和批判再一次返回故乡，以告别的姿态回望故乡的世界。他的这一书写历程不是简单的重复，而是在中国社会大变革时代的一次文化寻根和现代化反思，是作者在这个变革的大时代对故乡的一次深度瞭望和凝视。如果说早期对故乡的书写是一种精神的眷恋和诗意的歌唱，那么这一次的返乡则是经历了历史大潮洗礼后的深度体认和思考。作者把故乡置于国家和民族发展的大背景下加以审美观照，试图以一隅之地象征性地书写中华民族变革的史诗般的画卷，因此其返乡式书写倾注了作者更大的审美心胸，既是现实生活的镜像化透视，也是作者心相的表达。作者试图以文学的方式象征性地思考国家、民族这一段史诗般的发展历史，传达独特的中国经验、中国声音，这既是向历史致敬，也是面向未来的期盼，因而体现着作家的历史使命意识和现实担当精神。

作为关注现实、追随时代的作家，贾平凹文学书写总是能够直面现实，关注不同时期社会面临的问题，在现实生活处境中写出人物的生存状态和生活命运，因此其作品既有思想家的问题意识，又有文学家的审美情怀，直击人心，反映时代的精神，体现出一个作家对人性本真的守护和对现实的人文关怀。其返乡式的书写，就是在城市化的历程中对故乡面临的诸多问题的思考和表达。故乡的命运其实意味着中国传统文化在现代化的冲击下面临的命运问题，这是中国社会城乡民众面临的共同问题。这一文化变革的问题改变着中国社会不同人的命运，特别是农民的命运，具有重要历史意义和现实意义。作家带着深刻的问题意识，对故乡进行深度瞭望和凝视，在返乡的历程中重新认识故乡，在纪念碑般的书写中告别故乡，这一告别仪式在《秦腔》中达到高潮。

如前所述，《秦腔》作为返乡式书写的高峰之作，是作者以文学的形式对故乡现实命运的一次应答，他关注的是故乡在现代化中的发展问题和出路问题，关注的是家乡农民这一群体的命运问题。作者以深沉凝重之笔既写出了故乡世界的美好，又写出了故乡在新的时代面临的种种危机；既写出了他们坚守传统文化的崇高，又写出了传统文化不断被解构的悲凉。这部作品聚焦于故乡一代人的心灵世界，是对故乡世界的纪念，但同时，作为高峰之作，这部作品在对故乡的深度凝望和表现中，又把现代化发展历程中产生的一系列问题摆在面前：在故乡发展中基层政权组织的角色问题，离开故乡的村民的生存和命运问题，后继无人的故乡的未来命运问题，等等。这些问题在《秦腔》中被现实而醒目地提了出来，形成作品关于故乡书写的一个个空白点。作家以充满忧患的意识，沉重地面向这些问题，并发出呼唤，等待一种思考和应答。

从作品的问题意识来看，《秦腔》既是作家写作中一个历史阶段的总结，又是一个新的写作历史的开端。从总结的意义来看，作者对故乡的书写达到了一个新的高度和深度，以故乡为中心，对处于传统和现代之间的故乡世界进行深度的体认和艺术的表达，既体现出宏观的视野，又展现出细致的描画，具有思想的深度，是返乡式书写的一次巅峰之作。从开端的意义来看，他又在历史的十字路口，提出了一系列多层面的深刻问题，使故乡和故乡人的命运问题更加醒目地摆在人们面前。

《带灯》《极花》《高兴》等一系列作品实际上就是对《秦腔》提出的问题的应答，是对《秦腔》中不同层面的问题的一种艺术开拓，在某种意义上是对《秦腔》留下的意义空白的一种生动的注脚，体现出作家艺术追求中持续的问题意识、现实关切和思想境界。其中，《带灯》是关于乡政府这一基层政权的社会治理问题的书写，作者从政府治理的视角写出了农村在社会发展中面临的复杂问题；《极花》则是关于后继无人的农村的未来问题，充满了"仁、义、礼、智、信"的乡村世界在生死存亡之际面临的生存困境和精神困境；《高兴》则是书写了走向城市的农村人的生存问题、精神依靠问题以及由此带来的身份认同和家园归宿问题。这几部作品中的问题，依然是农村和农民在现代化和城市化的历史进程中面临的现实问题。作者对这些问题表现出更深刻的关注和思考，充满忧患意识和同情的态度，试图在精神的超越性思考中为他们的灵魂找到安妥之地，为他们在现代化的发展历程中树碑立传，寻找到他们应有的位置和价值。

第五章

《秦腔》的一种注脚

——《带灯》《极花》《高兴》的书写

第一节

《带灯》——现实沉沦中的诗意向往

《带灯》是从乡政府的视角去观照农村的治理和建设问题的。作者通过带灯这一政府基层女性干部的工作遭际，一方面揭示了农村发展面临的种种问题，充满忧患地描写了乡村错综复杂的矛盾和难解的利益纠葛，以更大的视野让我们看到了边远农村贫穷、落后的状貌，说明了农村治理的艰难；另一方面，围绕乡村治理和发展的种种困境，描写了基层干部的心理状态、工作方式以及彼此之间微妙的矛盾冲突，让我们看到了基层干部工作的艰辛、困难和内心的种种委屈。

乡镇政府作为乡村社会建设和发展的重要力量，几乎是和乡村世界融为一体的。基层干部既是乡镇百姓的朋友和知心人，最了解普通百姓的生活需要和精神需要的人，又拥有老百姓羡慕的独特资源和不大不小的权力，可以断定是非和调节利益，因而和普通百姓有着一种看不见的距离。

这种身份的两面性使他们身处熟人社会却同时要执行国家的法律和制度，使他们在处理农村的种种问题时，总要在情与理之间艰难地权衡，既要维持良好的人情关系，又要坚守行政管理的底线。所以在各种情与理的纠缠中，民众对他们又敬又畏、又爱又恨，他们成了民众既亲近又疏远的人。特别是乡镇基层组织是乡村社会各种矛盾和冲突的交结点，各种棘手的问题在他们的能力范围内不可能解决，但却必须去面对和解决，每一个突发事件都可能使他们手忙脚乱甚至身败名裂。因此，他们对于普通百姓也充满了矛盾，常常不得不战战兢兢工作，操心劳力地承担自己的政治使命和社会责任。

在这样的工作环境中，带灯作为一个年轻美丽的女子，浪漫地走进了这个是非缠绕的世界，试图以善良和爱心来践行一个基层干部应尽的责任。尽管她尽心尽力，努力地适应这个工作环境，化解各种矛盾，救助能救助的每一个乡亲，但一场激烈的矛盾冲突和意想不到的突发事件，却结束了她的政治生命，在各方利害权衡之中她成为名正言顺的受过者。作者在叙事中，对这位基层干部的遭际不只是同情，而是对这位勇敢面对困难并富有牺牲精神的善良女性充满敬意。这一形象体现了基层干部朴实而伟大的情感、平凡而不平凡的精神，他们是为国尽责、为民奉献的不该被忽视的人。

这部作品的文本叙事非常独特，采用了双线的叙事结构。一条线索是带灯的日常生活和工作。作者通过这一美丽活泼、充满同情心的女性的工作经历和生活状态，让我们看到了农村社会在改革开放的发展过程中面临的种种问题，塑造了以带灯为代表的基层乡政府工作者的形象，并在基层政府和乡村民众工作的矛盾冲突中写出了乡村治理面临的困境。另一条线索则是带灯内心孤独的独白式的精神对话。作者通过带灯及其与心中的情人元天亮的对话，在琐碎沉闷的日常中追问自我的价值和生命的意义，以充满诗意的散文化书写娓娓道来，既倾诉了自己工作中的苦闷、迷茫和彷徨，又展现出家乡的美好。这一条叙事线索，描写了带灯丰富而诗意的心灵世界和自我精神人格的成长过程，塑造出一位在日常生活中依然保持精神追求和生命活力的女性形象。

如果说第一条围绕带灯日常生活工作的故事叙事是文本的表层结构，

那么，第二条围绕带灯内心独白的叙事则是文本的深层结构。在叙事中，表层结构和深层结构彼此推动，在互相阐释和映照中生成文本富有张力的意义关系，展现了带灯这一人物形象丰富深刻的精神世界。她在现实的矛盾和冲突中本着良心挣扎和努力，承受着种种委屈和劳累，又在夜晚的孤独中面对迷茫和彷徨而进行着自我的精神拯救。作者通过双重叙事方式，以带灯的故事观照农村问题和基层治理问题，既揭示了利益纠结的现实生活的复杂状貌和自我选择的艰难，又表达了个体在生存困境中自我精神升华的重要意义。作品所展现的丰富的审美意蕴主要体现在以下几个方面。

一、现实沉沦中的忧患

带灯作为镇政府综治办主任，是和乡村中最普通的民众接触最多的人。她的工作岗位，决定了她总是要面对乡村世界中生活最贫困、处境最艰难的人和矛盾最难解决的事。因而她最了解乡村人们的生活状况，了解他们现实的生存困难。长期的基层工作一方面让她学会了适应基层工作环境，处理各种棘手的问题，并且在工作中逐渐形成性格中泼辣、凌厉的一面；另一方面，她又能不失做人的善良，对在困境中生活的人充满理解和同情，并尽自己最大的能力为他们寻找解决问题的方法和途径，因而能和四乡八岔的乡亲们打成一片，赢得大家的尊重和爱戴。

年轻的带灯是一个漂亮而浪漫的女人，她身上有年轻女孩的清高和浪漫。她为了追求爱情和事业来到了基层单位樱镇镇政府工作，怀揣着追求的梦想，试图和自己的教师兼艺术家的丈夫一起生活，在镇政府实现心中的事业理想。但是，到了镇政府之后，她才不得不面对生活和工作的艰难，逐步适应环境，不断把自己锤炼为一个地地道道的基层工作者。于是她学会了吸烟、骂人、玩弄心计甚至打架，完全沉沦在日常生活的是非矛盾和利益纠葛中，成了一个地地道道的乡镇干部。

带灯身上有两面性：一方面，她和群众建立了亲密的情感关系，成了他们的姐妹和朋友，面对难以下咽的粗茶淡饭能一次吃下去；面对恶劣的卫生条件能适应，入室入户，与村民同吃同住，做好自己的工作；甚至被村子里的闲人戏谑为"一朵鲜花插在了牛粪上！"尽管她又气又觉得好笑，但也默认了这种亲切友好的戏谑。另一方面，作为村干部，她干脆麻利，坚持原则，以女性独有的韧性和聪明处理各种问题，甚至常常用身份和权利威逼利诱，为弱者争权利，为大众谋利益，调节和维持基层社会基本的公平和正义，维护普通人的利益和尊严。

在这种身份的两面性之中，带灯形成了独特的工作方法。作为综治办主任，她必须面对各种复杂棘手的问题，这不是单单凭政府的权力所能解决的。她必须在情与理之间反复权衡，寻找最恰当的处理方式，既能调动人们的情感认同，引导大家解决问题，又能利用权力让对方服从。工作中，她总是能够换位思考，站在对方的角度思考问题，充满真切的同情、理解和关怀，在处理难缠的问题上体现出充分的耐心和仁爱之情，对百姓真心实意，因而即使面对最刁蛮的人，她内心也能怀抱一丝理解和宽厚，在坚决的原则性中能给人几分温暖。这样的工作状态，逐渐使她具备了敏锐的识人用人的能力，并能以柔克刚、软硬兼施，尽可能解决问题，以保证不产生社会影响，实现社会大局的稳定。

在工作中，带灯面对的头等大事是解决上访问题。这些上访的人各有各的问题，各有各的委屈。对于上访专业户王后生，她采取的是拖、磨、警告和给好处相结合的方式。王后生既有为民请命、敢于向上面反映问题的倔强劲头，又有借机生事、挑拨矛盾并捞取好处的赖皮气。你不能说他好，因为他总是勒索基层政府，破坏社会的安定和稳定，是引发更大社会问题的危险因素；你也不能说他坏，因为他总能抓住村干部甚至镇政府的软肋，为普通百姓谋取公平和正义。在和这样的人接触中，作为综治办主任的带灯，既感觉头疼和讨厌，又对其赤贫的生活状态有一点同情和可怜。因此，她借助自己的那一点权力，派人监视他，以防出现突发的上访事件，但关键时候也会接济王后生一点救助费，试图感化和安抚其情绪。她的这些做法，既在政策范围之内救助了穷困的王后生，顺带也接济了监视者杨二猫，又为书记、镇长解决了问题，求得上下安稳。在这些事件中，作者既写出了山村人们生活的贫穷和他们在贫穷中养成的刁蛮之气，又写出了带灯工作中坚持原则的同时保持的那份善良和仁慈。这种善良和仁慈，是带灯生命的底色，是她对困境中挣扎的乡亲们的深深的理解和尊重。

就是这份理解和尊重，让带灯能够和乡亲们打成一片，让牵挂她、向她反映情况的老伙计从一个变成两个，从两个变成十三个，变成二十多个。这些老伙计遍布乡镇的各个角落，她从她们那里更深入地了解了乡亲们生活的现状，了解生活中可能会出现治理问题的苗头，所以常常能够提早化解矛盾，解讼息争，实现政治局面的稳定。而她总是和伙计们平等相处，一起劳作吃喝，不嫌弃她们的贫穷和脏乱，真正成为自己人。不仅如此，她还偷偷为她们联系出外务工的机会，想办法为她们解决一些经济问题，体现出积极而为、勇于担当的敬业精神和大爱情怀。

尤其让人感动的是，在和这些老伙计的相处中，带灯又发现了农村存在的一些深层次的问题，然后凭借自己的力量去呼唤和解决。如关于矽肺病患者的问题，她通过调查这些妇女的贫困生活发现大量因打工患病，挣扎在贫穷和死亡线上的矽肺病患者。于是她自主调查写材料，上下呼吁，不惜惹领导不满，发动各种力量，试图为这些劳动者寻找依法应该享受的种种补贴和待遇，为这些善良的不幸的人在贫困和病痛中找到希望。为了这些不幸者，她甚至和疯子一样，带着自己的帮手竹子四处奔走。在诸如此类琐碎繁杂的工作中，她总能超越个人利害得失，坚守做人的善良和公正，扶危济困，侠肝义胆，真正成为百姓的贴心人。

老上访户朱召财是带灯最关心的人，当得知这位一辈子为儿子奔走申冤的老人去世时，别的干部高兴地要放鞭炮，而她急切地赶去看望：

> 朱召财老婆见了带灯和竹子，再没有破口大骂，反倒拉了她们就哭。老婆子七十的人了，头发雪白，枯瘦如柴，带灯扶着她去炕沿上坐，带灯只觉得像扶了一把扫帚。老婆子在给她们诉说，鼻涕眼泪一齐涌下，说朱召财在炕上躺了十多天，汤水不进，她知道他是不行了，可朱召财就是不咽气，一阵昏过去一阵又睁开眼，睁开眼了叫朱柱石。①

带灯和这一对夫妻既是老冤家，又是乡里乡亲的亲人。在这情与理的矛盾中，带灯既要坚持工作的原则，又抱有深刻的无奈和同情，她只能把自己的一点点关爱和温暖送给他们。社会治理中的一点小事皆关乎普通百姓的福祉，也许只有带灯才能体会到其中的道理，理解自身肩负的使命和责任，因此其入事也深，入情也深，是真正用心做事的好干部！

正因为工作中真正对百姓生活用情用心，所以尽管带灯和其他干部一样沉沦在现实的生存困境和各种理不清的是非曲直、利益纠葛之中，苦闷彷徨，但她在工作中却充满了一种自觉为民担当和维护社会正义的精神。如通过带灯和竹子一起与连翘打架的事件，作者写出了面对儿子不孝的朱志茂老两口的无奈和可怜，儿媳马连翘蛮横的泼皮劲，带灯和竹子替老人

---

① 贾平凹：《带灯》，人民文学出版社2013年版，第312页。

出气的畅快和义气,也写出了镇政府领导不问是非的态度以及背后的种种利益瓜葛。因为这件事,带灯和竹子被取消了当月的补贴。从这件事的处理结果,我们也可以看出书记为人处世的高深莫测,镇长的软中带硬,以及同事们的幸灾乐祸,由此更可见乡镇干部工作的艰难。

带灯在解决一件件头疼的上访事件的过程中,看到了山村触目的贫困,看到了外出打工人的不幸遭遇,看到了留守家庭的人们面临的种种生存困境,也看到了村干部和基层工作者的冷漠和霸道。作为一个有良知的基层干部,她爱着百姓,心里装着百姓,面对淳朴的乡亲,她感到愧疚。

> 她们说群众的事就是镇政府要做的事呀,东岔沟村人的日子艰难是不是事,生莲的儿子好不容易找了对象将不再做光棍了是不是事?带灯说:我们当然也想待,待十天八天的都行,可我们并没有给你们解决问题,这心里觉得愧么。[1]

带灯的愧,正是她内心忧患意识的体现。

农村脆弱的经济和生存的艰难,以及由此引发的大大小小的矛盾和利益冲突,使带灯对乡亲们的生活充满同情和担忧。特别是人情世故的冷暖、个人私欲的膨胀、利益追逐中道德的沦丧,更让她看到了普通人尊严的缺乏和人际关系的危机。因此,她的忧患既是她对现实深刻洞察的结果,也是她充满良知的善良天性的体现,更是她对在现实的纠结和劳累中不断积累的麻木不仁的疲惫状态的精神超越。但面对穷困艰难的生存环境和积弊已久的官僚作风,带灯凭一人之力的努力显得格外渺小。因此,带灯不过如夜空下的一只萤火虫,只是在暗夜给路人带来那小小的光,尽管渺小和微弱,也足以带给行路人难以替代的温暖和希望。

---

[1] 贾平凹:《带灯》,人民文学出版社2013年版,第237页。

二、 乡村治理的困境

作者以带灯的工作经历为线索，以点带面，展现了基层政府机关工作人员的群体形象。在对乡村治理的书写中，作者不仅展现了农村在现代化的历程中面临的种种生存困境，更是通过一件件的社会生活事件展现了乡村基层工作者的工作状态，以及他们面临的社会治理的种种困境。

人们讥笑樱镇"废"干部，不理解带灯这样美丽的女子为什么来到镇政府工作，甚至带灯追随的丈夫也离开了她，抛下了因他而来镇政府的带灯。在嘲笑、不解和艳羡的目光下，带灯凭着自己的意志和善良终于适应了这超强度的烦琐工作。之所以"废"干部，人人带着不满干基层工作，就是因为基层有着层出不穷、应接不暇的突发事件、矛盾冲突和是是非非。这些事件总是让人在情与理之间难以处理，不仅常常无政绩可言，吃力不讨好，甚至会给自己带来处分和惩戒。书中列举了大量樱镇干部的结局，说明了他们的千辛万苦和不幸结局。正因为这样，乡镇政府的工作就像击鼓传花一样，大家既不愿做，又不得不做。作者形象地描写道：

> 镇政府又会餐了，但这次没有去松云寺后坡湾的饭店，而伙房里做了些凉菜，就在会议室里喝酒。带灯和竹子不在，别的人却差不多都到齐，书记说：赌博人和人越远，喝酒人和人越近，为了团结，今日这酒能喝的不能喝的都得喝啊！为了公平，也为了气氛热烈，白仁宝提议击鼓传花，让大家围着会议桌坐了，他去院里摘了一朵月季，又拿出了一个小鼓。小鼓咚咚咚地敲，花朵就从书记那儿开始，由东往南往西往北传递，鼓声一停，花朵在谁手里谁就喝一杯。如此热闹了半个小时后，人人都紧张万分，鼓点越来越快，花朵也传得越来越快，后来几乎是扔，唯恐

落在自己手里。那酒已经不是酒了，是威胁，是惩罚。那花朵也不是花朵了，是刺猬，是火球，是炸弹。①

作者通过这一场集体聚餐上击鼓传花的游戏，隐喻性地说明了基层工作的艰难和基层工作者的心态。那一朵朵传得越来越快的花朵，就像层出不穷、不断来袭的让人头疼的突发事件，想摆脱又不能摆脱。带灯和竹子因工作受处分而出局了，别人就要接着来，轮到自己又会是什么结果呢？不管多么焦虑、疲惫和委屈，工作来了就要担起来！看到这里，我们不得不为这群勇于担当的基层工作者致敬！他们自觉卑微，自觉无力，甚至面对解决不了的大事件而绝望，但他们却迎难而上，担负起那如山的重担，积极地去想办法干好每一件事。这是基层工作面临的困境，也是他们面临的挑战和考验。

面对发展遇到的迫切问题，书记的自白更是说明了乡村工作的复杂局面以及开展治理工作的困境。

带灯和竹子把王后生搞签名的事反映给了马副镇长，马副镇长才蒸好了一个胎儿，也不吃了，立马给在县党代会上的书记电话汇报。这是下午三点四十三分。书记在电话里讲了七点。

这七点是：

一、我可以放权，但大工厂的事我必须来抓。

二、民主不是我能做到的，但我要必须稳定。

三、法治也不是我能做到的，但我可以尽力亲民。

四、清廉我不敢说怎样怎样，但我绝对强调效率。

五、公平我也不敢说怎样怎样，但我努力在改善。

---

① 贾平凹：《带灯》，人民文学出版社2013年版，第352页。

六、经济实力弱,我就要发展硬实力,大工厂就是硬实力。经济实力强了,我当然就要发展软实力。

七、樱镇目前在全县的地位还比较低,我肯定要注重面子。樱镇在全县的地位一旦提高了,自然而然我注重里子。①

这一段书记的指示,充分说明了乡村治理的种种悖论,其核心是乡村的发展问题,而在发展中不同利益群体得与失的冲突、个人利益和集体利益的矛盾、依法治理与以人治理的矛盾、公平正义和发展速度的矛盾、清正廉洁的政治操守和人情社会的潜规则的冲突等,这些现实工作中面临的种种矛盾,使这些权力不大而责任重大的乡镇领导干部们,不得不游走在合规与合法、合情与合理、从上与从下等悖论当中。他们不得不以最有利于自己愿望的方式去权衡利弊,因而一方面解决着问题和矛盾,一方面掩盖着无力解决而又必须解决的矛盾,而在这一过程中又进一步产生矛盾或激化矛盾,就如作品中带灯的比喻,现实问题就像落满灰尘的陈年蛛网,谁也理不清其中的头绪,这就形成了乡村治理更大的困境。

在这种权衡当中,他们为了处理好各种突发性事件,处理好各项临时性的工作,实现一时的工作目标,在工作方法上也就常常采取应激性的策略和临时性的手段,常常缺乏法律的规范和守法的自觉。如对于上访事件,他们没有办法从根源性上解决问题,就采取了粗暴简单的截访方式,甚至为了平息上访事件不惜采取暴力手段。为了排除突发事件或者可能的突发事件,他们利用个人的能力和关系,通过情感感化、道理说服和权力威胁等手段去平息事件。其中,罚款、胁迫或者利诱等卑劣的行为也是常常采取的策略方法。可以说,面对层出不穷理还乱的种种现实问题,他们

---

① 贾平凹:《带灯》,人民文学出版社2013年版,第306页。

常常不得不采取简单粗暴甚至违规违法的工作方法去解决,这种无奈而尴尬的工作方法也是乡村治理困境的重要体现。

然而,随着利益冲突的加大和矛盾的不断激化,更大的突发事件爆发出来,甚至演化为一场致命的恶性社会骚乱事件。对此,他们往往既无法预料,也难以解决,最后只好在上级的追责和镇政府的权衡中大事化小、小事化了,以牺牲带灯这样的小人物而告结束。

元家兄弟和换布拉布兄弟的血拼是各种矛盾积压和激化的结果。作品中在描写普通人的是非恩怨同时,不断地为这场发展为社会性骚乱的冲突做铺垫。善良朴实的小人物的冲突在打打闹闹中可以以较小的代价解决,而元家兄弟和换布拉布兄弟却是真正的地方恶人,他们既能和镇政府讨价还价,又能动员各自的力量实现自己的利益,最后在争夺河滩的开采权时集中爆发,由打架斗殴发展为一场骚乱。这个事件既是这些地方强豪之人贪婪的结果,又不能不说是官僚主义纵容的结果,其中既有人情关系,又有利益关系,最后逐渐累积的意气相争酿出了意料不到的结果。在这次事件中,最早知道情况的带灯和竹子奋不顾身,试图在打斗中制止这次事件,但天真的她不仅未能阻止这场血拼,反而在激烈的冲突中身受重伤。

这件影响巨大的突发事件,极大地损害了镇政府和相关部门的形象和利益,于是问责不可避免。作为综治办主任的带灯自然成了问责的对象,她在各方利害的权衡中代人受过,不仅被撤职罚款,而且在一种深深的愧悔中迷失了自己。尽管大家都知道她受了委屈,但习以为常的同事们没人真正在意这件事情。工作如击鼓传花在继续进行着,人人都在担忧中奋力向前。唯有竹子理解受苦受难的带灯心中的委屈,为其遭际深感不平,试图借助上访专业户王后生的手替带灯鸣冤,荒诞的是一个平息上访的人却沦为上访者。这种工作中难以处理的权力关系和利益关系成为基层工作中又一难以克服的困境。

总之，作品中通过带灯这一形象的工作经历和种种遭际，刻画了一群像带灯一样的基层工作者的精神状态和艰辛努力，写出了他们面对乡村的贫困试图追赶新时代，渴望大发展的种种努力。这是当代文学史上少有的关于一个基层乡镇干部的形象，必将在文学史上熠熠生辉。

三、 诗意的向往与身份的迷失

作者在叙写带灯工作中面临的种种问题和进行种种努力的同时，生动地描写了带灯的内在精神形象。在现实生活中，她总是和不同的人打交道，看到了生活中太多的无奈。群众面临的诸如吃水困难、尊严缺乏以及生活困苦等问题，使她不断陷入迷茫和痛苦。特别是在官僚主义作风严重的工作环境中，她既要顺从大势，维护政府的权威和领导的面子，想办法做好本职工作，但又不愿在工作中失去基本的原则，常常在善与恶的困惑与争斗中试图保留自己的善心善念。生活中的种种无奈使她孤独而迷茫，加之丈夫的冷漠和疏远，更使她感到格外孤单和凄凉，她想寻找心灵的依靠，在精神的向往中寻找自我灵魂的拯救和升华之途。

在这样的生存环境中，心性美好的带灯表现为一种双重性的分裂人格：白天，她是沉沦在世的社会化的人，在是非利害的种种现实纠缠中充满了忧患意识，而夜晚，她又是一个诗意浪漫的人，在自我的精神对话中对生活充满了向往；婚姻中，她索然寡味，和丈夫彼此似乎了无牵挂，而在对文化名人元天亮的精神恋爱中，她又是一个柔情缠绵、追问生活真义、寻找自我的思念者和追求者。作者通过双重叙事刻画了白天生活在世俗世界的带灯和夜晚沉浸在精神世界的带灯，两个带灯互相映照，让我们看到了一位在现实的沉沦中不断思考、不断超越的女性真实美好的心灵世界和生生不息的生命精神。

作者通过带灯和心中的精神偶像元天亮之间的一场场独白式的精神对话,写出了夜晚的带灯在孤独中的思考、追问和渴望,细腻地刻画了一位在现实的烦恼和苦闷中挣扎的女性内心善良美好的情感世界和诗意的精神向往。她面对心爱之人的内心独白和缠绵倾诉,既是对生活中的不如意和种种挫折感的宣泄,更是对平凡生活的一种精神升华。在这种诗意的宣泄和升华中,她思考生命的意义,寻找自我的价值,表达对生活的爱,保持独立的个性和至善的情怀,在对生命孤独的克服中完善自己的生命,因而她在现实生活中总能充满职业的责任感和爱的力量,她诗意的精神世界成为她在现实世界中不懈奋斗的内在动力。

带灯在写给元天亮的一系列信中,自陈心曲,是发自内心的一场场独白和诗意的精神对话,由此展开了带灯自我成长和思考的心路历程。

> 我觉得我原本应该经营好樱镇等你回来的。我在山坡上已绿成风,我把空气净成了水,然而你再没回来。在镇街寻找你当年的足迹,使我竟然迷失了巷道,吸了一肚子你的气息。又看到你的书而你说历史上多少诗家骚客写下了无数的秦岭篇章却少提到樱镇,那么我也得怨你如何的墨水把家乡连底漂进你心里怎么就没有一投瞥爱你如我的女人?[①]

从信中可以看到一个女性的自觉思考和追求,这是生命的一种自觉精神的体现,更是现实生存中一个女子的自我拯救。

> 镇政府的生活常常像天心一泊的阴云时而像怪兽折腾我,时而像墨石压抑我,时而像深潭淹没我,我盼望能耐心地空空地看

---

① 贾平凹:《带灯》,人民文学出版社2013年版,第43页。

着它飘成白云或落成细雨。所以更是想念你而怜惜这生命的时刻。我知道我的头顶上有太阳，无论晴朗还是阴沉，而太阳总在。①

作者在写作中，能细腻地捕捉不同情境下人物的内心情感和种种思绪，让人物对话在意识的流动中徐徐道来，充满了诗情画意，洋溢着睿智和自由通脱。在这种独特的对话中，作者借景抒情、随缘而发，具有情景交融的意境美：

> 山禁锢我的人，也禁锢我的心，心却太能游走。刚才听啄木鸟声时左眼长时间地跳，掐个草叶儿贴上还是跳，我就想是不是这两天没给你发信？啄木鸟在远处的树上啄洞，把眼睛闭上去听，说这是月夜里的敲门呢还是马蹄从石径而来？后来就认定是敲木鱼最妥帖，那么，谁在敲呢，敲得这么耐心！②

写作中，人物的心象和自然物象相映成趣，抒情写志自然而然，具有思想美和诗意美：

> 地软是土地开出的黑色的花朵，是土地在雨夜里成形的梦。有人拾起它了，它感谢，没人看见它了它也舒坦，自己躺在茅草里吃风屑沫。……我真的有些疑惑了，坚硬的土地，怎么这鲜物儿叫地软呢？土地其实是软的，人心也其实是软的！③

最后，无论是情景交融还是物我相发，都体现出作者所追求的在自然和人性的精神对话中达到天人合一之境的艺术之美：

> 这几天心有些乱，乱得像长了草。在县上开会时买了一本杂

---

① 贾平凹：《带灯》，人民文学出版社2013年版，第67页。
② 贾平凹：《带灯》，人民文学出版社2013年版，第107页。
③ 贾平凹：《带灯》，人民文学出版社2013年版，第55页。

志，看到一篇生了气，什么家庭里冷暴力热暴力的，让我想着自己的悲哀。但我又想起农民在挑豆子时常会把一粒豆子放到好的一边也行放到不好的一边也行。这如同我的婚姻。为什么我还把自己放到好的一边呢？这样一想我就不大生气了。……我有爱的能力而没有打扫卫生的力量和设计吗？千万把自己从垃圾里拯救出来，只需要站起来的力量么。本想多过几天再给你写个啥，像泉水聚几日了澄澈深度，谁知我的思想不停游荡。偶尔闪过念头，觉得死是美好的字眼儿么，就是彻底解脱和永恒得到的两个概念，我当然是后者，而我先活着就想到了树。树是最默然又最喧然，树能在春夏秋冬阳光雨露寒冷温热生芽发绿，开花结果，其各色各香各味各形的花花果果，枝枝叶叶是树对日月山水感应的显现。树木的好形象在等谁呢，自己心里知道，而我的心对着蓝天丽日清风明月高山流水以美好的感觉想念心仪的人，却不能显现只有默默忍受。我向树去学习呀，把内心美丽情愫长成叶开成花结成果，像树一样存活，一年一年，一季一季，一天一天，去生轮圈。平静的人华丽的心。①

总之，作者以散文化的笔法，在诗意化的书写中直触人物的灵魂，展现了一个至性至灵、至善至美的女性的精神生命。在现实中，她不甘沉沦、不忘初心，把爱的光辉力所能及地带给每一个人；她以对故乡山川大地的挚爱和浪漫想象奠基着她的精神生命，她在和远方的精神偶像的对话中超越现实的功利之困，她在暗夜孤独的思念和向往中体味生命的意义和自我的价值，她在直面内心的迷茫彷徨中对自我价值和生命意义展开追问

---

① 贾平凹：《带灯》，人民文学出版社2013年版，第208—209页。

和思考……她这种面对生活艰难的自我开解和精神升华成就了博大而深刻的灵魂，从而一个活生生的人物形象生动地展现在我们面前。

这就是夜晚的带灯，也是白天那个常常迷失的带灯的内在精神生命。作者在双重叙事中让白天的带灯和夜晚的带灯互相穿插，在彼此的奠基中互释互训，使作品的审美意蕴更加丰厚充实，也使带灯的形象更为饱满圆润，生动地表现了一位基层干部艰难的成长过程和鲜活的内心世界。这一形象，既体现出了作者关注现实问题、现实生活的创作精神，也体现出作者圆形化书写的艺术追求。整部作品的写作十分精彩。

四、 众人心中的佛

令人哀伤的是，现实生活中的种种问题和矛盾总是在不经意间就要碾压这些艰难的奋斗者。一场突然发生的打架斗殴和社会骚乱，让带灯一下子成了社会的罪人。深入一线，试图拼死消弭暴力的带灯，在各种利益的权衡中成为被上级追责的责任人，她失去了职位，也失去了那份信心，成为被抛弃的走卒，似乎完成了自己应有的使命。这对她是一个十分重大的打击，尽管她白天似乎满不在乎，说说笑笑，一如既往，把委屈藏在心中；但回到夜晚，回到自己的世界，她就成为一个失意彷徨的梦游者。

梦游是作者书写人在精神困境中自我迷失、自我寻找的一个重要意象。《白夜》中夜郎的梦游，表现出夜郎在爱情中找不到自我的彷徨和痛苦，是掩藏在现实生活中理性的我之下的真我的无意识表达；《怀念狼》中舅舅的梦游，是在现代文明规范中因理性抑制而迷失的真我的反抗，意味着对失去生命本色的现代文明导致的人性异化的一种批判；而这里，作者通过带灯的梦游，写出了她在工作中受到委屈后的失落和失意，这是遭到打击后的一种自我迷失和彷徨，当然其中似乎也应有她对这一悲惨事件的愧悔和自责。这种梦游般的自我放逐，恰恰体现的应该是带灯这位有良心有担当的基层工作者的使命意识和责任意识。因此，在作者笔下，这位梦游的女人是众人心中的一尊佛，甘愿以自身的牺牲去为众人解危扶困，以悲天悯人的精神去关爱普罗大众。陷入不自知的梦游中的带灯，与其说表现的是自我迷失的彷徨，不如说是一种发自内心的忏悔和担当！由此，作者以隐喻性的书写，再一次升华了这一女性形象。

不仅如此，带灯也是大家心中一尊善良的佛。在这场丢车保帅、顾全大局的政治安排中，尽管镇政府的人可以装作什么都看不见，依然像什么都没有发生一样继续生活，但她的二十四个老伙计们没有忘记这位"好同志"，她们商量着带来各家的食材合伙做一顿揽饭，以这种朴素的方式安慰带灯，表达对她的敬意和爱戴之情。

> 第三天，果然人都到齐，陈大夫就关门歇业，专门在后院里支了个大环锅，下了米，麦仁，小米，包谷糁，高粱颗子。煮了土豆，黄豆，绿豆，云豆，蚕豆，扁豆，刀豆，豌豆。又把山药，木耳，豆腐，枣，蔓菁，豆角，莲菜丁儿，茄子丁儿，红白萝卜丁儿，烩进去，还有腊肉牛肉猪肉兔肉切成片儿炒了拌进去。再就配制调料，花椒一定是大红袍花椒，辣子一定是带籽砸出来的辣子，蒜寻紫皮独蒜，醋要柿子白醋，要小葱不要老葱，韭黄新鲜，芥末味呛，还要芫荽，韭花，生咸芽，地椒草，这些调味得陈艾娃做，陈艾娃手巧。一切都安顿停当了，陈大夫抓了几味药片放到了锅里。张膏药儿媳说：咋放药呢？陈大夫说：放些人参山萸和当归，有营养又提味。[①]

---

① 贾平凹：《带灯》，人民文学出版社2013年版，第341页。

这顿饭里，煮满了故乡山水长养的各种物产，蕴含浓浓的乡情，更是百姓对带灯发自内心的谢意和肯定。陷入精神低谷的带灯美美地吃了一碗又一碗，她终于在这爱的宽慰中逐渐解脱。老百姓的情义和牵挂，成为对带灯最好的奖励。

作者在后记中这样谈他创作带灯这一形象的思想动机：

> 正因为社会基层的问题太多，你才尊重了在乡镇政府工作的人，上边的任何政策、条令、任务、指示全集中在他们那儿要完成，完不成就受责挨训被罚，各个系统的上级部门都说他们要抓的事情重要，文件、通知雪片似的飞来，他们只有两只手呀，两只手仅十个指头。而他们又能解决什么呢，手里只有风油精，头疼了抹一点，脚疼了也抹一点。他们面对的是农民，怨恨像污水一样泼向他们。这种工作职能决定了它与社会摩擦的危险性。在我接触过的乡镇干部中，你同情着他们地位低下，工资微薄，喝恶水，坐萝卜，受气挨骂，但他们也慢慢地扭曲了，弄虚作假，巴结上司，极力要跳出乡镇，由科级升迁副处，或到县城去寻个轻省岗位，而下乡到村寨了，却能喝酒，能吃鸡，张口骂人，脾气暴戾。所以，我才觉得带灯可敬可亲，她是高贵的，智慧的，环境的逼仄才使她的想象无涯啊！我们可恨着那些贪官污吏，但又想，房子是砖瓦土坯所建，必有大梁和柱子，这些人天生为天下而生，为天下而想，自然不会去为自己的私欲而积财盗名好色和轻薄敷衍，这些人就是江山社稷的脊梁，就是民族的精英。[①]

由此可以看出，作者是带着理解和尊敬写基层生活的，更带着尊敬和

---

① 贾平凹：《带灯》，人民文学出版社2013年版，第358页。

感激书写带灯一样的基层干部。他们在千难万难中守护着乡村，维护着良好的社会秩序，坚守着民间基本的正义与公平，给底层社会的百姓带去希望和温暖。尽管他们渺小而卑微，但他们是当之无愧的"社稷的脊梁""民族的精英"。

作者笔下敢于为民请命的带灯是佛一样的人，坚守乡村、守护着传统文化精神的白雪也是佛一样的人。在作者的心中，这些至性至灵的佛一样的女人，以自己的爱宽容、化解仇怨，在各种困境中以母性的光辉坚守心灵的至善，守护着爱的温暖、家的幸福。《极花》中被贩卖的女子胡蝶、《高兴》中为大家挠痒痒的女子杏胡，她们在生活的磨难中用女性的善温暖着这陌生的世界，她们又何尝不是一尊救苦救难的至善的佛呢?!

第二节

《极花》——妈妈，你在哪里？

如果说，《带灯》是对《秦腔》的乡村书写中提出的关于基层治理问题的精彩回应，那么，《极花》则是对农村空心化后未来问题的忧虑和思考。作品试图通过一个被贩卖的女子的悲惨遭遇，来揭示现实的故乡和离开故乡的人在城市化的进程中的命运。与《高兴》侧重于书写进入城市的农民的生存状况不同，这部作品则侧重于书写在走向现代化的背景下，在城市化的不断挤压下，乡村走向零散化的现实，揭示了日益空心化的乡村面临的生存危机和精神危机。

在这部作品中，作者以虚实结合的艺术手法展开文本叙事。实的方面，写的是在缺少女人的村庄里，人们面对传宗接代和家乡未来深感忧虑的生活现实，他们面对婚姻的焦虑和无奈，以及面对身体和心灵难以满足的痛苦；虚的方面，则是通过被贩卖的女子胡蝶的心理活动，从她的所思所想、所见所闻等切身的经历，观照和思考在这一失去女人的村庄里人们的精神状态和内心的绝望。同时，作者通过黑亮和胡蝶的对话和成亲，让我们看到了在生存的绝望中人性面临的罪与罚。

作者在对这个悲剧性的故事的叙事中，并没有简单地就事件写事件，而是通过这个事件，映照了生活在传统乡村的人们为了生存面临的道德尴尬和文化困境。在这个建立在人口贩卖基础上的非法婚姻中，为了维护共同的利益，一群善良的人对一个被囚禁的弱女子施加了强暴，他们在集体性的暴力狂欢之后，不管愿意不愿意，都要面临自我心灵的安妥和自我精神的拯救问题。作者的深层叙事逻辑展现为一种双向书写：一方面是一个被贩卖女子的精神受难过程；另一方面是传统的乡村文化在生存尴尬中的精神拯救过程。作者既对这种集体性的罪恶进行了灵魂深处的拷问，又以人性的关怀面对现实的困境，试图化解这一罪恶，试图为乡村和乡村世界的人们寻找精神之根和未来的出路。这种双向书写，既体现出个体生命的生存悲剧，又体现出历史发展中集体性的悲壮，更能体现出作者面对现实的悲悯情怀。这是人性的二难，历史的二难，也是作者内心面临的二难。

在双向叙事中，作者笔下的人物都是一种圆形形象，体现出在具体的生存处境中的人性真实和生活真实；作者把这些圆形人物形象置于天地境界中书写，试图以形而上的精神召唤和守护人性的善良，在生命的终极意义上化解人性的悲剧和社会的悲剧，从而以超越性的精神寄托深远的忧患之思和内心的爱的渴望，最后让佛一样的女人包容和化解人世的苦难，去绵延人们永恒的生命的希望。

一、乡村：没有母亲的世界

在《极花》中，胡蝶是一位被贩卖到村子里的女人。她被黑亮以高价从一个人贩子手里买来，从此囚禁在窑洞里，过起了屈辱而痛苦的日子。好在黑亮一家善良本分，让她好吃好喝，黑亮对她还算尊重，黑亮的父亲和叔父更是勤劳持家的庄稼人，都为人本分厚道。在她的观察以及和黑亮的交谈中，她逐渐知道了这个偏僻村庄的现实，这是一个缺少女人的地方，村子里大部分青年男子都是光棍，而村里的女人不是残疾就是和她一样被拐卖来的。由于女性的缺乏，所以娶妻生子就成了每一家的头等大事，也是他们最难以解决的事情。为了繁衍后代，也为了宣泄自己的欲望，村子里的人自觉地结成了攻守同盟，共同维持着买卖女人的习俗，以暴力的方式逼迫女人就范并监视和限制女人的自由，严防其逃离村庄。胡蝶就是在这样的环境中被买来做黑亮的媳妇，长时间被囚禁在窑洞里。

在漫长的被囚禁的日子里，这个年轻的女孩子在悲愤中想念家，想念家里的娘，想念自己一心想过上城市生活的日子。她不愿意屈服这陌生的男人，她反抗，她要自由，她要回去找爱自己的娘。在被囚禁的日子里，胡蝶靠对娘的回忆而坚持着，她想到在生活的艰难中娘如何养大了她，想到为了供弟弟上学她如何休了学，想到母亲因对她失学的愧疚而酗酒的痛苦，想到母亲和她从农村到城市拾破烂谋生的辛劳，想到青春觉醒的她的叛逆和爱美，想到出租屋里自己懵懵懂懂的初恋，想到自己为了给母亲解忧如何渴望打工被骗的经过，想着母亲和父亲会为了她的失踪而多么着急……她想娘，想父亲，想弟弟，想家，她为他们担忧，因为她知道他们也为她担忧，她知道娘为了她会急得发疯……作者通过被囚禁的胡蝶的回忆和想象，讲述了一个跟着娘从农村走向城市的女孩的成长历史。女儿是娘的心头肉，吃苦受苦，打呀骂呀都是想让娃好啊！有娘才有家，有娘才有温暖和依靠，有娘才有希望。然而这个从农村到城市的孩子却以被拐卖的方式又被带回了另一个山村。她想娘，想回家！

在被囚禁的窑洞里，墙上挂着一个女人的遗像，那是黑亮的娘。黑亮在晚上陪着她讲述家里的故事，讲述娘的故事。家是农村衣食无忧的家，父亲本分能干，黑亮经营着杂货店，瞎眼的单身叔父一直和他们过着，家里鸡羊牛驴齐全，一家人可谓勤劳慈孝，其乐融融。可是全家人最大的心头病是给孩子娶媳妇，娘日思夜想的也是给孩子娶一个媳妇，娘是个好娘：县上的领导说"好女人一是干净，二是性情安静。他娘的好名声就传开了，成了方圆十几里的人样子"；他娘每天在"天地君亲师"的牌位前点香、敬极花、供土豆，最大的愿望是自己的儿媳妇也要漂亮；娘生前花了极大的心思为未来的儿媳妇做了布鞋、攒了做被褥的棉花……可是娘却带着未了的心愿在八年前没有了！没有了娘的家败下来了，仅剩下了三个光棍！黑亮现在高兴，他用全家积攒的三万五千块钱高价买了一个像娘一样漂亮的媳妇，实现了娘的愿望，家像个家了！

作者以虚实结合的叙事方式巧妙地穿插了两个娘的故事，以独特的叙事技巧，让我们看到了城市化给乡村带来的变化，看到了农村人在城市化过程中艰难生存的命运。胡蝶和娘从乡村到了城市，靠捡破烂过日子，成了城市的边缘人，她们既需要维持生计，又需要维护尊严，在城市的边缘艰难地经营着家；而黑亮生活的乡村，也因为外出的人越来越多，乡村日益空心化，特别是女孩子的流失，光棍的日益增多，村庄生存繁衍的代价越来越大，这使村庄失去了生机和希望，缺少女人的传统家庭和古老乡村在破碎中似乎看不到未来！没有女人就没有了母亲，没有母亲也就没有了家和未来，村庄也就没有了灵魂！

作者通过胡蝶心中的娘和黑亮心中的娘的一场无声的对话，让我们看到了母亲的期望和呼唤，看到了胡蝶的可怜，也看到了黑亮的可怜。他们都是母亲的孩子，却都失去了母亲的看护。在没有母亲的世界，他们都需要心灵的归宿，需要家，但他们却在现实中处于对立状态。黑亮想用自己的热情和善良温暖胡蝶悲伤的心，胡蝶却在愤怒和屈辱中充满了对抗和敌意。在双方的对话中，一个在理解中充满了挽留和怜惜之情，一个在理解中充满了反抗和逃离之意。两人一样悲凉，一样充满了难言之隐：

黑亮说：别的我不给你说了，你以后就全知道。

没有以后！我大声地喊，这里不是我期待的地方！

待在哪儿还不都是中国？

我要回去，放我回去！①

我们看到，两个不在一个生活轨道上的人被强行地绑在了一起。作者不是简单地叙写这个强迫性的婚姻关系，而是十分敏锐地捕捉到这两个陌生人互相理解的可能性和最终能够相处的可能性，试图从人性深处为他们最后的精神结合寻找到心理依据和情感依据，而这正是作者试图为像胡蝶这样被监视和被囚禁的女人寻找到立身的意义基础，也为像黑亮这样被遗弃在乡村的男人寻找到立身的价值，这也是作者对走向衰败的乡村未来的忧虑和关怀。这些被贩卖的女人，如何和这个陌生的世界和陌生的男人融为一体，她们经历了怎样的心路历程，支撑她们活下去的精神力量来源于哪里呢？而黑亮，这些在母亲的期待下长大的孩子，天性善良，有着淳朴的乡情，却为什么面对买来的女人如此暴虐和蛮横，为什么像流氓一样胡作非为？这些善良的罪人，如何在罪与罚中拯救自我的灵魂，寻找自己的希望？

作者通过娘这个意象，把胡蝶和黑亮的内心联系在了一起，因为娘的原因，他们似乎有了理解的基础；因为娘的原因，胡蝶才慢慢地对这个并不坏的男人有了同情甚至产生了关怀。日子消磨着胡蝶的意志，也消磨着她的仇恨，母性的爱在他的内心渐渐萌生！尽管这是一场孽缘，但在共同的无奈和人性的良善中结出了善缘，胡蝶最后终于成为这个村庄的母亲！作者十分善于捕捉人物在特定情境下的心态，通过细腻的描述以十分合理的方式让这两个被世界抛弃的人走在了一起。

作品中，作者一步步地通过女性的至善化解着仇怨和罪孽，化解着内心深处的伤害和不信任。也许这是深陷困境中的男女最真实的情感逻辑，

---

① 贾平凹：《极花》，人民文学出版社2016年版，第29页。

也是他们人性深处善良的表现。由于女性身上的母性觉醒,她这个买来的娘,似乎不得不包容这个世界和这个世界给自己的一切不幸,不能不爱自己生下的孩子并怜惜这些家人!所以,当胡蝶日思夜想的母亲来解救自己的时候,她才发现自己已经放不下这里的世界,放不下自己的孩子和这一家老小,她似乎已经难以回到自己曾经的世界!

作者很巧妙地把女人的故事和她们的命运联系在一起,把女人和乡村的命运联系在一起。没有娘的乡村更需要女性的滋养和温暖,没有娘的乡村更没有爱和未来。作者在这部作品中,面对乡村的现实问题,面对乡村集体性的犯罪行为,在去留之间内心充满了矛盾,因而作品以胡蝶梦幻般的内心独白在模糊中结束了,留下了极大的叙事空白。胡蝶是要奔向自己日思夜想的娘,还是留下来做自己孩子的娘呢?一面是日思夜想的母亲声泪俱下的呼唤,一面是亲生儿子离不开娘的稚嫩的哭喊,在这种艰难的选择面前,作者把问题又留给了佛一样的女人!

作者以充满深情的笔,书写了一个村庄的衰落和衰落中的自我拯救,透过女性的命运写出了乡村面临的生存困境和发展困境。男人需要女人,孩子需要娘,村子需要未来,但严峻的现实却撕裂着传统的社会,撕裂着这一群需要活下去的农村爷们。为了生存,他们也陷入了道德的尴尬和精神的困境,而这正是作品中所关注和思考的农村世界更深层次的问题。

二、 双向书写: 女性的受难与文化的拯救

作品在故事的叙述中,文本的意义逻辑体现为一种双向书写向度。一方面是胡蝶这个女性被贩卖、被囚禁、被殴打、被强暴的受难过程。在这一过程中,一个善良女子的未来被一群男子集体谋杀,在男人的集体狂欢中成为被宰杀的羔羊。这是一场男性心照不宣的集体性迫害和强暴。这一

弱女子，在被囚禁的日子里像畜生一样用铁链锁起来，被严密监视和提防，没有了人身自由。胡蝶每次想逃出去，换来的都是男人们集体性的殴打、折磨和羞辱；尽管黑亮想给她留一点回旋的余地，留一点尊严，但在集体性的意志之下，在黑亮的父亲组织的一群光棍以野蛮的方式羞辱之后，她在众目睽睽之下，承受了黑亮歇斯底里的强暴。在这个男人的世界里，她纯粹沦为传宗接代的工具，沦为男人戏谑、泄欲和欺凌的对象。面对一重一重的暴力，这个女人没有任何还手的能力，她的这一经历不仅仅是肉体的受难，更是精神的受难。作者以胡蝶的经历写出了一个绝望的村庄里一群野蛮的人那丑陋的人性！

这一群人其实也是成长和生活在"天地君亲师"的文化世界的人，接受中国传统文化养育的人。但可悲的是，他们在城市化和现代化的进程中，成为留守乡村一隅的被遗忘的人。故乡，对他们而言已是一个悖论的世界，这里是他们温暖的家，是他们世代繁衍发展的生息之地，他们和周围的山川日月融为一体，坚守着自己的信仰和渴望，也许他们从来没有想过要离开这个祖祖辈辈灵魂安妥的地方；但是，时代的变迁把他们推向了生存的危机之中，安贫乐道的古老村庄没有了女人，男人都沦落到打光棍的境地，买女人娶媳妇，传宗接代成了村庄最大的政治，于是这群善良的人为了掠夺到成为稀缺资源的女性，留住孩子的母亲，开始集体性变得疯狂，对女性采取了非法的暴力手段。一群日常善良温和、勤劳质朴的人在控制和征服女性方面成了凶恶的暴徒和冷漠的打手。这种生存的危机和对女性理直气壮的暴虐和犯罪，让他们的精神需要一种深刻的自我拯救。这就形成了作品另一叙事向度——文化的自我拯救。

作品中的精神拯救是通过老老爷这一形象来展开的。老老爷是村子里德高望重的长辈，是村子里传统文化的守护者，也是村民们精神的信靠者和教化者。他观天察地,与万物同生息,用一种传统文化的仁爱至情化解着村人的仇怨,填补着他们精神的空虚,用美好的信念和人格道德感召着一代代人的成长。面对村子的现状,作为文化人的他既在沉默中视若无睹,又是在沉默中洞若观火。他若智者,似乎和尘世保持着距离,实际上又在尘世中担负着拯救人心的重任。

面对胡蝶的遭遇,他是一位沉默者。老老爷看着胡蝶被囚禁、被凌辱、被强暴,保持沉默,这种沉默是这位文化人的尴尬和无奈,也是村庄的尴尬和无奈。他知道村庄里的男人需要女人,他明白乡村世界需要延续和发展,但现实是男人的愿望没有办法以合理的方式去实现,村庄的发展与未来没有更好的路去走,所以他只能默认这种现象的存在,似乎以沉默的方式成为村庄恶行的合谋者;但同时,他和这场行为又保持着一种距离,他从内心对这种违背良知的败俗行为充满了愧悔。他的沉默,恰恰反映了传统乡村世界面临的生存困境和道德困境,反映了在这种困境中传统文化的失语。传统文化的道德世界既不能接受这种野蛮的行为,又无力谴责这种为生存而犯下的罪恶,因此老老爷只能以沉默的方式坚守着自己的价值世界,这也正是在现实面前传统文化面临的意义尴尬。

面对蝴蝶的呼唤,老老爷是一位无语者。当被强暴后的胡蝶第一次走出囚禁自己的窑洞,大声呼唤老老爷时,"老老爷没有理我,拉过来一个葫芦看上边的字,我瞧见那个是个德字。然后仍是给了我个后背,进他的窑里去了"[1]。老老爷的无语确实意味深长,有一种羞愧,有一种同情,更有一份悲凉。"我没有怨恨老老爷,其实老老爷即便应了声,我能给老老爷说些什么呢?"是的,胡蝶不怨恨爷爷,在这种集体性的暴虐、疯狂和

---

[1] 贾平凹:《极花》,人民文学出版社2016年版,第70页。

绝望面前，老老爷是无能为力的，他的良心让他无论是从情感上还是从道义上都没法面对这个绝望中的女子。经历了沉重苦难的胡蝶理解老老爷的痛苦，理解老老爷的无奈。传统文化面对现实的失语，意味着作为中国传统社会的精神守护的传统文化自身意义的一种丧失，这是传统文化在现实面前不得不面对的危机和困境。

但是，老老爷又以自己的方式成为对村民暴行的谴责者，他作为传统文化精神的守护者和传播者，自觉地担当起精神救赎的责任。于是，他面对黑亮的父亲，这位忠厚勤劳、心思细密却又凶狠的好人，质问道："做罐子时就有了缝儿，那能以后不漏水？"教诲道："一时之功在于力，一世之功在于德呀。"① 他谴责了黑亮父亲策划的这一次不顾一切的集体性的暴行，指出了他们应该走的救赎之道。

于是，在老老爷的指导下，黑亮爹花钱请来麻子婶，从心理上对胡蝶进行心灵疗救。麻子婶和胡蝶一起吃、一起住，陪着她说话，教她剪花花，说命运，骂男人，终于让受尽身体凌辱和精神创伤的胡蝶放松了紧绷的神经。经历一场大难的胡蝶终于在情绪的宣泄中获得了难得的宁静和抚慰，这是老老爷对胡蝶心理的一次拯救。老老爷面对这个受苦的孩子，更是以充满仁德的文化化解仇怨，试图以传统文化精神救助这位孩子。他把画着星空图案的纸条扔给囚禁在窑洞里的胡蝶，是希望她的心要如天地广大，要坚强地活下去；他送她写字的葫芦，送她彩花绳，是希望她能找到精神的依靠和温暖，能好好地生活下去；他给她讲道理、论生存，激励其生的希望，是试图以天道成人道，以万物化育之理唤醒她作为母亲的大爱……总之，老老爷试图以传统文化精神守护这位受难者的心灵，以仁爱之

---

① 贾平凹：《极花》，人民文学出版社2016年版，第72页。

心温暖这位落难的女子，为她找到精神的依靠，从而引导她融入这个陌生的世界。老老爷这一文化教化的努力，不仅仅是对胡蝶精神世界的拯救，从某种意义上讲更是对走向精神沉沦的乡村世界的拯救。

面对乡村世界的生存与发展困境，老老爷确实担负着精神拯救的任务。面对女性日益缺少的村庄，他让黑亮爹用石头雕刻更多的女性石像，摆放在路口村巷，是祈福也是抚慰，是想以仪式化的方式让村庄充盈女性的气息；他养出刻字的葫芦，以一种崇敬的心理让人们请回家，时时提醒大家坚守"天地君亲师"的文化信仰，告诉大家我们是有文化的人，是崇尚德性的人；他给年轻的小伙一人一个官名，反对小名、诨名，是提醒大家我们是有身份尊号的人……总之，老老爷传播着中国百姓赖以立身立命的传统文化精神，以写对联、取官名、讲道理以及创造文化象征物等多种仪式化和神圣化的方式，排解着乡人的苦闷和彷徨，化解着人们之间的种种恩怨和内心的道道伤痕，充分发挥了文化的调适功能和守护作用。

贾平凹创作《极花》，正如自己所言，不仅仅是要讲一个被拐卖的妇女的不幸故事，而是要通过这个故事思考在现代化背景下乡村的命运问题，因而可以说这是对《秦腔》中乡村面临的乡亲们出走后的现实状况的注解。

空心化的乡村的悲剧在于后继无人，而女性的大量流失更使乡村的生存繁衍成为问题。在这种现实困境面前，留守乡村的人们的道德信仰和精神世界自然面临重重危机。贾平凹在作品中以一系列圆形人物的塑造，揭示了在这种危机面前人们生存的二难状态和文化的二难状态，并试图以传统文化精神救赎人们的道德失范和精神创伤，给彷徨迷失中的人们寻找到自救的可能性，从而寻找到乡村百姓的生存之道和灵魂的安妥之处。这种写作的用心，既是贾平凹的忧患，也是贾平凹的大爱，是在历史与现实的十字路口对中国传统乡村和乡村承载的传统文化的深情回望。

第三节
《高兴》——城市漂泊者的家园情结

在《极花》的写作中,贾平凹开始直面进城农民的命运问题,而在《高兴》这部作品中作者则更是从进城农民的视角出发,书写进城农民试图以尊严的方式融入城市,试图在城市找到自己生存的位置和身份,试图在远离故乡之地寻找到精神和心灵安妥之处而不懈努力的故事,这是对《秦腔》中叙述的众多进入城市的农民的生存状态、精神世界及其命运遭际的一次全面深刻的表现,因而是对《秦腔》书写中留下的空白的又一个注解。

《高兴》以反讽式的文本叙事,给我们讲述了生活在城市边缘的漂泊者全力打拼中的苦闷、彷徨和无奈,也写出了他们在困难中互相关怀、互相扶助的善良,更写出了他们在无家可归的城市里对家的向往。这些泥土一样平凡的人在城市里的艰难生存,正是中国城市化和现代化历程中一面能令人深刻反思的镜子。

一、刘高兴的 "高兴"

《高兴》以意识流的写法,从刘高兴的视角来叙写进城农民工的生活状态和精神状态,充满反讽意味,在看似轻松幽默的语言背后表达了生存的艰难和内心的沉重。刘高兴本名刘哈娃,他带着五富来到城里打工,希望通过努力劳动赚取金钱,实现自己的梦想。刘哈娃自己改名刘高兴,是为了忘记农村生活中的不幸和痛苦,其实他的生活并没有令人特别高兴之处。他觉得他不比城里人差,他要做一个穿皮鞋、戴墨镜、蹓街道的有尊严的城里人。他不在乎钱,他要的是有脸面的尊严。通过和老实巴交没文化的五富比较,他觉得他天生就是做西安人的命。因此,他到了城里,不仅要发财,而且要寻找自己人生的理想,追求做人的尊严,因此他要活得高兴。

可以说,刘高兴是带着热情的向往来拥抱城市。他之所以认为自己是城里人,是因为他把一个肾捐给了城里的人,因此他属于这个城市;他认为自己捐赠的一定是个有钱的老板,因此,碰到个有钱人,他总以为是移植了自己肾的那个人,以为是另一个自己,希望他们成为兄弟,能彼此互助提携。他珍藏了一双每天细心呵护的高跟尖头皮鞋,认为这样的鞋只有西安女人才配穿,他希望在城里找到那个可以穿这双皮鞋的女人,这双鞋既是他失败姻缘的见证,也是他对爱情和家的虔诚愿望的寄托。总之,他希望凭着自己的聪明和努力,能够和城市自然地融合在一起,成为一个自信浪漫的城里人。作者以自嘲自讽的语调十分生动地写出了这个一无所有的乡村青年来到城市后亦真亦幻的想象。

但是,刘高兴在城里所经历的生活其实并不是这样。他投奔在城里发家的家乡兄弟,每天靠捡破烂谋生,却发现拾破烂的活计也是一个层层盘剥的世界。在这个破烂王的生态圈里,他也需要向昔日家乡的兄弟低声下气、送礼行贿才能混个温饱。他屡屡想寻找新的挣钱路数,却不是被骗就是难以长久,最后在发财渴望的驱使下,找到一个大工程,希望就此独立,但尽管在艰苦的生存条件下拼命劳作,不过又是无良商人的圈套,最后不仅未赚一分钱,而且让跟着自己混的兄弟五富因辛苦过度发病身亡。他渴望爱情,挚爱的却是一个卖身为生的女子;他希望在这份爱情里得到幻想、得到希望,也得到可怜的自尊,却怎么也走不进那个追不到的爱情世界里!

这就是进城农民基本的生存命运，他们既找不到自己生存的位置，也找不到身心的归依之所。他们在工作中拼命努力，却总是手头拮据；他们勤俭，却总是实现不了基本的生存愿望；他们彼此同情互助，却如浮萍四散零落，游走在城市被遗忘的边缘，没有安定的家；他们善良乐观、安贫自足，却总是沦落为犯罪分子和被怀疑对象；他们自尊自强、质朴善良，却总是在强烈的羞耻感中负重前行。

作者的意识流书写实际上是一种双重意义结构：一方面，作者通过刘高兴的视角以嘲讽甚至挖苦的态度描写五富，写他的笨、他的憨、他的爱财如命，写他不知爱惜自己，也写他不要命的自虐的节约。当然，像这样生活的，还有和他们一样早出晚归的邻居黄八以及朱宗夫妻等人，这些人的生活方式构成了进城农民的日常。作者通过刘高兴的视角，描述了他们漂泊在城市的艰辛。另一方面，作者写刘高兴的追求。这是对生活意义的一种思考和发现。刘高兴不想和这些人一样，他保持着浪漫的自尊，也保持着鹤立鸡群的独立，他追求美好的爱情和梦想，想做一个精神贵族，并试图把这些人用一种精神团结起来。他束缚着五富，替他精打细算，希望他能够实现自己的希望；他善待可怜的黄八，希望这位只身在外闯荡的男子活出尊严；他在朱宗夫妻面前保持几分矜持，希望维持自己的尊严；他征服了街头行骗的石热闹，希望他能靠劳动挣钱，在生活中有做人的尊严。所以，和他来往的这些打工者，对他都带着几分尊敬和爱戴。

从某种意义上而言，第一重意义的叙事中刘高兴眼中的日常生活，才是刘高兴和五富们生活的真实，他们就这样奔忙在城市的大街小巷，在垃圾堆里谋生，被人歧视也习惯了歧视，生活十分清贫也习惯了清贫。第二重意义的叙事中刘高兴内心的自我意识则是这些城市中四处流浪谋生的漂泊者的精神世界，他们四处奔忙、辛苦劳作、清贫生活、热情互助，这正是他们身上的责任意识和担当意识的体现,是他们对生活的热爱和对家的热爱的体现。尽管面临种种生活困难,但他们守护着做人的道德和尊严,是一群有自己的思想和判断的温暖而又满怀希望的人。叙事中的这两重意义互相映照,互相阐发,既写出寄身城市生活底层的这些农村打工者的可怜和可悲,又写出他们身上的善良和高贵。正是这两重叙事意向构成了《高兴》这部作品富有深度的意义追求,体现出作家的人文关怀。

这种双重意向的意识流叙事让作品具有一种反讽式的审美情感,让我们在一种矛盾性的情感体验中感受生活的悲凉和生存的悲剧。其实,在刘高兴的"高兴"背后是生存的不高兴,是生活的沉重和悲凉。他们试图积极生存,以任劳任怨的劳作拥抱陌生的城市,却总是遇到种种欺骗和羞辱;城市似乎需要他们的工作,但却总是对他们抱有敌意和怀疑;面对城市世界,他们忠厚质朴地做事做人,却常常被当作无文化的傻子遭到流氓的敲诈勒索;他们收破烂时,尽管小心翼翼,却总是被当作小偷而大加提防。没有自尊的劳动,微薄的收入和贫困的生活,让到城里寻找财富和尊严的刘高兴高兴不起来,更何况他们还要面对同行的种种恶性竞争以及面对利益时兄弟间的势利和鄙薄。当他口口声声和警察争辩我不是刘哈娃,而是说"同志,你得叫我刘高兴"时,其实我们感到的是满心的悲伤。他自称的高兴其实满含委屈的泪水,他的胡搅蛮缠的争辩,其实是对生活的一种悲愤、无奈和抗议!所以,文章的情感基调是戏谑的也是庄重的,是嬉笑的也是悲凉的,是嘲讽的也是悲悯的,是挖苦的也是深爱的,是轻佻的也是沉重的,是轻描淡写的也是动人心魄的,是不以为意的笑闹更是刻骨铭心的深沉,因而文本中富有张力的反讽使作品更具审美性和思想性。

二、锁骨菩萨

尽管这些进城的农民在城市无身份,但作者却试图在自嘲自讽的故事中为他们的城市生存寻找最内在的精神根据，寻找他们坚强活下去的意义基础。其中最能表现出作家这种关于生存的意义关怀和精神升华的意象，是作品中叙述的带有隐喻性的关于锁骨菩萨的故事。

所谓锁骨菩萨是一佛妓，纪念这位佛妓的碑文曰：

> 人见，谓之曰：此一淫纵女子，人尽夫也。以其无属，故瘗于此，和尚何敬耶？僧曰：非檀越所知，斯乃大圣，慈悲喜舍，世所之欲，无不徇焉。此即锁骨菩萨，顺缘已尽，圣者云耳。①

这一被祭祀的锁骨菩萨，乃是观音的化身，她阅尽世间人的欲望苦厄，以自己的肉身佛性慈悲为怀，超脱于人间名利，普度众生。妓女而为佛？圣洁而污秽？这难道不正是悖论式的世相人生吗？作者以这位锁骨菩萨，隐喻了牺牲自我、化解情结、慈悲为怀和担当苦难的慈悲精神，隐喻了现实生活中生命与生存的困境与不易。

作品中的孟夷纯，这位卖身自救的女子，作为刘高兴在艰难生活中的精神寄托，何尝不是一位人间的锁骨菩萨。她作为妓女，是为了钱，但又不是为了钱，她挣钱是为了救赎自己的罪孽，是为了让因自己而被男朋友杀死的哥哥冤魂得解，她试图用自己的身体为哥哥讨回一个公道。孟夷纯的美丽、善良、要强，无不像一束阳光照进了刘高兴的心灵世界，让他感受到了生命的激情和生活的意义。他要把自己和全部的世界献给自己深爱的女人！她就是刘高兴心中佛一样的女子。

可是，在这场恋爱中，刘高兴和孟夷纯却一样陷入道德困境。刘高兴，一个有自尊的男人能爱这样的女人吗？这样的女人有爱吗？他们的两性关系到底是爱情还是买卖呢？他们能够正大光明地走在大街上吗？他和

---

① 贾平凹：《贾平凹文集》（第20卷），陕西人民出版社2008年版，第66页。

她的顾客是什么关系？彼此如何看待？他和她能够正常恋爱并成家吗？这些都是他们要承受的。无论对于刘高兴而言，还是对于孟夷纯而言，妓女的身份都成为他们良心上绕不过去的问题，他们似乎无法在这场真诚的爱情面前证明自己，因而总是陷入一场尴尬的情感困境。

生活中这些经历着苦难的人，面对经受的伤害、内心的种种迷茫和痛苦，如何获得精神的自救和心灵的和解，如何在生存困境和道德困境中维护自尊和生存的意义，应该是作家在写作中思考的问题。锁骨菩萨的形象可以说是作家以隐喻的方式找到理解、和解和精神升华的方式。

像孟夷纯这样的女子，不管她们如何走上这条道路，都不能简单地说她们是坏人。很多时候，她们是牺牲自己，成就别人，同时以成就别人的方式成就自己，这些人不正是像佛一样承担了生活中的苦难，以牺牲自我的方式置自己于生存的困境之中吗?！如前所述，作者以佛一般的精神，试图在自嘲自讽的故事叙事中，为这些小人物寻找到他们最内在的精神根据，寻找到他们生存的坚实的意义基础。这一锁骨菩萨的隐喻，是作家美好愿望的寄托。他希望这些困境中的人能够理解、和解并在相爱中找到自己精神的归宿，这是宽仁至爱的人道精神和悲悯情怀的体现，其寓意耐人寻味。

三、挠痒痒的女人

作品中，另一个十分出彩的女性是王彩彩，别名杏胡，可以说她是又一个锁骨菩萨。作为一个朴实能干、热心善良的女邻居，她和自己的丈夫一起和这些进城打工的男子混迹在一个出租院子里，不自矜、不骄纵，像泥土一样自然率性，但却像阳光一样把女性的温柔和温暖洒向这个男人的世界，让他们在生活的艰辛和出门在外的漂泊中有了家的感觉。

王彩彩能带领这群男人，大夜晚去城市边缘的大路上，利用女色在男人群里抢夺装卸生意，像一位女将军一样，指挥着自己的男人和三个邻居，把水泥送到工地上，花大半个晚上赚取那不多的几块钱；而白天她又和自己的丈夫一样，去继续拼命干活，一分一分地凭劳动积攒着辛苦钱。只有到了晚饭时间和下雨的日子，他们聚在一起，才过起柴米油盐的邻家日子，你来我往，十分温暖。王彩彩以女性的热情张扬，让简陋破败的出租小院和粗糙的生活，变成了一群人共有的其乐融融的家园之地。

除去生存的需要这群充满热情欲望的男人，同样渴望着女人和女人的关怀。王彩彩十分理解男人的辛苦，理解男人难以宣泄的欲望。她总是以一种嬉笑的若有意若无意的方式，把女性的温柔和关爱送给这些男人。其中写得最精彩也最为动人的是她给这些不相干的男人挠痒痒：

  她说你咋啦，我给你说话哩就这态度？我说我身上不美，肉发紧。她说病啦？就口气强硬了：过来，过来！我也给你挠挠，挠挠皮肉就松了。

  我赶忙说不用不用，杏胡却已经过来把手伸到了我的背上。女人的手是绵软的，我挣扎着，不好意思着，但绵软的手像个肉耙子，到了哪儿就痒到哪儿，哪儿挠过了哪儿又舒服，我就不再动弹了。我担心我身上不干净，她挠的时候挠出垢甲，她却说：瞧你脸胖胖的，身上这么瘦，你朱哥是个贼胖子！[1]

这个被我们叫着杏胡的女人王彩彩，从此每天傍晚轮流给自己的丈夫、刘高兴、五富和黄八挠痒痒：

  嗨，挠痒痒是上瘾的，我们越发回来得早了，一回来就问候杏胡，等待着给我们挠背，就像幼儿园的孩子等着阿姨给分果

---

[1] 贾平凹：《贾平凹文集》（第20卷），陕西人民出版社2008年版，第105页。

果。我们是一排儿都手撑着楼梯杆,弓了背,让她挨个往过挠,她常常是挠完一个,在你屁股上一拍,说:滚!我们就笑着蹦着各干各的事了。①

在作者笔下,那种女性带来的幸福真是难以言喻的美妙,一个最平凡的女人却让这个世界具有了最好的人性温度。这个情节写得最是生动有趣,又最是感人。这群没有女人的男人,在杏胡这里得到了最大的温暖和心灵的休憩;杏胡理解这些男人的辛苦,以一种朴素的方式把女人的温柔送给了这些男人。他们这群游走在城市边缘的无根的人,在女人的关爱中有了归家的感觉,他们在被人忽略的城市的一个角落,建设起了他们的精神家园,充满了人性的欢畅和心灵的美好。杏胡身上表现的就是锁骨佛的精神,她以善良友爱的情感,甘愿牺牲自我,成就别人。有女人的地方就有家,贾平凹作品中又一个佛一样的女性,让精神无着的一群人有了家的感觉。

作品中,锁骨佛作为一个隐喻,使这群男人和女人的生存有了精神的守护和意义的根基,呼唤着生存在困境中的人们去宽容、去理解,去在精神的升华和心灵的融通中激发生活的希望。这也是作者对在《秦腔》里关注的农村女子进城后的生存命运的注解。就此意义而言,作者关于乡村命运的书写,既是生活的镜像,具有醒目的真实性;又是作者的心相,表现了作者在生活之上更深刻的精神自救和人文情怀。

四、 我想回去!

这群离开乡村的城市漂泊者,他们怀着发财致富的梦想来到城里,希望带着尊严再回到家乡,建设自己美好的家园。但打工道路漫漫,离开了

---

① 贾平凹:《贾平凹文集》(第20卷),陕西人民出版社2008年版,第106页。

家，却似乎再难回到故乡的家园。

五富天天念叨着回家，他死后，刘高兴试图如约把他带回去，但最终却被拦截在火车站，再也回不去了！

杏胡和朱宗，为了孩子和家辛勤劳作，却因不自知的违法被抓去坐牢，这一对卑微而又彼此忠诚、充满爱心的善良夫妻，他们回家的路又在哪里呢？

孟夷纯，这位美丽要强的女人，因为卖淫罪被公安部门收监，依靠她挣钱的人和她周围的大人物，关键时候无一人出面搭救，或不愿付出金钱，或不愿惹上是非。坐在派出所大牢里的她，在难以自拔的扭曲生活中，又何时能够实现自我的精神救赎，踏上归家的路呢？

刘高兴，失去了自己最忠实的伙伴五富，找不到自己钟爱的女人孟夷纯，找不到人去房空的小院中那曾经亲如一家的男女伙伴，孤独徘徊在街头，他回家的方向又在哪里呢？

总之，在城市与乡村之间的夹缝中生存的故乡的人，一旦离开了故乡，似乎就再也回不去了。尽管心中千万遍地呼唤故乡，试图回归故乡，但故乡似乎越来越遥远。作家在关于故乡的写作中，总是试图为故乡的人找到生存发展的位置，为他们在新时代找到安身立命的精神根基，体现出作者面对故乡的忧患意识和人文情怀。他在文学书写中对故乡充满深情，让我们去关注故乡和故乡的人的命运，去凝神倾听时代发展的脚步，去触摸新时代跳动的精神脉搏。他的凝视与瞭望，是在和各种彷徨而自尊的灵魂的对话中，寻觅当代中国人心灵栖居的家园，因而其文学世界博大而深刻，值得细细品味。

余论

贾平凹的写作贯穿了中国改革开放的历史,影响深远。文坛既有大量对贾平凹作品的褒扬和赞美,也有大量对其写作的贬低和痛责。他的创作在各种对立化的接受过程中形成了多重镜像,从而产生了巨大的效应。其作品在接受过程中展现的这种截然相反的批评态度,其实都是批评者借他人酒杯浇自家块垒的一种文学思考,于贾平凹的创作而言具有激励和鞭策的意义,也许会产生些许的影响,但作为独立的作家,这并不能根本上改变贾平凹文学追求的精神意志和写作的独立个性。

一般而言,对于一个作家和作品的态度大致有两类。一类是大众化的阅读和鉴赏的态度,这是一种基于社会文化语境的精神对话活动。对于贾平凹而言,这种大众化的品鉴活动是持续而热烈的,他写的文章、他的生活轶事以至于他的书画作品,总是能引起人们强烈的兴趣。这种大众化的欣赏热情,实现了文学"兴、观、群、怨"的社会功能,体现出文学应有的价值。大众化的审美趣味和审美能力的日益提升,对贾平凹的写作也提出了严峻的挑战,使他不得不持续不断地挖掘写作新题材、开拓艺术新境界,成为一个勤奋而独特的书写者。

另一类是文学批评家以一定的文学理论为基础,通过作家的创作和作品展开专业化的互释性思想对话和精神创造活动。这种理性化的文学批评又有两个取向:一是同情性的阐释和生发,这既是对作品审美境界、思想境界和艺术境界的理解和提升,更是批评家自己的文学观念、文学思想、审美观念以及审美思想等理论追求的展开和宣扬,从而以作家的创作现象为契机,在作品创作与理论思想的互释互训中探寻文学发展的一条新道路，启发文学创造的一种新境界；一是否定性的阐释和生发，同样借对作品的批判以主张自己的观点和思想，从而以另一种姿态传达不同的文学观念、理论思想和艺术追求，形成对文学作品阐释和解读的另一种声音。这种否定性的声音所期待的文学之境，同样和作家的写作形成一种互释性的对话关系，并在和肯定性评价的争鸣中打开理解文学活动的又一维度。这两种对立的文学批评的价值取向，形成一种相反相成的文学阐释维度，在对文学作品的评价中进一步揭示了文学自身的价值，即文学的世界作为作家的心相和现实的镜像相融相生的独特艺术世界，必然勾连起丰富多彩的人生世相，从而打开了世界的多重意义镜像，使文学创作在真善美的源始性追求中实现认识价值和审美价值的统一。

总之，面对不同接受者的意义世界，文学作品必然面临不同接受者差异化的解读、解构或重构，必然在文本语境和接受者的接受语境之间的意义碰撞与融合中不断推动文本意义的再发现和再创造，从而形成作品丰富多彩的意义可能性。从现代美学的角度来看，文本这种接受过程中多种可能性的敞开，正是优秀作品的特质，是文学文本具有持久生命力的体现。

贾平凹的文学书写所勾连的丰富广阔的人生世相和精神世界，在中国文坛产生了广泛持久的影响力，在社会的不同群体间也引起了广泛的争鸣和批评，在多元化的声音中形成了认识作家作品的多重镜像。在多年来富有争议的写作史中，贾平凹现象也堆积起了独特的文学效应史和文本接受史。

本书的研究主要是站在历史与现实之间，充分认识贾平凹的文学创作作为对中国改革开放以来的社会文化发展的一种回应，具有的独特的审美意义、现实意义和文化意义。在这样一种大的社会文化语境之中，为了更好地洞察贾平凹文学写作的价值，我们采用以文本为中心的细读式批评，在同情性理解的基础上，深入文本写作的历史和历史中的文本，以对文本叙事结构、意义结构、人物形象和审美追求的剖析为基础，试图把握贾平凹作为文学写作者和思想者的精神历程，揭示其跟随时代的脚步、关注现实问题和表现时代精神的写作视角。在此基础上，和作家的评传相呼应，进一步阐释作为和时代变革的现实相呼应的文学活动。贾平凹的小说书写道路体现出的整体性的艺术风貌、现实性的文化逻辑，进一步揭示了他文学书写的深刻影响。他的写作积极吸收新思想新方法，融会贯通，开拓了具有后现代艺术特色的现实主义创作道路的新境界。

我们知道，作为一个文学写作的典范和学术研究的矿藏，学者对贾平凹的文学世界的研究已经非常丰富。但作为一个创作实绩突出、影响深远的作家，对其的研究还有很长的路要走。在聚焦文本的现实性研究之外，我们认为至少还有这样两个重要的向度有待进一步研究。

一是从历史的视野，追问记忆中的故乡，以此阐发中国百年变革风云的来龙去脉，从而在历时性和共时性相统一的文化语境中关注民族变革、个体生存和文化自新的历史历程，从而展现我们民族这一伟大的革命性变革，展现这一历史中我们的民族经历的磨难及其生生不息的生命活力，从而进一步认识中国现代化改革的历史必然。这一向度以《老生》《古炉》《山本》为主要代表，既展现了一幅幅气势宏大的革命史图景，又细腻地刻画了不同群体的人性状态，表现了在变革的时代传统文化面临的困境及其对民众精神守护的重要意义。这一视野下的研究应该具有更大的精神空间，能够去描述贾平凹写作的另一个重要的文化景观和艺术世界。

一是从艺术性出发，对贾平凹的作品进行共时性研究，阐发其写作的艺术追求和美学境界，从而从艺术学和美学的角度整体性地阐释其文学创作道路的价值和意义，这是有待深化的一个重要方向。读贾平凹的作品，每一部都有独特的艺术性和美学追求，你可以看到他不仅强烈地关注现实，关注时代，关注普通百姓的命运，而且总是处于不断学习和积累之中，积极主动地吸取新知识，面向新世界，从未停止思考和创造。他的创作能够融合传统和现代、西方和东方，可谓兼容并蓄，推陈出新，而又不失自己的个性，形成了独特的艺术风格和美学境界。无论就文学写作技巧、文学创作道路还是文学艺术境界而言，他的创作对文学艺术和文学理论的发展都具有重要的研究价值和借鉴价值。就美学境界而言，贾平凹的作品能够融通古典美学、现代美学和后现代美学的思想精神，在文学书写中加以艺术创造，自然地融入了中国传统文化的美学境界，使其作品多姿多彩，十分绚烂。他的这种现代和传统相融合而颇具中国文化气质和中国美学境界的创作，提供了一种面向现代化而具有中国道路、中国经验、中国气派的艺术精神的典范性经验，具有重要的文学价值、艺术价值和美学价值，十分值得在共时性意义上进一步加以整体性、系统性和普遍性的理论性研究。

　　总之，中国当代文艺是一个在改革开放的历史发展中逐渐开放的过程，伴随着种种复杂的学术争鸣和艰难的思想开拓，艺术样式的多元化、艺术趣味的丰富化、艺术表现形式的多样化以及种种哲学思潮和艺术思潮的大量涌现，使传统的艺术表现手法面临极大挑战。作为以创新为生命的小说艺术必须面对这一新的社会文化语境，寻找属于自身的独特表现方式。贾平凹的写作就是在这一现代化的历史进程中，直面中国社会的传统与现实，融合大量新的艺术表现手法，揭示中国社会变迁中普通人的精神面貌，表现不同阶层人的文化心理、生存困境和人性状态。其持续不断的写作和创新性的审美趣味使其总是在文坛产生不同的回响和争鸣。作为创作成绩斐然的一位作家，一位不断走在创新道路上的作家，一位跟随时代步伐不断成长着的多产作家,其文学世界需要且值得不断去关注和研究。仅仅一次粗浅的回顾和观照,并不能完成对其创作活动和艺术作品的阐释,最大的意义也许只是启发了未来更广阔的对话之路和思想之路,就此而言,我们这一部分的研究既是一个总结,更是一个开端,而开端总是意味着一种更具可能性的未来,这也正是我们发自内心的真诚期待。

参考文献

[1] 贾平凹. 贾平凹文集 [M]. 北京：中国文联出版公司，1995.

[2] 贾平凹. 贾平凹文集 [M] 西安：陕西人民出版社，1998.

[3] 贾平凹. 贾平凹文集 [M]. 西安：陕西人民出版社，2008.

[4] 贾平凹. 贾平凹作品 [M]. 南京：译林出版社，2012.

[5] 贾平凹. 贾平凹散文全编 [M]. 长春：时代文艺出版社，2017.

[6] 贾平凹. 古炉 [M]. 北京：人民文学出版社，2011.

[7] 贾平凹. 带灯 [M]. 北京：人民文学出版社，2013.

[8] 贾平凹. 老生 [M]. 北京：人民文学出版社，2014.

[9] 贾平凹. 极花 [M]. 北京：人民文学出版社，2016.

[10] 贾平凹. 山本 [M]. 北京：作家出版社，2018.

[11] 贾平凹. 暂坐 [M]. 北京：作家出版社，2020.

[12] 贾平凹. 关于小说 [M]. 北京：生活·读书·新知三联书店，2015.

[13] 贾平凹. 关于散文 [M]. 北京：生活·读书·新知三联书店，2015.

[14] 贾平凹. 贾平凹文论集：访谈 [M]. 北京：生活·读书·新知三联书店，2015.

[15] 贾平凹. 我是农民 [M]. 北京：作家出版社，2000.

[16] 贾平凹. 平凹书信 [M]. 西安：陕西师范大学出版总社，2018.

[17] 贾平凹. 自在独行 [M]. 武汉：长江文艺出版社，2016.

[18] 贾平凹. 游戏人间 [M]. 南昌：百花洲文艺出版社，2017.

[19] 加缪. 西西弗的神话 [M]. 杜小真，译. 桂林：广西师范大学出版社，2002.

[20] 萨义德. 东方学 [M]. 北京：生活·读书·新知三联书店，1997.

[21] 弗洛姆. 寻找自我 [M]. 陈学明，译. 北京：工人出版社，1988.

[22] 弗洛姆. 爱的艺术 [M]. 李健鸣, 译. 上海: 上海译文出版社, 2008.

[23] 巴赫金. 小说理论 [M]. 石家庄: 河北教育出版社, 1995.

[24] 巴赫金. 哲学美学 [M]. 石家庄: 河北教育出版社, 1998.

[25] 库尔珀. 纯粹现代性批判 [M]. 周宪, 许钧, 译. 北京: 商务印书馆, 2004.

[26] 雀伊. 阐释学与文学 [M]. 张弘, 译. 沈阳: 春风文艺出版社, 1988.

[27] 赫尔曼. 新叙事学 [M]. 马海良, 译. 北京: 北京大学出版社, 2002.

[28] 克尔凯郭尔. 爱之诱惑 [M]. 王才勇, 译. 上海: 上海社会科学院出版社, 2002.

[29] 贝尔. 资本主义文化矛盾 [M]. 赵一凡, 等译. 北京: 生活·读书·新知三联书店, 1992.

[30] 舒尔茨. 现代心理学史 [M]. 杨立能, 等译. 北京: 人民教育出版社, 1982.

[31] 杜赞奇. 文化、权力与国家 [M]. 王福明, 译. 南京: 江苏人民出版社, 2003.

[32] 卡西尔. 人论 [M]. 甘阳, 译. 北京: 西苑出版社, 2004.

[33] 戈尔德曼. 论小说的社会学 [M]. 北京: 中国社会科学出版社, 1988.

[34] 弗洛伊德. 弗洛伊德主义原著选辑 [M]. 车文博, 译. 沈阳: 辽宁人民出版社, 1988.

[35] 格尔茨. 文化的解释 [M]. 韩莉, 译. 南京: 译林出版社, 1999.

[36] 卡彭铁尔. 小说是一种需要 [M]. 昆明: 云南人民出版社, 1995.

[37] 巴尔. 叙述学: 叙事理论导论 [M]. 谭君强, 译. 北京: 中国社会科学出版社, 1997.

[38] 海德格尔. 诗、语言、思 [M]. 彭富春, 译. 北京: 文化艺术出版社, 1987.

[39] 海德格尔. 林中路 [M]. 孙周兴, 译. 上海: 上海译文出版社, 1997.

[40] 海德格尔. 荷尔德林诗的阐释 [M]. 孙周兴, 译. 北京: 商务印书馆, 2000.

[41] 怀特. 后现代历史叙事学 [M]. 陈永国, 张万娟, 译. 北京: 中国社会科学出版社, 2003.

[42] 黑格尔. 美学: 卷三: 下册 [M]. 朱光潜, 译. 北京: 商务印书馆, 1981.

[43] 卡林内斯库. 现代性的五副面孔 [M]. 顾爱彬, 李瑞华, 译. 北京: 商务印书馆, 2002.

[44] 康德. 判断力批判: 上卷 [M]. 宗白华, 译. 北京: 商务印书馆, 1964.

[45] 吉登斯. 现代性与自我认同 [M]. 赵旭东, 等译. 北京: 生活·读书·新知三联书店, 1998.

[46] 弗莱. 批评的剖析 [M]. 陈慧, 等译. 天津: 百花文艺出版社, 1998.

[47] 杰姆逊. 后现代主义与文化理论 [M]. 唐小兵, 译. 北京: 北京大学出版社, 2005.

[48] 沃林. 文化批评的观念 [M]. 张国清, 译. 北京: 商务印书馆, 2001.

[49] 巴特. 符号帝国 [M]. 孙乃修, 译. 北京: 商务印书馆, 1994.

[50] 休斯. 文学结构主义 [M]. 刘豫, 译. 北京: 生活·读书·新知三联书店, 1988.

[51] 舍勒. 价值的颠覆 [M]. 罗悌伦, 译. 北京: 生活·读书·新知三联书店, 1997.

[52] 马克思, 恩格斯. 马克思恩格斯选集 [M]. 北京: 人民出版社, 1995.

[53] 马尔库塞. 爱欲与文明 [M]. 黄勇, 薛民, 译. 上海: 上海译文出版社, 1987.

[54] 艾布拉姆斯. 镜与灯: 浪漫主义文论及批评传统 [M]. 北京: 北京大学出版社, 2004.

[55] 尼采. 悲剧的诞生 [M]. 李长俊, 译. 北京: 人民文学出版社, 1986.

[56] 巴塔耶. 色情史 [M]. 刘晖, 译. 北京: 商务印书馆, 2003.

[57] 鲍曼. 流动的现代性 [M]. 欧阳景根, 译. 上海: 上海三联书店, 2002.

[58] 瑞恰兹. 文学批评原理 [M]. 杨自伍, 译. 南昌: 百花洲文艺出版社, 1992.

[59] 北冈诚司. 巴赫金: 对话与狂欢 [M]. 魏炫, 译. 石家庄: 河北教育出版社, 2002.

[60] 荣格. 心理学与文学 [M] 北京: 生活·读书·新知三联书店, 1987.

[61] 朗格. 情感与形式 [M]. 刘大基, 等译. 北京: 中国社会科学出版社, 1986.

[62] 韦尔施. 重构美学 [M]. 陆扬, 张岩冰, 译. 上海: 上海译文出版社, 2006.

[63] 雅斯贝尔斯. 存在与超越: 雅斯贝尔斯文集 [M]. 余灵灵, 译. 上海: 上海三联书店, 1988.

[64] 罗伯特, 迈克丹尼尔. 当代艺术的主题 [M]. 匡饶, 译. 南京: 江苏美术出版社, 2012.

[65] 巴特勒. 性别麻烦 [M]. 宋素风, 译. 上海: 上海三联书店, 2009.

[66] 胡克斯. 女权主义理论: 从边缘到中心 [M]. 晓征, 等译. 南京: 江苏人民出版社, 2001.

[67] 须藤瑞代. 中国"女权"概念的变迁 [M]. 姚毅, 译. 北京: 社会科学文献出版社, 2012.

[68] 崔志远. 现实主义的当代中国命运 [M]. 北京: 人民文学出版社, 2005.

[69] 崔志远. 乡土文学与地缘文化: 新时期乡土小说论 [M]. 北京: 中国书籍出版

社，1998.

[70] 陈平原. 当代中国人文观察 [M]. 北京：人民文学出版社，2004.

[71] 陈晓明. 文学超越 [M]. 北京：中国发展出版社，1999.

[72] 陈思和. 中国当代文学史教程 [M]. 上海：复旦大学出版社，1999.

[73] 程文超，等. 欲望的重新叙述 [M]. 桂林：广西师范大学出版社，2005.

[74] 程金城. 20世纪中国文学价值系统 [M]. 兰州：敦煌文艺出版社，1996.

[75] 陈美兰. 中国当代长篇小说创作论 [M]. 上海：上海文艺出版社，1991.

[76] 曹文轩. 中国八十年代文学现象研究 [M]. 北京：作家出版社，2003.

[77] 程德培. 当代小说艺术论 [M]. 上海：学林出版社，1990.

[78] 费孝通. 乡土中国·生育制度 [M]. 北京：北京大学出版社，2003.

[79] 冯友兰. 中国哲学简史 [M]. 北京：北京大学出版社，1996.

[80] 顾彬. 20世纪中国文学史 [M]. 上海：华东师范大学出版社，2008.

[81] 辜鸿铭. 中国人的精神 [M]. 黄兴涛，等译. 海口：海南出版社，1996.

[82] 韩民青. 哲学人类学 [M]. 北京：当代世界出版社，2000.

[83] 贾越. 中国小说叙述艺术论 [M]. 杭州：浙江大学出版社，2001.

[84] 蒋孔阳，朱立元. 西方美学通史 [M]. 上海：上海文艺出版社，1998.

[85] 金汉. 中国当代小说艺术演变史 [M]. 杭州：浙江大学出版社，2000.

[86] 雷达. 民族灵魂的重铸 [M]. 北京：中国工人出版社，1992.

[87] 雷达. 文学活着 [M]. 北京：人民文学出版社，1995.

[88] 刘小枫. 现代性社会理论绪论 [M]. 北京：生活·读书·新知三联书店，1998.

[89] 刘小枫. 儒教与民族国家 [M]. 北京：华夏出版社，2007.

[90] 李建军. 时代及文学的敌人 [M]. 北京：中国工人出版社，2004.

[91] 李建军. 十博士直击中国文坛 [M]. 北京：中国工人出版社，2004.

[92] 李泽厚. 美的历程 [M]. 北京：文物出版社，1981.

[93] 林毓生. 中国意识的危机："五四"时期激烈的反传统主义 [M]. 贵阳：贵州人民出版社，1988.

[94] 梁漱溟. 中国文化要义 [M]. 上海：上海人民出版社，2003.

[95] 鲁枢元. 创作心理研究 [M]. 郑州：黄河文艺出版社，1985.

[96] 罗根泽. 中国文学批评史 [M]. 上海：上海古籍出版社，2003.

[97] 南帆. 文学的维度 [M]. 北京：生活·读书·新知三联书店，1998.

[98] 钱穆. 民族与文化 [M]. 香港：香港新亚书院，1962.

[99] 孙立平. 现代化与社会转型 [M]. 北京：北京大学出版社，2006.

[100] 苏国勋. 理性化及其限制：韦伯思想引论 [M]. 上海：上海人民出版社，1988.

[101] 谭好哲，马龙潜. 文艺学前沿理论综论 [M]. 济南：山东大学出版社，2001.

[102] 谭桂林. 长篇小说与文化母题 [M]. 长沙：湖南师范大学出版社，2002.

[103] 谭君强. 叙事理论与审美文化 [M]. 北京：中国社会科学出版社，2002.

[104] 陶东风. 文体演变及其文化意味 [M]. 昆明：云南人民出版社，1994.

[105] 童庆炳. 文体与文体的创造 [M]. 昆明：云南人民出版社，1997.

[106] 童庆炳. 文学活动的美学阐释 [M]. 西安：陕西人民出版社，1992.

[107] 王爱松. 当代作家的文化立场与叙述艺术 [M]. 南京：南京大学出版社，2004.

[108] 王一川. 中国形象诗学 [M]. 上海：上海三联书店，1998.

[109] 韦建国，等. 陕西当代作家与世界文学 [M]. 北京：中国社会科学出版社，2004.

[110] 吴十余. 中国小说美学论稿 [M]. 上海：复旦大学出版社，2006.

[111] 吴义勤. 中国当代新潮小说论 [M]. 南京：江苏文艺出版社，1997.

[112] 伍蠡甫. 西方文论选 [M]. 上海：上海译文出版社，1979.

[113] 吴毅. 村治变迁中的权威和秩序 [M]. 北京：中国社会科学出版社，2002.

[114] 叶舒宪. 神话－原型批评 [M]. 西安：陕西师范大学出版社，1987.

[115] 余虹. 革命审美解构：20世纪中国文学理论的现代性与后现代性 [M]. 桂林：广西师范大学出版社，2001.

[116] 姚文放. 当代性与文学传统的重建 [M]. 北京：人民文学出版社，2004.

[117] 袁可嘉. 现代主义文学研究 [M]. 北京：中国社会科学出版社，1989.

[118] 叶朗. 中国小说美学 [M]. 北京：北京大学出版社，1982.

[119] 周宪. 审美现代性批判 [M]. 北京：商务印书馆，2005.

[120] 赵学勇. 文化与人的同构 [M]. 兰州：兰州大学出版社，2000.

[121] 张炯. 文学多维度 [M]. 北京：作家出版社，2009.

[122] 屈雅君. 执着与背叛：女性主义文学批评理论与实践 [M]. 北京：中国文联出版社，1999.

[123] 李银河. 妇女：最漫长的革命 [M]. 北京：生活·读书·新知三联书店，1997.

[124] 王政，杜芳琴. 社会性别研究选译 [M]. 北京：生活·读书·新知三联书店，1998.

[125] 张寅德. 叙述学研究 [M]. 北京：中国社会科学出版社，1989.

[126] 申丹，等. 英美小说叙事理论研究 [M]. 北京：北京大学出版社，2005.

[127] 朱狄. 当代西方美学 [M]. 北京：人民出版社，1984.

[128] 赵一凡，张中载，李德恩. 西方文论关键词：第1卷 [M]. 北京：外语教学与研究出版社，2017.

[129] 金莉，李铁. 西方文论关键词：第2卷 [M]. 北京：外语教学与研究出版社，2017.

[130] 冯俊，等. 后现代主义哲学讲演录 [M]. 北京：商务印书馆，2003.

[131] 费秉勋. 贾平凹论 [M]. 西安：西北大学出版社，1990.

[132] 陈辽.《废都》及《废都》热 [M]. 徐州：中国矿业大学出版社，1993.

[133] 孙见喜. 鬼才贾平凹 [M]. 太原：北岳文艺出版社，1994.

[134] 王娜. 贾平凹的道路 [M]. 西安：太白文艺出版社，1998.

[135] 费秉勋.《废都》大评 [M]. 香港：香港天地图书公司，1998.

[136] 朱大可，吴炫，等. 十作家批判书 [M]. 西安：陕西师范大学出版社，1999.

[137] 贾平凹，谢有顺. 贾平凹谢有顺对话录 [M]. 苏州：苏州大学出版社，2003.

[138] 韩鲁华. 精神的映像：贾平凹文学创作论 [M]. 北京：中国社会科学出版社，2003.

[139] 贾平凹，走走. 贾平凹谈人生 [M]. 上海：上海社会科学院出版社，2004.

[140] 李星，孙见喜. 贾平凹评传 [M]. 郑州：郑州大学出版社，2004.

[141] 雷达. 贾平凹研究资料 [M]. 济南：山东文艺出版社，2005.

[142] 鲁风. 废都后院：道不尽的贾平凹 [M]. 重庆：重庆出版社，2006.

[143] 西安建筑科技大学中国现当代文学研究中心.《秦腔》大评 [M]. 北京：作家出版社，2006.

[144] 许爱珠. 性灵之旅：贾平凹的平平凹凹 [M]. 北京：团结出版社，2007.

[145] 韩鲁华.《高兴》大评 [M]. 西安：陕西人民出版社，2008.

[146] 王辙. 一部奇书的命运：贾平凹《废都》沉浮 [M]. 石家庄：花山文艺出版社，2011.

[147] 王新民. 贾平凹纪事 [M]. 西安：陕西师范大学出版总社，2012.

[148] 李斌，程桂婷. 贾平凹创作问题批判 [M]. 长沙：湖南大学出版社，2015.

[149] 韩鲁华. 贾平凹文学对话录 [M]. 北京：北京联合出版公司，2016.

[150] 杨辉. "大文学史"视域下的贾平凹研究[M]. 北京：人民出版社，2017.

[151] 费秉勋. 贾平凹论[M]. 西安：陕西人民出版社，2018.

[152] 苏沙丽. 贾平凹论[M]. 北京：作家出版社，2018.

[153] 段建军. 贾平凹研究论集[M]. 西安：西北大学出版社，2020.

[154] 范超. 望月听泉 醴泉升起"满月儿"：贾平凹的文学初心[M]. 西安：陕西师范大学出版总社，2018.

[155] 王新民. 策划贾平凹[M]. 西安：陕西师范大学出版总社，2018.

[156] 孙新峰. "文学陕军"文本细读的批评实践：以《秦腔》等为例[M]. 西安：陕西人民教育出版社，2018.

[157] 张东旭. 贾平凹年谱[M]. 北京：中国社会科学出版社，2018.

[158] 陈思和，张晓琴. 全球视野下的贾平凹[M]. 上海：上海交通大学出版社，2019.

[159] 赵录旺. 在解构与建构之途：海德格尔美学的源初性之思[D]. 西安：陕西师范大学，2009.

[160] 杜超. 拉康精神分析的能指问题[D]. 济南：山东大学，2018.

[161] 刘玲. 拉康理论视野中后现代社会的欲望问题研究[D]. 成都：四川大学，2006.

[162] 黄汉平. 拉康后现代文化批评[D]. 广州：暨南大学，2004.

[163] 杜瑞华. 弗洛伊德与文学批评[D]. 苏州：苏州大学，2008.

[164] 刘将. 个体心理学的思想谱系与理论建构[D]. 长春：吉林大学，2012.

附　录　我想以我的方式写透百年中国

——贾平凹访谈录

贾平凹　赵录旺　李清霞

李清霞（以下简称李）：贾老师，感谢您百忙之中接受我们的采访。我们的国家社科基金项目"贾平凹及其作品研究"已进入结项阶段。今天拜访您，一是给您送结项报告，请您对我们的研究成果进行批评，提出意见和建议，以利我们后续的研究和修改；一是在研究中我们还有一些问题想跟您一起探讨。当然，访谈也是我们项目研究设计的组成部分。这是结项报告，有点厚，四十七万字，请您审阅！

贾平凹（以下简称贾）：祝贺你们项目完成，很厚重啊，你们辛苦啦！你们的研究到去年的长篇小说《暂坐》，时间跨度是目前出版的研究专著中最长的，但对我创作整体观照的完成还得等我的两部新长篇出版之后。这两部长篇已修改完成，准备出版。这两部长篇的写法跟以前绝对不同，比之前的写法更现代。现在手稿在别人手里，我手头暂时没有。特别是"后记"，表达了我的小说创作理念，有很多新的思考和探索。

李：那太好了！我想要看看。

贾：我回头要了给你。

李：好，太感谢了！贾老师，那就让赵录旺提问吧，提纲也是他准备的，是他在研究中的一些思考。

贾：好，那咱就开始，我也谈不了啥，你们都是专家。以前别人整理过我的谈话，我这人废话多得很，前言不搭后语的，整出来往往看不成。就按你们的问题来，我大概说一说，能谈多少是多少，说到哪儿算哪儿吧。

创作与时代、个人的整体性

赵录旺（以下简称赵）：贾老师好，那咱就按提纲顺序谈吧。

您是一个十分丰产的作家，著述颇丰。通过这几年对您作品的研读，我发现您的作品能够跟随时代的脚步，既反映了中国社会变革的现实状貌，又切中了中国社会变革中不同时期中国百姓内在的精神世界，其中反映出您写作中潜在的一条思想道路和写作发展史，我把您的这一条内在的思想道路和写作发展史概括为诗意的故乡、离乡与返乡三个阶段，其中返乡又分为现实的书写和历史的书写两条线索，由此形成您系列作品宏阔而深邃的思想道路和艺术世界，从而展现出我们这个伟大变革时代所走过的中国道路，传达了中国精神和中国经验。我很想知道，您的写作思想和写作道路是逐渐形成的，还是有自己的一个整体性思路和整体性写作计划？

贾：你们发的采访提纲，我看了，我觉得问得都好，但提的问题大得很，比如诗意的故乡、离乡、返乡，《秦腔》和《高兴》之前的创作，就能明显地看到你说的这三个阶段。实际上从《高兴》之后，我的想法就有些变化，就想写百年历史，这个百年历史起码是从父辈到我这一辈到我子女这一辈，这三辈人，把我经历的或者我听说过的一些事情写出来。现在回想起来，一会儿写现实生活，一会儿拉到过去的年代，或者是50年代，或者是20年代、30年代，一会儿又回到现实，就这么交错着不停地写。其实从《秦腔》《高兴》之后有这种意识，就想写这一百年中国怎么过来的，写一百年来中国发生的事情，这就形成了很庞大的一个东西。每一个时期我都把它写了写，虽然在写作时间上前后不一样，但写完以后你就可以看到中国前前后后是怎么走过来的。这些作品基本上是我当时考虑的一些事情，我对世界、历史和现实的思考。我最大的一个想法就是，作为一个时代它有它的整体性，作为一个人，个体也有他的整体性，当时代的整体性和个人的整体性交叉时，其交合的地方、交点的地方或者说相交点上，这个时候最容易写出作品。

当然每一个时期人在不停地成长，不停地思想，不停地在完成。原来讲：看山是山，看水是水；看山不是山，看水不是水；看山还是山，看水还是水。这不是艺术的三个境界么？王维不是说一个人的艺术追求有这三个境界么！拿我来讲，实际上也是这样。早期写的那些故乡的事情，多少还是有一点淳朴的、朴素的情感和思想的，这是受到当时创作思潮的影响，多半都是就事论事，很美好，故乡很美好，写作就是记录这些美好的东西。但是写作到一定程度的时候，就像人一样，小时候看世界都单纯美好，随着年龄的增长，到中年的时候，他就觉得特别艰难、世事特别复杂，这时候他的写作就进入了看山看水的第二阶段，即看山不是山，看水也不是水。这个阶段我曾经写了一篇文章专门谈这个问题。这个阶段他为什么看山不是山，看水不是水？因为这个时候增加了自己的东西。当然一般从创作的角度讲达到第二阶段的时候，这个作品在目前的评论标准下就算是不错的作品了。里面有了批判因素，有好多这样不满那样不满，强烈地进入了把自己的思想这样调整那样调整的阶段。就像社会一样，为啥要改革，就是发展到了一定程度，需要不停地来调整。其实写作也是一样，这个时候就是强烈地进入了把自己的东西、思想、见解，自己看见的东西、自己的意识加入写作的东西里来。然后再往前发展，就慢慢又到看山还是山，看水还是水的境界，这就达到了特别高的境界。作为人，也是达到了更高的境界，就是把啥都看透了；作为写文章来讲，这个时候的作品就有特别通透的东西，这个时候慢慢是剥离了我自己，还原了这世事本来的面目，那就更深层了。我讲的这些东西，只有自己能意会，用我自己的语言讲还是讲不出来。

你问题中谈的这几点，后来是发生了变化。我当然同意你那样概括，你也概括到了我后来的思想，不同的可能只是用词问题，是吧？实际上后来的写作，一会儿回到历史上，写历史的东西，一会儿写到现实的东西，现实的东西也写到城市的问题，就显得特别复杂。如果说写作中有啥野心，确实有啥吧，就是想写一百年的东西，整个一百年的东西，整个一百年。如果太遥远了，我就不了解了，我听说都没听说过，我就无法来写了。只有父辈发生的事情，我这一辈或者儿女这一辈发生的事情，这三代人经历的百年历史，这个过程，基本上是我看到的、经历过的或者我听说的，这一百年，我可以写！不像原来局限在一些很单纯的东西里，很单纯的东西现在变成很复杂的东西，写作中要整体性地思考一些问题；不像原来社会上具体地发生什么故事就纯粹写那个故事。因为小说的发展，全世界的小说发展到现在，实际上它已经不追求咱们原来国内特别看重的家族史的描写、史诗性的东西。家族性的描写和史诗性的东西实际上在全世界文学范围内已经过去了，早都过去了，那是17世纪、18世纪、19世纪的东西。所谓史诗就是记载历史，有历史事实的，《三国演义》应该算史诗性的作品吧，但是如果你现在写那个就好像不是那么一回事了，后面我还会谈到一些想法。

总体上，对你提的第一个问题，我就这样说一下。至于说得对不对，录出来整理出来是啥样子，可能啥也不是。但是我的意思，你们应该能理解。

写作就是不停地泄露天机

赵：贾老师，我是一个喜欢进行理论思考的人。读了您的作品，我充分感受到您是一个十分博学的人，学术根基十分深厚，而且生活阅历丰富，生命体验更是敏锐深刻，更重要的是您能把学术根基、生活阅历和生命体验融会在自己生动鲜活的文学世界中。您能不能给我们谈谈学术根基、生活阅历、生命体验和文学书写的关系应该是怎样的？

贾：你谈到的这一点，别人还没谈过。我觉得你说的是对的。学术根基是你们研究者在学术领域常用的概念，实际上就是你的修养、修为，你的根基就是你这个本体是怎么样的，是吧？

赵：可以这么说。

贾：本体当然一部分是天生的东西，一部分是后学的东西。拿我个人这几十年来讲，早期不注重这些东西，早期都是自然生发的、就事论事性的，后来慢慢就重视本体性的东西了。其实啊，我喜欢哲学，但我不喜欢哲学名词。好多哲学思想，比如中国的儒释道，我看得比较多，当然不是说有研究，也是似是而非；国外的，不管是黑格尔的，还是尼采的，我是能看到的尽量看，能看懂的尽量看，有些东西，特别是那些翻译过来的词我还急忙鼓弄不清，但那意思我大致知道是咋回事。哲学方面，我还是注重的，我喜欢这些东西。再一个是我后来看了大量灵性的东西。19世纪、20世纪，世界上产生了好多性灵大师。不管是儒释道还是尼采，不管是世界哲学还是那些灵性派的学说，那些东西都是指导人怎么活得好一点。任何一个国家、任何一个民族或者任何一个人，其核心精神都是不停地揭示人生的真相，人生到底是咋个活的、咋个活得更好，基本都是这样。所以每个人的行为，包括咱的写作，都是一个民族、一个国家或者一个人在寻找与神的一种联系，寻找到自己的一种联系方式，自己怎么能够接触到这个神。这个神，外国叫上帝，咱们叫天，等等，反正你得把这个大道理给人家鼓捣清白。换一句话说，都是在揭示人活着或者人生的意义，真相到底是个啥。但是真相吧，永远无法得到。为啥无法得到？我经常思考，想个啥呢？你说，原来算卦界我接触的人也很多，他们有一句话叫泄露天机。你泄露天机以后对你自己不好，你不能泄露天机，啥东西不能搞得太明白。人活在世上吧，不停地给你揭示一点，叫你清白一点，大多数情况下，是让你浑浑噩噩地度过一生，因为太明白你就不愿意活人了。这个世界真相就不能揭破，这就像我小时候看过咱省上有一个大魔术师表演，包括现在一些大魔术师，经常呢，给你表演魔术的时候，他是给你透底的，这魔术的真相是什么，咋样把这变成这个样子的，但就是在给你透着透着的时候，又把观众骗到里面去了。他始终这样吸引着你。

这个人生呀命运呀，实际上就是个大魔术师，写作也在不停地泄露天机。当然这和算卦人说的天机的意义和范围不一样，但也是不同程度地揭露一些真相，而这些真相永远无法揭穿。这就像人活在世上，你从一加一等于二一直学到成为大的科学家，等你死了，你的娃又从一加一等于二开始学。并不是说爸爸是科学家了，娃就应该从科学家的基础上前进，那还了得，那人类进步就太快了。它让你又返回到一加一等于二开始学，这就像西西弗斯神话中往山上推石头一样，快推到顶的时候就滚下来，然后又得往上推，不停地推，循环往复，不断地给你还原，回到原点。人生也就是那个样子。

你说的生活阅历和生命体验，大致来说应该也是这么一回事。因为不管阅历多少，在阅历过程中你就不停地积累生命体验；当然要分开来也可以，就是你经历了很多东西，每个人都在生命体验之中，只是一般人他说不出来，总结不出来，只有写作的人才能给你记录这些东西。每个人遇到困难的事情，他肯定也生气也悲伤么，每个人都熬煎得要命；但他过去了也就过去了，只有从事写作的人，他把这些阅历、这些经过的东西记录下来，基本上经过的每一步都是生命在体验。确实，作为一个写作人来讲，这些都是必须要具备的，你必须学习好多东西，其中最重要的是你慢慢就意识到，这都是在追问人到底是咋回事，所以外国文学和中国文学有一个很大的区别：中国文学追究的是整体性的东西，来考究天和人、天和地，从天人合一这方面来考虑得多；外国文学单纯考虑人的问题，人怎么活着，人应该活得怎么样，人到底是咋回事，它所有的东西都在探讨人，拿你开头的话来讲，作家要有学术积累，哲学方面要有极大的兴趣，能钻进去，起码你自己要明白；然后，随着你生命往前延续，阅历就来了，在这个过程中你能把生活的咸酸苦辣、喜怒哀乐，自己体会出来，这是写作者最基本的素质，但是往往写作者在初期写作时都意识不到，只能说到一定阶段在一定程度上才知道有意识地来增加、增强这种能力。因为文学写作，有时也说不清这些东西，有时完全靠自己慢慢来悟一些东西，自己一步步在悟。实际上就写小说来讲，我给好多人都谈过，我老哀叹生命太短，人生快得很。对于小说，我觉得到六十岁左右我才知道咋写，但是六十多了，精力就不济了。如果我现在是四十多岁，我就可能写得更多一点，就能写得更好一点。这是我谈的第二个问题。

小说书写中"俗"与"雅"的关系

赵：学术根基、生活阅历和生命体验表现在文学中就自然涉及文学写作中"俗"与"雅"的关系问题。在您的作品中，"俗"实际上就是中国文化中的市井化问题,"雅"就是文人化问题。我认为,中国小说本质上源于市井化的谰言传奇,成熟于文人化的雅韵之辞。没有市井化,小说就会缺乏生命力;没有文人气,小说就可能缺失某种境界。我有朋友十分喜欢您小说中的市井之气,认为您写出了生命的本质,有激情、切实、带劲,让人感受到了生命的活力。请问您是如何看待小说书写中"俗"与"雅"的关系问题?

贾:小说实际上是一个通俗的东西,它是普通老百姓、芸芸众生来阅读的一个东西,这肯定要俗。俗,就是生活么!小说写啥?就写生活,写生活中的人,写生活中人和人的关系。这些东西必然是大众的东西,大众的东西就是通俗的东西。它不是尖端的东西,小说绝不是尖端的东西,尖端的东西就不可能社会上那么多人来看它。雅和俗,在写作过程中,我的理解就是虚和实。因为小说本身是通俗的东西,你必须要实,啥叫实?实就是生活,生活是怎么发展的,你把它的味道写出来,要大家相信这是真实的东西,然后你在这实里面写虚。这个虚,不是人们常说的空白,也不是那个哲学意义上的虚无,它只是把有意义的东西、精神的东西塞到里头。实和虚的关系,从理论上讲就复杂了,但是我理解就是我要写的东西都要写得特别生活化,要写生活化,就必须充满大量细节,没有细节不可能是实的,不可能是生活化的。但是这个你不能就事论事,这里面一定要渗透好多东西,所以写小说必须要有一种理念的东西。

为啥必须要有理念的东西?每一部小说在构思、写作的时候,它都有理念在里头,但绝不是概念化,不是这种。为啥这样?古人有一句话叫"仰则观象于天,俯则观法于地",就是啥东西你抬起头来要看到天上星月,然后它有一种象的东西;你再低下头看世上这些乱七八糟的东西,就都会有一种观念和方法上的启示。有人说过一句话,我觉得说得好。他说，你首先说我要到月亮上去，然后才能一步步设计飞船，才有设计飞船这样一种欲望，寻找咋样设计它；写小说也是这样，先有一种理念，所谓理念，简单讲就是你长期在生活中，在世俗的、俗的东西里面，你发现了什么东西，看见了什么东西，思考了什么东西，认识了什么东西，然后你要想办法把这些东西表现出来。当然表现的过程中不停地增加精神的东西、意识的东西。原来有一句话是"化梦为真"，你起码要有了梦想的东西。就像某人晚上做了一个梦，第二天他都在回想这个梦境。这梦境就是实景，当时遇着谁了，在啥地方，什么山、什么树、什么水。写作过程也是这样，在写作过程中你把你那些见解、你看到的东西、你思考的东西全部塞进去，它就有了境界、思想、精神、意识这些东西，也就是有意义的东西全部塞进去，这个能力也是要自己长期慢慢来积累的。在这一点上，有人就想不到，或者说做得不好，有好多人也不甚理解这个东西。所以说你看我的作品，我要把作品写得我自己要相信这是真实的事情，真实发生的事情。真实的事情必须有大量的细节，有细节才能真实，然后在里面再灌输、贯穿、注射进你那些意义的东西。比如我对诗的理解，我主张每句诗都是大白话，但是整个一首诗写下来它完全说的是另一个东西，另外一回事。现在有好多诗，每一句它都有诗意，但是整个诗读完以后，啥境界也没有，那肯定不是好诗；小说也存在这个问题。我写了一个故事，如果小说纯粹是故事，就毫无意义。所以现在经常咱说是要写出故事段，那首先要写出一个故事，这个故事就是生活中发生的事情，故事一定要有意义。有意义就是首先你看见了什么，在这个尘世上，你发现了什么，意识到了什么，你要把那些东西渗透在里面，让人看了你的作品说，哦，这个事情我原来是经过的。所以我的理想是，我的小说写完以后，那些没写过小说的人一看说："咦，我也能写么，这就是写日常的生活么，我也能写。"如果经常有人看了我的小说就产生了他也能写作的念头，我觉得这就对了；如果经常写小说的人看了以后，觉得这狗日的这还是这样写法，咱还不会写球了，这是最好的。

李：贾老师，我插一句话哦。我就觉得你那种写生活细节的方法好，我试着用您的方法，写过几篇小东西，感觉真不好写。写出来要么就没味道，一点味都没有，就是生活本身；要么就是矫情，我想要表达的东西通过细节表达出来之后，总觉得怪怪的。我是搞评论的，用我的理论、方法去审视、批评自己写的东西，结果发现我的理念、思想没有表达出来，或者表达得不好，感觉很沮丧，很有挫败感。

贾：不是，那是你长期搞评论，搞理论的思维是理性的思维，不是感性的思维。为啥要把它写实，为啥要弄那么多的细节，目的是引诱你去读的，你读起来有味道。就像做饭，你在饭里加了好多添加剂，盐呀、油啊、韭菜呀、蒜苗呀、葱呀，这全是添加剂。把这些加进去，让你觉得好吃、爱吃，吃完了，你才能吸收到营养。如果你的文章写得毫无味道，大家觉得吃不下去，文章再有营养，没人吃你。小说它俗，就是给普通大众看的，正是"俗"引诱他好好读呢。写实主要是让你读它。引诱他，叫他觉得，哎呀，这是我身边发生的事情。所以正经说，我的理想就是我的小说写出来，如果让不写小说的人一看产生一种冲动，这就是写咱身边的事情，我也能写；一旦真正写的时候发现不会写了，觉得这办法写不成。达到这种境界，我觉得我的小说就写好了。

作家要有"究天人之际"的使命与担当

赵：您的作品中总有一种形而上学的思考和表达，我和一些文友认为您的身上似乎继承了司马迁"究天人之际"的思想精神，体现出陕西作家群的历史使命和担当意识。您认为我们这个判断和认识有没有道理？

贾： 我能理解你的体味，因为我们这一代人这一年龄段的人受的文化影响是这样。虽然陕南佛教、道教的影响实际上比关中要严重，但是儒家每一个地方几乎一样。首先从小你受的教育，不管是在学校学习，不管在看戏剧，当时没有多少书、戏剧，都掺杂着儒家的这些观念；再者咱看古典的东西，不管是看司马迁的《史记》，还是看《左传》，还是看其他，这些东西我其实都看过，它都是很讲究大道理的东西，大道理也就是人活得要有意义，都是这种教育，受这种启发。这种启发我觉得它应该是大的，它追求的东西是大东西，从小形成这种思维定式，你思考问题，接触其他的东西，首先是这样想，起码怎么做人、怎么做事，这是一个大原则。不论是"铁肩担道义"，还是"事事通达皆学问"，都是民间那些从小接受的东西。

每一个作家开始写东西都是凭兴趣写的，他不管什么意义不意义，责任不责任，但写到一定程度必然产生一种意义和责任感，这个责任不是说我为编辑部或为其他什么负责，起码是为他自己负责，他写的东西一定要有意思，对人生要有意义。不管是张横渠的诗句，还是每一个时期的文学作品，咱看中国的文学史，它基本上都是大道理，都讲究的是大道。咱现在说的政治就是局部的小政治，就是围绕目前什么事情，这是一种政治；这种小政治和管理、政策等关系很紧密。实际上世界上存在着一种大政治，大政治就是人生大义，就是责任心、社会感，儒家最基本的东西都在这里面。当然，这些东西我身上肯定有，你从小有这个思维、这个积淀，你遇到问题、思考问题时，这些观念自然就出来了，它已经渗透到你的血液中，所以你不可能写那些乱七八糟的东西或者出现那些胡写的东西。意义、责任，作家肯定有，尤其是年龄大了以后。人说，学琴三年哪儿都敢去，再学三年哪儿都不敢去，说的就是这个意思。就是越写越恐惧，越写越惶恐，越不敢写，越不知道咋弄。人年轻的时候写东西，我或者看了一个风光，或者听谁一句话受了启发，或者读谁的书受了启发，我马上就想写个东西，那都是短东西，马上就写出来了。人年纪大了以后，敏感性相对不行，没有啥马上把你触动，你都是写你经过的、体验过的那种东西，但是往往想写的时候，三考虑两不考虑就觉得没有意义，就不写了；年轻时候不管你有意义没意义，觉得这有意思就对了。所以人活着，年龄可怕得很。一个人的存在和他的年龄之间有时空关系，年纪大了，他肯定不如年轻时那么有激情、那么敏感，但是年纪大了有他深沉的东西，有他稳重的东西，有他思考、体验更深的东西。所以我为啥喜欢我后来的作品，当然别人不一定这样看，起码这里面有我生命体验的东西，我真正理解的东西。

比如说写小说，原来在一般人眼光中写小说讲究里面你的意义是什么、你的精神是什么、你的意识是什么，现在把这些东西归纳起来，无非是说你小说里面的批判因素有多少。直到目前，这几十年，小说基本上都是这么评判的，只要你里面有批判的因素，你这是好小说。但这实际上是看山不是山，看水不是水的第二阶段，就是里面有你的观念，你对这世界、这生活、这素材、这些事情等的看法有你的东西在里头。实际上小说不仅仅是这样，我理解的小说不仅仅是这样，因为古时的小说和以前的小说、外国的一些小说并没有多少批判的因素在里面，它主要回答的是人生的智慧在哪里，它有人生的智慧。只要你把对人生智慧的理解写出来，我觉得也是好小说。它不仅仅是批判，因为批判是有中国国情的，中国经历过"文化大革命"，人不自在，然后在一个阶段，大家都是这样，在批判好多不符合人性的东西。但实际上，咱小时候看小说不是在里面寻找批判因素，从个人的阅读经验上不是寻找批判因素的，而是寻找这一句话、这个意思、这个故事对我一生有启发，让我突然醒悟了好多东西，我才对这部作品或对这部小说中的某一段或者某一句话特别感兴趣，一生记住这个小说，实际上都是这样的，我小时候都是这样。那么为什么我们现在小说并不讲究这些呢？就拿《暂坐》来讲，《暂坐》里面其实有好多人生智慧，就是自己怎么把自己活明白，它有好多这些东西，这些东西都是智慧性的东西、智慧的东西。啥叫智慧的东西？在生活中一点一滴把它看透，而且从这一点能看到另一点，能引发到另一点，触类到另一点，这类东西慢慢积累就是智慧了。为啥说有的老年人是智慧性老年人，因为他经的事多，把事看透了，啥东西他都能看到真相，看到背后，当然他不一定是全部的大真相，但是小真相他能看懂。世事看透了，他就活得特别通透或者特别坦然、特别旷达，这方面的东西就来了，我后来的小说更追求这个东西。当然批判的东西肯定还在了，批判的东西变成了一种背景的东西，舞台上演的不是批判的，但是整个社会要批判的、大量的内涵我都处理到背景里去了，就是布景啦。演员我在前面只演一个另外的故事，但是通过这个故事，你在看的时候，你能透射到后面的背景。当然每个人来的时候都是带光来的，他从啥地方来他都带着啥地方的气息，但你表现在人面前都是一个生活中的故事。实际上会看的就看到后面的东西、周围的东西；不会看的，只看到眼前那些东西。

赵：我觉得在《高老庄》《怀念狼》等作品中，这种"究天人之际"的天人合一精神表现得非常深刻，读起来感受很深。特别是《秦腔》更是一个时期的巅峰之作，其中渗透的精神非常深厚，艺术表现力更是不同寻常，创造了独特的审美境界。老实说，第一次阅读《秦腔》时我还觉得这部作品不咋地,后来越看越好,真的可以算是您的巅峰之作。作品在富有节奏的叙事抒情中一浪接一浪,高潮迭起,不断把小说的审美精神推向新的高峰,写得真好啊!

贾:《秦腔》那写法就不一样了,完全写日常了,写在日常生活中散发的那一种气息。这就跟苹果一样,烂了,它还要散发出一种气息。苹果往往是腐烂的时候才散发出一种香味哩,慢慢再变成臭味,什么让它变臭的、怎么慢慢变成臭味的更是我们要思考的。

"云层之上一派阳光": 传统与现代

赵:从您的作品以及您的部分创作谈来看,您的写作实际上追求一种天人合一的美学境界,试图继承中国文化的生命精神;但从写作的艺术手法上来看,您又能够接受现代各种学术思潮和艺术思想,吸取其中的艺术经验和艺术手法,而且我发现您小说写作中把一些现代电影的艺术因素运用进去了,并和中国传统艺术精神相融合,创作出了一部部思想旨趣和艺术风貌独特的艺术精品。请问,您是如何在写作中处理传统与现代、中国与外国等多元思想资源和审美因素之间的关系的?

贾:先说传统,大家都说我传统根基深,实际上不是多么深,只是我仅仅看过浏览过中国古典的一些东西,也不是浏览得特别多、看得多细,唉,别人说你有这感觉。我觉得别的作家可能不看这些东西,很少看过这些东西,实际上传统的东西也有几个路子,文学它永远有几个路子:一部分是《红楼梦》这一线的,上头从苏东坡这边一直下来,一直延续,它就是讲究情趣的,讲究日常的,拿现在的话说就是写日常的、写情趣的,有文体感的,这些就特别有意思;一部分是概念化的或者说政治性强的,就是不管是左翼作家、边塞作家、朝廷作家,那些作家,他写得特别刚烈、硬朗,但味道不够。不管是苏东坡、李煜,不管是《聊斋》,不管是《西厢记》《红楼梦》,一直到沈从文、张爱玲、汪曾祺,这一路下来的作家,我经常把这一路作家看作水一样的作家,另一路作家是火一样的作家。水一样的作家到死,就是写个条条子,留个便条,都有艺术性,艺术性特别强;火一样的作家不讲究这些,讲究另一种东西,这路作家一旦说不行,他就彻底不行了,最后就写不出来了。

至于传统的,我原来一直的观念是作家面对的最终还是本民族的人。当然作家都希望他的作品能翻译到世界各地,各个国家、各个民族都能看到,但实际上你面对的还是你本民族的人、你的国人。给国人看,你就要让大家接受你,你必须有国人容易接受的东西,你必须是传统的东西。用传统的表现办法来写你的东西,大家才能看懂。但是,现在小说发展到21世纪,发展到当下,如果你没有现代的东西,你不要从事文学。因为整个世界发展到一个阶段,如果你的小说纯粹就是写一个还是老一套的那些东西,还是50年代、60年代那种写法,根本就不行了。当然也有人说那不错,但实际上它根本拿不出去,所以说要有现代意识。现代意识说到底,我常想,现代意识就是一种人类意识,目前人应该咋对待目前这个"人"。为啥说总以西方为参考标准、参考系,西方主要考虑到人的东西、社会的东西,更强调这些东西,更自由点,人性的东西更多。所以要有现代意识,当然现代意识里面还有一种逆反的东西、反对的东西。你说整体我给你把整体解构了,你说往东我往西,这都是它各种表现的一种方法。你宣传英雄,我偏宣传普通人。这种文学概论和我上大学时的文学概论是两码事情,但却必须关注然后吸收和扩大自己小说的境界,这两方面一定要结合。

我不是一直在讲"云层之上一派阳光"那个道理。就拿最近来说，中国的小说可以从中国人的思维、中国人的美学方面来谈，结合书法、绘画、话剧、戏曲、中医、建筑，这些都和文学是一回事情，它都是一个思维下派生的各个方面，它更注重一种线条的东西；但是西方不是注重线条的东西，当然都有，肯定都有线条性的东西，但它不是线条，西方更讲究色块。这几年我一直思考一个事情，我接触过好多汉学家或者外国人，我也看过一些资料，也听他们给我讲过一些事情。因为这几年我的作品翻译到国外的特别多，目前有三十多部。他们讲外国出版社的编辑和中国出版社的编辑不太一样，外国编辑特别厉害，作家把作品投过去，编辑的作用特别大，他可以给你打乱、重组合，他可以给你删改好多东西。不像中国，原来的编辑是小修小改，提点意见你改，现在的编辑根本就不改，只要能用就给你用了，编辑的作用不是很大。编辑的作用最多是给你校对呀、排版呀，这方面进行调整，外国编辑会特别大的调整。我就想外国为什么编辑能调整呢？他可以打乱。后来我就想起电影，电影也是从外国来的，它经常是拍一堆素材，无数的素材，回来要剪辑，剪辑如何就是导演水平如何。一堆素材可以剪一部伟大的影片，也可以剪出一个很糟糕的影片。为什么他能这样？外国更注重色块，注重块状的东西。块状的东西可以移，线条不能随便断，线条一挪就断了。所以中国小说习惯于时间顺序往过推理，往前推进的。外国往往用色块，典型的外国电影你第一遍看不清、看不懂，正因为这样它就可以打乱，它就像咱们转的魔方一样，不停地给你转，但线条就不好转。咱那传统小说都有个时间线条在里面，随着时间往过推移，它那不是这样，它那打乱给你弄，所以编辑的作用就很大。咱这儿编辑为什么作用没有那么大，就是因为这。它的电影是这样，它的小说也是这样，所以它可以有大量的心理描写，你看外国的作品就是这样子。

你们现在没有看到我的《酱豆》和《青蛙》这两部书，这两部书吸收了更多外国艺术的写法。《暂坐》基本是线条的，说话、对话，全部是线条的；但在那两部作品里面把对话一下压缩成另外一种东西，它可以打乱，随便从哪儿进入都可以，不是说从头到尾来看，咋都可以，这种现代意识慢慢就越来越强烈吧。因为你毕竟写了几十年了，慢慢学习一些人家的新东西，创作永远要求创新，当然你创新有多了少了的问题，但是你一定要创新，一定要回答没有答案的那些东西，试探那些东西。只有那些东西，你才能产生写作动力和兴趣，读者也是这样看。一个人从二十岁一直到六十岁不停地重复你那些东西、那个风格，人家谁看你那些东西哩？没人看你那些东西！但是万变不离其宗，整个的味道还是你的，这个它没办法改变。因为羊肉那个膻味一直在，就是膻，不管你做铁锅炖羊肉，还是水煮羊肉，还是炒羊肉片，还是包饺子，那个膻味它必须在，要么不叫羊肉了。这是我对这方面的一些考虑。

文学争鸣能增强作家的创作能量

赵：贾老师，我在阅读您的作品时，经常和莫言先生的作品加以比较。我发现，莫言的作品善于书写一个宏大的社会历史事件，善于进行场面铺陈和气氛渲染，语言热闹而充满诗意，但不注重人物内心的精细刻画，总是带有其独特的夸张和嘲讽，这可能是其艺术风格吧。而您的作品似乎相反，总是截取生活中的一个断面进行书写，对人物内心世界刻画十分深刻，在场面的铺陈和气氛的渲染中能够揭示人们内心的冲突，总是能触及人物内心的痛点，甚至触及社会的痛点，引起阅读的强烈共鸣，您这一系列作品联系起来就是一个宏伟的历史现实的叙事。可以说，您的每部作品总是能够忠诚于自己的内心体验，触及生活、生命和现实中的某个痛点，体现出一个作家的现实担当和人文关怀。但您的作品在文学接受过程中总是引起很大的争鸣。当然，文学是一面镜子，每个阅读者从中都能照出自己生活和精神世界的某个方面来，因而争鸣恰恰是文学意义之所在。对于这些文学接受过程中众声喧嚣的批评与争鸣，您是怎么看待的？有些超越文学界限的批评是否让您感到一种精神困扰？

贾：文学争鸣中的种种现象说起来很复杂，都可以理解。有一部分人一生在骂人，他一直在骂，他把人都骂完了，这是一部分人；另外一部分人是极左的东西，有些他就不懂，就不看作品；一段时间社会上传我要当中国作协主席，好多人羡慕嫉妒恨，各种传言各种言论。我总不理解咱老不说人家坏话，人家咋老攻击我哩！雷达当年就说，一碗红烧肉你把那端跑了，人家不追着打你打谁呀！但是社会风气往往就是这样。如果从佛教来讲，佛和魔是共生的，为什么要有护法神呢？魔经常侵略佛，所以每个庙里都有韦陀啊，人一进庙门就看到几大金刚立在两旁，佛都要金刚护呢，佛的世界都是这样。我在佛经上看过一句话很有意思，据说当时有一个大魔，别人都指责这个魔，魔说了一句话：我也是让所有人成佛哩么！意思说以另一种方式逼着你成佛哩，世上都成佛了，我（大魔）也开始有菩提心了。我曾接触过一个搞道教研究的年轻人，这个人是专门给道教学院上专业课的，他专门研究"术"，这个人水平挺高。他说他在一个资料上看到，说在宋代时候，都城汴京城里据记载三分之一或五分之一的人都不是人，人是各种鬼怪附体的。他说现在社会里大部分或相当一部分人都不是正常人，现实生活中那些偏执的、做事没底线的人都不是人，都是鬼怪附体的，他说过这话。当然这些话，你要说它迷信呀也行，咱管它迷信不迷信，从某种角度看，它至少可以开拓你的思维。现在有的人，你说东他偏要说西，你说红的他偏要说是黑的，然后就是做事没有底线、偏激，这种人你就没办法打交道。文学创作，尤其是真正的创作，它是给一部分人写的，就像每个饭馆是给一部分人开的，不是给全社会的人开的。川菜馆不吃辣的人绝对不去，这个江浙、苏杭那一带的饭菜绝对不是给爱吃辣的人开的。你爱吃辣肯定寻川菜、湘菜，你要吃甜食你寻那些江南饭菜，创作也是这样，你不能期盼人人都接受你，这是一个情况。再者，人性里往往有一种"好事不出门，瞎事传千里"的弊端或弱点，只要有一个不同意见，那传得快得很。实际上你最后一看反对你的也就是那四五个人，四五个声音，它只发了四五个声音，但是搅得满世界都是他的声音，相反，说正面的、说好的声音多得很，但一般人不管那些，觉得那太多、很正常。人不关心正常的东西。

  当然从创作的角度来讲吧，任何批评都是好事情。其实很多作家，不管中国的还是外国的，都是死了以后大家才给他一个很高的评价，诸如苏东坡、鲁迅等，生前反对他们的声音也多得很，但死了以后大家意见都统一了，当然就不说那些不相干的事情了，只说他重要的东西，情况都是这样。外国的情况也是这样，有好多作家在世的时候也都不行，包括卡夫卡，这些作家也都是这样。但我觉得争议起码有个好处：从创作来讲，争议或者批评不管正确不正确，出于啥目的，只要能粘上文学，我经常说它在后面推你，它刺激你，然后你可以反思。当然如果你能力不行，能量太小，它一下子就把你碾死，就把你扼杀了；但你能量大了，这些批评只能起好的作用。火大，它给你泼水就变成油了，火反而越大了；如果火小了，它一盆子水就把你扑灭了。所以世界上任何地方，有限制的地方、有规则的地方，限制特别多的时候，创作上一定要破一些东西，要逆行一些东西。历史上凡是逆行的都是大人物，比如老子出关，人家都往东边走，他往西走哩，出关哩。当时社会是往东走哩，不往西走，东边发达，西边秦国没人到这儿来，他这么弄他就成了。但是逆行的时候，能力不行往往就走不通，往往或者把你就牺牲了，一旦能力大的时候逆行就容易成功，为啥说创新要有逆思维或反向思维。外国后现代或者现代思想好多都是逆思维的，所以说在创作上，随着时间推移，大家以后觉得这都是好事情。一个作品，在你当世的时候没人争议，它就不产生大的影响；只有产生大的影响才可能给后世人都知道，才有兴趣说，把这作品再翻一下，看这到底是咋回事情。如果当时没有产生较大的影响，或者当时就产生不了大的影响，过后就很难再被人提起。当然有的作家说我这作品给后世看的，我说你当世都没人看，后世谁可能引起兴趣来看你么！只能说在当时都闹腾得特别大了，过后人说，咦，当时为啥闹得那么大的，我把这看一下，翻一下。觉得好啦，继续看；觉得不好啦，就算了！所以说，看从哪个角度看这些争鸣。遇到这些事情，我认为首先是增加自己的能量，建立自己的根据地，增强自己的能力。你做大了一切反对都是油，火大了一切都是油；火小了那是你自己的问题，关键还是个人。因为创作是个长时间的事情，它不像别的事，谁一句话就能把你闹翻了，撂倒了？谁也闹不翻，谁也撂不倒。

  我经常讲一句话，就是你能不能成事情，自己最有感觉。比如说我到谁家里去做客，人家拿碗给我舀一碗饭，我马上能知道这一碗饭我能吃完还是吃不完，只有那二杆子没脑子的人拿起来就吃，吃了一半他吃饱了给人家剩半碗。你做客人第一次到人家家里去，剩了半碗饭你说难看不难看；也可能你吃完以后感觉不饱。所以一般人都知道，这碗饭我能吃完吃不完，能不能吃饱，我就跟主人谈这事情，你给我拿个小碗，或者可以再多吃,他都有感觉。实际上每一个人对任何事情都有一种感觉,创作也是这样。世上万事万物、各行业都一样,看你是不是吃这碗饭的。有人对那方面有感觉,人家把事情就能弄成,有人就弄不成,这要看你天生是不是这方面的材料。

当然现在有好多写的那些批评是胡说哩,我感觉很好笑。我是一个很老实本分的人,也是比较善良的人,从来没说过人家谁不好的话,从来没有做过不好的事,兢兢业业谨慎地给人家干好事情。我做人特别谨慎,但作文有时特别胆大,我觉得起码我没干过别的啥事情。其实吧,咱不是官僚阶层,不在权力机构,咱就是个烂作家,就是个靠写作活命的人!后来我想,人性就是这样子,我不说那些瞎起哄的人。我有时想,这兄弟姐妹关系多好的,有时也因为利益等问题说翻脸就翻脸,反目以后那也恶得很着哩。所以有人说,你不能把一般的朋友当你亲人对待,你也不能把你亲人当你自己对待。

李:这话好像是您自己说的吧。

贾:我也说过类似的话。其实最后大家都在活自己呢,都在活他自己哩,这就是人性和生活的真实吧,唉!

我想写尽写透百年中国

赵:贾老师,您谈得太精彩啦,下一个问题实际上您前面已经涉及了。这个问题是:写作是一种遗憾的艺术,请问您在写作中有没有什么遗憾和我们分享?以后您有没有弥补遗憾的愿望和具体计划?

贾:这遗憾没有啥,做任何事情都是遗憾的。你把这写完了,觉得哎呀这儿应该加些啥东西,可能更好,但是写作就是这样,一旦写成了,我也不喜欢再改，那就只能等下一部再说。为啥不停地写，一是我肚里要说的话多，二是我要证明我自己，再是弥补我好多东西，我想到的一个东西可能要在别的地方把它弄出来，这恐怕也是我对待遗憾的方式吧！不可能把写好的再改嘛，再改意义不是太大。50年代柳青不停地改他的东西，但我不主张那样弄。

赵：最后一个问题是：现在很多人急于给您的写作活动进行历史定位，而且很多作家也总是喜欢给自己的写作进行历史定位。请问您有没有想过自己文学创作的历史地位问题？如果有，您愿意如何给自己的写作进行历史定位？

贾：这事呀，自己说了根本不算数。某一个人或者站在某一个时空里面某一个地点某一个角度，他说都不一定好，这个作家本人说也不一定准确。作品有时一旦出版，它和作家就是两码事情了，作家说的不一定就是这回事情。本来你做的是萝卜，但别人看那是白菜，那别人就当白菜来对待，往往就脱离你了。所以有时你准确，有时你不一定准确啦。

要叫我来概括我自己，就像我开头说的，我一心想把这一百年的中国尽我的力量把它写透，当然个人的力量有限，我从我的角度把它写满意写透；再是我就写一个很庞大或者一个很复杂的、一个混沌的东西放在那儿，我这一生从事写作也就……我也不在乎怎么怎么样，反正谷堆给你拿出堆放在这儿就对了。尽我的力量吧！把我的所思所感弄出来，不管是写一个村庄还是写一个故乡、一个时代、一个故事、一段历史，我用各种方式，就像《史记》里面有本纪、世家、列传、书等，那我整个作品里面也有长的短的，有这种写法那种写法。就跟一座山一样，这样一个沟，那样一个叉，这样一个斜面，那样一个坡度，反正最后我完成一座山就对了，我是这样想的。

赵：贾老师，听了您的阐述很是振奋人心，不仅受教良多，而且更期待阅读您新的作品。读您以前的作品就能感受到您蓬勃的创造力和独特的思想情感，也能感受到您作品形成的整体性的宏伟气势。当然阅读中还有很多问题要向您请教，但由于时间所限，今天就向您请教这样几个问题，以后有机会还要再向您请教。十分感谢您不厌其烦的精彩解答，谢谢您！

李：贾老师，感谢您的坦诚。结项报告，我们还想根据您和专家的意见、建议再做修改。我申报明年年底前出版，您的《酱豆》《青蛙》在此之前应该能够出版，我们会将您的新作纳入研究范围，以期对您的创作有一个相对完整的审美观照。期待您的新作出版，到时您若有时间，我们再继续就新作进行访谈，好吗？

贾：好的，新作出版，咱们再谈。

2021 年 3 月

走进先生的书房 （代后记）

　　经过多年的努力，这部研究贾平凹文学创作的著作就要出版了，心中不由感慨万千。这部作品是李清霞老师主持的 2015 年度国家社会科学项目"贾平凹及其作品研究"的结项成果之一。李清霞老师对整个项目进行了系统的筹划和分工，积极推进，又在完稿后进行了全面的审订和修改，最后使结项工作得以顺利完成。在这期间，李老师对我的研究提供了重要的资料和研究思路，多次和我恳谈，对我进行指导和帮助，在最后的修改和定稿中更是付出了巨大的辛劳。在此，首先要对李清霞教授付出的努力和心血，以及其在研究期间体现出的专业精神和奉献精神深表敬意！

　　我这一部分研究内容主要是针对贾平凹的小说创作，展开系统的文本解读，从而窥视贾平凹文学创作的基本道理及其展现的思想境界和艺术精神；李老师则是从贾平凹的创作活动本身出发，以作家研究为中心，对贾平凹的文学创作进行宏观的全景式解读，试图对作家的艺术人格、艺术追求和创作境界等进行历史性的评价和思考。尽管两个部分着眼点不同，但内在研究内容却是互相联系、彼此奠基的整体，共同构成了该课题研究的重要内容。我在进行文学研究中，一直比较重视文本研究，坚守现象学研究"回到事物本身"的理念，通过作品来认识作品和评价作品。我认为，理论和作品是一种互相阐释的关系，好的作品总是会让理论闪耀光芒，好的理论总是能让我们发现作品不同寻常的闪光点。换句话说,我是迷信文学理论和文学批评的独立性的,不喜欢盲目地跟风抬轿。但在研究课题的几年时间中,通过对贾平凹小说作品和其他资料的系统深度阅读,随着研究论文写作的不断开拓,我越来越和作品中的人物命运及时代精神产生了强烈的共鸣,体悟和问题也越来越多。更为奇特的是,我在长期的阅读中,总感觉到作家在对我和善地微笑着,轻轻地讲述着一个个心酸而又悲凉的人物的故事,轻轻地诉说着生活的艰辛和人性的伟大,一段段深长的历史画卷和一个个动人的心灵图景就这么展现在你的面前,触动你灵魂深处那根心弦。他的作品叙事是冷峻的,甚至带有嘲讽,但背后却充满了温润的爱意和至诚的关怀。我能感受到作者叙事中的那份对生活和命运的无奈和哀伤感,读他的作品总是让我想起了司马迁,想起了"究天人之际,通古今之变"的文人情怀和文人落寞。于是,我从内心产生了一种精神的知己之感,产生了强烈的想拜会先生的愿望!

李清霞老师很快和贾先生取得了联系,如约前去拜访贾先生。我们带着采访提纲,当然也带着一个普通读者的忐忑前去拜会贾先生,于是,我有幸走进先生的书房,第一次和先生深度交谈,经历了由忐忑的紧张到轻松愉悦的倾听和交流,再到能够进行自由观察思考的过程。握手泡茶间,先生的形象在我想象的睿智犀利和才思飞扬中更多了一份谦恭和宽容;采访期间,先生更是敞开心扉,无话不谈,真诚幽默,博学善思,其喜怒哀乐的真性情也表露无遗,如其作品,生动形象,气象万千,显现出一位学者和作家独有的精神魅力!他坦荡仁爱的形象,和我在阅读他作品时想象的形象几无二致!完成采访的话题之后,李老师和先生闲聊,我征得先生同意,在他的书房四处走动参观,带着好奇感受先生书房独有的魅力。

他的书房中充满了一种文化魅力和人文气息。最引人瞩目的是客厅的书桌上方的墙壁上是先生书写的巨型榜书"耸瞻震旦",表现了先生心怀天地、启迪智慧、拥抱永恒的胸怀,其字大气磅礴、饱满雄浑,是作家精神人格的体现。房间的角角落落,到处摆放着各种民间生活用品,杂乱中也显出一种秩序,置身每一个小小的空间,一种有滋有味的民风民俗和人情世故就会扑面而来,这时你就会感觉到主人的用心之处。也许,先生在写作时就是这样常常把自己带到生活中去,带到普通人的日常文化中去,在特定情境下洞悉人心之幽微、烛照凡人之心曲。由于房间摆放的民间用品杂多且陈旧,形成一个个的文化小空间,房间里就不仅弥漫着一种历史文化气息,而且弥漫着一种尘土味带来的神秘的古老气息。先生的房间,处处都有一个开阔的世界,耐人寻味。

想起先生颇受争议的书法,我就刻意寻找先生写字的书房。书房里,一个几案,一叠破纸,一把秃笔,一个纸篓……光亮从窗中照来,几宽风静、是非平晏、尘纷尽息,中国书法独有的墨香,飘然荡怀!打量着这宁静而寥落的写字的书房,不由感慨万千,因先生而激起的各种争论和评判总是能产生一个又一个的社会舆论,以这样或那样的方式不断地塑造着先生的形象;但本质上,先生不过是一介以写作立身的文人而已。有时我想,在这个尘纷扰扰的世界里,不是先生放不下这世界,是这世界放不下先生!

如今,书稿完成,行将付梓,意犹未尽,心绪难平,表达者十一。想起拜会先生时,书房中时时回响的驴嘶马鸣、车马橐驼之声,随着先生侃侃之语,感觉我们的想象和思绪跟随先生一直一起在路上,一起去探索和领略远方无尽的风景,去开拓世界那无尽的可能性!

感谢先生,走进先生的书房,了了多年心愿,触摸了一个深邃的精神空间,更熟悉了一颗在作品中已很熟悉的善良而美好的心灵,幸甚,幸甚！

完成课题，是一个艰苦的学习研究过程。看了很多关于作家作品的评论文章，学习了很多思想和观点，时有碰撞，时有会心，得益颇多。尽管先生指出这本书有前人所未论之独到处，但其本质上是众多学者的文章养育出来的，尽管有时难辨其源，未曾与诸位谋面，但受教之恩，不胜感激，深表谢意！不周之处，敬请原谅！本人才疏学浅，更愧对大家，敬请批评！

最后，要对本书的编辑梁菲女士付出的辛勤劳动表示感谢，对陕西师范大学出版总社的支持表示感谢；对大力支持本书出版的领导和各位朋友表示衷心感谢；特别感谢我的家人，在我学习研究期间，全力支持，保证了我的研究工作顺利完成。

赵录旺

2023 年 10 月 8 日于无倦斋